年轻的狮子

The Young Lion

[澳] 布朗什·德·阿尔布吉 著
Blanche d'Alpuget

傅敬民 译

上海文艺出版社
Shanghai Literature & Art Publishing House

诺尔曼人

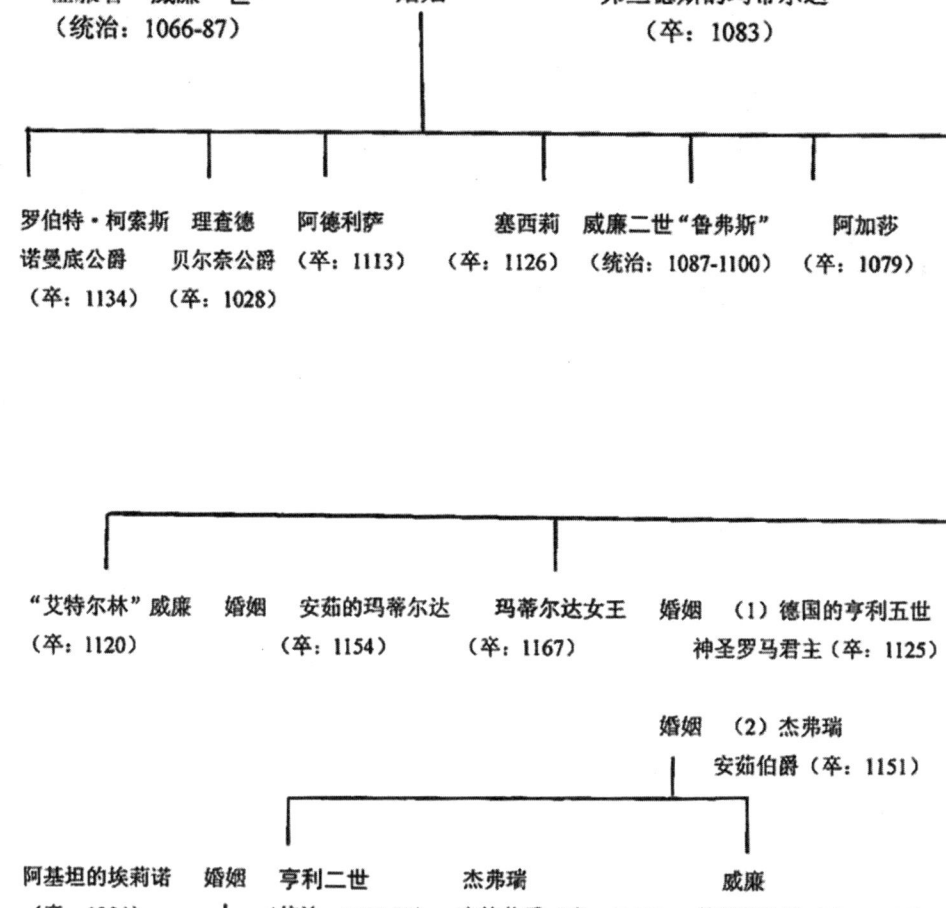

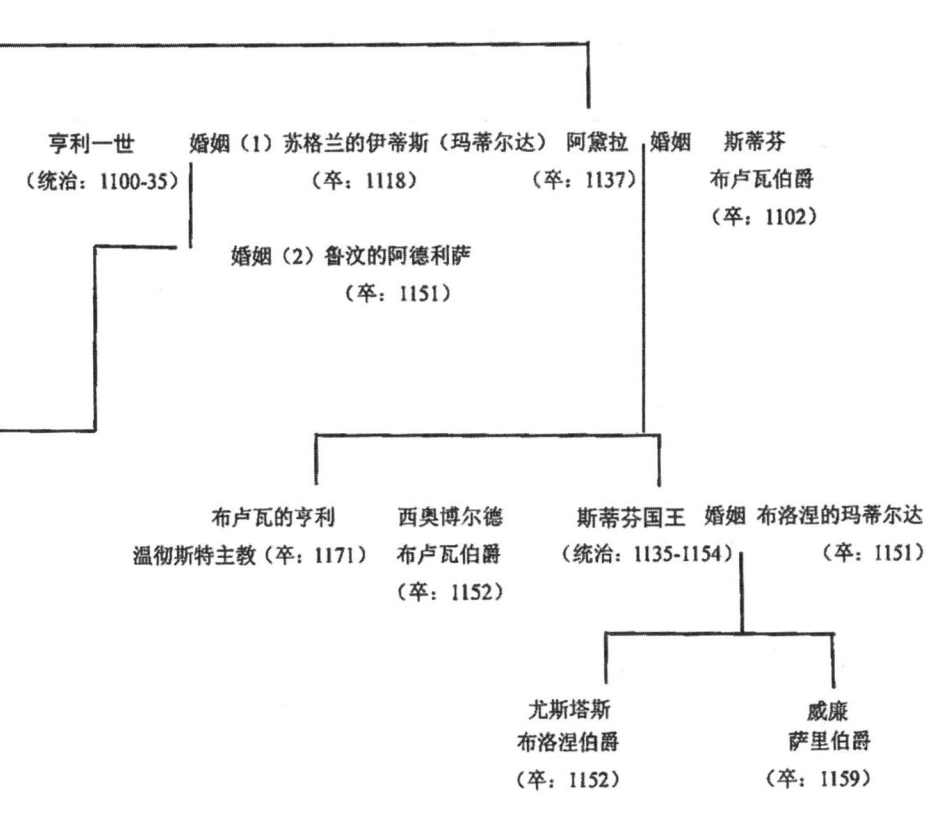

戏剧人物表

玛蒂尔达：亨利一世之女，德国皇帝遗孀，安茹伯爵杰弗瑞之妻。她是英国王位的合法继承人

"美男子"杰弗瑞：安茹伯爵，诺曼底的老公爵

亨利：玛蒂尔达和杰弗瑞的长子

伯纳德神父：修道士，政客，神秘主义者，沙特尔大教堂的创建者

吉洛姆：杰弗瑞和情妇伊莎贝拉的私生子

伊莎贝拉夫人：杰弗瑞的情妇

路易七世：法国国王

埃莉诺：阿基坦公爵夫人，法国王后，路易之妻

齐娜：埃莉诺的侍女

苏格主教：法国摄政王、修道士、政客

埃蒂安纳·德·塞勒：法国王室大总管

"篡位者"斯蒂芬：英格兰国王

尤斯塔斯：斯蒂芬长子，储君

威廉：斯蒂芬次子，王子、学者，无意于王位

康斯坦丝：尤斯塔斯之妻，路易国王之妹

埃尔伯德：精通多种语言，尤斯塔斯的密码破译者

亨利·布卢瓦：斯蒂芬的弟弟，温彻斯特主教，政客，英格兰第二富豪（次于国王）

泰奥博：坎特伯雷大主教

青年杰弗瑞：杰弗瑞和玛蒂尔达的次子

威廉：杰弗瑞和玛蒂尔达的幼子

道格拉斯：高地勇士、巫师

大卫：苏格兰国王
拉尔夫伯爵：英国富豪，大卫国王的拥护者
伊迪斯·沃尔特夫人：大卫国王的拥护者
威廉·沃尔特先生：伊蒂斯夫人的丈夫
罗伯特·德·熊雷男爵："美男子"杰弗瑞之友
伊拉兹马斯：希腊哲学家，埃莉诺的私人医师
伯纳德·德·褔他多：阿基坦行吟诗人
伦敦的托马斯：亦称贝克特，坎特伯雷大主教助理，灵魂世界中的国家守护者
圣·丹尼斯：法国的守护者
圣·安德鲁：苏格兰守护者

先辈

"征服者"威廉一世：亦称作"私生子威廉"
"鲁弗斯"威廉二世：威廉一世的长子
"狮王"亨利一世：威廉一世幼子，玛蒂尔达的父亲，"年轻的狮子"的外公
"胖子"路易六世：路易七世之父
"黑人"福柯斯：安茹伯爵，"美男子"杰弗瑞的先辈
梅露辛：巫师，安茹家族的女性祖先
拉·丹格鲁丝：埃莉诺的祖母，后来成为她的继母，据说是一名女巫
威廉四世：阿基坦公爵，行吟诗人，埃莉诺的父亲

动物

芭丝苔特和赛克迈特：埃莉诺的猫
哈布林：玛蒂尔达的宠物猴子
佳森：路易国王的种马
塞勒玛：埃莉诺的阿拉伯母驴

1154年法兰西和英格兰版图

序　幕

　　1149年冬天，征战耶路撒冷两年后，疲惫不堪的第二次十字军东征余部带着耻辱开始撤回法国。十二月的天空，灰暗沉闷，撤离的军队中弥漫着凝重的沮丧情绪。先头部队离巴黎还有约30英里路程时，夜幕降临。附近恰好有座修道院，部队于是决定在此暂住一宿。步兵们在附近的野地里支起了帐篷，骑士们歇在了修道士的房子里。而平日里供主教们使用的厢房，则腾出来专供随行的王室成员下榻。

　　"天太冷了，公主。"埃莉诺王后抱怨道。她手上带着护套，护套上停了只猎鹰。她是在和猎鹰说话。过去几周的旅途痛苦不堪，她每天都要把猎鹰抛到空中很多次，每次猎鹰逮到野鹭或野鸭俯冲而下，都会引来她激动的欢叫。她已经教会那个来自拜占庭的侍女如何用诱饵将猎鹰召唤回来。但是今天，猎鹰一无所获，王后也就没什么好激动的。灰蒙蒙的冬日森林里弥漫着沉闷乏味的气息。"真是太冷了。"她嘟囔道。

　　有个骑士自告奋勇地要到一小时路程开外的驮行李马队去帮她取回毛皮披风。正当该骑士掉转马头之际，有人策马从王后及其骑士的右侧横冲过来，在快接近王后的时候扔掉缰绳，双腿夹住马匹，双手摘下自己肩上的绿色羊毛斗篷，一把甩给王后。

　　"尊贵的王后，请您披上它。"他朗声说道。王后那些来自阿基坦和普瓦捷的骑士们，只是盯着他，并未加以阻止。

　　王后将猎鹰交给侍女，脱下手套，将斗篷围在脖子上系好。斗篷镶着獾皮毛，带着男人温暖的体温，还有那让人心动的男人味道。

"你不冷啊?"她问道,话里满是根本不在乎对方的冷冷的语气。

"我从不觉得冷,尊贵的王后。"他放肆地朝她笑了笑,同时脱下丝绒帽向她致敬。她注意到,他的帽子上缀着金雀花枝条。"真逗!"她心里想。

骑士们都对他扬起下巴,意思是你该收场了,你和你那位扛着蓝色小旗的男仆该滚到后面去,该远离王后了。

"查查他是谁。"埃莉诺对侍女说道。其实,两个星期前,他第一次从西面骑马过来欢迎国王以及军队回家的时候,她就注意到他了。许多属臣都来欢迎国王回家。路易在帐篷里召见了他们中的许多人,但也拒见了一些。埃莉诺怀疑,送斗篷的这个人应该属于后者。看来这家伙名声不佳,不被国王待见!

侍女齐娜美滋滋地接受了任务,驱马走访军中。主仆二人都觉得返途无聊悲催,总盼着来点节外生枝的事情。不到一个时辰,侍女折返而归,小脸蛋熠熠生辉,挂满了小道消息。

"他是杰弗瑞·福尔克。"她宣布道。

埃莉诺说:"哈哈,真是那个可恶的公爵!我就说嘛,我能认出那些狮像。他从英国人手里夺走了诺曼底和佛克森。他来觐见我们的国王时,路易恨不得踢他的屁股。"她轻轻地咳嗽了一声,"当然啦,我丈夫是不会自损尊严的。"瞥了一眼齐娜,她又接着说道,"小乖乖,你一脸神秘兮兮的,肯定还有爆料,对吧?"

齐娜很有才,不仅化得一手好妆,还能抄抄写写——这对一个女人来说可了不得,即使在贵妇中也非同寻常。埃莉诺正是看中了她的这些才能,才说服了拜占庭的皇后忍痛割爱。

"这个希腊小姑娘可是我花了大价钱买来的,"拜占庭皇后声明道。她不想把这个心灵手巧的奴婢拱手相让,"她的书写……"

埃莉诺打断了她:"我最亲爱的皇后,作为基督信女,我们得允许这个小可怜去追梦,去北欧朝拜圣乌苏拉圣地。"皇后听法国侍臣说过,他们的王后像主教那样能言善辩,像红衣主教那样圆滑狡诈。皇后不知道圣乌苏拉圣地在何处。其实,埃莉诺也不知道——她只是编造了这么个地方。"您花在她身上的金币将在天堂得到巨额返还。"王后说着,起身无限温柔地吻了吻皇后。

当王后跟齐娜讲述如何使她得以自由的时候,小姑娘脸上挂满了欢快的泪水。"谁是圣徒?"她兴奋地尖声问道。

此刻在冬日的林间,女王的眼神戏谑而热烈。"快说说公爵其他的事情!"

齐娜年近十六,脸盘圆圆的,五官端正,一双棕色的大眼睛,皮肤因为这段东征时间的暴晒而变得黝黑,像发黑的蜂蜜,乌黑浓密的长卷发束在一个扎得很紧的头罩里。她懂拉丁语和希腊语,读写俱佳,而且还学会了法语。

齐娜期期艾艾地问:"说了您不会生气吧?"

"我叫人揍你,你这个坏东西!"她们一起放声大笑起来。

在归途中,王后的侍女们曾散播过有关齐娜的谣言,说她是个奸细,暗通土耳其人。"她蛊惑了王后。"这些流言传到埃莉诺耳朵里,她把侍女们叫到一起狠狠地训斥了一通,吓得她们面无血色。

"我在那些和他睡过的挤奶女中找了个人来问。"齐娜说。

埃莉诺那小巧精致的鼻翼闪动了一下。御医也是一个来自奥特莫的希腊人,他给这些专门伺候国王的侍女们开过些药,好让国王保持心神平静。

齐娜继续说道:"她说他给她带来极大的快乐,她狠狠地咬了他的肩膀,在他肩头留下的牙印要一个月才消得掉。"

王后的表情既轻蔑不屑又充满情欲。

埃莉诺把这些侍女看作是陛下的泄欲器。这也是路易和妻子不和的一个原因。路易曾信誓旦旦地说:"我跟那帮娘儿们睡觉根本没啥快感。"

"真奇怪,陛下,御医怎么不给我开点此类没快感的药,好让我也健康威猛。"她当场反问道。

"别无理取闹,夫人。在生理需求方面,男女有别,你懂的。"

"我不懂这些。但我知道你和御医串通一气。"

路易起身走开,嘴里念叨着"万福玛利",好让自己平静下来。

过去的几周里,国王和王后再没为侍女或其他事怄气,他们彼此不说话。埃莉诺本人曾在塔斯库勒姆向教皇提起过离婚,但被拒绝了。自此之后,他们之间就没说过一句话——即使那晚教皇把他们两人骗到一张床上,依然相对无言。

埃莉诺给妹妹写信道:"罗马教皇以为男女同床共枕一宿便可以消解十二年婚姻的不幸。"

离开塔斯库勒姆后,王后曾派齐娜去打听有没有关于她的流言飞语。

"他们说,在主教的宅邸你拒绝与你的丈夫同床共枕,还用拖鞋砸他。王后您哭着说法兰西将不再有继承人,你还用牙齿撕扯他的丝绸睡袍。"齐娜汇报道。

王后点了点头。

"他们说,您和路易国王是近亲,因此上帝关闭了您的子宫,养不出子嗣。"

基于近亲,埃莉诺曾要求离婚。结婚十二年还做不了母亲,这种婚姻怎能幸福!如果有一天路易驾崩了,将无子嗣来继承法兰西。各地虎视眈眈的郡主——包括勃艮第、日耳曼、弗兰德斯和诺曼底,甚至英格兰——将会把法兰西撕成碎片。

"有一点他们搞错了。"埃莉诺当时就说道。"那晚我确实和我丈夫同床共枕了。但我把身体绷得像块木板,对他怒目而视。"她记忆犹新,他阳痿了,还说法兰西将无人继承。

眼下她急着想知道,陛下的泄欲器中有哪位与诺曼底公爵睡过。

一问到这个问题,齐娜的圆脸蛋"腾"地一下变得绯红,"我问过阿丽思,尊贵的王后,但是……"

"不止一个跟他睡过？"

齐娜的脸更红了，"都睡过，尊贵的王后。"

简直是色胆包天！埃莉诺心想。她祖母有句名言："运气垂青胆大人。"祖母以"毒美人"闻名天下，祖父的盾牌上画着她的裸体像。"她为我赢得的城堡，一百个骑士也比不上。"他爱吹嘘。埃莉诺出生在祖母的属地阿基坦，那里四季如春，民风散漫，不像北方人那样敬畏母教。

数十名骑兵簇拥着路易国王快速骑马赶上她们。王后、齐娜以及从阿基坦和普瓦捷来的士兵纷纷策马驰离主道，来到橡树林中，在光秃秃的树枝下停了下来。国王也放慢速度，示意他的妻子和他一起走，以便同时抵达目的地。王后那灰色的阿拉伯母马刚一靠近国王那高大的黑雄马，黑雄马就欢快地嘶叫起来。这匹马来自东征地，是拜占庭皇帝送的礼物。这时，它的眼神温柔，不停地朝母马暗送秋波。埃莉诺忍不住想说，你的马在向我的马求欢呢。但是，这样一来势必又要引起一番争吵。眼下肯定是没工夫吵了。修道院的白石墙已经近在眼前。

"你倒好，披着毛皮斗篷。"她没话找话。

"你身上是啥破玩意？"她的丈夫接茬道。

"我只能借呗。"

路易其实早已知道事情原委，也知道是谁借给她的。他的手下一直监视着诺曼底公爵。

走出森林，国王和王后就看见僧侣们已经在修道院门口列队恭迎。寒风中，僧侣们身穿迎风招展的黑色长袍，口里喊着"赞美上帝！"队列的最前方站着苏格主教。他穿着黄白相间的长袍，微微驼背的肩头上披着白色斗篷。他是当时欧洲最睿智的人，路易国王外出东征期间，由他摄政。他时而紧握双手，时而又挥舞双臂欢迎国王。

四个年轻的僧侣在冬日寒风中摆动着香炉，做工精细的铜香炉中飘出缕缕青烟。扑鼻的香气刺激着王后，令她情不自禁地忆起君士坦丁堡的辉煌与荣耀。而此时此刻，她却身处寒冷昏暗的城外旷野——一座她所厌恶的城市就在不远处等着她。

"想想我们出征时那番情境,真的是今非昔比。"他们骑马缓缓来到欢迎队伍前停下时,她对路易说道。

国王侧身对她笑笑,很感激她能在人前与他有说有笑。不过,他心底暗自嘀咕,下马时他如果摸摸她,她会不会躲避呢?

"我们确实已经经历了不少挑战。"他答道。

挑战?埃莉诺可不这么认为。1147年那个光荣的夏日,成千上万的骑士、步兵以及朝圣者们聚集在韦泽莱广场。人人都身穿白色上衣,胸前配挂着鲜红的十字架,贵族们的战马披红挂彩,欢嘶腾跃。暖风微醺,彩旗飘扬。那些号称"金靴女战士"的贵妇们簇拥着王后信步游走,有些人还时不时地一展酥胸,引来阵阵笑声。那时候,多么地群情激昂!如今时过境迁,要说经历了许多灾难才对!

如今,钱财耗尽,尸横遍野,士气低落。病魔夺走了许多人的性命,饥渴、炎热致使许多战马鸣呼哀哉,连基督教的骄横自负也随风飘散。

埃莉诺想,"感谢教皇保佑,我这个'囚徒'还能得以返还!"

她环顾四周,哑然失笑。这些来自克鲁尼的僧侣——我们虔诚的鸡奸者,她就是这么称呼他们的——有奇特的定力对妇女视而不见。即使是主教,在他上前恭迎她时,也似乎是在恭迎她身后的某个人。几周前他就已经听说了发生在塔斯库勒姆的闺房事件。他的耳目遍及每一座大教堂,每一座僧寺,每一座修道院,甚至每一座小修院和小教堂。早些时候就已经探知了她在特黎波里的胡作非为。但是在海难中,被爱冲昏头脑的国王还是冲过去救她,把她与叔叔通奸乱伦的事情忘得一干二净。

"尊贵的王后,您比以前更光彩照人了。"摄政王说。

"您的嘴像抹了蜜似的,没人比得上您,神父。"她回答道。

有那么一小会,他们彼此都看着对方的眼睛。他堪称当时最睿智的外交家和战略家。但是,瞧着他佝偻着背气喘吁吁的样子,埃莉诺心想他也活不长啦。不过,她需要他活着——因为这位苏格主教不像教皇,会将她的婚姻与路易想要继承人的心愿进行权衡。他在一群主教中颇有声望，可以影响他们。一旦法兰西主教们做出让步，罗马教皇不同意也无济于事。"神父，"她说道。"我们很担心您的身体。请不要站在寒风中。"

苏格主教并不喜欢王后。他总是对周围的朋友说："她有个优点，就是她的花容月貌。"他觉得，王后比埃及猫还要令人赏心悦目。苏格主教喜欢收藏古玩，有一尊熠熠发光的玛瑙雕像——猫神巴思特。他总是喜欢用手抚摸雕像上的纹理，有时也驻足抽她几耳光，边抽还边叫喊，"抽的就是你，你这个婊子猫咪。"弄得修道院的僧侣们开玩笑时就相互称对方为"婊子猫咪"。主教曾经希望，她会在两年半里香消玉殒，或者至少征途的艰辛与乏味能耗尽她的姿色：她曾遭遇海难，被海盗俘虏，经历陌生的风俗与食物……但是他失望了。她一如既往地精神抖擞、生机勃勃，如果说真的有什么变化，那就是她变得更美丽，更自信，也更有女人味了。而且，让人不可思议的是，她变得更加飞扬跋扈了。

他注意到，在王后愈显健康的同时，国王那雅致的脸盘上却出现了东征前未有的两道皱纹，一边脸颊一道，从眼角垂至留有乌黑胡子的下巴。胡子打理得轮廓分明，却难以掩饰国王不时流露出来的心灵忧伤。苏格主教相信，假如路易能被容许如其所愿做个僧侣，他可能早已成为一位上帝的圣徒。可是有一天，长子王储摔了一跤，死了。卡佩家族无人继嗣，只能让那个刚做僧侣没几天、稚气未脱的路易继统法兰西。就在路易登统的那一天，苏格说："这就是命！"

国王与主教一高一矮并肩走向修道院大厅。王后故意远远地落在后面，好将齐娜招至身边。

"我发现，诺曼底公爵混迹在那些未去参加东征的人群当中，现在也来恭迎您了。"苏格对国王说。

"我拒绝召见他。过去两周，他一直骚扰我的仆人们。"

"骚扰？"

"也许用词不当。"国王嘟囔了一句。

"他通过勒索我们的水上贸易发了一笔横财。而且,他有个危险的儿子。事实上,他有不少儿子。"苏格瞟了一眼君王,心头突然一紧,意识到自己触动了路易至今膝下无子的心病。

两人默默无语地走进大厅。快到祭坛的时候,苏格转过身,飞快地对跟在后面的人群做了个手势,大家都停下脚步。国王和主教双双跪下,后面的人群也纷纷跪倒。僧侣开始唱起素歌时,苏格附在国王耳边低语道:"我们不能允许那小子成为诺曼底公爵。"

路易斜了一眼苏格,一边祷告一边用生硬的口吻回了句:"谁当公爵我说了算!"

"一点不错,陛下。那小子必须死!我们应趁早灭掉他那家族。如果那小子继承了诺曼底,他就会积蓄力量进犯英格兰。那样的话,他就理所当然地坐上英国王位了。斯蒂芬国王求我们帮他防守。他的王子对我纠缠不休。我们可不能养狮为邻,以防后患。"

路易叹口气。他不太喜欢那个妹夫,英国王子尤斯塔斯。不过,路易心里明白自己眼下连猎鹅的精力都没有,更不要说与诺曼底开战了,但他还是有责任保护尤斯塔斯。毕竟,如果诺曼底重新占据英格兰,对法兰西是不利的。

苏格担心国王返乡的心情太糟糕,于是想说点让国王高兴的事儿:"不过,诺曼底的次子是……可以说是法兰西的朋友。"

"好朋友?"

"有待检验。"眼下,小杰弗瑞·福尔克还只是个孩子,还提供不了苏格也能从其他途径获知的其他信息。很可能,他自己都没有意识到自己与桑斯主教的谈话已经报告给巴黎了。

苏格眼望苍天,颤声说道:"感谢上帝!"

路易扶苏格站起身,看了一眼妻子,感觉有个男子快步从她身边走开,不过,那也可能是个影子,或者是她身边的某个骑士。她已经脱掉诺曼底公爵给的斗篷，披上了镶边毛皮大衣。他握住了她那只未戴手套的手。路易发觉，她的手热乎乎的，几乎有点烫，脸色也绯红。随从们纷纷退下，一起从幽暗的室内走进同样黑乎乎的户外。王后又哑然失笑。

"有啥开心的?"他问道。

"征途之艰难超出我们想象。我开心因为我们快熬到头了，我的陛下。"她扬起那精致的小脸，眼望着他。"我发誓，回到巴黎后我要做个贤妻。"路易顿时心花怒放。

"你愿意……"

"今晚不行，亲爱的国王。这里的住宿条件太差。不过，或许……明天? 到巴黎安顿好后?"

他勇气倍增，侧过身吻了吻她的脸颊。她没有躲闪——事实上，她的目光柔情似水，轻轻柔柔地洒在他的身上。

那天晚上，皇家卫士长像往常一样为国王安排了一个"挤奶女"。国王却吩咐她离开。"王后睡在哪儿?"他问。

"她在西厢房，在底楼。她房间里有烤炉取暖。"

"她那南方的血统会掏空国库的。"路易快活地说。埃莉诺发明了一种名叫烟囱的玩意，他已经花钱在埃莉诺使用的每一个房间（无论是宫殿还是狩猎地）都安装了这玩意。烟囱下有个烧柴的火炉。"谁跟她睡在一起?"

"那个希腊女人。"

"诺曼底公爵呢?"

"回鲁昂了。我把斗篷还给他，他就带着男仆们离开了。"

"他从我们这里收集到很多情报吗?"

"很难说。他在讨好女人方面有一套，大家对此都很好奇。没准他能借机搞到些情报。还有那些侍女……"

路易轻蔑地"哼"了一声。

王后的住处有两间房,小一点的是衣帽间,另外一间是带浴室的卧房。

卧房装饰得富丽堂皇,有一张宽大舒适的大床,也不知道是哪个主教睡觉用的。一把铺着丝绒的祷告椅,还有一面来自伦巴第的镜子。小一点的房间可能是给领班神父用的,当然也不排除是侍女用的。齐娜用枕头和一些毛皮将睡觉的地方弄得很舒适。

这间小房间通向花园,花园的外面是一片空地,稀稀拉拉的常青灌木将花园与空地隔开。穿过空地,就是那天他们经过的森林。王后的卧房外有两个卫兵,小花园和小房间则无人看守。诺曼底公爵在修道院餐厅吃过晚饭,就一头扎进小花园。

齐娜帮他打开门,又飞快地跑回埃莉诺床边。

房间里燃着两个炭炉,齐娜在通往花园的通道里点了根小蜡烛。

杰弗瑞的心怦怦直跳。就在刚才,就在不远处,皮特·阿伯兰因为乱搞女人被阉割了。杰弗瑞心想,如果现在苏格早有埋伏,那自己就死定了。亨利,我的儿子,如果我死了,千万别像俗人那样看待我,以为我是好色之徒。要知道,我是为了我们的事业而献身。

为了镇定一下自己,他轻轻地哼唱:"与其苟且偷生,莫如勇敢地面对死亡。"

突然,炉光中一个身影一闪,还没看清是男是女,就消失了。

彼此都不说话。彼此也看不见对方的脸。亚麻色的头发在烛光中偶尔闪现,而她的头发太黑,则完全浸没在黑暗之中。

公爵的身影很快就消失在花园里。随即他一阵快跑,穿过空地来到森林里。他的仆人哈姆林早已牵马在此恭候。

跨上马,杰弗瑞并没有立刻策马而去。他把双臂倚靠在马脖上稍事休息。他告诉自己要镇定。他本想静下心来听听有没有追赶的脚步声,脑海里却不由自主地浮现出他刚刚离开的那个女人身形。她身材轻盈,妩媚动人,像只猫,或者说更像只小鸟。

雌鹰!

安茹伯爵的姓,译成法语,就是"雌鹰"。"命中注定!"他不禁怅然。

他从马鞍上取下酒袋,深深地喝了一大口,开始静下心来考虑当下的情形。首先,一旦事情败露,两人必死无疑。他将被烧死,她呢,砍头算是体面的死法。纵然幸免一死,她的全部嫁妆将被剥夺,然后到女修道院终老一生。

其次,他身陷情网,畅游爱河,不能自拔。"友谊从容不迫,地久天长。爱情稍纵即逝。"他喃喃自语。

他觉得自己又焕发出十三岁时的青春。十三岁那年,他前往康博斯特拉朝圣,爱上当地一位叫伊莎贝拉的美人儿,并说服她跟他私奔了。把埃莉诺拥在怀里时,他又感受到青春的极乐——女人将他托向天国的快乐。人们常说,"情人是经验丰富的小偷:她偷心。"他觉得,埃莉诺不止偷走了他的心,或许已经偷走了他为之奋斗的一切。没准她是我们通往胜利的钥匙!

而在两百码之外,埃莉诺踮着脚尖回到了原本属于主教的房间,躺在齐娜身边。"谢谢你,我的露丝。"她轻声呢喃道。

"我的内奥米王后,"齐娜回答。她轻轻触碰了一下埃莉诺的前额。"您坠入情网了?"

"我不知道,我怎么能知道呢?"

"等睡着了,或许天使会告诉你。"

齐娜回到领班神父的卧榻,上面还散发着情人们的体味。她突然心头一紧,因为手触到了一摊黏液。

第一章

也许吧，那就是个充满狂热的时代。两年半前，公元1147年盛夏，法兰西十字军豪情万丈地向耶路撒冷进发。可就在那时，英格兰出怪事了。它竟然回避参与第二次十字军东征，因为他们自己的麻烦事就够多的了，尤其是国王与贵族之间的纷争此起彼伏。

那个倒霉的夏日上午，在古老的温彻斯特宫殿内，斯蒂芬国王和他的儿子尤斯塔斯王子接到皇家卫队急报。父子俩各自站在一扇百叶窗旁，眼望着宫殿楼下的院子。他们的位置极佳，别人看不到他们，他们却能居高临下地打量院子里的两个陌生人。这两个陌生人到了有些时候，正等着被召见。

两个陌生人端坐在马背上，风尘仆仆。其中一人主人模样，另一个看起来像是随从。两个人都身材颀长，年纪不大但体型健硕，举止优雅。那个看起来像随从的一头黑发，主人模样的头发则像马的鬃毛，在阳光下闪耀着赤金的光芒。看到这里，楼上的斯蒂芬国王倒吸一口凉气：他太熟悉这赤金的鬃发了。几个世纪的悠悠岁月匆匆过去，北欧海盗的后裔仍然对自己的头发感到无比的自豪，逢人便要吹嘘一番。

尤斯塔斯年仅二十，却总是撇着嘴，一副玩世不恭的模样。他隐约感觉自己在哪里见过这两个陌生人。除了精致的皮靴和剽悍的骏马，两个人的装束看不出什么特别之处，可能是商人，也可能是工匠，谁也不会相信他们是有身份的人。

一个仆人穿过石廊来到斯蒂芬国王跟前，交给国王一张便条。尤斯塔斯扫了一眼便条角上的签名:"皇女之子"。他意识到自己猜得没错:来者正是那对可怕的哥俩。那个一头赤金鬈发的家伙,依据母亲系谱声称自己是"皇女之子",有权登基英格兰王位。数月前,这个家伙伙同一帮年龄都不到十八岁的贵族弟子带着二百来个雇佣兵攻打英格兰南部。这个家伙的副手,就是院子里的那个看来像随从的人。这个人也不是什么随从,他名叫吉洛姆,是该死的诺曼底公爵的另外一个儿子。他们俩是同父异母兄弟。

尤斯塔斯很想让父亲把这两个家伙一起除掉。"那匹战马值不少钱。"他叫道,眼睛盯着"皇女之子"的枣红色坐骑。"我真纳闷,他从哪里偷来的?"

"尤斯塔斯,"斯蒂芬国王示意他别再继续说下去。

我的父王,作为君主,你太优柔寡断、心慈手软了。尤斯塔斯心中暗想。可父王毕竟是父王!先王亨利一世狮王驾崩后,上帝之手将他推上英格兰王位。先王之女玛蒂尔达,本来是老雄狮亨利一世唯一还活着的合法继承人,而且,亨利一世狮王还逼迫过属下的王公贵胄宣誓效忠于她。一想到女人当王,尤斯塔斯就肠胃痉挛。男人都成什么啦?朝中无人了?真正的基督徒绝不可能与这种有悖上帝旨意的行为同流合污。不幸的是,许多人的确宣誓过,要效忠于玛蒂尔达。这种有争议的王位导致经年累月的内战,渐渐就形成了"斯蒂芬阵营"和"玛蒂尔达阵线"。

斯蒂芬国王不敢把手中的信给尤斯塔斯看。"皇女之子"竟敢在信中提出,作为亲戚,斯蒂芬要给雇佣兵付工资和回家路费。"他希望拜访我,向我道歉。"国王轻描淡写地对儿子说。"另外一个年轻人的母亲是谁?"

王子轻蔑地答道:"洗衣女?伯爵夫人?他自己的外甥女?"

玛蒂尔达的丈夫,素有风流倜傥之名,虽然只有三十三岁,据说已经像先王亨利一世狮王一样弄出了许多杂种。他总是在自己的帽子上别一束黄花。而在斯蒂芬国王眼里,把路边的野草插在头上,还像戴了孔雀羽毛一样到处招摇，简直厚颜无耻、不成体统。

王子尤斯塔斯招手叫过来一名卫兵，对他低声下了道命令，然后对他父亲说道："等着瞧好戏吧。"

在楼下众人的注视下，卫兵信步从尤斯塔斯身旁走开。此时，亨利和吉洛姆已经下了马，正坐在马槽旁。马槽的形状像是通往宫殿的大门又好似大门上的过梁。上面刻有 HR 的字样，是 Henricus Rex 的首字母缩写。在首字母缩写词边上，石匠们还在上面刻了一头雄狮的侧影，狮头很大，微微外转，怒目圆睁。年轻的亨利深吸了口气。门廊边的墙上刻着一幅幅他外公征战沙场、旗开得胜的画面。看到这些，亨利感觉自己被当众扒光衣服，对自己未经周密谋划就贸然攻击英格兰南部的蠢行感到无比羞愧，无地自容。现在他明白，轻举妄动必招致失败。

在征战英格兰期间，亨利发现，祖辈们在英格兰修建了许多宫殿，而且保存得很好。他的外公，那位亨利一世狮王所建造的宫殿无疑傲踞群雄。"我誓将超越。"他在心里暗下决心。

思绪飞扬让他冷静了许多。那天清晨，他和吉洛姆从镇子里策马登临山顶，眺望山脚废墟，他当时有一种气吞山河、舍我其谁的感觉。六年前，他的母亲俘获了篡位者斯蒂芬，一把火烧掉了山脚下镇子里的房屋。为了赶到那里，他母亲光脚在雪地里走了九英里，作为"英格兰征服者"主宰英格兰数月，还差点成功地加冕为英格兰女王。

遵照尤斯塔斯王子的吩咐，刚才那个侍卫拿着一大罐淡啤酒来到院子中。"天太热了，喝点酒吧，安茹猪。"侍卫把酒罐在亨利眼前晃来晃去，酒都晃出来了。亨利闭眼躲避洒出来的啤酒，侍卫趁机朝他的鼻子挥拳。亨利机敏地一闪，拳头落在他的左眉。鲜血裹挟着酒水顺着脸颊流淌下来。

亨利转过身，背对着侍卫；吉洛姆也同样如此。

躲在宫殿暗处的斯蒂芬国王一脸尴尬地对儿子说："哎，他只是个孩子。"

尤斯塔斯气急败坏。他本想亨利会反击侍卫——为了荣誉他本该这么做。一旦他还手，其他卫兵就有借口在院子里当众饱揍他一顿，让院子里的人都好好地瞧瞧热闹。"这可是觊觎我王位的孩子！"王子回答。"您的王位，父亲。"他改口说道。

一般来说，贵族家族的旗幡都是从会客厅那昏暗的天花板顶上悬挂下来，在温彻斯特宫殿，则挂在低一层的地方。宫殿由巨石砌成，玛蒂尔达的那把火焚毁了所有木制建筑，它却幸存了下来。即使在盛夏，这儿依然凉爽。举行盛夏御前会议时，大臣和王子们按照等级和权位入座，主教和少数年长的伯爵和男爵可以坐在长椅上，其他多数人只能站着。地上铺着草垫，踩上去软软的。老百姓也都穿红戴绿，盛装打扮。女人们的头上扎着围巾，围巾的颜色很讲究，或和长裙一色，或和长裙形成对比。只有牧师们衣着单调。不过也有一些教堂里管事的也和朝臣们一样穿着华丽。一些执事也如朝堂上其他人一样衣着光鲜。到处都安排了侍从，随时听候调遣。

朝臣们进入宫殿大院时，不管是骑马的还是坐马车的，大部分人都注意到了坐在马槽边上的年轻人，有几个人甚至猜出了他们的身份。一时间宫殿内外议论纷纷。怎么会有这事？是真的吗？简直胆大包天！他到底想怎样？真是胆识过人！

或许不是他。

侍卫们一路为国王和尤斯塔斯王子开道。待他们登上主位落座，一个七岁男童跪着递给王子一杯酒。作为布伦的伯爵和英格兰的王子，尤斯塔斯喜欢啤酒，但对葡萄酒却更情有独钟。侍从在国王膝边仔细地摆好了阅读架，国王将亨利的来信置于其上，一声不吭地专注研究。上午的阳光从王座后毫无遮拦的窗户照进来，落在文件上。除了高级教士手捻串珠念念有词之外，大厅里一片肃静。朝臣们坐立不安，一会儿盯着国王，一会儿叫侍从给自己拿把扇子或者一份点心。有人不小心踩到了哪位贵妇人的小狗。它号叫起来，呜咽着在人群中乱串。尤斯塔斯王子瞪了那个贵妇人一眼，对身边的侍从耳语了几句。侍从走开了，几分钟后把那只低声号叫的狗扔到外面，还踢了一脚，惹得它在那儿继续号了一阵子。国王将信翻来覆去读了四遍，却还是捉摸不透。他叹了口气，粉红色的嘴唇动了动，似乎在做祷告。朝臣们看出陛下似乎心事重重，都开始交头接耳地猜测这心事因何而起。一时间大厅里充斥着嗡嗡声。国王终于抬起头看了看。

"带他进来，"他吩咐道。

朝臣们都看呆了！进来的这个年轻人活脱脱就是五十年前的狮王。有些人激动得发抖，其余人则直冒冷汗。

"乳臭未干！"有人嘀咕着。

"卑鄙之徒，像他父亲一样。"

"来自地狱，和所有的安茹人一样。"

纵然他们心中想把他看作来自安茹的蠢货，第一次军事冒险就告败，但是，看着他如此自信沉稳的走向国王，他们情不自禁地对他刮目相看。他棕发及肩，衣着肮脏，脸淌鲜血却气色红润。比起身着貂皮镶嵌的礼服、脚蹬珠宝装饰的皮靴却面容苍白的尤斯塔斯，他更像王子。朝臣们看到的是皇女之子坚毅的下巴和炯炯有神的蓝眼睛；只有他随行的兄弟看透他内心充满敬畏，仿佛一个初次踏入昏暗大教堂守护祭坛的少年。自出生以来，亨利的母亲就告诉他关于温彻斯特宫殿的一切，向他讲述自己如何曾一度俘获了篡位者斯蒂芬并被拥为征服者。

吉洛姆用加泰罗尼亚语低声说道："不要看他们的眼睛。"这两个年轻人是从吉洛姆的母亲那儿学会加泰罗尼亚语的。他们自信这般朝臣们没人懂这种语言。

一个神父对主教耳语道："他其实内心很紧张。"

"你很会看人，汤姆。"主教低声回应道。

"而且我还发现，尤斯塔斯一直盯着皇女之子中指上的蓝宝石金戒指。"他接着说道。

有几个年纪大点的伯爵知道这枚戒指曾经属于谁，虽然谁也没见过老主人戴过它。尤斯塔斯王子眼中满是疑惑。征服者威廉一世，是英格兰首任诺尔曼国王，也是他的先辈。"你竟敢在我眼皮底下戴着偷来的东西？"他质问道。

亨利微微一笑。"偷来的吗，堂兄？"说完他转过身去。

众人看到，他鼻梁挺直，一对剑眉在阳光下金光闪闪。他一直面朝国王而立，所以大部分时候人们只能看到他的背影。吉洛姆本来紧贴着站在亨利身后，但尤斯塔斯指着一面墙命令他走开。他退离时，贵妇们和一些牧师对吉洛姆的英俊潇洒和翩翩风度赞不绝口，低声感慨："堪称骑士表率！"

斯蒂芬捋了捋满头银发。"这是你自己写的？"他问亨利。

"是我所为。"

"陛下，"尤斯塔斯装腔作势地纠正道。"你要说'陛下，我写过'。"

亨利根本不理睬他。

斯蒂芬能感觉到，自己的儿子已经怒不可遏，心中一阵阵发慌。这两个缺教养的年轻人把我看成什么了？弱者？他心中暗自嘀咕，嘴上却道："你写得不错。"

"谢您夸奖，叔叔。"

"叔叔！"王子跳了起来。"你竟敢当着大臣们的面叫我父亲叔叔！"他盯着亨利冷峻的蓝眼睛看了一会儿，冲出会客厅，侍从也屁颠屁颠地尾随而去。

朝臣们大气也不敢喘。主教们也被弄得措手不及，手指漫无目的地捻着串珠。

亨利目送尤斯塔斯离去，仿佛在集市上看一件古玩，看似面无表情，内心却欢天喜地。他终于看穿此人面目，心里开始盘算如何击败他赢得王位。

既然尤斯塔斯走了，斯蒂芬就感觉轻松多了。"你现在几岁了？"国王用法语问到。此前他们一直很正式地用拉丁语交流。

"十四岁,陛下。"

大厅的人哄堂大笑。十四!这就是那个入侵者,那个把乡村基督堂直至坎特伯雷大教堂的城堡洗劫一空、令市民闻风丧胆的家伙!

"你竟敢放肆,要我给你金币,付雇佣兵的工钱,还要资助你回家?"

亨利咧着嘴对国王笑了笑。斯蒂芬心想,他不仅秉承他外公的天赋,还继承了他父亲的德性。他突然想到一个办法,觉得可以解决眼前的尴尬:让大臣们来决断。像他一样,所有在场的大臣们都在诺曼底有家产。而在三年前,正是面前这个亨利的父亲,安茹伯爵,将他们的家产据为己有。

"尊敬的王公贵妇们,"他开口道。"我们见过如此厚颜无耻、大言不惭的年轻人吗?他跟我要金币。为什么呢?因为,他在侵犯我们的南方时候,耗光了所有经费!他的外公,伟大的亨利一世羞愧难当,不是吗?"

"是!"会客厅里呼声一片。

亨利听到自己心目中英雄的名字被亵渎,心中暗生杀机。

"他是个恶魔!"一个声音喊道。是尤斯塔斯。亨利心想,我已经让王子心生恐惧。突然,他脑子里冒出个滑稽的念头。他朝大臣们莞尔一笑,然后在头顶挥动手指。大厅里又是一阵哗然。连主教们都忍俊不禁;那个善于观察的主教助理更是笑得前仰后合。笑声还没停,亨利侧过身对国王说:"陛下,看来我赌赢了。"

"你赌什么,孩子?"

"我来前跟雇佣兵的首领打赌,我今晨来到这里,可以博得斯蒂芬·布洛瓦国王的朝臣们欢声笑语。"说完,他静等尖叫声和口哨声渐渐消失。有些年纪大的朝臣觉得:这才是王子风范;他活着,我行我素,不顾及我们怎么想,完全凭借自己内心的强大。

"您瞧,国王陛下,我让你们笑了,您给我金子吗?"

斯蒂芬用眼角余光看到,尤斯塔斯的侍从在门口走来走去。大凡当国王的，强作欢颜、故作镇定乃惯用伎俩。即便有的国王对此心生厌倦，但也不时地用上此法。斯蒂芬就经常如此，而且往往颇有成效。此刻，他就不愠不火地回答道："亨利，我是了解你的，毕竟我们是亲戚嘛。但是，今天在场的许多人，只是道听途说你的一些流言飞语。或许，你可以跟大家解释一下那些流言飞语？"

"当然可以。"亨利答道。他转身面对大臣们，开始用非常流利的拉丁语朗声说道："从我母亲这边，我除了得到'皇女之子'的身份外，别无其他头衔。众所周知，我母亲是英格兰王位的合法继承人，而我是我母亲的儿子。"

他在向尤斯塔斯王子宣战！大厅的气氛顿时紧张起来，唧唧喳喳的声音，宛如出洞的毒蛇，在大厅中散开。

"从我父亲这边来讲，我是安茹伯爵、诺曼底公爵之子。在场很多人的庄园被我父亲占有。你们曾宣誓效忠于伟大的先王亨利一世，但你们却背叛了自己神圣的誓言。你们不止一次，而是三次对先王立誓，拥戴我母亲为先王的继位人。"他毫无畏惧地盯着他们。突然，他脸色一沉，开始用在场所有人都懂的法语说道："你们这些背信弃义、信口雌黄之辈！"他吼道。"我替你们感到羞耻！如果连对国王的誓言都可以违背，还有什么神圣可言？内战之祸全是你们咎由自取！"

喧闹四起，声音越来越嘈杂，主教们和年长的王公们不得不捂上耳朵。斯蒂芬向大厅周围的侍卫做了个手势，侍卫们立刻开始用战戟敲打盾牌，使大厅恢复肃静。

"那么，我的大人们：这个给祖先皇宫带来耻辱的家伙，对于他的要求，你们怎么看？给不给他金币？"国王问道。

"把他赶出英格兰！"人们呐喊道。

"他来自邪恶的安茹！恶魔附身！"

门口的尤斯塔斯叫道："把他关起来。让他父母拿钱来赎。"

斯蒂芬看了看主教们。坎特伯雷大主教和温彻斯特大主教平时互不待见，此时却不约而同地站起身来，步调一致，亲如兄弟般地朝国王走去。

"你们意下如何？"斯蒂芬低声问道。

温彻斯特主教是国王的弟弟，也是英格兰第二大富豪。他曾支援自己的表姐玛蒂尔达。虽然她是女流之辈，但的确是王位的合法继承人。而且，起先也没有规定女流之辈不能继承王位。然而，随着她专横跋扈地在温切斯特另起了个日耳曼炉灶，他就开始倒戈了。坎特伯雷主教仍然坚定地站在玛蒂尔达一边。撇开政见不同，在处理外交事务方面，各教派还是心有灵犀的。

"陛下，他年幼无知，就不要惩罚或者囚禁他了，免得您下不来台。"温彻斯特主教说道。"我敢肯定，他是有备而来的。看得出来，这家伙不好惹。"

"给他金币吧。"坎特伯雷大主教在旁边附和道。"以彰显您的宽宏大量。"

"可我们的王子尤斯塔斯认为，这是我们一举击败玛蒂尔达的良机。如果我们囚禁了'皇女之子'，我们就可以让玛蒂尔达放弃王位，以此作为释放条件。"斯蒂芬低声说。

"陛下，伤害这个孩子并不能确保内战的结束。截至目前，他父亲仍然拒绝与玛蒂尔达联手争夺英格兰。但他会为儿子而战。"坎特伯雷主教说。"他霸占了诺曼底，从这一点就可以看出来，安茹的杰弗瑞冷酷无情，深谙战术。况且他现在已经富甲一方。"

国王手中的权杖微微颤抖了一下。温彻斯特主教注意到这一点，心中不免怅然：偷来的权杖毕竟是偷来的。斯蒂芬·布洛瓦生下来时，连个伯爵都不是，几乎身无分文。但他是狮王亨利一世的侄子。先王亨利一世待他极其慷慨，让他接受教育，赐给他广袤的领地。"我会跟尤斯塔斯王子解释其中缘由。"温彻斯特主教说。

他们各自回到座位，眼睛盯着地面。其他人也学着他们的样子。亨利发现有位举止优雅的年轻人满面春风地看着他。这明显是赞许之举。要知道,宫殿里已经剑拔弩张。

"到我这边来。"斯蒂芬说道。

亨利走到王座边,国王一把揪住他脏兮兮的前襟,用只有他们俩才听到的声音说:"我给你金币,安茹人。但是,如果你再敢踏进我的地盘,那么就不仅仅是你的眼眉淌血了。"

亨利也悄声回答:"你这个篡位的小人,如果你想让尤斯塔斯继承王位,请三思。"他微微弯腰鞠了一躬。"谢谢您的金币。"他面向朝臣,提高嗓门说。"你们的国王宽宏大量,宅心仁厚。愿上帝保佑你们。"他在胸前画了个十字,弄得在场的人纷纷画十字。

"言不由衷!"温彻斯特主教悄悄地对一个执事说。路人皆知,安茹家族顺手牵羊惯了,参加弥撒都可能捎带着抢劫教堂。

在一片唏嘘声中,两个年轻人向大厅门外走去,一路上不时有人推搡他们。亨利隐约觉得,有只看不见的手在他腰带里塞了点什么。他环顾四周,只见无数双眼睛盯着他——主教、执事、骑士、伯爵夫人们——根本无法分辨东西从何而来。庭院中骄阳似火,他把手伸到腰带里,想看看究竟是什么,发现是一小块散发着香味的羊皮纸,上面写着"爱情至死不渝,嫉妒令人痛苦。"他对此嗤之以鼻,随手把它递给吉洛姆。

"似曾相识。"吉洛姆说。

"卡图卢斯写的?还是奥维德写的?"

吉洛姆甩了甩他黑色的卷发。

"那么是马夏尔写的?"

他们都笑了。"还记得那个教过我们几星期拉丁语课的家伙吗?那个虚伪的家伙,我们不得不时常贿赂他。我给过他一只白羽苍鹰,"亨利说。

"我给了他一只小雌猎犬……总之,马夏尔很猥琐,这是……"

亨利拍了拍他的肩。"哈哈,真浪漫。看来我已经赢得了某个女人的芳心。"

吉洛姆用那深棕色的眼睛瞥了他一眼，微微一笑。在谈情说爱方面，兄弟俩之间毫无悬念：吉洛姆永远都是赢家。他大亨利两岁，比亨利高大，英俊潇洒，歌声优美。在家的时候，他穿金戴银，雍容华贵，尽管没啥名分，大家都对他恭恭敬敬。亨利总是穿着羊皮袄到处晃荡，羊皮袄太短，几乎遮不住后背，有时候陌生人会误以为他是个佣人。

遵照尤斯塔斯的命令，侍卫们没收了亨利的坐骑，把他的马鞍和缰绳安到另一只温顺的母马上。亨利检查了一下鞍囊，金币已经装在里面。

"你骑我的马。"吉洛姆说。"我骑这头母马。"

亨利摇了摇头，俩人跨上马一路小跑来到残破不全的小镇。小镇上的人看到一个并非神职人员却骑了匹母马，都纷纷驻足嘲笑。亨利他们也不理会，径直走进一家小酒馆，每人喝了四杯啤酒，相互做了个鬼脸，对啤酒的味道很不以为然。亨利招募的那个雇佣兵总司令，坐在长凳上观望。他们三人的武器装备都放在一起，就藏在那个木匠用的工具袋里。他们仨都曾乔装成工匠，来到这个被烧毁的小镇找活干，帮小镇重建家园。有人问他们为啥说不来英语，他们总是如此这般敷衍了事。

借酒解渴后，亨利溜达着来到长凳边，在总司令身边坐了下来。总司令忙不迭地打开工具袋，拿出装有金币的袋子。

"我的大人，你发财了。我们还打赌说国王会把你抓起来呢。"

"你们都赌我定遭厄运？"

"当然不是赌我倒霉啦，大人。"

亨利缓缓点点头，眼睛盯视着他，笑了。总司令有个可爱的女儿，她满头亚麻色头发。"所以，你赢的赌注，该分我一些？"

总司令用力抱住亨利。"你是大赢家！"他吻了吻亨利的双颊。"任何时候我都会为你而战。"

"把钱发给他们。让我们一醉方休。"亨利说。

那天晚上，小睡了几小时后，他们酒醒了。这对兄弟从仲夏夜舞会上弄了两位小姐,把她们带到一间马厩里。像往常一样,漂亮点的选择了吉洛姆。但是,过了一会了亨利用加泰罗尼语说道:"我要换换口味。跟你的妞说,我是法国有名的骑士装扮的,我就要她。"

"你这个下流胚。"吉洛姆说。

"我用蓝宝石戒指向她证明。"

第二天早晨,他们帮彼此摘掉黏在头发上的麦秆,溜进明媚的夏日艳阳,一路朝南,来到海岸边。亨利忍不住问道:"向斯蒂芬讨金币,你也感到羞耻吧?"

"当然!"

"那帮王公贵族对我们家说三道四,讲了很多难听的话,尤其是关于父亲。"

"我听到的比你还多。他们不说英语,也不说拉丁语,就说法语,明显是说给我听的。"

这四个月来真是颜面扫地!由于缺乏周密部署和攻城设备,亨利的军队一再溃败。他那些贵族小伙伴相继弃他而去,乘船打道回府了,只剩下亨利、吉洛姆以及那些等着发薪水的雇佣兵。亨利把头埋在母马粗糙的鬃毛上,忍不住哭了。"我做不到。"他对兄长说。"我永远不会成为外公那样的领袖,永远也当不了国王。"

"其实,尤斯塔斯很怕你!"

"但他是王子,而且有法兰西做后盾。"

似乎还有臣民做后盾。

到了海边,亨利和吉洛姆才真正明白,还是老话说得好:"普天之下莫非王土。"一群充满敌意的流民正在那里等着他们,一边叫骂一边朝他们扔臭鸡蛋和烂蔬菜。亨利跳下马,手持战剑,怒发冲冠,冲向人群。吉洛姆在他身后做掩护。

人群一边后退一边继续叫骂。农奴们赤手空拳与他们搏斗,却没有工匠敢用镰刀、拳头或是锤子来反击:这两个外乡年轻人横冲直撞,一副不杀出条血路誓不罢休的样子。尽管还都是孩子,他俩杀起人来却毫不手软,对那些阻挡他们前行的人劈头就是一剑。几分钟后,农奴也只好放弃阻挡。

亨利目不转睛地盯着海堤边蓝色的海水,大步向那条能载他们回家的船走去。一个老妇人猛地拽住他的袖子,跑到他前面。她曾经也很有姿色,但如今却骨瘦如柴。她把一大包东西塞进他怀里,盯着他的脸,用标准的法语说道:"为纪念受人爱戴的狮王。"然后飞快地跑到他身后,用英语尖叫着。不管她说什么,都会招来人群一片讥笑声。等在船边的渔民们眼睁睁地看着他们受阻。

在一片混乱中,吉洛姆忽然听到人群中响起银铃般的歌声,歌声委婉动人,他闻所未闻。那是一首嘲弄他们的英文歌。一个光着脚丫子的淘气鬼正一边唱着一边对鼓掌的人群频频鞠躬。吉洛姆感觉淘气鬼像侍从一样鞠躬着实有点古怪。他在心里记住了这首歌的旋律。

亨利此刻的心思都在怀里那红布包裹上,既没注意到淘气鬼,也没留意歌声。他跳上渔船的船舷,怀里仍抱着老妇人那个古怪的包裹。会说英语和法语的渔民们都转过头去。"她说什么了?"亨利问。

"如果是我,就把那破玩意扔了,先生。"有个渔民说道。"船上带着这么个破烂,会倒霉的。"

亨利的脸刷地一下红了。他刚想把东西扔出船外,抬头看见那个老妇人正站在码头注视着他。她刚才对外公敬重有加,他不能相信渔民的鬼话。一只白鸥在他们头顶盘旋。海面湛蓝,海风轻柔。船缓缓起航。船工伴随着划桨的节奏喊起号子。亨利背对着英格兰,缓缓地打开包裹,那是一块长方形的亚麻布,染得鲜红。正中间用针线刺了一头金灿灿的狮子。只见狮子侧身仰天长啸。亨利顿时感觉心潮澎湃。

"把它展开。"他对吉洛姆说。

吉洛姆双手将它展开举起来,亨利退后一步仔细打量。狮子那凶猛犀利的目光一下子穿透亨利的内心,让他感觉自己仿佛置身另外一个世界。他感到狮子对他说了些什么。但是,狮子的话如那阳光下珍珠般的浪花,在水面闪了闪便消失无踪。他怅然若失之余却难以忘怀——他曾征战英格兰,冒着失去生命的危险,经历过失败和耻辱。此刻,一切如海风飘散。风散时揭开了他理智的面纱,改变了他的生活。但是,一切所为何来?前程深似海,彷徨复彷徨!

他感到一阵羞愧。自己的战败和愚昧让狮王蒙羞了!

"你保管好它。"他对吉洛姆说。

吉洛姆一声不响地将它叠好,收入行囊。

第二章

在鲁昂,一位渔民划船逆流而上,带了封信给诺曼底公爵夫人。她丈夫看到信上有斯蒂芬国王的印章,就自己拿起信走到几步开外的地方去读。信很简短:

英国国王斯蒂芬致其表姐玛蒂尔达:告诉你个坏消息。你儿子和他那杂种兄弟来向我乞讨金币。我们已经打发他们走了。

"有没有信要带回?"渔民问道。

公爵摇摇头,掏出一枚硬币扔给他,自己走回房间,倒在床上哭了起来。杰弗瑞不是那种愿意把时间浪费在教堂里的男人。但是今天,在哭过之后,他径直来到城堡里的小教堂,开始祈祷。他以传统的方式站在那里,双手向天空张开。他那宽阔且凸出的颧骨上流淌着眼泪。他爱自己众多的孩子,尤其溺爱命运坎坷、体弱多病的孩子——亨利。玛蒂尔达把所有对她父亲的恐惧、愤怒和痛恨全都发泄在这个男孩儿身上,同时又在心里无限温柔地关爱着他。

她和亨利,表面上母子彼此抵触,骨子里又相互牵挂。彼此的爱都深藏在熊熊的怒火之中。

公爵对这一切了如指掌,却又无可奈何。他祈祷良久,泪水已干,颓然跪在地上。妻子发觉公爵跪在垫子上,大吃一惊。

"亨利怎么了?"她问道。

"他很好。我在祈祷他能平安渡海。"

"我才不信你呢。"她说。"除非你心神不宁,你从不祈祷。他在哪儿?"

"他在回来的路上,三天之内就可以到家。"杰弗瑞站起身,修长的手指把眼前的金发捋到后面。

真是个混蛋。妻子暗骂。对于丈夫,玛蒂尔达一百个不满意。尽管他仪表堂堂,谈吐优雅,富甲一方,还很会讨女人喜欢,但她就是对他不满,甚至对他吹奏笛子的方式也看不顺眼。她尤其讨厌他是福尔克后代。那天她父亲告诉她,给她选的第二任丈夫是个福尔克后裔,她撕扯着自己的头发恸哭道:"安茹人都是小偷、野蛮人和牧师杀手!而且他还是福尔克人!福尔克的布莱克已经谋杀了两任妻子了。"

"那是因为他发现第二任妻子和一个放羊的偷情。"狮王亨利一世气呼呼地说。"我和安茹之间有边境争端,联姻可以结束这一切。况且,安茹小子生育能力好。他已经有个儿子。你需要一个能生育的丈夫,之后……"

狮王亨利一世不愿提及女儿第一任丈夫的名字。玛蒂尔达 12 岁就被那家伙弄到床上,可过了十二年却徒劳无功,甚至连流产也没有出现过一次。他要鲸吞法国的宏图伟业也因此搁浅。现在他寄希望于玛蒂尔达和这个安茹来的年轻人。他知道,这个年轻人十三岁就勾引了一个男爵夫人。这件事情使这个国王回忆起自己的青春岁月。"他们说他非常地英俊潇洒。"他笑着补充道。

而杰弗瑞·福尔克也倍感沮丧,娶一个年长他十一岁的女人,据说还像暴君一样专横。她身材高挑,有着一双充满智慧的灰色蓝眼睛。她把浅棕色头发盘成德国女人的样式,王冠顶上的头发编成辫子,其余的头发披在脑后,自然垂落到宽阔挺拔的肩膀上。王冠缀满珠宝,下面挂着面纱。她要求杰弗瑞称呼她"女皇",稍不开心就对他说德语,而杰弗瑞对德语一窍不通。

她站在小教堂里气鼓鼓地凝视着他,他心里却在想,要是她不总是一副拒人千里之外的模样,而是能与他坦诚相见,那该多好!或许,他早就会爱上她了。但是,在他们多年的婚姻生活中,她从未向他低眉顺眼过。他的老丈人曾警告过他:"她很任性,你可能要强硬点才行。"

十四岁那年,杰弗瑞觉得自己是个男人了,已经可以和她同房。但是,他的新娘却惊恐万分地看着他勃起的男根。他顿时脸红了。也许德国皇帝的那玩意要比他的大得多。"夫人,难道它令你失望了吗?"他当时问道。

"令我失望?它太可怕了!"

的确,他还小。她比他高大,但身为男人,他更强壮。"是我太……小了吗?"

"小?太大了!"她叫喊着。"我不要那个怪物进入我的身体。"

"不管你喜欢不喜欢,它要进去了。"他一只手搓揉着她的乳房,另一只手引导着自己的男根进入妻子的身体。整个云雨过程手忙脚乱,草草了事,毫无快感。第二天早上,看见床单时,杰弗瑞才意识到妻子一直都是女儿身。她原先那个皇帝老公原来一直只是对她动了手指头而已,究竟是什么原因,杰弗瑞永远无法从她口中得知。唯一的可能就是她贵为皇后,自命不凡,羞于做那恶心的事情罢了。

自那次以后又过了几个月,他就离她而去,而且再也没回去,弄得狮王只好威胁说,如果他不来把她娶走,就要对安茹动武。杰弗瑞盘算来盘算去,觉得自己虽然已经年满十七岁,贵为安茹属地的伯爵,但是要对抗欧洲最富有、最伟大的勇士,似乎胜算不大。接下来的那个夏天,他又回到英国履行婚姻的责任。几周后,玛蒂尔达就怀孕了。

但是,他在她身上播下的每一粒种子,都是霸王硬上弓才成功的。"你让我觉得我是条发情的公狗。"他抱怨道。然而,他也注意到,在反抗过程中,经历了一番强烈的恐惧和自厌之后,她会在精神上得到释放,感到愉悦,会用德语、法语甚至安茹语喋喋不休地说些柔情蜜语,用手捶打他的脸、抓挠他的头发。

起初,他不得不用蹂躏的方式让妻子感到愉悦,对此他自己也觉得极其厌恶。但是,他是一个善于反思的年轻人。细细想来,他觉得即使是天生的瞎子或者智障人都应得到同情。于是到二十岁时,他可以很平静地蹂躏妻子。他们彼此心照不宣,都觉得床只是一个舞台,床笫之事和日常生活无关。他捆住她的双手,掰开她的两腿分别绑住,骂骂咧咧地性虐她。玛蒂尔达接二连三地为他生儿子,还有许多女儿。

虽然她的婚姻生活仍然是羞于启齿,但她可以公然称道自己丈夫的一个优点:能征善战。他从英国人手中夺取了诺曼底,从法国人手中得到佛克森的大部分领地。这可不是小成就,因为,伴随着征服诺曼底,他把那些王公贵族的财产也一并收入囊中。那些可恶的王公贵族,曾经信誓旦旦地要拥戴她为英国女王。随着对佛克森的军事控制,他迅速控制了西部地区和法国的水上贸易。在她心平气和之时,她也承认丈夫学识渊博,她称赞他的学以致用。比如说,通过读罗马作家韦格提乌斯的著作,她丈夫获得了如何夺取蒙特勒—伊贝莱城堡的方法。除此之外,他们只在不甘俗套和志存高远方面有共同语言。

站在小教堂里,玛蒂尔达重复道:"你说他三天后会到家?"

杰弗瑞站起身,眼盯着她。"一点不错,我的夫人。"其实,三天只是个猜测而已。

他在撒谎。她心知肚明。

三天后,天刚蒙蒙亮,杰弗瑞就爬到鲁昂公爵府最高的角楼,选了个位置极佳的地方,静静地站在那儿向外眺望。站在这里,那些海上驶入河道的船只尽收眼底。他旁边站着两个最好的弓箭手。仨人眯着眼看塞纳河上的薄雾。

"公爵大人,我们要寻找什么?船有多大?"

"估计很小,也许是艘渔船吧。"保佑他还活着,杰弗瑞祈祷着。保佑他毫发未损地平安归来。

"那儿有艘船。"

杰弗瑞的眼神很好,但却什么都没看见。他的弓箭手却有鹰一样的眼神。

"那里有人向我们招手!"

"哪里?"

"那里,殿下。200码开外的地方,我可以看见……"

"什么?"

"有人正向你招手,他挥舞着一块布。"

"殿下,是一面……旗子,上面还绣着一个奇怪的动物头像。"

"是一匹马。"另外一个人说。

"不可能,腿太短了。"

"是一匹金色的马。"

"伙计,你眼睛走神了,那明明是一头狮子。"

"一头狮子?"杰弗瑞比手下人高出一截,他把胳膊支在他们肩膀上。"能看见脸吗?"

他们专注地眯起眼,紧盯着目标。

"公爵大人,是吉洛姆勋爵!他正向我们招手,边上站着我们年轻的公爵!"

话音未落,杰弗瑞已跑下楼梯,在船靠岸前飞奔到城镇码头。

他先抱了抱亨利,又抱了抱吉洛姆。"回家去看看你母亲吧。"他对吉洛姆说。"稍后我去找你。"转过身来,他又对着亨利咆哮,"如果你再胆敢鲁莽行事,我会杀了你。"

亨利吓得话都说不出来。

"你的战马呢?"父亲盘问道。

"被斯蒂芬扣押了。"亨利咕哝着说。

公爵"哼"了一声,继续盘问道:"那么你从你母亲房间偷的外公的戒指呢?"

他摸索着把皮囊从长袍里掏了出来。"我向你要钱的时候你为什么不给?"亨利突然反问道。

杰弗瑞没想到他们会以这种方式开始谈话。他没有回答。

"你还派人叫罗伯特公爵也不要帮我!"亨利一脸的委屈。

"你说得没错。"

"我在为母亲战斗,而你和她却宁愿我死在英格兰!"

公爵嗤笑道:"我们知道你会绝处逢生。你比你母亲那只猴子还要诡计多端。"

"但如果我不是呢?"亨利不依不饶。

父亲突然骂道:"你哼哼唧唧像个十岁的小孩。快别说了,否则我就真的当你是十岁小孩,狠狠地揍你一顿。"

玛蒂尔达从城堡里看见她大儿子骑着父亲的马回家了。她那猴子,哈布林此刻正窝在她的肩膀上。她轻轻地抚摸着猴子,试图让自己平静下来,而猴子也用它的小圆脑袋蹭着她的手。

"你的战马呢?"他们一走进城堡,她就责问亨利。

"它出意外了。"公爵答道。

"我没问你。亨利,你生日时父亲送给你的军马呢?"

"它的腿受伤了。"

"我知道,你在撒谎。老老实实回答我!"她跺着脚说。

公爵夫人和她这个蛮小子之间的冲突,弄得整个家庭都不自在,就连那只猴子,感觉到女主人正在气头上,也知趣地跳到地上。杰弗瑞找个借口走了,临走前偷偷地飞腿踹了猴子一脚。除了玛蒂尔达和哈布林的情人,一只黑白相间的懒猫,这里的每个人都讨厌这只猴子。

"你先说说,从哪儿弄到钱来雇佣士兵的?"母亲继续问道。

"在镇子里借的。"

"你找了犹太人！十四岁就欠他们钱了！你难道不知道，那是一帮杀人不眨眼的家伙？"

"那都是胡扯，母亲。我问过罗伯特叔叔，他说那是有些英国商人为了赖账故意编造的。"

"哦，真的吗？好好听着，那个犹太人被审判后定了罪，被烧死了！"她几乎声嘶力竭地叫道。

"那并不等于他有罪。"他嘟囔着，但他母亲根本不听。他上前一步抱住母亲。他已经和母亲一样高了。母亲任由他抱了一会，推开了他。

"过来，宝贝，到妈妈这里来。"她对哈布林说。那只猴子跳到她肩上，露出它褐色小牙齿对着亨利吱吱乱叫。

"我和罗伯特叔叔在一起待了两天。"亨利说。"他要我给你带个口信：'所言非虚。'"

谁也没想到，他母亲竟然哭了起来。她那同父异母的兄弟，格洛斯特的罗伯特伯爵，是个私生子，也是她唯一可以毫无顾忌去爱的人。十年来，他一直为她的英国皇位继承权而战斗，但最近战况不佳。他的儿子也投靠了斯蒂芬国王，一时间流言四起，说他已经心力交瘁、奄奄一息了。

"我们败了，篡位者赢了。英格兰本是我的嫁妆，现在却一直被霸占着，你永远成不了国王。"

亨利脸上火辣辣的。透过玛蒂尔达卧室打开的窗户，他们可以俯瞰整个镇子，沿河的码头及仓库，对岸种着亚麻和麦子的庄稼地、果园、森林以及延伸到法兰西岛的平原。哦，法兰西岛，莱茵河西岸稍有身份的人都效忠于她！

诺曼底的苹果树已经开过花，现在正结果实。每年有六周的时间，苹果的香味会弥漫鲁昂，让人有如置身伊甸乐园的感觉。此时，苹果花的香味已经淡去，扑面而来的是日渐成熟的麦香以及阳光下的芳草气息。

"我的嫁妆啊！"玛蒂尔达哀叹道，眼睛里泪水涟涟。"亨利，你父亲为什么从来不尊重我？为什么会拈花惹草？你现在知道为什么了吧。我弄丢了我的嫁妆！你父亲本可以为王的……"

"母亲，母亲。您……"她可以瞬间让亨利措手不及。"母亲，您坐会吧。"他说。

一个仆人端上苹果酒、原味面包和奶酪。现在，早饭时间已过，中饭却为时尚早。亨利饿了，因为渔船上的食物实在太糟糕，他晕船的时候只能靠着吉洛姆的头。

他一声不吭地埋头吃饭。

"我的生活毁了！"玛蒂尔达继续唠叨。亨利本想安慰她，对她说，"我很想您，我很害怕，我以为尤斯塔斯王子会把我监禁起来。"但是话到嘴边又停住了，只是再次搂着她的腰，将头靠在她的胸前。

"你要干什么？"她问。"你都已经这么大了，还像个小孩子一样撒娇。"

他抽回身子，把吃剩的奶酪扔进盘子，站起来身说："我去看看那些小狗。"

"看小狗！十年了，为了正义，为了我自己，也为了让你继我之后为王，我们一直在战斗，但现在我们却败了。此时此刻你却还惦记着那些小狗！亨利，你应该懂得身为女人的痛苦。"

他深蓝色眼睛冷冷的，酷似他的外公。"我懂，"他说。"您从没让我忘记过。"说完他走了出去。

杰弗瑞正坐在石凳上看着些文件，阳光暖洋洋地照在他宽阔的脊背上，让他很享受。看见儿子走过来，他站起身来说："我们去狗圈看看，又有了些可爱的猎鹿犬，还有 16 条小狼犬。"说完自顾自往前走，亨利只得快步跟上父亲。刚走近狗舍，200 多条猎犬就开始兴奋地叫个不停，身子也一跃而起，气势宛如滚滚洪流扑向大坝。

猎犬总管站在一边，先让公爵和他儿子从篱笆围墙中的一道门里穿过去，然后引他们来到养小狗的地方。八只母狗躺在草堆上，一些在给幼犬喂奶，其他的舒展着灵活的长腿，任由幼崽摸爬滚打。亨利拎起一条小狼犬，养下来大约八个星期了，肉乎乎的身体蠕动着，舌头舔着自己的鼻子，嘴里发出奶声奶气的欢叫声。

他父亲双手叉着腰，若有所思地看着亨利。这是玛蒂尔达和他都寄予厚望的儿子，肩负着继承王位的重任。生下来时就很宝贝，后来也一直被视为掌上明珠。他精力旺盛，足智多谋，乐观幽默，但同时也狂妄自傲，不仅自以为是，而且还很叛逆。简而言之，他注定是要一展才华来完成他们的愿望。

杰弗瑞本想说："亨利，我爱你，胜过爱我自己。"不过，他想起自己在他这个年纪，对父亲一手导演了他与玛蒂尔达的婚姻也愤愤不平，要挟说要离家出走，去萨拉森人的军队里投笔从戎。

沉吟良久，他开口道："亨利，你让我们感到极其难堪。你不仅发动了一场注定失败的战争，而且还向那个篡位者讨钱⋯"

亨利放下小狗。"原谅我，爸爸。"他开始哽咽。"我并没⋯⋯"

"不准哭！我们的家族不会怜悯弱者。关键是你已经从战斗中吸取了教训。"

亨利克制住情绪，说道："有了骑士身份，我才有权威来指挥众人。如果我要成为国王，我必须先成为一名骑士。"他又变得趾高气扬。

"你必须成为一名骑士！"杰弗瑞笑着回应道。"但你以为骑士是桑树上长出来的吗？"

他指着地面，一把将亨利推得跪在草堆上。这时，边上正好有个马夫在用皮鞭教训不老实的猎犬。公爵一把夺过皮鞭。"我现在就让你成为一名骑士！"他一边说一边狠狠地抽打亨利的双肩和脸庞。"你知道我是如何获得骑士身份的吗？我是用自己的实际行动感动了亨利一世狮王。那时我和你一样大，他把我叫去盘问了一个小时，然后带我去狩猎野猪。我当时不得不孤身一人去狩猎，而且是走着去，随身就只带了一支长矛。

当我带回野猪的獠牙时,他说:'你行的。我现在就授予你骑士身份,你当之无愧。'"

他退后一步,一副怒其不争的表情;亨利仍旧跪着,目瞪口呆地看着父亲。他母亲经常抽打他,但活这么大,父亲却从没有嘲笑过他,也从未揍过他。他觉得眼前这个人很模糊,好像从未谋过面。那双通常情况下总是笑意盈盈且略带俏皮的蓝眼睛,此刻却令人生畏——冷酷无情,充满鄙视。这就是诺曼底公爵的另一面。他得到的遗产不多,几乎是白手起家,但凭借着智慧和勇气,他现在已经富甲一方。好像洞悉儿子的心思,他又加了一句:"我的身份与财产,都是我自己挣下的。"

亨利的眼中噙满了泪水。"爸爸,……"他抽咽着。

"爸爸!"杰弗瑞怪声怪气地对亨利说道。"我强迫过你娶哪个娘们,好用她的嫁妆来维持我在佛克森的军费开支吗?没有吧!除了学习,我强迫过你做过其他事情吗?也没有吧!我教你马术、剑术、狩猎、熬鹰①和游泳!看来,我并未教会你如何处变不惊、如何珍惜家庭荣誉以及如何担当尽孝的责任。"

母狗畏缩在草堆里,刚才还在起劲吃奶的幼犬也停了下来,哼哼唧唧地抗议着。

站在边上的马夫这时很识趣地退了出去。

他儿子不甘心地说:"难道我一无是处吗,爸爸——?"

"住嘴!别再恶心我。你让我颜面扫地。"杰弗瑞转过身去,由于生气和自责,脸色变得铁青。他想说,"亨利,你还不会走路,我就抱你上马;我和你一起玩掷球;你稍稍懂事,我就给你找来最温柔体贴的女人,教你如何去爱与被爱。我为你做了所有我希望父亲能为我做的一切。"

但他只字不提这些。

---

① 熬鹰,也叫做熬大鹰,训练猎鹰的方式之一。主要指不让猎鹰睡觉,熬着它,使它困乏,主要跟当时的人喜欢玩鹰有关。

"亨利,在我过三十六岁生日之前,你要成为诺曼底公爵。你无忧无虑的日子到头了。"说完他大步走出小狗窝。

外面空气清新,猎狗温顺地看着他,时不时地用天鹅绒般柔软的舌头舔舐着杰弗瑞的手掌和胳臂。杰弗瑞渐渐平静下来,侧耳听到亨利仍在小狗窝里啜泣。

杰弗瑞四处溜达,查看查看猎犬窝,检查检查水槽,凡是他能想起来的,都随意看看。看完就和犬舍总管攀谈起来。总管一声哨响,猎狗从各个角落跑出来,纷纷蹲回到长凳上,全神贯注地看着人,那样子完全是一副懂得人类语言的模样。这些畜生,体态优雅,许多狗将前爪交叉在胸脯前,就像良家孩子在赴宴。

院子里有棵榆树,每年都有小鸟在上面筑巢。但今年乌鸦把刚孵出来的雏鸟都咬死了。此刻,一只乌鸦正栖息在树上,油光光的黑脑袋左右摆动,贪婪的黄眼睛盯着树下的人类。"去鹰棚里弄只猎鹰来。"杰弗瑞对总管说。"没准有死里逃生的雏鸟,得把讨厌的乌鸦赶走。"

总管遵命去办,杰弗瑞回到小狗窝看看儿子怎么样了,却发现儿子傍着只母狗在草堆里睡着了。公爵的身影刚一罩过亨利的脸,他立马睁开眼喜笑颜开地说:"我正梦见自己在苏格兰呢。大卫舅舅授予我皇家骑士称号。我还看见……"他的表情晴朗如黎明。

"还看见什么了?"

睡眼蒙眬的男孩现在彻底醒了,脸"刷"地一沉,说道:"没什么。"

"该吃晚饭了。"

杰弗瑞转身离开那充斥着狗味儿的狗窝。心里一阵悲戚:我已经失去他了。

玛蒂尔达对家里吃饭用餐有规矩,饭桌上只能围绕一个主题说话,而且总是她挑头。如果她不开口,其他人,不管是小孩还是公爵,都只能保持沉默。亨利来到饭桌时,已经迟到了,因为他要先洗脸洗手,还要把头发梳理好,才被允许坐下来吃饭。走到饭桌旁,他先抱了抱弟弟妹妹,轮到他最喜欢的威廉,他还摸了摸威廉的头发。但父子俩始终彼此都未看对方一眼。

"杰弗瑞跟我说起你做的梦,"玛蒂尔达说。亨利没在意母亲语气中的柔情,仍旧阴沉着脸。

"我自己会给大卫国王写信的,问问他是否可以让我成为一名骑士。"他说道。

"我会安排你跟着击剑大师训练。"杰弗瑞说。

亨利睬也不睬他。

"大卫肯定会答应的。"玛蒂尔达补充道。苏格兰国王是她表兄。

亨利也不睬她。

"欢迎你回家,亨利。"年轻的弟弟杰弗瑞咧着嘴说。青年杰弗瑞有着一头和父亲一样的金色长发,却长着长马脸和灰不拉叽的小眼睛。不费吹灰之力,他就能让自己的脸茫然一片。由于坐在哥哥旁边,离母亲有几码远,他便乘机悄声说:"以为自己真的是狮子?你连个小草堆都翻不过去。白痴。"

"你在说话吗?"玛蒂尔达厉声喝道。

"没有,妈妈。"青年杰弗瑞赶紧回答。

那天晚饭前,青年杰弗瑞独自在宫殿果园附近练剑,亨利走过去,对着他的太阳穴就是一拳,疼得青年杰弗瑞满地打滚。

那天晚上,夏日的阳光落山的时间比往常晚了好几个小时,亨利却早早地回到卧室。青蛙的叫声清脆而仓促,蟋蟀在吱吱地叫个不停,空气也跟着悸动起来。暮色刚至,公爵走进儿子的卧室。

"你来干什么?"亨利问。

"我也不确定。"父亲答道。其实他心里极其不安。他想说对不起,但他知道这样做会前功尽弃，会让亨利备受煎熬的痛苦削弱功效。

他们相坐无语。

终于，亨利开口道："吉洛姆救了我的命。我掉进河里，浑身铠甲。他纵马跳进河里救我。但是他自己也穿着铠甲。我们差点都被淹死。最后是他的马拉我们上了岸。"

"吉洛姆……"杰弗瑞百感交集：吉洛姆一直受到百般宠爱，从不缺乏爱的沐浴；而亨利你，却一直和愤怒、挣扎为伍，只能通过生命的呼唤才能找到爱。"吉洛姆……会一直保护你的。"公爵说，"正是有他在你身边，我才认定你能活着回来。"

他接着问道："顺便问问你，你们逆流而回时，他挥舞的那块儿红布是什么？"

"一块破布，老女人给的。"

父亲吻了吻他的额头。可怜的孩子，你的敌人不仅有英格兰国王、皇储和法国宫廷中的上上下下，甚者超自然的力量也与你为敌。

他的思绪一下子飞回到十四年前的那个盛夏。1133 年的盛夏，他和玛蒂尔达从勒芒出发，去为他们的第一个孩子祈福。那时的他，稚气未脱。年纪大他许多的妻子急切地渴望他们将要建立的王朝能够繁荣昌盛。实际上，那时他们彼此都厌恶对方。她要找的修道士是克莱伏的伯纳德，一个神秘而神圣的苦行僧，同时还是宗教改革运动的领袖。

他们乘坐的马车前后各有十名骑士护卫。奶妈抱着孩子。杰弗瑞记得很清楚，他当时心情郁闷。因为，为了替他第一个合法儿子庆生，他买了只北欧猎鹰。他很想待在家里守着那只猎鹰，那是他买来为他的嫡子庆生的。在他看来，炎炎夏日里奔波于教堂之间，就为了跟一个疯子讲几句话，简直愚蠢透顶。玛蒂尔达注意到他阴郁的表情，不满地问道："何劳您大驾随行？"

"确保老妖怪不伤害我亲爱的儿子。"

"你简直胆大妄为！伯纳德神父为入殓师女儿析过梦。"

杰弗瑞再次哭笑不得：他妻子本人以及她的诺尔曼家族都对一个梦耿耿于怀。那是关于一个女孩的梦。说的是诺曼底海盗王公有一天在野地里看见了一位光着脚丫子的女孩，就把她带回法莱斯城堡，把她睡了。后来，这个女孩梦到自己的肚子不断膨胀，直到突然长出一棵大树。这棵大树在诺曼底和英格兰两地跳来跳去，并在两地扎了根，再后来……不管怎么说，她生了个男孩，不是一棵树。男孩就是私生子威廉，在英格兰，他的子民必须称他为征服者威廉。

如果玛蒂尔达没有带着丈夫来拜访伯纳德神父，神父就会邀请她到修道院，到他宽敞的私人住所里去。但他不喜欢杰弗瑞。倒也不是因为他不喜欢克鲁尼的奢靡生活方式，尽管他也瞧不上克鲁尼修道院的院长苏格。而是他看不起杰弗瑞的父亲（现在已经是耶路撒冷的国王）以及上溯至黑人福克和女巫梅璐金等祖先。他让他们等在修道院的某个回廊处。回廊的石柱外是一个种满药草和鲜花的庭院。在等候时，杰弗瑞百无聊赖地拽了一根黄色的金雀花，把它别在自己的帽檐下。又过了一会，那个神圣的男人终于出现了。

杰弗瑞清楚记得，那个男人盯着亨利看时，瘦削的脸部表情怪怪的。虽然生下来才六个月，亨利的个头已经很大，虎头虎脑，一头的红发。神父脸上交织着迷惑、惊奇、震撼、愤慨以及——杰弗瑞觉得——有那么一刻表现出恐惧。或许不是恐惧，而是恐怖。

"他来自地狱，终将回归地狱。"神父预示，说完衣襟飘飘，一阵风似地走了，其他僧侣屁颠屁颠地紧随其后。

14年后，杰弗瑞坐在儿子的床边，悲伤地回想着那天的事情：玛蒂尔达的祈福没想到竟是一个儿子万劫不复的诅咒。后来，僧侣们将此事添油加醋地传播开来，从修道院传到小教堂，又从小教堂再传到大教堂，直到比利牛斯山北部的每一个省都耳熟能详。他再次吻了吻亨利的额头，"我相信那块布是好运符，是老狮王亨利一世本人送给你的护身符。"

儿子眼中闪烁的希望让杰弗瑞禁不住想哭。

第三章

亨利从斯蒂芬那里灰溜溜地回来后,立即开始为当骑士做准备。不到一周,一名潜伏在鲁昂马厩里的间谍就把这个消息传递到了巴黎。

法国的大总管埃蒂安纳·德·塞勒男爵,眼盯着告密者,跺着脚走来走去,牙根咬得咯咯响。塞勒向来以咬牙切齿著称,因为,对所有的人与事,他都怨气冲天。作为一名曾经跟随恺撒入侵高卢的百夫长后代,塞勒是个高个子,目光硬朗,头发灰白,精力充沛且有点神经质。

"操练剑术,对吧?"他喃喃自语。"还未等到他知道什么才是真正的剑术,我就会逮住那个小崽子。"他笑逐颜开地自己拍了拍屁股,扭头看着告密者。"你这个混蛋,滚回鲁昂去。你得日夜监视,白天黑夜都监视,懂吗?你不需要睡觉,只有娘们儿需要睡觉。"

总管坐下,在羊皮纸上画了张年历。两年,他估摸着。得等两年。两年后,上帝保佑,陛下就该东征回来。到时他将说服国王夺回佛克森,灭了诺曼底,那父子俩一个也不放过。法兰西的路易·卡佩将重新成为诺曼底公爵。让英国见鬼去吧:他们把诺曼底拱手让给了安茹伯爵。

无论阳光明媚还是狂风暴雨,亨利每星期有六天都在坚持训练,常常是黎明即起,深夜才停。

他写信给苏格兰的国王大卫,请求赐予他骑士荣誉,但杳无音信。

到他 15 岁时，连续两天不吃不睡，他也可以忍受，也可以手持兵器悄无声息地穿过森林，还能一手持剑一手握斧左右开弓地打斗。如果没有喝的，连自己的尿他也能喝得下去。

早餐时，他的亚麻衬衣都湿透了，头上扣着铜头盔也顾不上摘下。

晚饭前，他学习骑术。亨利早就发现，不管什么战马，一到了驯马师手里都变得服服帖帖的。"你有秘诀。"他对驯马师说道。

驯马师告诉他，马用特殊语言彼此交流。他悄声说，配种的马中有匹马很受排挤，常受到其他种马的挤兑。受挤兑的马趴在母马身上却一事无成，恼得自个乱撞篱笆墙。

驯马师进一步压低了声音。毕竟，六十年来，母教一直对异教徒毫不手软。"大人，你不会告诉祭司吧？"

亨利发誓不会。

"你看，大人，马神将畜生派下凡来帮助我们人类，"他压低声音说。"他要这些畜生竭尽所能：活力、耐力以及在战场上勇往直前的勇气。大人，马会为你献出生命。它会让自己一直奔跑，直到死去。"

驯马师七十来岁，佝偻着背，两腿蹒跚，枯竭如那风干的鹿肉。自打安茹老伯爵——杰弗瑞的父亲起，他就跟随着这个家，在老伯爵称王时，他还追随老伯爵征战过耶路撒冷。

"你还没说完。"亨利追问着道。

"祭司称这些为异教术。"他低声道。"但是，你在脑海中画幅图，然后与马聊天，聊天时将你画的图传递给马……大人，告诉你这一切我会下地狱的。"

训练持续着，有天晚上驯马师又透露些秘密。"如果马信任你，它也会传递给你一幅画。"他说。"它几乎能洞悉周围的一切。如果周围有什么不测，它能派上用场。有天晚上它曾把你祖父从撒拉森的穆斯林人手中救出。"

亨利非常感激他的教导，又写了封信给苏格兰国王。

这次，他换了一条路线送信，即沿着英国的东海岸抵达贝里克郡。两个月后，当更大的船只从雾蒙蒙的河道中隐隐出现并且向鲁昂码头靠近时，杰弗瑞、玛蒂尔达和亨利都开始暗地观察。这样的观察必然是不定时的，因为每隔六个星期，他们就会搬到领地的另外一个地方去居住。

但不管他们搬到哪里，星期天的清晨，亨利和他父亲都要骑马外出，"巡视臣属们的生活状况"。反正他们是这样跟玛蒂尔达说的。在他们每周和诺曼底、安茹和缅因的美人儿厮混中，杰弗瑞发现，亨利觉得武器和战马比女人更迷人——而杰弗瑞自己，在亨利这个年纪时，除了女孩们柔软、隐秘的部位，其他一概不在意。

每周，杰弗瑞都要骑马外出很多次，帽檐上别着新摘的金雀花。

玛蒂尔达绞尽脑汁，想弄清楚她丈夫从哪里搞到钱来包养那些女人和私生子。但是，当她责问地方官员和财政大臣时，他们都对她眨巴着眼睛，好像她说的是鸟语。玛蒂尔达不可能想到，杰弗瑞早已叫财政大臣更改分类账簿，把他花费在女人和私生子上的钱改为用于"捐赠教堂或修整篱笆"。"你母亲在德国待的时间太久，做事一板一眼，从不会想到变通。"杰弗瑞对亨利说。

1148年的米迦勒节那天，距亨利从英国铩羽而归已经过去一年多了，再过5个月就是他16岁生日。这一天，鲁昂城堡大门口来了个异乡人。他的手势表达得很明确，要觐见公爵本人。时值闷热的秋季，异乡人块头不小，穿着笨重的羊毛外套，汗流浃背。仆人端来酒给他，却被他泼到地上。

杰弗瑞邀他来到凉爽的大厅，试着用法语、拉丁语、德语、安茹语和他交谈，甚至还用他会的那一点点英语试了试，异乡人却一直摇头。从他的行为举止来看，他明显是名战士。看起来大约25岁，长长的头发编织成几缕辫子，黑色的胡须遮盖了他半个胸膛，眼睛忽闪忽闪的透着机灵，宽宽的皮带上挂着把双头斧，银光闪闪。他指了指自己，又指了指西北方向。

玛蒂尔达恍然大悟，飞快奔入大厅大声宣告："他是一个苏格兰高地人，他们是食人族"。

亨利从厨房干活的人当中找了个苏格兰人，一个矮胖的女人。她厨艺精湛，尤其擅长做鱼和甜糕。她一用盖尔语和这个高地人交谈，他就兴奋地跳起来，来回转圈。他晃动着辫子，滔滔不绝地讲起来。两个事实浮出了水面：他的名字叫道格拉斯，从大卫国王那里带来了信。他从皮带里抽出信来。令人沮丧的是，信中除了一串数字，啥也没写。

亨利说："问问他，这些数字什么意思。"

道格拉斯听完用盖尔语问的问题，冲向亨利，像抱小猫一样把他抱起来。通过厨师翻译，他说道："写下数字 1 到 25，再在每个数字下面写上拉丁字母；写下数字 25 到 1，又在每个数字下面写上拉丁字母。每次第二个单词。"

亨利开始解码。心怦怦直跳。

大卫国王写道：

> 承蒙上帝眷顾，大卫——苏格兰的国王，向诺曼底的亲朋好友们致意。据我计算，我侄子亨利在复活节前年届 16 岁。若他能来参加在卡莱尔——我的城堡所举行的五旬节庆典，我会感到非常开心。

亨利感觉到他的五脏六腑都在翻腾，并且好像要从肚脐眼中一下子喷涌出来一样。

"只字未提封你为骑士的事。"玛蒂尔达说。亨利瞪着她。

慢慢地，亨利集中注意力把余下的话译出来。

大卫国王接着写道：

教堂的要员以及所有的伯爵和男爵，都将莅临我们的庆典。

四周静悄悄的。

过了一会儿，玛蒂尔达说道："他将用这次仪式做幌子，发动一场对斯蒂芬的战争。他目前什么也没承诺给你，亨利。但如果你能用实际行动证明自己，他将授予你骑士荣誉。"

她儿子坐在写字桌前，漫不经心地用手摩挲腰上的匕首。家族里所有男人，腰上都别着匕首。突然，他腾地站起来，弄得椅子都倒在身后。"我会好好地证明给他看的。"他大声叫道。

大卫国王信中最后写着：

我派了七个信使送这份邀请函。我相信，至少有一个会把信送达到你手中，你可以用我这种写信方式回信并叫他带回来。

"斯蒂芬和尤斯塔斯抓住其他信使了。"亨利嘀咕着。

所有人都明白：有个恶棍已经迫不及待地要撬开那些信使的嘴，告诉他信里的内容。

破译完两封截获的信后，尤斯塔斯尖叫着问："他们为什么不在爱丁堡庆祝五旬节圣灵降临？"他父亲和叔叔——温彻斯特的主教，都认为大卫国王选择卡莱尔这个地方以及选择那个时间点，原因很明显：随着复活节和五旬节庆典的结束，上帝规定的休战期也结束了，而卡莱尔距离英国很近，极方便成为集结反叛力量的中心。"父亲，你不觉得这是干掉

'皇女之子'的大好时机吗?"王子正色问道。

斯蒂芬捋了捋胡须,疑惑地看着他兄弟。主教凝望着窗外。他是个有智慧的教士,为人精明,善于与人打交道。他双唇紧闭,心中暗道:尤斯塔斯,不干掉"皇女之子",你永远不可能继承王位。这是明摆着的,路人尽知。"到时将会有持续几周的庆典——巡演啦,酒宴啦,还有各种各样让人陶醉的活动。"他开口道。"我突然在想,一个十六岁的小年轻没准会分心的。"

"分什么心?"尤斯塔斯追问道。他一只手从贴身侍从手里接过一杯酒,另一只手漫不经心地摆弄着这个侍从卷曲的金发。

主教颇感不快。他不喜欢这个侄子。斯蒂芬天性厚道,智质愚笨;而尤斯塔斯呢,天性残忍,性格焦躁。在主教看来,尤斯塔斯毫无王者风范:胆识不足,不善周旋,城府不深,信口雌黄。他倒颇有做臣子的品性:虚荣自负,打击报复,嫉贤妒能。至于这个贴身侍从,他就是个魔鬼撒旦的小跟班,年仅八岁就已经无可救药。他尽力安慰自己:万能的上帝可以分分秒秒让人弃恶从善。但迄今为止上帝还未对这小孩显能。"让这男孩走开。"主教说道。

尤斯塔斯王子听了虽然极为不悦,但还是挥手示意男孩出去。

他们三人商定的计策异常简单。计策已定,尤斯塔斯问是否可以叫男孩进来。那俩人都点头同意了。

"那么,埃尔伯德,"尤斯塔斯说。"在苏格兰,你的名字要叫詹姆士。完成我们给你安排的任务,你将会被后人铭记。"

"真的吗,殿下?"他的声音听起来有点受宠若惊。

"你将成为我的千里眼和顺风耳,安插到大卫国王大本营中。你会说几种语言?"

"十种,殿下"

"包括盖尔语吗?"

埃尔伯德眼睛盯着脚尖。"我会讲四种盖尔语的方言——高地人的、低地人、威尔士人的以及爱尔兰人的。"

王储搓着手，笑着对主教说："看见了吗，叔叔？我们有优秀的间谍。"

"他识文断字吗？"

尤斯塔斯仰头大笑，斯蒂芬也露出笑容。埃尔伯德笑得最得意。

"亲爱的叔叔，母教中，没有谁的字会写得比埃尔伯德更好。"

主教用世故老成的目光盯住男孩，点头说道："的确，"他叹了口气。"在我遇见过的人当中，他父亲的确聪明过人。他曾前程似锦，世上最伟大的人！"

"叔叔，别让他飘飘然了。"尤斯塔斯说。"詹姆士，美好的前程等着你。你先出去。我们还有其他事情要商议。"

"殿下，"男孩支支吾吾地说。"那些残暴的士兵不会认出我来吗？"

他们放肆地笑了。国王替大家回答说："年轻的战士是不会关注小孩长相的。另外，你长得和以前不一样了。比如说，你长高了，你的鼻子也更长了。他们不可能记得你的脸。"

小孩离开会议大厅后，尤斯塔斯说道："埃尔伯德总有一天会成为英国的大臣，甚至会成为一个主教。但眼下我们怎么把他安插到大卫国王的大本营中去呢？"

"我可以通过当地的牧师来安排。"温彻斯特说。他又面对国王说道："既然我们所有的计划都是为了确保王位的继承，或许我们的王子要召集他全部手下来实施该计划？"

"不！"斯蒂芬说。

"不！"尤斯塔斯回应道。

主教心里明白，父子都惧怕"皇女之子"。尽管王子已经与法兰西国王的妹妹结婚，但还是不够稳重，反复无常，冒冒失失，尽干傻事。

"不，不，不，"国王补充道。"我儿子无论如何不能插手这件事，这有损他的荣誉。"

最终，他们决定让根特郡的教士，罗伯特，来推进实施此事。他可以集结最可靠的八个撒克逊卫兵，让他们装扮成骑士，埋伏到卡莱尔去做接应。"他们都要会说法语。"主教补充道。"如果他们只会说英语，就算到了那，他们也会受到怀疑。'皇女之子'不傻，他兄弟也不笨。"

"那个狡猾的杂种。"尤斯塔斯说，"他是'皇女之子'脑袋上的第二双眼睛。我们也要把他一并除掉。"

道格拉斯在安茹逗留了一个月。杰弗瑞、亨利和吉洛姆带着他在秋天的森林里狩猎。道哥拉斯喜欢下马步行穿过森林，脚步像狼一样悄然无声。有时候，他只带着两只猎犬追踪公鹿或野猪，一追就是几个小时。道格拉斯和他们讲话时，不知怎的，亨利总想起驯马师跟他提及的图画。往往到了最后，一只猎犬回来报信，带领他们前往道格拉斯打到猎物的地方。等他们见到道格拉斯，这个苏格兰人已经把猎物剥了皮，穿好衣服，泰然处之地接受别人的赞美之词。

狩猎后，不管是在森林的小屋中还是在鲁昂公爵公寓的橡树浴盆中，他们都会在一起洗澡。热水和肥皂已经够道格拉斯惊讶的了，但更让他惊讶的是狩猎后的第二项活动：躺在板凳上用油按摩和修脚。当然，修脚之前，得先拾掇好胡须和手指甲。道格拉斯觉得他们的风俗很有趣。在诺曼底待了三个星期之后，他把络腮胡剪成方型，上唇的八字胡也剪短，修成脸那么宽。但他那棕红色的头发始终没有改变。有时他像亨利他们一样披头散发，但亨利他们的头发只能及肩，道格拉斯的头发却可以拖到腰部。每隔几天，他就要重新编制他那像蛇一样闪闪发光的小辫子。每一缕辫子都要用一长条羊毛线束起来。羊毛线颜色有紫的，橘黄的，绿的，随性而用。他喜欢五颜六色，扎起来像个小孩。

一天，亨利和他独自外出打猎，直到夜幕降临才筋疲力尽地回来，身上沾满了血。他们捕获了两头很大的野猪,需要马才拉得动,所以他们只好步行,用自己的马驮野猪。这些肉足够整个驻防官兵吃一顿的。他们牵着马,带着同样已经筋疲力尽的猎狗往回走。

亨利准备用清水洗洗脸和手就去睡觉,但道格拉斯表示他想洗澡。在亨利公寓的澡盆里,他们无声地躺在一起。侍浴的仆人提着桶把热水从头上浇下来。过了一会儿,道格拉斯挥挥手,示意仆人走开。现在没有外人了,道格拉斯招呼亨利靠近一些,慢慢地拉过他的额头贴到自己的额头上。亨利感到一阵电流穿过全身,战栗不已。他有种行走在天空的感觉。闭着眼睛,他的脑海中交相充斥着各种画面:难以想象的高山,紫色的岛屿,波光莹莹的河流,一条条红色的大鱼跃入空中,还有各种奇妙的动物,有些全身雪白,生活在茫茫雪海中。最让他惊讶的是,他可以听到道格拉斯用一种他能听得懂的语言在说话。"这是我的家园。"道格拉斯的声音在亨利的脑袋里响起。"我会让你看看雄鹿。"轰隆隆的鹿蹄声碾过,亨利轰然倒下,渐渐不省人事。

他感到自己一下子从澡盆里被拽了起来,道格拉斯双手扶住他。他睁开眼睛拼命呼吸。通往奇迹的大门已然打开。亨利环顾四周,眼前灰蒙蒙一片。

"怎么回事?我这是在哪儿?"他问道。尽管他们俩尝试用各种语言交流——法语,盖尔语,但情形就像他们第一天见面一样:互相都不知道对方在说些什么。

第二天清晨,在鲁昂码头,从大海飘来的浓雾笼罩着塞纳河河面,人们很难分清风从哪里来,水往何处流。先是杰弗瑞,然后是亨利,再是吉洛姆,道格拉斯跪着挨个吻过他们的手,又从腰间解下他的双头斧,双手举着交给亨利。片刻之后,他踏上了一条红帆船,消失在浓雾之中。

亨利擦掉脸上的泪水,泣不成声。"这把斧头……这把斧头……"他说不下去了。他们都知道,这把斧头是道格拉斯的心爱之物。

"回家前,我们先去酒馆喝一杯。"杰弗瑞说道。

"喝酒早了点吧?"亨利回答说。

杰弗瑞没再吭声,爬上马,径直向镇子里最大的酒馆骑去。酒馆老板和仆人忙不迭地跑出来迎接他们。"给我们弄点早饭,再来几杯你们这里最好的酒。"杰弗瑞大声喊道。他的儿子们满脸狐疑地望着他,但也知道,吃的、喝的端上来之前,他不会再说什么。果然,等到都上齐了,他才开口用盖尔语说道:"我有个令人不安的消息要告诉你们。你们和道格拉斯外出打猎时我发现……"

"他不是……?"

"不,不,他是我见过的最好战士,一个心灵像水晶般透明、诚实可靠的人。问题出在我们自己内部。我们有个仆人是法兰西间谍,准确地说为英格兰王室总管效命。"

"天哪!"亨利说道。"你怎么知道的?"

"驯马师告诉我的。"杰弗瑞说。"他告诉我时很紧张,他还说,如果我问你,你会解释的。"

亨利若有所思。"你盘问过那个仆人?"

"还没有。我们也许可以感化他,给他们带去错误的信息。"

"如果我怀疑的没错,"吉洛姆说。"他一家人都住在勃艮第,他们是总管的家臣。"

"就是他。"杰弗瑞说。

"我们永远不可能感化他。"亨利低声说。"他如何获取消息?"

"很简单。他是我们的信使。他每周把信件带到吉索尔,然后经由安全通道穿过法兰西岛。我们在吉索尔的驻军都认识他。边境上的法国人也都认识他。"

亨利笑着说:"父亲,如果你把这件事交给我和驯马师来处理,我相信,既能解决问题,也不会引起巴黎方面的怀疑。"

几天后,该信使刚进入法兰西岛,马屁股突然一颠,把他甩下马去。马在惊慌之中将他踩死了。此事发生在法兰西边防哨位前,哨兵很害怕,不敢靠近马。马扭转头跑回诺曼底，驯马师好不容易才把它制服。

杰弗瑞听说此事情后，斜着眼睛问亨利："不想解释一下吗？"

"无可奉告。"亨利说。

杰弗瑞叹口气："我们不知道自己的眼皮底下还有多少这样的间谍。"

"我们在他们眼皮底下安插了多少？"

"三个，但都是下人。"他们漫步在城堡外的田野上，但即使在这儿，他们也得提防着用加泰罗尼亚语讲话。杰弗瑞突然转过身，面对亨利说："我不想加重你的负担。因为，你目前训练得很刻苦，而且收效显著。但事实摆在眼前，明年年底之前，大卫国王与斯蒂芬的战争将决出雌雄，你也已经回到诺曼底，成为一名皇室骑士。但是到那时，路易国王将会回到法兰西。总管，或许还有苏格，都会说服路易来攻打诺曼底和佛克森。他们做梦都想夺回属于'他们'的另一半佛克森。我们必须确保在巴黎安插一个高位间谍。"

整整一个月，亨利和吉洛姆沿着英国海岸线航行，旅途颇为艰难。他们的船只能等到天黑后才靠岸，而且还不能弄出划桨声。他们很清楚，斯蒂芬和尤斯塔斯在海岸线上派驻了哨兵。随行的还有八匹骏马和曾经在英国作战过的十二名步兵。

道格拉斯已在贝里克郡码头等候。亨利刚一登岸，道格拉斯就飞奔着迎上前去，身后跟着一群苏格兰高地人，嗷嗷地叫喊着，听着让人脊背发凉。"个个都强壮如熊，只是比熊的毛还要多。"亨利对吉洛姆说道。

"如果我要被什么东西吃掉，我宁愿是被熊吃掉。"吉洛姆答道。

充当翻译的是一个小孩，他让吉洛姆回想起在温彻斯特见过的那个踢过小狗一脚的侍从。但那个小孩是南方人，而这个小孩来自苏格兰。小孩身边像塔一样的家伙是个大人物，名叫拉尔夫·德·加农，身为切斯特郡伯爵。他那英俊的大脸盘上，鼻梁塌陷，但这不仅无损他的形象，反倒使他更显得英气逼人。塌陷的鼻梁拜斯蒂芬所赐。多年前，斯蒂芬看上了拉尔夫伯爵的城堡和头衔，就邀请他来到宫中，在宫中将拉尔夫逮捕了，随后他就被囚禁起来，直到拉尔夫同意放弃城堡和所有荣誉才被释放。刚一放出来，拉尔夫就驱马直奔卡莱尔，投奔了苏格兰国王大卫。

在西行赶往卡莱尔的途中，伯爵向亨利描述了他们的作战计划。他们将从两条战线分别发起进攻：大卫袭击南部；拉尔夫率部横扫奔宁山区。他们为进攻英格兰找到了最好的借口，那就是斯蒂芬最近公然违抗教皇。教皇已经同意让默达克神父担任约克郡主教一职，但斯蒂芬在他弟弟的怂恿下，竟然拒绝了这一任命。

"所以，我们不是为自己而战，而是为了教皇？"亨利问道。

伯爵看上去很委屈。"我可没这么说。"

亨利觉得，这是一场方针有误的战争。人只有面对敌人才能奋不顾身，或者说，只有为了荣誉而战才有高昂的斗志。"跟我讲讲道格拉斯的情况吧。"亨利说道。

"他负责指挥高地人。正是依靠他们才攻下了卡莱尔城堡，也正是多亏了他们，苏格兰才占据了英格兰的这片领地。你觉得他多大？"

"二十五岁？"

拉尔夫哈哈大笑："他快五十了。"

"他和我们的士兵一起操练。"亨利说。"我还从未在徒手肉搏中见过身手这么好的。而且马也骑得很好。"

"如果不是出身微寒，他会成为出色的骑士。"在拉尔夫看来，除了骑士，其他爵位都不值一提。亨利恨不得揍他一顿，但还是尽量压住火气："有天晚上，我们的额头贴在一起，他往我大脑里传送了一些图像。我当时觉得自己正被雄鹿踩死。"拉尔夫的缰绳拉得太紧了，马儿气得耳朵都竖立起来。他脸上一副疑云重重的样子，有那么一会，他眼睛盯住亨利，大气都不出。他弯腰低声说道："那是他们高地人知道的魔术，就像我们所谓的魔术师墨林之类。高地人有专门的名称,但在英语和法语中没有这样的词语。他们知道……"他在胸前画着十字架。

"知道什么?"

"一些我们不相信的东西。"他依旧低声地补充道。"国王大卫将会对此深感兴趣。尤其是关于雄鹿,它是一种有关……"他点点手指头,表示这个问题已经接近异教徒所追求的东西了。

吉洛姆骑马赶到他们身边。"你注意到我们的翻译了吗?"他问亨利。

"没有。"

"他身上有些东西我很讨厌。"吉洛姆继续用加泰罗尼亚语说道。

"我们的翻译什么来路?"亨利问拉尔夫。

"小詹姆士吗?他是个孤儿。当地一个牧师缠着沃特夫人,要她把詹姆士收养下来做个佣人,好心的沃特夫人就收留了他。我借用他,是因为他会说好几种语言。对了,你一定要见见沃特夫人。她父亲是个磨坊主,她带着丰厚的嫁妆嫁给了一个叫威廉·沃特的骑士。他曾为斯蒂芬卖命,斯蒂芬赏给他许多领地。不幸的是,其中的一些领地原本是属于我的。"

吉洛姆说:"我晕了。他们到底站在哪一边?"

"我理解,我能理解。"拉尔夫说道。"我们生逢乱世。伊迪丝和她丈夫后来也背叛了斯蒂芬,因为他对他们同样不公,有负于他们。其实,一旦罗伯特伯爵死了,皇后玛蒂尔达又放弃王位,斯蒂芬也就不再需要沃特家族。沃特家族觉得自己不可能加入玛蒂尔达阵线,所以他们退而求其次,体面地投靠了国王大卫。当伊迪丝和威廉先生在这儿获得财产后,她发现自己需要一个懂盖尔语的翻译。牧师就把小詹姆士带来了。有一天我正好听到他翻译,就问伊迪斯是否可以把詹姆士借给我。我也算阅人无数,可从没见过这么机敏的小孩。而且,他还有银铃般的歌喉。"

"具体是什么原因使威廉先生和沃特夫人背叛了斯蒂芬?"亨利问道。

拉尔夫的脸一下子阴沉下来。"斯蒂芬曾向威廉许诺,让他当上公爵，他的一个儿子可以在教堂得到美差。但是，我亲爱的亨利，你知道斯蒂芬是个多么奸诈的人。他那表里不一的做法已经毁掉了大半个英格兰。"

亨利心想，你这个笨蛋不也支持了他那么多年。但他嘴里却大声说道："这是场悲剧，只有法兰西人才会觉得这是场喜剧。"

拉尔夫开怀大笑。"好过瘾的喜剧，我喜欢！"

话题回到战事，詹姆士策马来到他们旁边。

"需要我为您做点什么吗，先生？"他问亨利。

吉洛姆凑近他直愣愣竖着的白耳朵，用拉丁语回答道："需要你的时候，我们会叫你的。现在先滚开。"他饶有趣味地看着那只小耳朵慢慢变红。

"先生，我不懂你说的语言。"

但你的耳朵却泄露天机了。吉洛姆心想，接着他又用法语重复了一遍刚才的话，并且加了一句："听懂了吗，你这头小笨猪。"

第四章

走了两天，亨利一行终于抵达卡莱尔城堡。一阵寒风刮过城堡四周的平原，信使纵马奔入城堡，报告说有海岸对面的贵客到来。

大卫王已经君临苏格兰25年，一向与不列颠狮王亨利一世交好。在那些岁月里，英格兰与苏格兰和睦相处，相安无事。实际上，正如大卫对他的总管所说："我们贸易往来，繁荣昌盛，取长补短。"

当大卫王准备骑马到城堡大门口迎接小辈们的时候，他心里还在想，亨利是否还是那样少不更事，莽撞无礼。亨利的故事在苏格兰、英格兰、爱尔兰和威尔士，甚至在法兰西岛都妇孺皆知。人们传诵说，那天，在爱丁堡集市上，演员们搭起舞台，让斯蒂芬端坐在御座上。小亨利走了过来，斯蒂芬端起一杯啤酒迎面泼了上去，小亨利则抓起一条大马哈鱼抽在斯蒂芬脸上。国王一下子跌落御座。亨利优雅地鞠了一躬，抬起一条腿亮给妇女们看，看得大家哈哈大笑，亨利却带着金币策马扬长而去。

大卫知道，故事并未准确地再现当时的情形，但也足以使他侄子成为苏格兰民众心目中的英雄。

此刻，他跨着一匹高头大马等候在城堡大门外。马身上挂着一枚天蓝色X型十字架，而他自己身穿有衬垫的天蓝色束腰外套，外披鹿皮斗篷。十字架的颜色与外套的颜色相得益彰。城堡顶上彩旗招展，彩旗上绣着的独角兽呼之欲出。

尽管一路上不断地跟拉尔夫和其他人问东问西，但对于将要面临的骑士资格测试，亨利还是感到忐忑不安。当气势宏伟的卡莱尔城堡渐入眼帘，亨利内心焦躁起来。一整天都索然寡味、惴惴不安。大卫素有铁石心肠之名，他该如何向他证明自己是个合格的骑士呢？想起这些他就头大。不过表面上，他还是装得很平静，平静得如那秋日里的一池死水。

一看见大卫王，亨利就跳下马，疾步迎上前去，伸开双手，准备扶君王下马。

"陛下，我谨代表安茹、缅因和诺曼底向您致意。"亨利用盖尔语说道。

听到这谦恭有礼的致意，大卫王原本板着的脸一下子生动起来。这些安茹人的确有魅力，大卫内心不禁感慨。与此同时，大卫与亨利都心有同感：对面这个人，没准有一天就可能是我的敌人。我要善待此人。

大卫王先开口说道："盖尔语很难学。看来你的翻译对你指导有方。"
亨利微微鞠躬致谢。

现在，他和吉洛姆对那个小孩都颇为厌恶。这家伙一路上总是在不合时宜的时候玩失踪，丢三落四，睡在亨利脚下时还放屁——故意的，亨利确信。亨利已经抽过他的耳光，因为他竟然不经允许就擅自走开。

"我叫他教过我几句话，但是我的发音，恐怕……"他欲言又止，希望大卫透露些即将面临的挑战，却不料大卫只是点点头，还对他露出浅浅的一笑。

当天晚上，大卫举办宴会。在宴会上，他和亨利正式地当众交换了礼物。亨利带给大卫的礼物是一件胸饰，天青石制成的耶稣受难十字架；大卫送给亨利一把制作精美的银质餐刀，餐刀的手柄由鹿角制成。

大卫邀请亨利与他共用一个餐盘，这样一来，两人靠得更近，于是就直奔主题了。

"如果上帝保佑我们一切顺利，我和拉尔夫的部队将很快可以拿下整个亨伯河、特伦特河以北地区。但接下来怎么办？斯蒂芬虽然软弱无能，却仍然是英格兰国王。国家依旧四分五裂。英国的王公贵族，甚至还有那些商人家族，都纷纷割据为政，占地为王。这对于英格兰是灾难，对于苏格兰同样也是灾难。唯一从中渔利的是法兰西。"

"谁在支持斯蒂芬？谁在为斯蒂芬提供钱财？法兰西就是要英格兰流血、灭亡，如果可能的话。"亨利答道。"他们恨不得英国战争不断，他们乐意为此花钱。"

"一点不错。"大卫紧盯着亨利，而亨利却垂下眼帘望着自己的大腿。

亨利心想，你总该告诉我了吧。但大卫却什么也不透露。

"尤斯塔斯王子怎么样了？"亨利问道。"我见过他一次，觉得他……不稳。"

"我父亲用皮鞭责罚我，但我要用蝎尾鞭责罚你。"大卫答道。

年轻时，大卫也被认为是粗俗不堪，因为他来自苏格兰高地。但是，在他年纪还小的时候，家里就把他送到不列颠狮王的宫廷里接受教育。在那里，他不仅去掉了野性，而且还虔诚地皈依了基督教。不过，他也并非总是能控制住自己的情绪。此时此刻，他的脸上已经布满愤怒与窘迫。

"过去几天我一直得到情报，说斯蒂芬现在的最大心愿就是干掉你，确保王位的顺利传继。尤斯塔斯一听到你的名字就变得像条疯狗。"

"疯狗不得好死。"亨利咧嘴笑道。

"话是这么说，小伙子。但是眼下这里倒是有不少娘们想结识你。你现在得考虑娶妻了。打仗是要花钱的。丰厚的陪嫁对你有好处。"

"女子越富越风流。"

大卫绷住脸笑了笑。"我喜欢头脑清醒的年轻人。不过，我觉得也可以稍微……轻狂点。"

亨利眼盯着面前这张老成持重的脸。"我也曾年少轻狂，陛下。我两年前攻打英格拉南部时，曾是一个狂妄自负、愚昧无知、举止粗俗的蠢少年。但我已经吸取教训，悔过自新。"

"看来还变得谦恭有礼了。"沉吟了一下，他又接着说道。"僧侣和骑士发现，人越是谦恭有礼，越是有威信。"听到"骑士"两个字，亨利心里开始翻腾。他意识到,大卫肯定已经发过话,说要为他找个有丰厚陪嫁的女子做妻子。因为,至少有一打的女子已经跃跃欲试地要上前来结识他。

有的体态丰满,有的身材瘦削,有的相貌平平,有些活泼可爱,但没有一个仪态优雅的。不过,从这些女子的衣着和佩戴的首饰来看,个个都来自富贵人家。其中不乏商人的女儿,可她们不懂拉丁语,连简单的法语也听不懂。亨利结结巴巴地用英语和她们交谈。有个涂脂抹粉、浓妆艳抹的女子,他对她抬抬眉毛,她就咯咯地笑,他刚吻了吻她的手,她就晕倒了,害得他赶紧过去扶起她。其他三个女子,看到这一幕,兴奋得满脸绯红,赶紧过来搀着她回到座位。

大卫用眼角余光把这一切尽收眼底,对亨利说道:"她们都已对你芳心相许了。当然,也有看上你兄弟的。"

大卫已经注意到,吉洛姆是许多女人眼睛聚光的焦点。他也偷听到有女子说吉洛姆是从阿基坦来的行游诗人。大卫隐隐觉得,他的宴会大厅已然充斥着脂粉气,巨大的女人乳房飞舞着,急不可待地想要交配。

他心想亨利也已经相够了有钱女子。

排在相亲队伍后面的女子被赶回座位,这些女子个个满脸悲伤,或掩面哭泣,或以手抹泪。

"我还要介绍你认识个人。"国王说着招手向一个正在把玩扇子的妇女示意,让她走上前来。这个妇女年纪稍大,亨利猜想大概有三十来岁,不过却是在场最漂亮的女人。腰身亭亭玉立,穿着暗绿色的丝绒长裙,金丝镂空的头巾罩着隐约金黄色的头发,长长的手指上像女王那样缀满珠宝。亨利想起来,拉尔夫提及她的时候,脸上的神色有点怪。拉尔夫当时说:"一心想着提升社会地位。"而亨利当时想:"有奶便是娘的主。而你,我的大人——道德之象征——却对她垂涎欲滴。"

"伊迪斯,沃特夫人,这位是亨利·福尔克,诺曼底未来的公爵,安茹郡和缅因郡未来的伯爵。"

沃特夫人那色彩斑斓的羽毛扇子，先是划过脸部，而后缓缓落到胸口，吸引着亨利的目光光临那对小巧却高耸的乳房。她脉脉含情地扫了国王一眼，轻声细语道："能被叫上前来，真是荣幸之至，陛下。还有你，亨利大人，您的老成持重和一身戎装真的让我们刮目相看。"她的法语带有一点英语口音，而且还可笑地不合语法。亨利深感同情，因为她显然不知道自己说得如此糟糕。他弯腰吻了吻她的手。她接着说道："您出身名门，家族中有那么多的国王，那么多的公爵、伯爵。"站在亨利身边的国王觉得脸上火辣辣的，可她自顾自地继续说道："我有点东西，一件古玩，我想送给您，作为您拜访我们的纪念品。发现它纯属机缘巧合。但我想，您肯定会像我第一次见到它的时候一样，倍感惊讶。"

"不胜荣幸。"亨利轻声答道。

她又扇了几下扇子。"跟您说了这么长时间的话，其他夫人会把我眼珠子挖出来的。"她大笑起来，对自己的幽默很是得意。"她们问，你兄弟会唱歌吗？"

"他就是夜莺。"

亨利示意吉洛姆过来，给他们相互做了介绍。吉洛姆一只手托起伊迪斯的手，轻轻地放在自己的胳臂上，另外一只手则压住伊迪斯的手，笑而不语地将她带走了。她扬起脸盯着他。

"我相信您唱歌……"这些是亨利和大卫听到她说的最后几个字。

威廉先生一只手拍了拍自己油光铮亮的脑袋，乜斜着眼睛目送妻子和那年轻的高个子外来客缓缓离去，留给他一个外来客浓密卷发及肩的背影以及金灿灿的肩章。

"我不知道她丈夫怎么会对此这般兴高采烈。"大卫说道。

我也不知道你怎么会对此这般兴高采烈。亨利心里想。

"有你们这些年轻的安茹人在场，在座的男人个个都要为自己的女眷心神不宁了。"

大卫回忆起亨利先辈的其他品行：威廉二世，以"红毛"著称，就是个无耻的鸡奸者。他在做弥撒的时候公然炫耀他的那帮情人。威廉的弟弟,即不列颠狮王亨利一世更为荒唐,他的宫廷里到处都是婊子,而且他还跟王公贵族的夫人们生下 25 个私生子,其他私生子也没人去数过。至于杰弗瑞·福尔克……

"我兄弟洁身自好。"亨利说。

"我很怀疑你所谓的洁身自好,小伙子,反正不是我想的洁身自好。不过,我们也不必再为此纠缠。"

大卫的眼睛仍旧望着威廉先生,说道:"我要跟你说说他和伊迪斯的事。她很有胆量,我佩服她。她曾追随斯蒂芬,因为他许诺让她儿子在教堂得到晋升。但是惯会搬弄是非的温切斯特主教劝他不要兑现诺言。她干了件勇敢的事,单身匹马来到卡莱尔,要求见我。我本可以绑了她,让人来赎她。但是她能说会道,发誓效忠于我。第二天,她丈夫也坐着马车如法炮制地投奔了我。斯蒂芬曾许诺他伯爵爵位,也自食其言。"

亨利听得很认真。"他们对我们的战役有何贡献?"

"威廉很大方。"

"拿出钱来还是送来骑士?"

"他没几个骑士,但钱不少。他捐钱。"他好奇地看了亨利一眼。"你好像无动于衷。"

"我鄙视那些背叛国王的臣子,即使这个国王是我的敌人。"亨利注意到,大卫的眼睛里闪过一丝锋利的锐光。他继续说道:"但不包括拉尔夫伯爵和埃塞克斯郡伯爵,他们情有可原。"

国王哼了一声,表示满意。

一直到宴会结束,大卫也没提及授予骑士荣誉的事。

"或许,在他授予我骑士荣誉之前,我得帮他打赢一仗。"在返回住处的途中,亨利对吉洛姆说道。

在亨利沉睡时,忽然有一只手捂住他的嘴,又有另一只手摁住了他的肩膀。

第五章

屋里仅有的亮光来自屋外走廊里摇曳的火把。借着火把的亮光，可以看到卧榻边静静地站着一个身形高大的男人，但面容依稀难辨。

亨利意识到，那是道格拉斯。

亨利跳下床，蹑手蹑脚地过去叫醒那个翻译。尽管他们上床睡觉前，那个孩子早就已经在那里睡下，但此刻却不见了人影。亨利第一反应是去叫醒吉洛姆，但道格拉斯急忙摆摆手，告诫他别去叫醒他。道格拉斯转过身，昏黄的火把亮光照在他身上，隐约可以看清他的一举一动：只见他一根手指竖在唇边，猛地朝敞开的房门摆摆头。亨利清楚地记得，吉洛姆之前已把门锁好的。

亨利轻手轻脚地脱掉羊皮袄，跟着道格拉斯出去了。

走到外边，亨利才发现道格拉斯已经从房中拿出了他的装束：外套、护胸铠甲、马靴、腰带、匕首，还有一件狐皮镶边的斗篷，那可是对他来说最能御寒的了。

他们快步走下五级石阶，穿过露台，跑下楼梯，冲进了马厩。马厩里六匹马整装待发：其中两匹已经配有马鞍，另外四匹由人牵着。亨利有点纳闷，难道我们就不能在路上选几匹好马吗？

借着马厩里火把的亮光，道格拉斯把一张画有国王独角兽图案的便条递给亨利，落款人是大卫·雷克斯。上面写着：

道格拉斯会领你去常生树。你得在那里熬到半夜，然后你会遭遇到你的敌人。只有打败他,你才可成为国王。愿上帝保佑你,愿太阳之神眷顾你。

亨利把信看了两遍。其实读第二遍的时候,他的心已然汹涌澎湃,根本无法再集中心思读信了。

他们各自上马,同时又各自牵了两匹马,一同策马飞驰在夜幕中。午夜的世界,四处静悄悄的,只听到"哒哒"的马蹄声和马发出的"呼哧呼哧"喘息声。亨利仰望夜空,想辨别一下方向,无奈云层遮蔽了群星和月亮。

一路上,道格拉斯沉默不语,连对他的马也没使唤一声。他们马不停蹄,直到亨利感觉自己的坐骑已经疲惫不堪。亨利轻唤了一声,道格拉斯应声停下。亨利想自己换马鞍,却发现在黑暗中自己笨拙不堪。道格拉斯换好自己的马鞍,便过来帮亨利。夜色深沉,寒风凛冽,连撒出去的尿都像水壶里倒出来的热水。马呼出的热气飘飘渺渺,在黑暗中若隐若现。道格拉斯把羊皮酒囊递给亨利,让他也喝一口。酒热辣辣地呛喉咙,亨利不由地直咧嘴,但身子还是感觉暖和了许多。道格拉斯还吃了一点燕麦酥。不过,在这天寒地冻的夜晚,与其站着吃东西受罪,亨利还是更愿意继续策马前行。

拂晓时分,亨利发现他们已抵达地势比卡莱尔高出许多的地方。他们已穿过了东北部,沿途跨过许多河流,大多数河流上架着桥,但也有几条河他们只能涉水前行。亨利觉得自己的脚在靴子里已经冻僵了。他们奔驰在晨雾缭绕的山林间,一路上未见人烟:没有城墙上的火把,没有村庄,更没有茅舍顶上冒出的袅袅炊烟。四周漆黑一片,恍惚间,亨利感觉自己奔驰在稀疏的森林或者空旷的乡野,心中涌起一种奇怪的感觉:除了童年时代,他没有再像此刻一样将自己交由他人照顾。他信任道格拉斯,就如学游泳时信任父亲杰弗瑞一样。此刻,他不知道自己身在何地,也不清楚将要干什么。刹那间,亨利开始陷入无边的恐惧之中。

亨利在脑海中不停地激励自己：不能辱没家族，不能让他们蒙羞。

又过了几个时辰，第二匹马也跑累了，他们再次驻足。四周峰峦起伏，云雾缭绕。但亨利现在已能看得很清楚，自己可以换马鞍了。他狼吞虎咽地干掉了些燕麦酥和熏鹿肉。道格拉斯执意让亨利再喝点烈酒。尽管烈酒很呛喉咙，却能让身子暖和过来。亨利感到自己的脚慢慢地恢复了知觉，并且开始隐隐作痛。吃饱喝足，亨利心里也不像原先那么恐惧了。

先前一直忙着侍弄马匹的道格拉斯，此时悠闲地溜达过来，双手搭着亨利的肩轻轻地晃了晃，眼睛盯着他的脸。亨利发现，道格拉斯赤手空拳，心里暗想，看来我也用不着和神秘巨大的野兽搏斗了。他想起了自己父亲经受过的磨练：被迫徒手制服一头大野猪。

此刻，他们的坐骑也趁机美美地享受着沾满露珠的野草。亨利想睡一会儿，就指了指树下的一小片干燥地面。但道格拉斯摇了摇头，指了指树干。四周静悄悄的，只听到马吃草的咀嚼声以及不远处不知道躲在哪里的小溪流水声。

他们马不停蹄地迎来了新的一天。

阳光惨白，细雨蒙蒙，景物灰暗。亨利发觉自己置身于一个似曾相识的地方。参天大树宛如神话中的巨人，有的树上挂着一些刚长出的新叶，如那淡绿色的翅膀，随风摇曳。他陶醉其中，精神为之一振。马儿们饱餐了一顿野草，迎来了白天，也已经恢复了体力，蓄势待发。远远地，亨利瞥见已经种上庄稼的农田和波光粼粼的湖面。湖面水天相接，薄雾迷蒙，成群的野鸭在水里游来游去，天鹅怡然自得地飞过，姿态优雅。湖边的柳树尚未抽芽，细小的柳枝宛如修长灵活的人体骨骼。亨利看见附近一片空地上有一群鹿，其中一只体型健硕的牡鹿站在一块岩石顶上，用水灵灵的黑眼珠盯着他们，时不时地抬头观察风向变化。亨利很想问道格拉斯其他一些动物的情况，那些他们躺在一起洗澡时看到的动物，尤其是那只雪狼和白毛蓝眼的大猫。亨利觉得它们肯定生活在偏远北方的密林之深处。

黄昏逐渐退去,黑夜悄悄从地面升起。亨利心里又涌起新一轮的恐惧。他已经一天半没有合眼。一些荒诞的想法和千奇百怪的画面充斥着他的脑海:他之前从画纸和教堂墙上看到的恶龙画像;他看见一只身形扭曲的怪兽,身体来自一种动物,头部来自另一种动物,腿和尾巴又来自第三种动物;悬崖峭壁下,一只老鹰,翅膀遮天蔽日,火辣辣的眼神紧盯着他,那眼神不像是把亨利当猎物,而是当成可以交配的伴侣,恨不得马上和亨利抱成一团,翻滚着去遨游苍穹;老鹰消失,随之而来的是一只长着五十颗脑袋的蟒蛇,五十张嘴都张着血盆大口,信子飞舞,信子后是一排獠牙,成百上千颗獠牙。

亨利觉得自己要疯了。

突然,他哭了起来。他哭啊哭,哭得眼泪把斗篷前襟的羊毛都沾湿了一大片。当着道格拉斯的面哭,亨利觉得很没面子。道格拉斯也早已注意到亨利哭了,却未上前安慰。他们继续策马狂奔,消失在第二个黑夜之中。

等到自己从孩子般哭泣的窘态中恢复过来,亨利发现心情舒畅了许多。他意识到,之前因恐惧而紧绷的胸腔现在松弛了下来,心中又开始热血沸腾,胸腔中似有一道柔和的光亮照耀着。一团火焰,从泪水中燃起。

亨利哭完之后,环顾四周寻找道格拉斯,却不见了他的身影。亨利能感觉得到,道格拉斯正看着他。突然,前方好像一堵墙从天而降,马儿们止住脚步,仰天长啸。

亨利的坐骑倔强地昂起头,弄得亨利只好松掉缰绳。前蹄得了平衡,马轻轻一跃,左右蹄先后落地,尔后抖了抖全身。道格拉斯又出现了。他和亨利纵身下马,各自解开马肚带,卸下马鞍、鞍袋和羊皮。

"它们在跳舞!"亨利喘着粗气说道。"马儿们在跳舞。"

他们一直看着马儿们狂舞乱跳,直到夜幕完全降临,道格拉斯拉起亨利的手，带他穿过夜色，来到一个黑乎乎的东西面前。那是块表面滑溜溜的巨石，比人还高。道格拉斯把亨利的手掌摁在石头上。

亨利感觉到有一束光自脑门直冲而下，穿过心脏直达脚底，将他定在原地。一念之间，亨利想最好把手移开，但他却根本无法移动。他扭头寻找道格拉斯，却又看不见他了。他以为自己会再度陷入恐惧，却不料石头出奇地让人平静。亨利意识到另外一件诡异的事情：石头周体温暖，而且很有节律地颤动着，宛如波光荡漾在微泛波浪的海面。如果不刻意地盯着它，似乎更能看清，亨利索性闭上眼睛。顿时，色彩缤纷的光芒潮水般涌向亨利，穿透他的手指和手掌，进入他的身体。他感觉五脏六腑活力四射，就像花团锦簇、充满生机的夏日花园。现在，亨利发现自己在黑暗中比之前看得更清楚了，道格拉斯就站在数步开外的地方，手掌正贴在另一块石头上。他们就那样悄然无声地站着，亨利在巨石之光穿过身体时发出轻轻的叫喊，但大多数情况下，那是因为欢愉，偶尔才是因为刺痛。

注入亨利身体的能量令他振奋不已，恋恋不舍。然而，一段时间之后石头渐渐变凉，直到冰冷得了无生气。

亨利睁开双眼。

道格拉斯从马背上拿下羊皮，穿过一个洞口，走进漆黑的洞内，亨利跟了进去。道格拉斯轻轻地把他推倒在泥土地面，递给他一张羊皮。一番推让之后，道格拉斯让亨利脱掉马靴，伸展身体睡觉。他帮亨利从脖子上解下斗篷，盖在亨利身上。

亨利能够感觉到，道格拉斯走到离他不远的地方，给自己铺了张床。夜静无风，虽然洞口无门，洞内暖暖和和的，飘荡着植物、菌菇和树林的清香。

这一觉沉沉睡去，亨利从未有过这般经历，仿佛沉入海底，身心放松舒适。通常情况下，经历了这么长时间又冷又湿的长途跋涉，他的大腿、小腿都会特别胀痛。但眼下却恰恰相反，他感觉自己身体的各个部分，每一块肌肉，每一条筋骨，每一个内脏，甚至是他脸上的皮肤都荡漾着欢愉。

那道美丽的绿光，从石头注入他的身体，现在正均匀地调和着他的全身。渐渐地，他开始意识到自己处在半梦半醒之间：他能看见，他能听见，宛如白昼。不列颠狮王亨利一世正朝他走来，一袭盛装，头戴金冠，肩披貂皮斗篷，内穿深红色丝绸束腰外衣。

"国王陛下！"亨利俯伏在他面前说道。"我毕生追求您的丰功伟业。"

狮王点了点头说："我已经感觉到了。"

亨利站起身，看着狮王极度悲伤的眼神，发觉狮王也正盯着自己。据说，自从狮王得知他唯一幸存的王储也溺水身亡，就再没开怀大笑过。国王的眼神，说不上和善或不和善，也谈不上友好或敌意。那是一种充满期许的眼神。"站起来。"他命令道。

亨利站了起来。

待他站定，狮王便以惊人的速度拔剑出鞘。"你要与我相搏！"他说。

亨利垂头丧气地回答："陛下，我手无寸铁。"

先王亨利淡淡一笑。他的个子比亨利高，深红色的胡须飘落半个胸脯。"我看见了。"他说道。声音还是亨利记得的那样低沉。早年间，亨利还很小，有时获准坐在外公的膝盖上，用手摩挲他浓密的胡须。"但我却不是。"狮王补充道，目光从外孙的脸上移开，瞥了一眼手上握着的利剑。亨利心想，我是否要祈祷？是否要感谢上帝赋予我生命，尽管生命如此短暂？我是否要请求上帝救救我？

狮王看透了他的心思："祷告几乎是扯淡，几乎一无是处。"他说。"祈祷只表明恐惧或贪婪。"

亨利猛然想起来，有件事该问问狮王。"陛下，"他问道。"我即将要经受的考验是什么？"一瞬间，长剑从狮王手里飞到了亨利手里。

"杀了我！"狮王命令道。他面无表情却声如洪钟。

"外公……"亨利结巴了。

狮王展开他满缀珠宝的手掌，剑又从亨利的手里飞回他的手中，"那么，我将杀了你，孩子。"

他的眼神如那刚出现时一样镇定自若，冷酷无情。

"不！"亨利大吼。"我不能死，即使是死在您手里也不行！"

剑又立即回到亨利的手里。

狮王先是微微一笑，继而放声大笑，最后他仰天狂笑，可怕的长牙在他的红嘴里闪着白光，垂满长发的肩膀耸动着。亨利举起手中的利剑，一剑刺穿了狮王裸露在外的咽喉，顺手将他的一只手臂反剪到身后。亨利能够感觉得到，利剑已经刺透了怪物的肺和心脏，刺进了它的肠子。血从怪物嘴里喷涌而出，溅了亨利一身。怪物瘫倒在地，舌头从嘴里伸出，死了。亨利站了起来，眼睛盯着这具庞大的尸体，小心翼翼地从怪兽嘴里拔出剑，细细打量一番。怪物长满黑色鬃毛的脑袋大概有马臀般大小，四颗门牙有他手指那么长。他喟然长叹，跪倒在血泊里，轻柔地为怪物合上黄色的眼睛。做着这一切，他心中情不自禁地升腾起满腔热望，盼望它能再复活过来。这种想法愈来愈强烈，似乎要冲出心脏，和宇宙融为一体。亨利把头靠在怪兽毛茸茸的下巴上，轻抚怪兽圆圆的小耳朵。躺在那里，亨利坠入了真正的梦乡。

他们的栖息地是一棵古老的紫杉树。

亨利几乎睡了整整一天，一直睡到下午才醒来，醒来后才惊讶地发现自己躺在树洞里。

闻到烤肉的味道，他爬出树洞。道格拉斯用弹弓射死了一对野鹅，正架在火上烤。几步开外能看见几块巨石。亨利依稀可以辨认出，那里本来大概有十六块巨石，曾经都绕着紫杉树呈环状摆放，但现在只剩下三块了，第三块已从中间裂开。除了体积巨大、年代久远之外，外表也看不出有什么不寻常之处。

他们吃完后洗漱一番,再次把手掌放在巨石上,能量也再次一波一波地注入他们的身体。上马前,道格拉斯举起亨利的右手,先把自己前额贴上去,然后又用嘴唇吻了吻。亨利觉得他在说:"你做到了。现在你自由了。"

我对你的爱无以言表,亨利心中暗道。道格拉斯点点头。

回家途中,有天晚上他们在猪圈里过了一夜。猪圈里的猪像狗一样友好。在这个寒冷的夜晚有猪陪着,让他们觉得温暖了许多。

离开城堡六天半后,他们在拂晓时分回到家。亨利径直走向吉洛姆的卧房。吉洛姆坐在床边,早就料到亨利必来看他。吉洛姆一把抱住亨利,把他紧紧搂在怀中。欢乐的泪水夺眶而出,但继而又大笑着说:"我的天哪!亨利,你怎么弄得臭气熏天!你跟啥搏斗了?粪堆吗?"

被安排待在床尾角落里的那个翻译忍不住笑出声来。

"我走的那天晚上,这鬼东西躲哪去了?"亨利用加泰罗尼亚语问道。

"他们发现他被蒙住双眼绑了起来,被扔在走廊上。他当时气得像只野猫。我想大概是我们的高地朋友……"

亨利花了大半个早上才洗掉自己身上的尘土和猪粪味,让人修剪了头发,又让技术娴熟的贴身侍从为他修剪了指甲。

据说,大卫十七岁时,为了成为一名皇家骑士,到深山老林的一个山洞里待了三天。在洞里他遇到点事,陷入长时间的昏迷。陪他一起去的高地人都以为他没救了。这时来了一只巨大的白鹿,鹿角间有个十字架。只见白鹿低下头,往大卫的鼻子了吹了口气,大卫立马站立起来,而白鹿却没影了。

亨利穿戴完毕,让詹姆士把道格拉斯叫了过来,一起去面见国王大卫。

一走进会客厅,大卫就起身抱住亨利。和道格拉斯一样,他双手紧紧抓住亨利的肩膀,眼睛盯着亨利的脸。

"上午我将授予你骑士封号。"国王说道。

不到一个小时,埃尔伯德就偷偷放出一只信鸽,给尤斯塔斯王子捎去一封信,信上只有两个字:"明天。"

第六章

整个下午,信使们骑马奔波于各地,告诉大家次日上午将在卡莱尔城堡大厅里举办皇家骑士授衔仪式。那天天气很糟糕,寒风凛冽,阴雨绵绵。这种天气,安茹人自然是愿意待在家里玩玩扔骰子的游戏,自得其乐;吉洛姆趁机为一帮姑娘唱歌,唱得姑娘们个个春心荡漾,像母牛似的鼓着大眼睛看着他。亨利有一搭没一搭地和人说着话,对于扔骰子之类的游戏也没啥兴趣。大部分时间里,他就那么坐着看炉子里的火苗,活动胳膊的时候,就想象将胳膊插入狮王的嘴巴。

晚饭前,国王大卫走了进来,把亨利叫到一边对他说:"世界上最难战胜的是你自己,你的那些杂七杂八的欲望,还有那些你自己都不知道恐惧的东西。"

大雨下了一整夜,午前却雨过天晴,阳光明媚。这天是五旬节,基督圣灵降临纪念日。为了纪念圣灵的降临,大家的衣着都或多或少地带点鲜红色。祭坛的布和牧师们的无袖长袍都是烈焰般通红,无数的蜡烛照耀着祭坛,就像复活节那天一样。弥撒一结束,五百多人鱼贯而入,来到卡莱尔城堡大厅。亨利已经换了衣服,穿上安茹人的官服——一件蓝色束腰外套,外套胸前胸后各绣着三只猎豹。他头上戴着蓝色的鹅绒帽子,脚上穿着金光闪闪的靴子。大厅的一端搭着个台子,台子上放着雕着独角兽图案的御座,大卫就端坐在御座上。亨利从大厅的另一端走过来,后面跟着吉洛姆和道格拉斯。他们步调一致,精神抖擞地缓缓走向御座。

来到御座前,亨利停下脚步,单腿跪下,摘下帽子,高声说道:"我是您的人,陛下。随时听候您的差遣。"

他的眼皮跳了跳,感觉巨大的压力扑面而来,压得他喘不过气来。一瞬间,他又感到解脱,压力尽消,身心复归宁静。大厅上下寂静无声。

"小伙子,圣安德鲁战神与我们同在。"君王声音低沉地徐徐说道。

亨利闭着眼睛,脑海里浮现出圣安德鲁的白色十字架。但对于大卫和道格拉斯而言,苏格兰保护神圣安德鲁似乎还是原来的样子:鹿角间有个十字架的白色巨鹿,现在正盘旋在御座上方。白鹿抬起腿,拍向亨利的头,亨利顿时倒地。白鹿收回腿,亨利又站了起来。白鹿又拍了下来,亨利倒地后又站了起来。第三次,白鹿直接把亨利拍进土里。

亨利意识到,自己被压力与解脱来回折腾着,却没注意到大卫正拿着剑在他的肩膀上左右比划。

国王提高嗓门大声宣布:"亨利爵士,我赐予你苏格兰皇家骑士头衔!"他先用盖尔语说,然后又分别用拉丁语,法兰西语和英语复述了一遍。

亨利爵士挺直腰板,站起身戴上帽子,感觉自己神清气爽,目光如炬。

与此同时,有些东西悄然发生。起初,亨利并没有立刻意识到。但过了一会,亨利开始感觉到了。他整个生命中潜意识里深藏的一种精神负担卸下了:我终于战胜了伯纳德教父的诅咒。他心中暗想。

大卫将一把剑递到亨利手中。金色剑柄上有一个红宝石十字架,十字架下方用蓝宝石镶嵌着两个字母:HR。亨利心里很清楚:他在梦里就是用这把剑杀掉了狮王。

大卫宣告:"这把剑由英格兰先王亨利一世铸造,庆祝他自己战胜了法兰西。但愿它为他的外孙带来胜利。"

亨利面向御座,将剑举过头顶,先用盖尔语、接着用法兰西语朗声说道:"我将以此剑和我的生命来保护国王大卫和全体苏格兰人民。"

大厅后面，苏格兰高地人的呐喊声、尖叫声很快就被风笛声所淹没：一支由三十个风笛手和鼓手组成的方阵齐步向前，又一起转过身，领着新骑士穿过欢呼的人群。伊迪斯夫人站在前排，正用手帕轻轻地拍打着脸，威廉·瓦尔特先生站在她的身边。其他的男男女女都眼中饱含泪花，有些人被这历史性的一幕感动得不能自已，其他人则一脸肃穆，默默地感受着保护者的降临。已经受封为骑士的男人想起他们经历过的磨难，想起与强敌搏斗时的恐惧。但他们都是普通的骑士，未曾承受过一个皇家骑士必须经历的神秘磨难。在这些骑士当中，有些人的泪水是为他们自己而流的：有一天，他们会默默无闻地终老一生。当然，也有些人只是被五旬节的独特音乐所感动。当夜幕降落，上帝规定的休战期就宣告结束，搏杀的季节行将开始。但是今天，欢闹的比武大赛已经准备就绪。

风吹得比昨天还猛，却没有下雨的迹象。大卫兴致勃勃地说：“真是个比武的好天气。”

城堡外的比武赛场内，到处彩旗招展，马匹都盛装披挂，帐篷也是五彩缤纷，一派欢快明媚的景象。许多显赫家族的帐篷顶上，象征着家族的三角形旗幡迎风飘扬，在风中看起来像个告示牌。贵族们各自带着骑士随从，三五成群地在各自的帐篷内或帐篷外聊着天。在宴会上跟亨利挤眉弄眼的漂亮女孩正被年轻的爱慕者团团围住。亨利和她挥挥手，她也朝他摆了摆手，但彼此却无缘用英语攀谈，因为亨利也要参加比武。六十个骑士进入比武场地，每队三十人。场地周围的鼓手开始击鼓。起初鼓声轻慢舒缓，继而喧闹激昂，催人奋进。人们沉浸在即将厮杀带来的欢乐之中。

骑士们挑选好要厮杀的对象，戴好面罩，将各自的马骑到指定的位子。鼓声变得急促疯狂，战马尖叫起来，身躯也不停地动来动去。国王大卫高高举起圣安德鲁旗帜，尔后向下一挥。

"战神不喜欢懦夫！冲啊！"他高声叫喊。

盛装披挂的战马扬蹄向前，骑士驾驭着自己的马冲向挑选好的对手。

顿时,鼓乐声震耳欲聋,长矛刺向盾牌,战马嘶鸣,人声鼎沸。有钱人家的女儿都挤在场地周围。

这些有钱人家的女儿挤在赛场挡板边大呼小叫,有的还喊着心上人的名字,但更多的是为自己的兄弟鼓掌加油。

亨利冲向对手的时候,高地人都按捺不住地又蹦又跳,高呼他的名字。亨利很快就将对手挑落马下,苏格兰人顿时爆发出惊天动地的胜利欢呼声。

按照比武规则,一旦骑士被挑落下马,对手必须停止攻击,同时自己也要下马将落马者扶起来,免得被其他马踏伤。虽然比武中难免磕磕碰碰受点伤,但谁都无意杀了对手或者致对手重伤。长矛尖要用其他东西包扎起来,减少杀伤力。一般情况下,下马后双方会走到场地边喝上一杯,然后重回赛场。被亨利挑落下马的骑士在盔甲外穿了件红色的外套,旗号是希腊神话中狮身鹰首的格里芬。他拉下面罩后亨利发现他不是苏格兰人,头发是像麦秆一样的浅黄色。出于礼貌,亨利先用拉丁语跟他说话,但他似乎听不懂拉丁语,所以亨利又改说法语。喝了杯酒,他们握了握手,戴上面罩重新回到赛场,各自又挑选了新的对手。亨利一口气又挑了对方队伍中的三名骑士。他刚将第五个骑士挑落在地,长矛又刺向第六个骑士的盾牌,可就在这个时候,对方抵抗不力,亨利一下子扑在马脖子上,亨利的马一惊,退后两步,原地转了个圈,马蹄一下子踩在还倒在地上的骑士胸口。观众一阵惊呼!

亨利赶紧跳下马去救受伤的骑士。吉洛姆也策马飞奔过来,下马跪在亨利身边。有些骑士也纷纷停止厮杀,但大多数骑士并不清楚发生了什么事,还在继续比武。亨利用牙齿扯下自己的手套,摘下受伤骑士的面罩,又扒开盔甲在脖子那里摸了摸脉动,脉搏还在跳动。亨利将手臂伸进这个骑士的锁子甲,吓了一跳,手一下子缩了回来。

"我去叫牧师。"吉洛姆说。但显然已没有必要,因为道格拉斯已经大步走了过来,后面紧跑着个牧师。这个时候,鼓手们敲响了停战号令,两队的骑士纷纷下马，围到奄奄一息的骑士身边。亨利后悔不迭，满脸羞容。

"我很难过。"牧师刚诵完经，亨利就说道。"请原谅！"

他未能控制好自己的马。在五旬节欢乐的气氛中，因为他的失误，一个骑士的生命终结了。死者被抬走，比武继续。但亨利带着道格拉斯到国王大卫那里去道歉。

"陛下，我真不知道该如何表达我的内疚……"

国王点点头，说道："我都看见了。按常理说，你冲锋时，不管你的对手是谁，只要他放下手中的武器，他就无力反抗你的刺杀。我觉得，他是自己有意要被挑落马，从而再等你弄落马。你没看见，他用长矛刺中了你的马脖子。"他转身用盖尔语对道格拉斯说了点什么，道格拉斯过去将亨利的马牵了过来。"检查一下左侧，就在喉颈处。"

马身上的披挂已被骑士的长矛刺坏。掀开马脖子的布，一眼就看见马在流血。伤口离喉颈就差一个指甲盖那么点距离。

"很显然，他的长矛尖未经包裹。不过，也可能是碰巧……"大卫看着亨利继续说道。"但你的马可能并不这么想。"大卫脸上闪过一丝疑团。

亨利点点头。他将马被骑士长矛刺中脖子的图片传送到马的脑海，马传送回一张古怪的图片：一个魔鬼，在火中翩翩起舞。

"牵马去看兽医。"大卫吩咐完侍从，又用盖尔语对道格拉斯说道。"这是蓄谋刺杀亨利。他故意摔下马，没想到被亨利的马踩死了。"道格拉斯眨巴眨巴眼睛，说道："他就没想到要重新站起来参加比武。"

他又面对着亨利说道："亨利爵士，为什么不和我一起坐会呢？叫你兄弟一起来？你已经在场上拼搏了将近两个小时，表现很出色。比武要到晚上才结束，乱哄哄的。不过，年轻人就喜欢争强好胜。"想了一下，他又补充道。"当然也别有所求，姑娘们爱看呀。哟，伊迪斯在那儿……"

在亨利看来，瓦尔特夫人白天看起来也是那么撩人。他现在可以看得很清楚，她的头发既不是亚麻色，也不是红色，而是这两种颜色的混合色。眼睛很迷人,眼珠淡蓝,英格兰人特有的颜色,身上穿着一件丝绒长袖女裙,袖口上一圈软毛。威廉爵士跟在她身后,因为怕冷,原本光秃秃的脑门上戴了顶松鼠皮毛制成的帽子。

"陛下,场面乱糟糟的,我一点也不喜欢。"威廉对国王说道。"我也看过不少比武,但……"他摇了摇头,脸上松松垮垮的赘肉来回晃荡。

他妻子点点头,说道:"当然,我也有一事不明,但……"她先用水灵灵的眼睛看了看国王,然后又落在亨利身上。"不管怎么说,亨利爵士,今天下午我和威廉已经在我的狩猎别墅里安排了庆祝活动。我们要举办歌咏比赛。你兄弟跟你说了吗?"这才是她想说的,不过她说法语的时候,感觉还是语无伦次,口齿不清。这时,吉洛姆走了过来,她赶紧用英语问吉洛姆:"你告诉亨利爵士了吗?"

"抱歉,我忘了。卡莱尔城堡的盛情款待……让我心驰神往了。"他脸上的笑容怪怪的,亨利悄声用加泰罗尼亚语问道:"几个?"

"五个。"吉洛姆压低声音答道。"她们已经在那边等得迫不及待了。"然后他又用英语说道:"我对我兄弟解释说,他在和苏格兰高地的勇士们厮杀的时候,我正和漂亮姑娘跳舞呢。"他抬起棕色的眼睛看着瓦尔特夫人。"最幸运的是,我还和您跳了支舞,夫人。"

她的脸一下子红了,用蹩脚的法语问道:"你跟亨利爵士讲过我们要给他的纪念品了吗?"

吉洛姆摇摇头。他又用加泰罗尼亚语对亨利说道:"她想睡我们两个。今天下午或晚上。这就是我想跟你讲的。"

"太棒了!"亨利用英语叫道。

国王显得若有所思。直觉告诉他,亨利他们谈的绝对不是什么歌咏比赛和纪念品什么的。吉洛姆旋即用法语向国王道了歉,说不该用加泰罗尼亚语交谈。然后,他又将伊迪斯跟他讲过的话复述了一遍。原来,在瓦尔特最近重建的狩猎别墅里,建筑工人在烧毁的废墟里发现了一个男人用的皮带搭扣。该别墅原本属于威廉二世,后来传给他弟弟不列颠狮王亨利一世。这个在灰烬中发现的搭扣上刻着两只前爪相互紧扣的狮子，每只狮子上都刻着字母：HR。

"我们觉得，只有亨利爵士才配拥有它。"威廉·瓦尔特说。

"你太慷慨了。"国王和亨利异口同声地说道。

大家纷纷聚到御座边。大卫首先介绍了埃塞克斯郡伯爵。斯蒂芬也失信于他，将他和拉尔夫关在一起。接着，大卫介绍了莫达克神父，他拒绝了约克郡大主教的职位，而这个职位是许多人打破了头都想争的。其他还有赫里福德的小伯爵和许多来自苏格兰各地的领主。亨利环顾四周，发现詹姆士又不见了。有几个人用法语交谈，同时为那些不懂法语的人做翻译。就像他们的君主一样，他们开门见山，直奔主题。

"你要求夺回英格兰王位的要求是合法的。我们需要你。"其中一位说。"我们再也无法容忍尤斯塔斯做我们的邻居。"

"他的父亲雁过拔毛，对于过境的每一粒燕麦都要征税。"另外一位附和道。

"过境的鹿肉也要征税。"

"我们的大马哈鱼也被征税。"

"还有我们的银器。"

一个英国人也说道："斯蒂芬正在勒索苏格兰，因为他自己的封臣拒绝为他买单。这些封臣忙着自己建城堡。英格兰法律已经瘫痪。王公贵族以及新贵们自说自话，割据为政。"他说"新贵们"的口气就像在说某种瘟疫。

"如果收成不好，农民们就得饿死。"有人接话说。"各地的领主连自己的人都快养不活了。"

"斯蒂芬抢夺本该属于我母亲的王位。"亨利回答道。"他却失去了和平。"他感觉到有人在后面轻轻地拉了一下他的外套，是詹姆士。

"我家夫人想和您说句话。"

伊迪斯·瓦尔特垂着眼帘，好像有这么多的显赫人物在场，她的自信心大受挫折。"亨利爵士，半个小时后，我们就出发去狩猎别墅，您看行吗？"

"一个小时后吧。"亨利说道。"我得脱掉身上的铠甲。"

"那就一个小时后。不必太拘礼，随意点。你也不必佩着剑去。"

国王用拉丁语说："骑士剑不离身，小伙子。即使去寻欢作乐也不例外。"

亨利点点头："你一起去吗？"

大卫改用英语回答道："我是比武大赛的裁判。很遗憾，亨利，我已经扣了你二十分，因为你马失前蹄。估计其他人会胜出。"

"我已经爱上瓦尔特夫人了。"亨利悄悄地对吉洛姆说。

他兄弟盯着他："你疯了！她是个淫荡的婊子。她还提出要同时跟我们俩一起耍呢。你先上，我再进。或者调换一下次序。"

"我不信。"亨利咕哝道。"你是以小人之心度人，嫉妒心作怪。"

俩人的脸都气得变了色。吉洛姆心中感慨万千：如果亨利的母亲能多爱他一点，他也不会像现在这个样子。

"我嫉妒？亨利，你还在玩鸡鸡的时候，我就已经每天换着女人睡了。我嫉妒？"

"就此打住吧。"亨利又咕哝了一句。

来到狩猎别墅，这里已经乐声悠扬，人们在草地上翩翩起舞。风也早已经停了，午后的阳光暖洋洋的，正适合人们在户外打情骂俏。花蝴蝶般的有钱人家女儿，眼神在亨利身上扫来扫去。

吉洛姆酸溜溜地说："我还是去乐房里吹拉弹唱吧。"

威廉爵士在门口招呼他们。他的法语比他妻子好多了。他问亨利："还认得出这里的建筑吗？"别墅四周，树木成林，灌木丛也栽得井然有序，看得出来，主人颇为用心。"我相信，你八九岁的时候，你母亲带你来过这儿，那时候，她是……嗯，君主。我和伊迪斯重建时想尽量恢复原貌。"

亨利若有所思，重建工程浩大，但还是缺了点什么，比如诺曼底建筑的男性气质以及庄严、典雅。"我记忆中的建筑可比不上现在那样的富丽堂皇。"

"太对了！"威廉·瓦尔特回答道。"但是，太太们就是喜欢富丽堂皇，不是吗？啊，我的宝贝，你现在就带亨利爵士去看看纪念品？"

伊迪斯已经把她在比武赛场上穿的那件蓝色丝绒羽裙装换了。现在她身着金色的紧身镂花长裙，与她的发色极为般配。"现在就去吗？"她问道。她显得颇为犹豫。"可我们连杯酒都还没给他喝呢。"

"给我杯苹果汁就行。"亨利说道。主人对一个仆人招了下手，让他拿过来几杯饮料。"不如你们现在就走，趁着歌咏比赛还未开始。"

"就依你，亲爱的。"她回答道。

别墅的主楼很大，两边各有一幢辅楼，其中的一幢辅楼用作乐房和小餐厅，另外一幢用作家居，两幢辅楼都有回廊与主楼相连。主楼主要用于娱乐。厨房以及浴室又在另一幢楼里。亨利清楚地记得，因为玛蒂尔达曾经禁止他进入浴室，有一天他从窗户里爬进去，惊讶地发现他舅公威廉·鲁弗斯国王的装饰，墙上刻满了勃起的阴茎。这些玩意儿肯定让不列颠狮王感到颇为有趣，因为正是他又在上面添加了乳房和女人的外阴。这些都是后来仆人们向小亨利讲述的。狮王把整面墙都雕刻成湿乎乎的阴道，下面还配有创世纪的传说。浴室正当中有一个巨大的浴盆，浴盆周围摆放着长凳。长凳宽得足够两个人并排躺在上面。

伊迪斯带着亨利从主楼的人群中穿过。"我非常想去看看浴室。"亨利说。她会心地看了他一眼。

"我原本想今天晚上带你和吉洛姆去看。只有我有钥匙。现在我就带你去卧房，我把纪念品藏在那里了。"

可爱的屁股，亨利心中暗想。他从容地跟着她穿过回廊。突然，他自言自语道："詹姆士在哪？"

"我得说，他是个很难对付的小孩。"她回答道。"他来去无踪，像阵风。我丈夫命令他去参加歌咏比赛了。胜者不是詹姆士就是你可爱的兄弟。"

亨利还在为吉洛姆亵渎沃特夫人愤愤不平。他把身子凑近迷人的屁股,好像不经意地用一只手轻轻滑过她的右乳房。"对不起。"他低声道。

她停下脚步,转过身,对他嫣然一笑。"我要的可不止这点。"她用法语说道。这一次她的法语很纯正。他心中暗想,在我染指过的女人中,她会是年纪最大的。想到这,他愈加兴奋。他们来到卧房门口。里面肯定有张床。我可以抚爱她,告诉她我爱她,让她答应今晚只属于我。我不想吉洛姆碰她。

他着迷地看着她那对小巧的乳房,像年轻女子那般挺拔。还有她充满女性魅力的屁股。

第七章

在相隔不远的歌厅里，准备唱歌的人正放松嗓子，乐师们忙着调校乐器。一对女孩儿先唱，唱了一首迷人的咏春曲。威廉爵士扮演司仪的角色，他开口说道："吉洛姆大人，请为我们献唱一曲。"

吉洛姆走到房间中央。这时房间里已经有四十来个人，但是，吉洛姆要献唱的消息一传出，许多人又从外面挤了进来。

"让我们耐心等待。"威廉爵士说。

所有参加活动的妇女都挤了进来，要听吉洛姆唱歌。吉洛姆环顾四周，发现道格拉斯站在门边，詹姆士紧挨在他后面准备唱歌。

吉洛姆告诉大家，他的第一首歌来自他母亲的故乡——西班牙的加泰罗尼亚，他准备用加泰罗尼亚语演唱。歌曲充满激情，吉洛姆唱到后面，摇摆身姿，舒展双臂，石头地板被他跺得"咚咚"直响，引来女人们一片尖声叫好声，有些女的控制不住情绪，激动得泪花飞溅。第二首是情歌，吉洛姆用法语唱，唱得轻慢舒缓。房间里顿时唏嘘不已，女人们纷纷擦拭眼泪，有些女的不禁柔情似水地望着自己的丈夫。唱第三首歌之前，吉洛姆瞥了一眼詹姆士，说道："下面这首歌献给我们的翻译，詹姆士。他对我们帮助巨大。"小孩一脸的惊讶。威廉爵士用英语为他做了翻译，客人们纷纷盯着詹姆士看。吉洛姆先来了个充满激情的和音，然后用他那美妙的歌喉哼唱起一支旋律。这旋律一年多前詹姆士哼过。那时，一群流民聚集在码头，詹姆士唱的时候，流民尽情地嘲弄他和亨利。吉洛姆唱的时候，改了些歌词："曾经有个少年，他的名字叫詹姆士,他的名字叫詹姆士……"歌词缺乏诗意,不过吉洛姆本来也没想过要作诗。旋律本身可能在英格兰南部很流行,生动有趣。吉洛姆唱的时候,眼睛紧盯着詹姆士。詹姆士原本苍白的脸现在变得通红。吉洛姆笑里藏刀地盯着詹姆士:唱的就是你,你这头小猪!威廉爵士拽住詹姆士的胳膊,将他拉到吉洛姆身边,一起接受众人的掌声。

"詹姆士,现在该轮到你了。"威廉爵士说道。

詹姆士的歌声响起,他那银铃般的歌喉如那潺潺流水。大家都怔住了。吉洛姆偷偷溜到门边,轻声问站在那里的道格拉斯:"亨利在哪?"道格拉斯现在已经能听懂点法语,他喘着粗气凑近吉洛姆的耳根边,手指着詹姆士,低声说道:"他是尤斯塔斯派来的!"他们一起悄悄溜出房间,然后冲过回廊来到大厅。

"亨利在哪?"吉洛姆刚一见到人就问。那人耸耸肩。"亨利在哪?"他仍不罢休,逢人便问。大厅里人很多,虽然男人居多,但亨利并不在其中。

在卧房里,亨利正脱着衣服。刚进房门的时候,伊迪斯就转过身吻了他的嘴。"我等不及到晚上了。"她当时就用英语对他耳语道。卧房很宽大,但几乎被一张大床占据着。这张大床,十个人睡在上面也不会觉得拥挤。一面墙上有三个窗户,可以看见远方烟雾蒙蒙的群山。她锁上门。"几分钟内没人打扰我们……"她一把抓起他的手,先放在自己的胸脯上,然后让它慢慢滑到裤裆。"脱衣服!快脱!"她迫不及待地轻声喊道。"我只要撩起长裙就可以。"她比较简单,只要撩起裙摆就行了。但亨利却比较麻烦。因为他还没来得及脱掉骑马时穿的披风,还佩戴着剑,外套里还有道格拉斯的斧头。这些都极其碍手碍脚。他将斧头摘下来绑到右腿。这样,他的外套就能同时盖住斧头和匕首,然后脱下披风,扔到床上。

看见亨利身上佩戴着这么多武器，瓦尔特夫人倒抽一口冷气："你原来到房间里来是要……"在匕首、斧头边，亨利还戴了把剑。

亨利突然对房间有一种不祥的感觉。空气污浊。他的激情开始消退。他抓住瓦尔特夫人的手按在自己的阴茎上摩挲，想让它挺起来，但她一把将他推开，尖声叫道："不！不要！我不要！你为战争而来，不是为爱情。放我走！"她几乎歇斯底里地叫喊道。

刹那间，房间里的厨门打开，跳出来五个手持短剑的撒克逊人，团团将亨利围住。伊迪斯跑到墙角躲起来。床太大，空间太小，打斗起来很困难。亨利左手举着斧头，右手抽出长剑。撒克逊人的注意力都集中在长剑上，因为这把剑比他们的短剑长很多。亨利趁机接连砍下两颗脑袋。伊迪斯开始哭叫起来。其他三个撒克逊人重新调整好位置，一齐扑向亨利。首当其冲的，一看就是这伙人中的头领。亨利迎面扑向头领，其他两个人稍一犹豫，亨利的剑就刺穿了头领的腹部，然后一脚踩着他将剑拔出。这时，墙角传来一声可怕的尖叫，只见伊迪斯手持匕首冲过来。她不是冲向撒克逊人，而是照着亨利冲过来。亨利往后一跳，扔掉手上的兵刃，一把拦腰擒住瓦尔特夫人，直接朝两个撒克逊人扔了过去。两个撒克逊人闪了一下身，瓦尔特夫人重重地摔在地板上，在场的人都听到了骨折的声响。亨利捡起斧头和长剑。两个撒克逊人懵了：夫人死了，或者快死了，他们摊上麻烦了。头领也死了。他们盯着亨利，看见只有在狭路相逢时才能看到的气势：亨利的眼睛里完全是一种不是你死就是我亡的神情。他们稍稍往后退了一步，这时从衣橱里又窜出一人。他就是在比武赛场上被亨利第一个挑落马下的金发骑士。此人身材最高，藏着以备不测之需。

"抓住他，伙计们。"他高声叫道。

这时，房门开了，是道格拉斯用肩膀撞开的。道格拉斯手持兵刃直奔高个子，一眨眼的工夫，高个子的头就像鸡蛋一样飞到墙上。

亨利和吉洛姆用剑撂倒其他两个撒克逊人，但却没弄死他们，只是受伤了，估计也吓得不轻。

道格拉斯将他们的脑袋都砍了下来，房间地板上到处流满了血，连墙上也血迹斑斑。

"快走！没准衣橱里还有人。"亨利说道。但衣橱里除了那几个撒克逊人遗留在那里的一些东西外，再没其他什么。看来，这几个撒克逊人已经在衣橱里蹲了大半天了。

吉洛姆告诉大家，詹姆士是尤斯塔斯的侍从。

道格拉斯朝三个窗户做了个手势，三人穿过窗户，跑到大楼后院，那里拴着撒克逊人的坐骑。

外面的仆人听到瓦尔特夫人的尖叫声已经跑了过来。有个厨师正盯着一棵树上看。

"谁会说法语？"亨利对跑过来的仆人问道。

"我会。"有个妇女低声回答。

"你家夫人在里面。赶快去。再去找个牧师。快点，她死了。"

道格拉斯循着厨师的目光往树上看了看，气得直叫。躲在树上的是詹姆士。道格拉斯用盖尔语叫唤了一阵。

詹姆士磨磨蹭蹭地从树上爬下来。有那么一刻，他好像想逃跑，但是，他脚刚一沾地，道格拉斯就一把抓住他，把他倒着提溜起来，从他口袋里掉出许多古怪的器具：一把小型折叠匕首，刀刃藏在木头槽里；一根细长的小针。这种针，只要刺中眼睛、耳朵、喉咙，甚至刺中肋骨，都能像被剑刺中一样，置人于死地。道格拉斯又将他倒转过来，让他的脚着地。另外一个高地人站在他身后卡住他的脖子，道格拉斯则仔细地搜查了一遍他的衣服，又搜出另外一件藏着的物件——两个小铁球，鸡蛋那么大小，栓球的线都已经发臭了。

亨利问道："他究竟是什么人？"

"还记得他怎么踢小狗的吗？"吉洛姆问道。

亨利点点头。

道格拉斯发现再也搜不出什么，就叫了一个自己人过来。他们一起把这小孩装进麻袋，扎紧袋口，把他扔到马背上。

"你数过撒克逊人的马了吗？"亨利问。

吉洛姆点了点头："多出两匹马，正好用来运尸体。"

道格拉斯派了五个自己人去抓威廉爵士。他们必须行动迅速，因为在大厅和歌厅里，大家还在唱歌、跳舞、调情。

道格拉斯快马加鞭跑去报告大卫国王。

亨利和吉洛姆，再加上一个高地人，他们花了近一个小时才把六具撒克逊人的尸体弄到窗外，并把他们绑到马背上。有些绑在马鞍前，有些绑在马鞍后。割下的脑袋都装进麻袋里。不过，道格拉斯用力割下的那颗脑袋，由于飞撞到墙上，现在已经面目全非，只有骨头与头发，他们只好又收集了点他的衣服之类的东西作证据。

牧师到了后，兄弟俩陪他走进房间。牧师给瓦尔特夫人涂抹最后一遍膏油的时候，兄弟俩双双跪下。"我从未想过自己会杀一个女人。"亨利对吉洛姆咕哝道。吉洛姆一只手搂着亨利，另一只手指了指瓦尔特夫人手上的匕首。她没等牧师做完仪式就咽气了。

他们用拉丁语和牧师聊了一会。牧师对亨利说："上帝会宽恕你的。你是出于自卫才杀了她。这里的人都知道，她是个女妖。听人说她可以在火上行走自如，还能把自己变成母鸡。当然，这都是妖言惑众。但是，"他的表情很痛苦。"这就是我们生活的世界。"

外面又开始下起小雨，算是对兄弟俩的犒劳，帮他们洗去手上、脸上的血迹。

黄昏时分，他们抵达卡莱尔城堡。

亨利和吉洛姆刚走进城堡大厅，就看见地上滚着大卫的灰色发套，大卫的头皮上好几处地方流着血，表情极度愤怒。亨利担心他会气极身亡。

大卫先是由道格拉斯告诉了他一些情况，后来又从安茹人那里得到了一些信息。另外一个撒克逊人已在城堡里被抓住，现已被带到大卫面前。这个撒克逊人供认,他们得到的指令是要他们一听到瓦尔特夫人的尖叫就冲进房间,杀掉那个男的,把她救出来。

大卫手指着亨利问:"是这个男人吗?"

"我们只是被告知那个男的长得像北欧海盗。"

拉尔夫伯爵在房间里走来走去,不住地摇头叹气。

六具撒克逊人的尸体并排放在地板上,他们的头单放一堆。伊迪斯的尸体放在一块小地毯上,抹在洁白额头上的圣油还闪闪发亮。再往边上点躺着詹姆士,他的双手绑在背后。

"这个狐狸精,她曾发誓效忠于我。"大卫怒气冲冲。"正是她亲口跟我说,斯蒂芬和尤斯塔斯一心想灭掉亨利。刁妇!该死的狐狸精!"

两个高地人将威廉爵士推了进来。书记官已经准备好记录他的供词。三个首席法官也已经各自落座。

在大厅角落的阴影处,站着一个男的,脸上蒙着面罩,似乎在等待着什么。他一身黑外套,脚蹬厚靴,手戴黑皮手套。脸上只看得见鼻孔和红嘴唇。亨利和吉洛姆注意到,这个男人的手腕特别粗,和身高不成比例。人们寻常见不着这些人,不过,每一个国王,每一个公爵和伯爵,甚至有些小级别的贵族都会用得着他们。

"你和那个恶魔般的女人是什么时候策划这个阴谋的?"大卫讯问威廉爵士。

他盯着妻子的尸体,浑身颤抖着,用手指了指她。

"这家伙是个臭狗屎,"吉洛姆嘟嘟囔囔地说。

"你家里这个卑鄙小家伙是个什么人?这就是你推荐给我的翻译?"拉尔夫问道。

詹姆士鼻子上淌着血,但还是一副目空一切的样子。他挣扎着站起身,自己回答道:"我叫埃尔伯德,是尤斯塔斯的人。"

国王一拍御座的扶手,大声喝道:"那么你为王子做什么?"

"我是他的解密员。"男孩一脸傲慢地回答道。他的眼神轻蔑地扫过在场的所有人,似乎在告诉大家:你们这群笨蛋,我比你们都聪明。

大卫站起身,好像要过去揍这小子,却不料一下子跪在地上,用拳头狠狠地砸着地面:"救救我!救救我呀!我把这样的毒蛇放在亲人身边。我有罪啊,我是个蠢货!"

王冠从他淌血的头上歪到一边,他一把拽了下来,扔到地上。

"他是色迷心窍。"亨利轻声说。

"我觉得也是。"吉洛姆答道。

大厅的气氛太压抑,他们就偷偷地溜了出去。外面的雨下得更大了,路面湿漉漉的。道格拉斯带着他们来到一处阳台。

"那个小子是个魔鬼,他把我们都骗了。"

"嗯,他骗不了我。"吉洛姆说。"从贝里克郡回来的路上,我听他唱过歌。当时我就在想,难道世界有两个嗓音清纯得如此相似?"

"旷世奇才!"亨利嘟哝道。"他通晓八到十种语言,很有天赋。"

他们就这样闲聊着,任由雨水拂过自己的脸,冲洗掉从大厅带出来的恶臭。

大约一个小时后,他们又回到大厅。大卫坐在御座上,王冠也已重新戴在头上,一只手摩挲着雕刻在御座上的独角兽脖子。拉尔夫伯爵坐在脚凳上,将国王的另一只手捧在手心。我错怪你了,拉尔夫。亨利心中暗自愧疚。你是个心地坦荡的君子。我将与你并肩战斗,情同兄弟。

尸体已被搬走,地板上的血迹也已基本清洗干净。威廉爵士平躺在离国王几米远的地方,手脚都已戴上镣铐。有人在他下身盖了点东西,好像还撒了些灯芯草之类的东西,用以减少他身上发出来的尿臭味。

"尤斯塔斯许诺给他一个伯爵头衔,温切斯特主教也答应替他儿子在教堂里谋个肥差。不过,他真正想得到的是伯爵头衔。"大卫说。"首席法官们裁定,鉴于他犯下叛国罪,可以处以火刑,将他烧死。但是,你是他们意图谋害的对象,亨利,你来做最后的决定吧。"

"让人拿钱来赎他吧。"亨利说。

大卫脸上掠过一丝窃喜。他用威廉爵士听不懂的拉丁语说道:"回到英格兰,尤斯塔斯也不会放过他。"他叹了口气。"接下来看看怎么处置这个小男孩。"他眼望着小孩,小孩眼睛骨碌碌地盯着他。

"埃尔伯德,你还年轻。你才能卓著,而才能是上帝赐给我们的礼物。我是个仁慈的国王。宣誓效忠于我吧,做我的解密员。"

"我决不会辱没自己对尤斯塔斯说过的誓言。"小孩答道。

躲在角落里的那个男人开始向他走去。小孩一看见那人手里拿的东西,开始一脸绝望地左顾右盼,希望有人会站出来救他。

"我言不由衷!真的言不由衷。"他尖叫起来。"我愿意投靠你,大卫国王。我懂十种语言,我能破解任何密码。"

国王看着道格拉斯,道格拉斯缓缓地摇了摇头,看也不看行刑者就不耐烦地说:"看你的了。"

那人嘴角一咧,露出一口不整的黄牙,随即将一只戴着黑手套的手搁在小孩肩膀上,命令道:"这边走。"说完就将埃尔伯德推进一个密道,从这里可以通到他们脚底下的一间密室。

这时,星期一的黎明已悄悄来临。按计划,他们是要在星期三发起进攻的。但现在亨利明白,这次战争输了。小孩已经将战争计划泄露给尤斯塔斯了。

战争的确输了。同时,埃尔伯德也消失了。

亨利、吉洛姆和道格拉斯白天作战,晚上穿越敌人的防线。五个月后,他们抵达南海岸。"我发誓要打回来!"亨利说完,挨个拥抱了自己的同伴。他和道格拉斯也洒泪而别。经过这段时间的相处,彼此都能说一点对方的语言了。只听道格拉斯用法语轻声说道:"你的名字铭刻在我心里。"亨利则用盖尔语回答:"让我们相会在梦乡。"

骑着他最好的战马，杰弗瑞等候在巴夫勒码头，在他身体的左右两边，还各有一匹黑色战马，是给两个儿子准备的。两匹马都用蓝色和金黄色的装饰打扮过，尾巴和鬃毛也被编织成辫子状，露出的身体部位如丝绸般光亮。码头四周，每幢建筑物的屋顶都飘扬着金黄色三角旗，三角旗上猎豹迎风招展。吃的、喝的摆满了露天条桌。酒馆传来悠扬的音乐与歌声。酒馆内，妇女、少女和醉眼蒙眬的水手都在等候欢迎年轻的英雄归来。这些年轻的英雄，托上帝保佑，在英格兰所向披靡，捷报频传，冲破斯蒂芬的重重拦截，毫发未损地扬帆归来，尽显未来公爵之风采！

将近傍晚，亨利他们才登上码头。杰弗瑞带着他们离开巴夫勒码头，私底下继续他们的庆祝活动。

他们骑马来到一处狩猎别墅，打算在这里待上几天。"你们逃走后，尤斯塔斯气疯了。"杰弗瑞说。"他跑到巴黎纠缠摄政王，说了不少你的坏话。他从安特卫普绕道航行，生怕在途中碰到你。"

亨利仰面大笑。

他父亲心中暗道，他现在已经越来越像个国王了。不过嘴上他却说："又来了个吟游诗人。我让他为你写了一首歌词。这家伙了解歌曲的政治力量。我希望你喜欢。"

"那我们就洗耳恭听吧。"亨利说。

杰弗瑞示意吟游诗人过来。他还没唱完，亨利和吉洛姆就笑翻了。歌词时而舒缓，时而激越，讲述了亨利在英格兰的战事以及亨利如何机智地识破尤斯塔斯的阴谋诡计后胜利归来。自那晚起，歌词就像燎原之火，迅速传遍诺曼底、安茹和缅因，并且跨过英吉利海峡，传到了英国后又传回法兰西岛。歌词唱道：

"一头幼狮从巢中跃出。"

第八章

在鲁昂的公爵府里，1149年的圣诞节过得很沉闷。"从没听说杰弗瑞会不带着他的家眷到这里来，来和我们一起庆祝。"玛蒂尔达怒气冲冲。

"爸爸为了我们的事业忙得焦头烂额。"亨利替他父亲开脱道。"昨天他还用鸽子送来了信。"

"拿来我看。"

"用密码写的。读完我就烧了。"

"撒谎！"

"母亲，我没撒谎。爸爸冒着生命危险在……"

他母亲气哼哼地离开了大厅。

亨利知道自己的脸色火辣辣的，羞愤交加。其实，根本没有什么公爵的来信。他所知道的，父亲已经死了。六个星期前，公爵就走了，他要亲自在路易的宫廷里安插耳目，为诺曼底提供可靠的情报。他们已经在路易宫廷里有眼线，不过层次不高，都是些烧饭的和养马的，只能得到一些鸡毛蒜皮的情报。既然路易国王已经从十字军东征中班师回朝，他们就需要密切注意路易国王是否会攻打诺曼底。种种迹象表明，法兰西的苏格与大总管有意听从篡位者斯蒂芬及其王储的唆使。英格兰那些仍然恪守对不列颠狮王亨利一世的誓言、发誓效忠于玛蒂尔达的人，也不断地给安茹人送来消息，提醒他们说，随着亨利的长大成人，斯蒂芬和尤斯塔斯越来越坐立不安。内战一触即发。尽管玛蒂尔达已经不再对自己称王抱什么希望，但斯蒂芬清楚，王位有可能从自己身上溜进亨利怀里,因为许多王公贵族并不喜欢尤斯塔斯。而且,不列颠狮王的外孙还与苏格兰国王大卫结成了同盟。他已经击退了苏格兰人的一次进攻,付出了沉重的代价。如果诺曼底和苏格兰联手进攻,那对于他来说可能是灾难性的。因此,他天天都纠缠着法兰西。

"让我来处理。"杰弗瑞出发去迎接东征撤回的败军时就说过。他的笑容,亨利记得,是狡黠的。父亲已经为此事去过两次了。第一次去了回来后,脸上容光焕发,他说:"我已经有目标了,我希望下次再去就可以大功告成。"

亨利当时上下打量了父亲一番,说道:"你的目标男的还是女的?"

"一个男子汉。"杰弗瑞急促地说。

现在,圣诞之夜已经过去大半了,却仍然没有诺曼底公爵的任何消息。亨利来到马厩。忧心忡忡的时候,和马待上一会可以得到缓解。马夫为他套上马鞍,他骑马从公爵府来到城郊的一所房屋。吉洛姆和他的妈妈伊莎贝拉,住在这里,同住的还有他的五个姊妹。还没看见屋里的灯光,就远远地听见了吉洛姆的歌声。寒风飕飕,却无雪花飘飞。

见面后,免不了拥抱寒暄,然后亨利对吉洛姆说:"兄弟,能否出去看看我的马?"

"发生什么事了?"火把光中,亨利能看到吉洛姆眉头紧锁。

"爸爸不见了。"

他们盯着脚底沉默了一会,亨利走上前扑在吉洛姆的怀里哭了。

在巴黎,人们奔走相告,说大家翘首企盼的皇家游行将在圣诞夜举行。所以,天刚蒙蒙亮,街道两边就早早地排起了长队。天气又冷又湿,但阳光灿烂。街上的泥土已干,感觉春天来临了。苏格在街道的各个角落里都摆放了酒桶,并提供酒碗供大家饮用。市民也很配合,载歌载舞,好像庆祝胜利似的。埃莉诺身穿一袭猩红色的鹅绒长裙，骑着一匹绿色披挂的母马。马头上挂着个十字架。马的绿色披挂是齐娜建议这么打扮的，目的是为了与埃莉诺的服装相配。

围观的人都对埃莉诺骑的母马颇感兴趣：长长的黑马蹄，无与伦比的漂亮马头，细尖的马耳朵。阿拉伯马在巴黎是个稀罕物。阿拉伯马也没见过巴黎的这种阵势。

人群中有人尖声叫道："您从哪儿弄来的这匹马？"

她站在马镫上高声答道："拜占庭皇帝送给我的。"

如此近地看到埃莉诺，妇女们都陶醉了。她粉面桃花，发饰时尚可爱，绯红色下摆垂至下巴，与她那蓝眼睛和红嘴唇相得益彰。还有她佩戴的红宝石项链、她的服饰……

王后张开双臂，似乎要拥抱所有的人——男人，女人，酒鬼，妓女，麻风病患者，邋遢的小孩。人群欢呼着蜂拥而上，王后则垂下双臂，让坐骑两侧的人尽情亲吻。

"别胡闹！"路易说。"你会得麻风病的。"

"你还吻了麻风病患者呢！"王后抗议道。

"那是我职责所在。"他反击道。

"君主碰一碰就能治愈麻风病，这都是老掉牙的故事了。你本该继续做僧侣。"

而杰弗瑞呢，他可以为王！

"埃莉诺！埃莉诺！我们爱戴您。愿上帝和圣丹尼斯保佑我们的埃莉诺！"

"保佑她生个儿子！"有人高喊道。

她扭头喜气洋洋地看着路易，抬手到嘴唇，也高声喊道："保佑我们俩！"

"你知道我们不喜欢这种场面。"他含糊其辞地说道。不过，他还是举起拳头向人群得意地挥了挥手，脸上挂满笑容。

回国后,她每周都陪他睡四个晚上。这可是破天荒的事:自打新婚之夜,她从未与他如此地如胶似漆。

游行结束后,在大厅举行了一千多人参加的盛大宴会。法兰西大多数王公贵族都来了,再加上各国公使,还有密探和无数的随从。仆人和侍从跑来奔去,不停地为宾客们提供各种饮料和食品。埃莉诺和路易并肩坐在一起,共用一个金色的餐盘,时不时地头靠头说点悄悄话,说完还哈哈大笑。夜色渐浓,火把点燃起来,王后请求路易容许她告退。"我已经筋疲力尽了。"她说。

"要我陪你吗?"他问。

"不用,不用。卫兵送我回去就可以了。你还得留在这里陪大家。"

"你那腓尼基女仆在哪?"

"我下午让她睡觉了。今天早上三点她就起床了,替我准备服饰。"

大厅里的人都起身恭送王后。

从大厅出来经过一段石头砌成的楼道就来到王后的寝宫。楼道最高处左右分开,各有几级台阶,左边的台阶通向王后的卧房,右边则通向国王的。王后卧房有两道门。一道是主门,橡树制成的双翼门,上面雕着百合花。另外一道门很窄,一次只能让一个人,很不起眼。这道门通向她的密室。密室与卧房同样宽,只是长度短一点。在密室里,她可以读书写信。齐娜就睡在这里。和卧房一样,密室里也有很深的壁炉和烟囱。正对着卧房的墙上有一道很小的门,通往王后的洗手间。如果不是在宫殿里,这只不过是墙上的一个小洞。在宫殿里则是一个可以蹲的坑。埃莉诺在坑边安置了一个宽大的座位,在座位上蒙了一块丝绒布,以便她蹲坑的时候搁放裙摆,免得衣裙拖在地上。厕所里还有一大壶水、几块肥皂和一块软布。这里冬天寒冷,夏天蚊子很多,所以小门一直关着。

齐娜第一次看见这个厕所的时候,惊讶得不得了。即使在土耳其的安条克,活水也是被引到房屋里。而比起拜占庭的豪华来说,这里的宫殿似乎只能算是个大的军事城堡。"我可怜的王后!"齐娜惊叫道。既没有水蒸气房也没有洗澡池。埃莉诺只能在卧房里用澡盆洗澡。仆人从院子里用水桶运水来,再从窗户里递进来倒进盆里。"太丢脸了,不是吗?"王后回应道。"在阿基坦,我从没必要这样生活。"

密室装修简陋,里面却有机关。因为,在写字台下面放了块花毯,花毯下面是块活动地板。法兰克王国时期,墨洛温王朝(486—751)的国王们都将这个地方作为城堡。几个世纪来,都是由法兰西的总管亲自告诉新登基的国王以及他的妻子(如果这个妻子是正式王后而不只是配偶的话)如何使用这块地板。将写字台和花毯移开,地板门就可以用门上的小铁环拉开。不过得用点力气。如果力气不够大,那就得借助密室墙上挂的钩子。钩子挂在一个链条上,钩子的另外一端是个像秤砣一样的东西。每个王后都会叫侍女在链子上挂上些不宜折叠的小布件。钩子、链条和像秤砣的物件藏在五颜六色的丝绒、丝绸和毛皮物件下面,很难被人发现。

地板门的反面雕刻得很精细,下面马厩里的人即使在大白天也很难发现其中的奥秘。

一旦地板门打开,要下去就是轻而易举的事,也就像登上马鞍一样,只需把脚伸进去踩到马厩里的某根橡树支柱上就可以了。马厩里的支柱数以百计,每根支柱都经过精心雕刻,而且柱子上都刻有凹槽,每个凹槽都足够脚尖踩在上面。柱子上还雕刻着水果和鲜花,其实这都是伪装了的抓手而已。如果情形太紧急,来不及跳上马逃离宫殿,还有第二道地板门可用。这第二道地板门隐藏于马厩地面。这道地板门下也有根支柱,引向阴湿的地道。埃莉诺和路易都不曾爬进地道,不过总管给他们看过入口,而且在一个阳光明媚的日子里带他们去过地道的出口,在岛的另一端的一口井里。据说,几百年前,有个杀人犯逃到井里,穿过地道,爬上马厩,又从马厩进入国王的寝宫。大家都明白,这个杀人犯不可能独立完成这一系列的事情,因为地板门只能从上面打开。

王后卧房内的壁炉烧得很旺。王后砌了一个大理石壁炉,壁炉上面弄了个凹槽放水,壁炉的火会把这个水烧得很烫,王后可以用这个水洗手。宫廷卫士在王后进来前就在里面随意地查看了一下,王后进来后,卫士就躬身退出。王后用铁棍拴上双合门,甩掉鞋子,仰面躺倒在床上。过了一会,她又起身拉上窗帘,再次和衣躺下,眼望着炉火和蜡烛光投射在天花板上影影绰绰的阴影。她从不在床上支华盖,因为她喜欢新鲜的空气。无论天气多么寒冷,她都要让一扇窗户留条小缝。

门外,卫士的脚步声渐行渐远。

埃莉诺长嘘了一口气,伸出手,用手指摩挲着黑乎乎的床。她知道,他就在那里。她能闻到他嘴里的芳草味和他裸露身体的麝香味。她那滚烫的手指刚一碰到他的胳膊,他一把抱住她。

宴会结束后,他们听见成百上千的宾客骑马离去。整座宫殿都陷入沉睡之中。这时,杰弗瑞从天鹅羽绒床垫下取出他早先藏在那里的匕首,动作很轻,她根本没注意到。他背朝她穿好衣服,把武器藏在夹袄里,然后穿过小门溜进密室,齐娜已经等候在那里。埃莉诺赤身躺在床上,床幔也不拉上,只见地上到处扔着她的衣服。"万一我怀了孩子……"她说。

"路易的。"杰弗瑞答道。

齐娜走进卧房,收拾好王后扔在地上的衣服,借着昏暗的光亮仔细检查了一下房间,看看还有什么不妥的遗留物。

圣诞朝会期间,宫殿大厦住满了人。国王下令,皇家庄园必须为六口人以上的巴黎家庭捐献一只鸡或者鸭,让所有人都能庆祝圣诞。羽毛在寒风中飞舞,家禽内脏漂浮在塞纳河上,臭烘烘的。不过,这是一个欢乐的圣诞节,幸福的圣诞节,欣欣向荣的圣诞节。因为,苏格治理有方，国库充盈，无人挨饿。

杰弗瑞又在埃莉诺那支有帐幔的床上焦急等候,埃莉诺却一直到子夜弥撒做完后才投进他的怀里。

香气扑鼻的蜜蜡已经灭了。"快天亮了。"他说。她望着他穿好外套和靴子,又把带帽子的斗篷披上。

"我无时无刻不想要你。"她说。"我本不想这样,可我忍不住不停地想你。我想逃离这个囚禁我的樊笼。"

他大步走到床边,亲吻着她的嘴。"夫人,我愿用我的生命换你彻夜在我怀里,就算一次,此生足矣!你已逃离樊笼。你应该在心中歌唱,像我一样。其实,我也无时无刻不爱你爱得发疯。"他说。她看见,他那英俊机智的脸盘晴朗如洗,就像他给她披风那天一样。

他再次亲吻了她,吻得她心都碎了,浑身酥软,眼泪喷涌而出。"我将在耶稣基督显现节再来。"

走到密室门边,他又停下脚步,返回她的床边。"自打我们第一次交谈,我就身陷情网。自那以后,我一直心潮激荡,不复平静,意乱神迷。"

齐娜打开地板门,他溜进马厩轻声叫道:"哈姆林,我来了。"

杰弗瑞的仆人哈姆林早就熟悉王后的马了。公爵一和他汇合,他们就直奔马厩的另一处,纵身跃上各自的马。圣诞节期间,人来人往,根本不会引起卫士的注意。杰弗瑞已经连续五个晚上在宫廷里与埃莉诺缠绵。她的计策是邀请路易下午与她睡觉,然后在傍晚的时候找个借口离开路易。这个季节,天黑得早,晚上的时间很长。她总是意味深长地盯着国王说:"陛下,我已经筋疲力尽了。"侍寝的仆人都在嚼舌头,说国王与王后自打东征归来就致力于为法兰西制造后代。有人说,那个外来的侍女也参与了。因为,她从拜占庭带来了秘方,有助于她的主人怀上孩子。

"哈姆林。"杰弗瑞又轻声喊道。他估计自己的仆人已经熟睡了。那匹灰色的阿拉伯母马醒过来,用鼻子舔着他的手。他推开她,因为哈姆林应该就睡在马的另外一侧。但他不见了。

杰弗瑞随意地来到左手边的马厩，那里有许多战马，他一眼就看中了最先遇到的那匹马，这匹马的装备一应俱全。他拍了拍它，往它鼻子里轻轻地吹了口气，然后纵身上马，慢慢地从卫士身边骑过，先是过了一座桥，然后又穿过巴黎几条宁静的小巷。

他警惕地搜寻着哈姆林和其他六个卫兵。为了预防法兰西的间谍网，他们从不冒险在驿站雇马，从巴黎到鲁昂一路都骑自己的马。

但他的人马不见踪迹了。

一离开法兰西岛，杰弗瑞就对马轻声说道："你是好样的。你强壮无比。前路还很漫长。"他先让马疾走起来，然后就开始纵马慢跑。那天是12月25日，天气寒冷，黎明在即。

他就在马背上度过了圣诞夜，迎来了第二天早上。一路上，除了遇见衣着光鲜的村民从教堂里走进走出之外，他再没见着其他人。陪伴他的声音也只有教堂的钟声以及马蹄声。冬日野外，静谧安详，弥漫着上帝赐予的祥和。在屋里，家家欢聚。时不时地，他听见远方的歌声。他已经不再担心法兰西卫兵：在这神圣的日子里，卫兵们也可能在与家人和战友共庆。他毫无悬念地越过边境进入诺曼底。

但是在内心深处，这个问题萦绕着挥之不去：为什么哈姆林不等我？

闲话少叙，圣斯蒂芬节那天深夜，杰弗瑞抵达鲁昂公爵府。

第九章

再过几个月,亨利将继任诺曼底公爵。杰弗瑞想退居二线了。他不想再管那些没完没了的俗事——属地上需要解决的争端,来自各教派之间的纠纷,庄园付租金时拖拉,对付小偷打斗,关心寡妇、孤儿和老弱病残,守护家禽、森林和狩猎动物。他希望摆脱爵位赋予的这些责任,过过山中狩猎、人间寻欢的生活。但是,他也心知肚明巴黎的想法。他对玛蒂尔达说过,"苏格和他的幕僚们都知道,诺曼底到了亨利的手里,就将成为进攻英格兰的基地。"要知道,自亨利出生后,玛蒂尔达就一直向他灌输:"英格兰从法律上讲是我的,亨利,通过武力,它将是你的。"苏格,塞勒,甚至路易本人都清楚,诺曼底孵着一窝复仇的鸡蛋——谁也阻挡不了小鸡破壳而出。

亨利跑着来到宫殿院子里。他太生气了,拉丁语脱口而出,宫里的侍从根本无法听懂。

"父亲,你怎么可以这样。"他尖声叫道。"你不在这里过圣诞,母亲整日以泪洗面,而我不得不跟大家撒谎。"

杰弗瑞跳下马,站直腰身答道:"你唧唧歪歪的像个牧师。我已经一天一夜没吃东西了。这样欢迎我可不好。"

亨利不吭声,看了看父亲,又看了看马。"这匹马怎么了?你都快把它骑得累趴下了。"他朝一个马夫招了招手。"快点,牵马走。找个兽医给它看看,喂饱它,好好地给它刷洗刷洗。给它多弄点草料,不要和其他马混在一起。"他感到父亲欲言又止。

"哈姆林明天和我们的马一起回来。有两匹马得了腹绞痛。"

"哪两匹?"

"枣红色和黑色的。"

他在撒谎。他们根本没有骑走黑色的马。为了避人耳目,他们骑的都是很普通的马。

"你又找了个女人,是不是?我熟悉你坠入情网时的表情,爸爸。"

杰弗瑞转身走开,亨利紧追不舍,一把拽住他的胳膊。公爵个头比亨利高,但就算不是旅途劳顿,筋疲力尽,他现在也没有儿子有力了。

"你弄得我们全家痛苦不堪,你究竟去哪儿了?"亨利穷追不舍。

杰弗瑞想挣脱开。"你竟敢如此粗暴地对待我,孩子!难道你忘记自己是谁了吗?你是我的属臣。"哈姆林也是我的属臣,他的父亲,甚至还包括他祖父,如果还活着,都是我的属臣。几百年来,他们一直鞍前马后地跟随我们家族。

由于睡眠不足,亨利的眼睛充满血丝。他把父亲拽到火把光下。借着火把的亮光,亨利斜眼盯住父亲的脸。"爸爸,告诉我。看在上帝的分上,告诉我!"

"我不能。"公爵盯着院子地面铺就的鹅卵石。突然,他哈哈地大笑起来,一把将儿子抱在怀里,不停地吻他的脸颊。"我爱你。我爱你。"他说。"我所做的,你将会感激不尽。"

"所做的什么?"

"我已经发现,法兰西准备与我们开战。我下次去巴黎就能确定具体日期。"

亨利吹了声口哨。"看来你的确发展了一名身居高位的间谍。他是谁?"

"哦，这个我不能说。"杰弗瑞"呵呵"地笑着说。

只有在和女儿们玩耍时，他才会如此地开怀大笑。他现在就像只春天里发情的猫。他说的这一切是谎言吗？很明显，他已经和某个女人有染。也许根本没什么间谍。或者说……

亨利感到毛骨悚然。因为，他突然想起，父亲如何精心谋划欢迎法兰西军队从第二次东征受挫归来；如何自言自语地猜测王后的感受——她是否会对劝说路易发动那场注定失败的闹剧般冒险心存负疚。大家都知道，正是她经不起伯纳德教父的蛊惑，不停地给路易吹枕边风，才使得路易最终做出让步，同意率领法兰西军队参与第二次十字军东征。"她是路易的软肋。"杰弗瑞曾说。"她不爱他，也不尊重他。她要离婚。连厨房里打杂的都这么说。"

再走几步就进了公爵府。进了公爵府，那就隔墙有耳了。亨利低声说道："爸爸，如果我猜的没错，他们不仅想杀害你，卡佩家族还想摧毁我们整个家族。"

"你在家里待得太久了，和你母亲待在一起的时间太长了。"杰弗瑞傲慢地回答道。"明天我们一起去猎杀野猪，对我们彼此都有好处。"

亨利从脖子上解下一条围巾。"爸爸，披上它吧。你已经被爱情迷了眼。"

第十章

　　法兰西大总管在国王的会客厅里一瘸一拐地来回踱步，心里算计着此次出兵要作何准备。

　　路易征战海外期间，日子过得索然无味。可一想到要打仗，大总管就兴奋得龇牙咧嘴。五年前安茹伯爵占领鲁昂城堡那一天的情境，他至今记忆犹新。他愤怒地冲进他在勃艮第的一个庄园猪圈，用刀将一头大母猪活活捅死。那天的情形简直难以名状。母猪的尖叫声几乎湮没了他愤怒的吼声。母猪临死之前转过身在他的腿上咬了一口，尽管伤势不重，却让他此后一生行动不便，走起路来一瘸一拐。这可以算是那头猪留给他的一份"礼物"。

　　妻子不在身旁，大总管就会对别人说自己是打野猪时伤的。

　　他研究过小亨利在英格兰的作战情况以及在诺曼底接受的训练项目，并且说服国王路易和修道院院长苏格，圣诞节一过便对诺曼底发动进攻。那时，天气会逐渐变暖。他想，三月初再合适不过了。那时比武大赛行将开始，可以达到出其不意的效果。尤斯塔斯王子也已经许诺，将从英格兰派遣骑士和步兵相助。

　　"我要抓住玛蒂尔达的狗崽子。"他一边跺脚一边骂道。"我制服了她父亲，就是那号称他妈的英格兰之狮的家伙。"他得意地用手拍打了一下大腿。"英国的国王，吃了一碗八目鳗鱼就死了！哈哈！"

　　意大利伦巴第的投毒水平一流，而且源远流长，可以追溯到几代人以前。当年来自该地的一名身材虽然矮小但长得倒也周正的男子充当了男爵的投毒人。

坐在大厅里,桌子上铺着佛克森和诺曼底的地图,苏格忍不住想笑。只要有一个人对大总管言听计从,他就能无往而不胜,就算亚历山大大帝、恺撒大帝和查理曼大帝加起来,也比不过这个人。

那天清晨,苏格在宫廷礼拜堂诵读晨经时收到一条可怕的消息,弄得他去参加弥撒之前在自己的私人小教堂里足足待了一个小时。"万能的造物主啊,"他祈祷道。"遵从您的命令,立我们亲爱的路易为王。他祈愿从不杀戮、不近女色,只求成全自己做您的仆人。主啊,您的道是神秘的,请指引我该如何对付那恶毒的女人,因为是你使她成为法兰西王后。"

他沉默不语,静候主的启示。然而,要想让他全身心臣服上帝也并非易事,因为此刻他思绪万千:他和老国王为王子选妻的事争论不休。他警告过老路易,南方的西哥特女人很难管治,而这个女人在这方面有过之而无不及:她是老巫婆的孙女。那个老巫婆本身就是个水性杨花的淫妇,有那么多的情人和丈夫,最后竟同时成了这个女孩的祖母和继母。

老路易拒不听从。

"她是世界上最富有的女继承人!"这是老路易最关心的。"如今,她父亲已亡,我是她的监护人。我儿子必须娶她。"

他把儿子唤到病榻前,嘱咐道:"他们都会去追求她的!孩子,你要捷足先登。"

那天收到旨意后,皇室成员便起程了。小路易、苏格、大总管以及五百名骑士策马扬鞭奔赴波尔多,将埃莉诺拥有的阿基坦财产连带埃莉诺的子宫一起收入法兰西囊中。

修道院院长苏格永远无法忘记初见埃莉诺时的惊艳:年方十四,从头到脚一身红妆,安然端坐,静候小路易走向她的公爵宝座。待她缓缓起身,即对众人宣告:"我是埃莉诺,阿基坦和普瓦捷领地的郡王。"

"上帝啊,救救我!"大总管嘟囔道。"她是西哥特人。"

教导新郎履行婚姻的责任是埃蒂安纳-塞勒的职责所在。他当时叫了一位厨娘平躺在卧室的地板上，双腿张开。"原以为王子一见这阵势就会眩晕过去。"他后来兴致勃勃地跟修道院院长描述。"我当时对厨女说，'好孩子，把你的手指塞进阴道里。再让他看看你身上的其他东西，那对我们都想先玩玩的小奶头。'但是，他双目紧闭，看都不看她的乳房。它们真的很迷人。"

此刻，苏格跪在教堂里，尽量让自己平静下来。他向法兰西的守护神祈祷："圣丹尼斯，帮帮我吧。"

他跪在那里，等候圣丹尼斯如常到来，希望圣丹尼斯完全如殉道那天，手持自己的头颅，登上山丘时的情形一样，出现在这里。

门外的钟声响了，又是半个小时过去，可是守护神依旧隐而不出。

院长的膝盖开始疼了起来。

钟声响起，整整一个小时过去了。

楼下的院子里传来了笛声和鼓声，有人弹起了西特琴，院子里热闹起来。一位宫廷乐师开始唱起颂歌，迎接圣诞节的到来。

这就是守护神的启示，苏格喃喃自语。我必须等到圣诞朝会结束，等到基督显现节庆祝完毕。

※

在国王的长袍口袋里，装着一块鸽子蛋大小的心形红宝石。国王此刻用手摩挲着这块红宝石，思绪翻滚。现在他开始相信，埃莉诺为自己让他到国外去忍苦受难羞愧不已，而这给他们带来了巨大的痛苦。她对任何事都充满激情，但却喜怒无常——似火焰，如音乐，很容易受罗曼蒂克式的理想所影响。年迈的伯纳德能言善辩，常让她怒气填胸，可是一回到家中，又高兴得像……路易无法形容他妻子高兴成什么样子，总之她非常开心。在开始祷告之前，他和苏格聊了几句。"女人都是容易焦虑的动物。"他说道。

"可我母亲从不会焦虑。"院长回了一句。院长说话时的语调很是乏味,但路易出于礼貌并未指出来,"你母亲是卖鱼的。"

"我视力模糊。"院长说。"看什么东西好像都是灰色的。今早理发时我朝对面的玻璃望了一眼,竟然连脸都看不见了。"

"等我们一离开这里我就派宫廷御医来给你看看。"

"我亲爱的路易,不劳烦心。此刻,救物主就是我的医生。"

基督显现节到了。苏格有责任将王后的事先告诉大总管再禀告国王,这让他整日心事重重。自从上次谣言传开后,他的手下抓住一个自称名叫哈姆林的安茹人。这个安茹人却不肯说出他主人的名字。"今日是圣诞节后的第八天!"苏格绝望了。"这是充满圣爱的节日啊!决不能用暴力亵渎了这个节日。"于是他趁着夜色将那个安茹人关在修道院的一个小屋子里。在他决定如何将这个消息禀告国王之前,他会一直把那个人关在那里。他害怕埃蒂安纳大总管发脾气。对于总管知道后会说些什么他早就了如指掌:"为什么不立刻向我报告?""为什么不关在地牢里却要关在小房间里?""你为什么还留着那些只向你汇报的人?"他最恶毒的责备将会是——"你并没有把权力全部上交给国王,这是大逆不道。"

在诵读完晨经快要开始吃早餐时,路易把那块红宝石递给埃莉诺。她高兴地拍着手,然后用那双纤纤细手接过宝石,将它放在胸前。皇宫内有很多游吟诗人和乐师,在这对皇家夫妇开始吃早餐的时候,他们中有一个人正唱着歌。

十二年前,这些乐师和游吟诗人从阿基坦一直跟随着埃莉诺,直至今日,依然不离不弃。埃莉诺不在法兰西的时候,苏格曾赶走几十个乐师和游吟诗人,可如今他们又一窝蜂地窜回来了。路易觉得他们是一群行为放肆的乌合之众,但他们的确为每次盛宴增添了一丝欢乐。埃莉诺一直觉得,要是没有他们,巴黎的日子该是多么的枯燥乏味。在她看来,巴黎充斥着哲学家以及神学辩论。

"纵然此刻死去,我也并不在意;有谁降临尘世,这般娇媚,如此华贵……"一个游吟诗人如此唱道。

"他在歌颂你呢。"路易说,他满心希望今晚她能再与自己同床共枕。"今晚我要在你胸脯上鉴赏这块红宝石。"他听到朝臣们交头接耳,说自从圣地东征归来,王后如何如何地爱她自己的丈夫。他为此颇为得意。

他俩走到餐厅时,路易已经欲火中烧,他无限渴望地盯着埃莉诺。埃莉诺有点不知所措。

"亲爱的丈夫,"她叹了一声说。"你太有点像种马了。我想,今晚……"

"那么明天怎样?"

她眨了一下乌黑的眼睛以示暗许。在餐桌旁,她用勺子给路易喂了一勺蜂蜜。一滴蜂蜜溢出了他的嘴角,她用手掩住嘴,迅速用她那粉红色的舌头舔去那滴蜂蜜。

那天晚宴结束以后,卫士将她护送到卧室,就被她全打发走了。她关上门,小心翼翼地脱去衣服。女仆齐娜早就在壁炉里支起了旺旺的炉火,壁炉的正前方备有一缸热水。浴缸旁放有一张小凳子,凳子上面放有一条毛巾和几块香皂。

王后慢慢地洗着。一想到她的爱人正藏在床帷后听她洗澡,她就兴奋不已。为了纪念在修道院共度的良宵,即使是现在,他们也要等到做完一次爱后才互诉衷肠。

有那么一会,她突然很想知道齐娜跑哪里去了,因为她想让齐娜把她盘着的头发披散下来。

最后她爬上了床,拉上了床帷。

疑惑在她脑海中一闪而过:为何他今晚没有嚼柠檬马鞭草?但这也就是一瞬间的疑惑。等到她的手指划过床垫上的皮毛,疑惑便无影无踪了。

一只手闪电般地捂住了她的嘴。

刀尖紧紧地贴住她的耳根。

亨利已在这里等候多时,眼睛已经适应了这里的昏暗。她爬上床时那苗条的胴体,亨利看得清清楚楚。

"不要出声。"他用拉丁语低吼道。"这把刀名叫饮血刀。我有话要问你。"

齐娜,你敢背叛我!齐娜会这样对我吗?杰弗瑞怎么了?起初她只是恐惧,此刻她开始啜泣。那名陌生男子挪了一下匕首。

"哭也没用,"他说道。"你有消息给诺曼底公爵。"

他的拉丁语说得棒极了。她知道,他绝不会是大总管手下的那帮恶棍。

"法兰西究竟哪一天进攻诺曼底?"他问道。

"我不知道。"她回答说。她挣扎着想控制自己的呼吸。

"你不知道是吧?让我来提醒你。"他突然把匕首从她喉咙处拿开,顶在她左眼眼角下那细嫩的皮肤上。"快说!"他厉声喝道。"否则就挖出你的左眼。"

埃莉诺不由自主地颤抖起来。"诺曼底年轻公爵生日那天晚上。"她低声说道。

楼下的院子中央传来骚动声,马儿在嘶鸣,墙上映照着越来越多的火把。"待在床上别动,要不然就杀了你。"亨利说完一跃而起,跑到窗前向外张望。

"出事了。"他说。"国王和大臣们像疯子一样骑马赶过来了。"他回到床前。"吻别一下吧。"他又说道。她一下子扭过脸去,躲过他凑上来的嘴唇,可是他却掰开她的双腿,把脸贴在她的两腿间,好像她是一只将被吃掉的青蛙。"你洗得可真干净。"他说道,纵声大笑。

刹那间卧室门响起雷鸣般的敲打声。接着王后听到大总管咆哮着叫她穿好衣服。

"如果他下命令让卫士砸开门冲进来,我们两个都活不了。"她上气不接下气地说。

圣丹尼斯大教堂内，修道院院长苏格正在主持晚祷。苏格在教堂的窗户上安上了有色玻璃。但在此一月里，天黑得比较早，也分辨不出有色玻璃的辉煌了。这种有色玻璃窗，在当时的欧洲还是稀罕物，很多信徒蜂拥而至，纷纷满怀敬畏地匍匐在地上。他们大声地向上帝哭求，一边凝视着《圣经》一边在胸前画着十字，看着有色玻璃中的自己清醒过来。"奇迹，太神奇了！"他们无不惊叹。

院长抬起头朝祭坛的上方望去，心中想象着唱诗席后面的巨大窗户在白天时的情景，它的蓝色，它的红色，它的金黄色和绿色，珠光闪闪。在造物主的塑像旁竖立法兰西守护神的雕像，他手里抱着自己的头颅。正当苏格看得出神，一件不可思议的事情发生了。只见那光线穿过黑色的窗户照射在他的身上。光线越来越亮，越来越亮，最后圣丹尼斯竟向他走来。走来时手里还是抱着头领，然后他将头颅放回自己血淋淋的脖子上。"苏格，现在你终于见到我的真身了。"他说。造物主站在圣丹尼斯的旁边，双臂张开，为众生祈福。"一切都恢复如初，一切都完美之至。"他说道。

年轻的修道士冲了上去，聚集在院长倒下的地方。他还有呼吸，只是脉搏微弱，有点紊乱。年轻的修道士们将院长背到他的卧室，并派人叫一个主教听他的忏悔，同时派人去禀告国王和王后。

路易从大厅冲出来，冲大总管喊道，让他去把王后从她的卧室接来。

埃蒂安纳一步四个台阶跑上楼梯，用拳头使劲地敲打那扇用橡树制成的房门。

"我没穿好衣服。"她喊道。她感觉自己的声音里充满了恐惧。

"哦，赶紧穿好！"他咆哮道。"我们要骑马赶到圣丹尼斯教堂去，院长已经奄奄一息了。"

"我的侍女不在身边。"

"噢，他妈——(……)！"大总管猛地吸了口气，"请恕我失言，王后。"

"我知道你的仆人在哪。"亨利低声说道。他再次从床上跳下来，蹑手蹑脚地打开了密室的门。齐娜走了出来，嘴里塞了东西，双手反绑在身后。亨利匕首一挥给她松了绑，却没将她嘴里的东西掏出来。

"给她穿好衣服。"他说道。

"我的仆人醒了。我会尽快赶到的。"她向大总管喊道，心中暗想，自己的声音听上去应该镇定多了。

"我在楼梯角等你。"大总管喊道。"您的马已经备好。"

他们听见大总管那沉重的脚步声渐行渐远，那声音一高一低。

"他走路有点瘸。"亨利开口道。"可以听得出来。"他坐在小凳子上，看着齐娜替埃莉诺穿好衣服。

等到王后终于穿戴好，他朝密室使了个眼色，先把女仆推了进去，然后把女主人也推进去，最后关上了门。穿戴整齐后，尽管还是不停地颤抖，埃莉诺感觉自己回过神来了。密室里点着很粗的蜡烛，蜡烛的火苗仍在闪耀。这次她总算可以看清他的一部分脸。斗篷头罩遮住了他的头发、额头和双眼，个子高挑，穿着一身黑色的学生制服，这或许可以解释为什么他的拉丁语说得那么流利。可是他的双手却不像学生的手那样柔软。袍袖口的手腕上缠了一层皮革。或许，他是一个雇佣兵。

"你是谁？"她问道。

"没有时间解释了。"他说，"十一天前，大总管抓住了诺曼底公爵的一个仆人。他们很有可能已经审问了他。你现在的处境非常危险。"

埃莉诺倒吸了一口气。"难道大总管等着要抓我吗？"

"我不知道。如果真是那样的话，我会照顾你的仆人。"

埃莉诺立刻明白：只要她一离开，齐娜必将丧命。即便不是那样，这个男子也会抓住她，审问她，让她回答提出的任何问题，将她强奸后再割掉她的舌头。最后卫士会用剑将她刺死。埃莉诺盯着这个孤儿，她那双大眼睛在祈求她答应这名男子的要求。

"听说,你非常聪敏机智。"亨利说。"要想活命,你可得充分利用你的机智。"他咧着嘴笑了起来。

埃莉诺留意到,这一笑她似曾相识。

"差点忘了,"他继续说道。他把手伸进长袍的一个口袋,从里面掏出一张很小的羊皮纸。"待会看一下。"他说,"看完把它放在写字台上,或许它可以救你一命。"

"诺曼底公爵怎么了?"她小声地问。

她突然想到这名男子可能会因此而杀她灭口。

"他和他的家人现在还没死——这不用谢你,夫人。不过多亏了你提供的作战计划。"他又咧嘴笑了笑。"我要是路易,就判你个叛国罪,将你活活烧死。"

埃莉诺的大脑一片混乱,忽然拨云见日,所有的疑虑都烟消云散。"难道你是,诺曼底的年轻公爵吗?"她缓缓问道。

他并不作回答,只是转向齐娜,匕首一挥,将她嘴里塞着的东西挑了出来。"再见,女士们。"他说道。

两个女人立即抱成一团——"我可怜的孩子,""王后,我的主人。"然后埃莉诺冲出壁橱密室,猛地拉开卧室的大门,跑下楼梯。大总管正在那里来回地踱步。

"我找不到我的念珠了。"埃莉诺说。

"赶紧出发吧。"大总管答道。"国王这会儿正在去圣丹尼斯大教堂的路上。也不知哪个愚蠢的马夫把你的阿拉伯马送给了客人,怎么找也找不到。"

楼上的密室里,亨利从齐娜那里要来了钥匙,将连接卧室和密室的门锁了起来。

"您要杀了我吗?"齐娜问道。

亨利默不作声。

第十一章

宴会结束后，宾客和宫殿的仆人们叫嚷着让马夫把宾客们的坐骑牵过来，庭院里闹哄哄的。一下子来到火把光下，马儿们惊慌失措，在铺满鹅卵石的院子里徐徐而行，时而退后几步，时而发出刺耳的马嘶声。马厩的小厮们大声招呼着同伴，一会儿帮忙牵住这匹马，一会儿又去照料那匹马。大总管领着埃莉诺穿过混乱的人群，来到她的坐骑跟前，马夫们早已备好了马匹，五个护卫骑士也早已整装待发。王后的坐骑是一匹温顺的母马，专门给女人们骑的。此刻，它紧张地盯着大总管的坐骑，那匹公马虽然行动迟缓，却因咬人而闻名。

"好好看住你的马，埃蒂安纳。"王后冷冷地说道。

他们向最近的一座桥骑去。每个从西岱岛来的人似乎都往北涌向圣丹尼斯。去路堵住了，男爵拔出剑，冲着护卫们咆哮："把他们赶开！"骑士们赶忙拔出剑，左右乱砍，同时大喊道："快给王后让路！"人们慌忙向两侧让路，情急之下，许多人摔倒了。

伴着她坐骑的喘息声，埃莉诺轻声念叨："我是法兰西的王后。我是法兰西的王后。"

成百上千、甚至是成千上万的人聚集在教堂周围，有的跪着，有的站着，双手都高高地举向阴冷潮湿的天空，为大主教祷告。埃蒂安纳把他们推到一旁，时不时给那些动作慢的人来上一脚。

进到大主教的房间，埃莉诺一阵轻松，仿佛之前三小时的恐惧只是一场幻觉。现在她彻底回过神来。

大主教偌大的卧房，装点着色彩斑斓的玫瑰形状纹章，嗡嗡的拉丁语祷告声以及各种安慰的话语，嘈杂如那夏日里的蜂巢，在卧房里回荡。不时地，大主教床边有修道士在胸前画个十字，站起身，让位给其他的修道士。苏格左边的身体已经瘫痪。一只眼睛睁得大大的，盯着天花板，而另一只却安详的闭着。他的呼吸很沉闷，有点上气不接下气。

埃莉诺紧挨着路易跪下。路易完全沉浸于祈祷之中，丝毫没有察觉到她的存在。她轻轻地把手放在他的背上，他感觉到了她的触摸，顿时哭了起来。埃莉诺将手指伸进路易的手掌，头靠紧他的肩膀。此时，她注意到，他们的大管家用余光注视着他们。过了一会儿，大总管吸了口气，费力地站起身，离开了房间，有个年长的修道士也跟着他一起出去了。埃莉诺可以听见他的靴子踩在石板上发出的清脆声响，伴随着这清脆的靴子声是那位修道士轻柔的脚步声。

他们正朝牢房走去。

那天下午，信使给待在宫里的男爵带来了一个不好的消息：有个犯人已经被主教关押了十一天，可那天晚饭的时候，趁着修道士们都在用餐，有人谋杀了该犯人。

来到主教床边的人无法听见的地方，男爵立即质问："嗯，你最好把来龙去脉都告诉我。"

那修道士也说不出个所以然，只知道主教得到一个启示，便下令在基督显现节结束之后再审讯他。

"一个启示？"

"一条来自保护神的启示。"修道士小声说道。

大管家嘟囔了一声。在地牢房外，他们停了下来。"你们在哪儿抓到他的？"

"在王后殿下住所的马厩里。"其实，大总管早已知道这件事了，他只是对苏格感到恼火。因为，苏格不仅没有将这件事直接告诉自己，而且还总是让宫殿里的人围着他团团转，有事直接向他汇报——好像他还是摄政王似的。

事与愿违，他们没把事情做好。

"就没人想到要派人在马厩继续监督，以防他有同犯？"

"没有，大人。大家都在庆祝圣诞节呢。"

"这么说圣诞节就该举国同乐、放松警惕？"

修道士从腰带里掏出一把大钥匙。他们不得不弯着腰穿过牢门，管家曲着腿往前走，同时命令道："拿些火把来。"

他的语气吓得修道士匆忙跑出牢房，大喊："兄弟们，兄弟们，再拿些火把来！"

监狱的一侧墙壁上有扇方格小窗户，尸体就倒在窗户的下方。只有喉咙上有一处伤口，但正是这一道伤刺穿了他的气管，切断了他的脊髓。"好刀法！"大总管赞叹道。手上很有力。他心中暗想。

"伙计，你说只有你才有这间牢房的钥匙？"

"是的，大人。"

"那你回答我：他是你杀的吗？"他顿了顿。"过来，站起来，伙计！一个问题不至于把你问趴下吧？"

花了几乎整整一个小时，大总管研究了这间牢房、那扇窗户以及那具尸体的面容和穿着。他咬紧牙关，聚精会神地搜索这个囚犯的斗篷，脱下他的靴子，解开他的紧身裤，又用他那粗壮有力的手指摸索着外套的接缝。最后，他走出牢房，把手穿过牢房窗户的木栏，看看能伸进多远，但他的手臂卡在了手腕和肘部之间。

"这就对了！"他说。"我想我已经知道这里发生了什么，也知道是谁干的了。"

修道士惊讶地说："可我们连囚犯是谁都没搞清楚。"

"噢，不，我们知道。"大总管说。"他是个安茹人。你看到了吗？"他打开自己紧握的手，手掌里躺着一枝枯萎的金雀花。"这是金雀花。在他的斗篷里找到的。他们都带着这玩意儿。这帮狗屁玩意。"

修道士想问点什么，但吞吞吐吐地不知所云。管家决定替他问："谁会在帽子上带枝金雀花，是吧？"

这修道士一脸困惑。

"罢了，你还真是个好伙计。我告诉你吧！杰弗瑞，那个他妈的英俊小生，诺曼底公爵。伙计，你不可能知道。但我可以告诉你，从安达卢斯到那些低地，没有一个女人的腿他没掰开过，挤奶女，公爵夫人……"他紧盯着修道士，就好像他也可能是公爵情妇似的。修道士在自己胸前不停的画着十字，大总管开口道："行了！给我笔墨和羊皮纸，带我去马厩。"

在马厩里，男爵蹲靠在墙上，手里拿着羽毛笔、墨水和羊皮纸。他的便条是写给宫殿卫士长的：

> 首先，搜查王后的寝殿、密室和厕所。如果密室锁住了，就砸开。其次，盘问宫里所有苏格手下的人，特别是那些整理王后床铺的。

信使已经等候多时。他叫过来两个，把便条给了其中一个，并对另一个说道："今晚就送。无论发生什么事，务必送达！"

他对着靠得最近的马屁股狠命地抽打了一下。

又转身对修道士说："我们回到主教那里去吧。我喜欢看到别人安详归天！"

关上暗室的门，亨利脱掉斗篷，坐在王后的书桌前，让齐娜按照他的口述写了封信。写完后，他拿过信来，悠然自得地读了一遍。信是这样写的：

我尊敬的王后，

　　我怀孕了，是一个可恶男子的种，就在您的密室里怀上的。我在找顶针时无意中发现了地上的暗道。您雍容华贵、心地善良。我请求您原谅我的罪过。现在我已逃跑了。愿上帝保佑您与路易陛下为法兰西多生贵子。

爱您的仆人
齐娜

"你的字很漂亮啊。"亨利评价道，"你怀上了诺曼底公爵的孩子？"

"没有，大人。是你让我写的，都是一纸谎言。"

"但你和他睡过了。"

"胡说！"

"那么，王后怀上了他的孩子？"

齐娜埋下头："我不想谈论我的主人。"

"要是我的剑抵着你的喉咙呢？"

"我也不会说，大人。"

"你并不是她的属臣，你也无需违背任何誓言。你为何如此忠诚？"

"王后殿下救我出苦海。她说服了拜占庭皇后还我自由。"

"这么说，你宁愿离开西里西亚到一个冷酷、陌生的地方，也不想待在世界上最富丽堂皇的宫殿里？"

"宁愿在爱的土地上做一把青草，也不要在没有爱的地方做一头被拴住的牛。"

"你知道谚语集，嗯？这么说王后对你还是很仁慈的。那公爵——他仁慈吗？"

"每次我帮他打开暗道的门或者替皇后给他递信时，他都会给我一个金币。"

亨利叹了一口气。

她说:"大人,你正在流血。要我帮您吗?"脱去他的外衣和长袍,齐娜看到溅在他短上衣的血。

"我没有流血。"亨利说,语气很平静。

他又从桌子下拖出凳子,示意她坐在他大腿上。她坐了上来,他把额头靠在了她的脖子上。

"你要干啥,大人?怎么了?"

亨利抬头看着她,她的下巴边有颗黑痣,就在耳根下。她会感到我的手压着它,但是我会亲吻她的嘴唇,用不了一分钟,她就会失去知觉。我割开她的动脉,她也感觉不出来。想到自己要杀害女人,泪水情不自禁地夺眶而出,顺着他的脖子流了下来。

"有时候,我爱死人超过爱活着的人。"他说。

她试着摸了摸他的脸,温柔地轻抚着它。埃莉诺王后心情沮丧的时候,她也会这样:"大人,您所爱的人被害了吗?"

亨利紧盯着她,哈姆林已经笑着跑到窗户边:"噢,大人,您来救我了。"

"他们有没有盘问你什么?"

"还没有,大人。"

"请你不要怪我,哈姆林。"亨利当时说。

他把手臂从齐娜的手腕上移开,她明白那意思是让她站起来。他也站了起来,又拽住她的手。

"为我笑一下,齐娜。让我看看你脸上幸福的笑容。"

她笑了,宽宽的脸盘上顿时卷起了两个酒窝,但她那双雌鹿般的大眼睛仍旧充满了恐惧。他的眼神扼杀了她的笑容。

"你让我感到害怕,先生。"

"原谅我吧。"亨利说。

外面开始下起了雨,一场冬日的瓢泼大雨。

昏暗的黎明慢慢来临，苏格死了。

大主教呼出最后一口悠长的气息。那一刻，大主教卧房中的所有人，都经历了天堂之幔瞬间张开所带来的肃穆。令人敬畏的肃穆之后，人们又感到无以言表的疲惫。

早在大主教死前的一个小时，伯纳德神父就已经到了。伯纳德神父本来坐在房间角落里的一张椅子上。主教咽气的时候，他站起身来，脸上带着大功告成的笑容。"天遂人愿！"他大声说道，边说边搓着他那双瘦骨嶙峋的手。他身形单薄，整个人几乎半透明了。他拿起拴在裤腰带上的药瓶喝了一口药酒。

"死亡之神秘已然结束。"他说。"圣人们和圣洁的天使们在天堂充满喜悦地迎接了我们兄弟的灵魂，现在将洗净它的一切瑕疵。"在场的许多人都知道，伯纳德主教不喜欢苏格，认为邪恶的世俗教会里孕育出来的所有最令人厌恶的东西都集于他一身。

他走向仍旧跪着的国王和王后，把手搭在他们的肩上。苏格生前从不敢如此放肆，做出如此亲密的举动。未经允许，在公开场合没人敢触碰他们高贵的身体。"现在，我亲爱的孩子们，回家享受你们注定了的夫妻之爱吧。你们很快就会有个孩子。我现在仿佛已经看见这小家伙正盼着你们躺一块儿呢。"

"又像往常一样放屁！"大总管低声说道。

伯纳德转身怒视着他，男爵却把目光移向别处。

"神父，"王后说。"在我似乎怀孕无望的时候，你也曾为我祷告，给我带来了一个女儿。你此刻在冥冥之中看见的是男是女？"

他拍了拍她。"上帝不让我告诉你。"他说，心中暗想：是否有一天能获准告知她？

"鬼话连篇。"大总管又咕哝了一句。

❦

"整个法兰西都疯了,这都是伯纳德的错。"第二次十字军东征前,男爵就告诉苏格。

"那是宗教导致的愚蠢啊!"他曾经对着国王大喊道。"我们的战马都将死去!你不会得到供给!康拉德和他那些怯弱的德国军人们肯定会抛弃你们。法兰西将不得不独自与土耳其人作战!"

"埃蒂安纳,冷静点。"路易命令道,但男爵却无法冷静。

"教皇早已宽恕所有基督教徒的罪行了。你知道罪行指的是什么吧,国王陛下?强奸和掠夺!强奸和掠夺!从沙特尔到耶路撒冷,将会一个处女都不剩!"

路易从宝座上站了起来。"埃蒂安纳!你不要再说了。我们前往东征,因为我们是基督徒。"

这位大总管急得快要哭了:"陛下!你是要去打仗啊!"

当东征失利的厄讯传到法兰西,男爵骑马前去面见伯纳德。伯纳德说:"我们人类总是只看到眼前,而万能的上帝却看得更远。其中奥秘无穷。"他微微扬起眉毛说道。"跟你这种天生的野蛮人说这些真是白费口舌。"

"就像每个月从爱尔兰送来的药酒一样奥秘无穷。"大总管当时回敬道。他在心里暗自骂道:"只知道通奸、鸡奸的爱尔兰僧侣。"

❦

皇室成员逐渐都离开大主教的寝房后,埃莉诺说:"埃蒂安纳,我不允许你如此不敬地和伯纳德神父说话。他是个活圣人,是我们国家的光荣。"

国王握住她的手:"王后所言极是。这也是我的命令。"

这时,外面的雨已经停了。但在远方,一场暴雨即将来临。一辆马车正候着送他们回巴黎。"靠在我肩上睡会吧。"路易说。

"昨天晚上我早早地睡了。"她答道。"你把头靠在我的大腿上吧,亲爱的。"

大总管策马飞奔,在皇家马车到达之前抵达了宫殿。

大主教的死讯已经家喻户晓,大家都已经换上了黑色的衣服。各家各户的阳台上也都悬挂着黑色的旗帜,商人们纷纷关闭商铺。此前连着十二日,巴黎处处张灯结彩,人们穿着鲜艳的服饰,到处都是欢庆圣诞的人群。此时,一切都显得如此沉闷怪异,就连宫殿庭院里的节日花环和旗帜也都不见了。

宫殿卫士长跑步来到大总管跟前。

"你找到什么了?"大总管压低声音问。

"很多东西。"

卫士长带着管家来到王后的寝房。门外站着两个护卫,门里还有四个护卫。寝房里一片狼藉。所有的柜门都开着或半开着,天鹅绒、锦缎、皮草散落一地。在床上,还斜摊着一张狼皮地毯。那扇通往密室的门已被砸碎。正如大总管所怀疑的一样,暗道门也完全打开:这一点大总管从进卧房就一眼看见了。他踏入密室,踢开王后的丝绸衣服。这些丝绸衣服,本来是大总管用来遮盖打开暗道门的手环和链条的。他关上暗道门,并用地毯盖上。

"那个希腊人在哪儿?"他问。

卫士长递上齐娜的留言。

"她会写字?"

"我们觉得它出自一个女人之手,大人。"

"还有别的吗?"

"我们在床垫下找到这张纸,是用某种语言……"

"是他妈的普罗旺斯语,就是用的这种语言。"大总管说。"她出自王后之手,这是她的母语。翻译在哪儿?"

"我们还没……"

"把这个交给那些行游诗人!仆人堆里至少游荡着十来个这样的蛀虫。他们不是在和哪个女人通奸就是喝得酩酊大醉。"

等着翻译来的期间,大总管找来三个打扫王后寝房的仆人。她们全是老妇人,她们中的一些人甚至从小就在这儿。

"坐下。"他命令她们。

她们面面相觑。"我们不允许坐在王后的寝房里。"其中一个说道。

"我让你们坐,你们就可以坐。"

男爵仍旧站着,在她们面前来回踱步。他对卫兵包括卫士长挥了挥手,示意他们下去,然后放下门上的铁条,锁上了这扇双开门。他仍旧一声不响地来回踱步,时不时向那些老妇人投去阴森森的目光。他一直等待着,直到他嗅出了恐惧的气味。

终于,他开口问道:"谁先说?谁先告诉我在王后床上发现的痕迹?"

她们面面相觑,每个人都意识到自己身体里散发出的臭气。

"一定要我带你们去地牢?"

她们知道去地牢意味着什么。

"我看到了精液。"其中一个终于开口。

"哪一天?"

"十二月,圣诞节期间,大人。"

"当然是十二月,当然是圣诞节期间!我没指望你们记得王后前往西里西亚之前发生的事情。我想知道具体哪一天。平安夜之后?还是过了圣诞节那天的晚上?"

另一个女仆回答道:"两天都有,大人。"

"那么之前呢?"

那个最先开口的女仆说:"还有些别的时间……"

"难道在巴黎庆祝胜利的大游行之后?"大总管突然想到。

她点了点头。

他发现女仆们已经不再害怕,并且变得急于表现了。"你们还找到了什么?"她们的脸色变了。埃蒂安纳停止踱步。"我不得不告诉你们我询问你们的理由。就在王后和国王在王后卧房里同床共枕的那些夜晚,有人从国王的寝房里偷走了珠宝。而王后和国王一起睡在国王的寝房时,有人,我们认为是同一个人,又从王后的寝房里偷走了宝物,并且在王后的床上做出了令人恶心的行为。"

她们一开始都惊呆了,随后又觉得如释重负,因为大总管并不是怀疑她们犯了什么罪。其中一个还笑了。

"那么,你们除了精液还发现了什么?"

"头发,大人。"

"在枕头上?"

她们点点头。

"它们有什么不寻常的吗?"

"我们觉得很奇怪。因为,王后的头发是黑色的,但那些头发是金黄色或是亚麻色的。"

大总管说:"这正是我想得到的。它能告诉我那小偷是谁。"他来回踱步,突然转过身来。"它们放在哪儿?你们中肯定有人保留着这些头发,对不对?"

他从那几张茫然的脸上看出来,她们并没有保留那些头发。"你们可以走了。你们是忠心、诚实的仆人。不要告诉任何人我询问过你们。"他给每个女仆一枚金币。

他为她们打开门,发现卫士长已经带着一个头发蓬乱的行游诗人等在门外。"刚把他从一个洗衣房女工身上拉下来。"那个守卫说。

大总管把卫士长带到殿里,留下那个诗人在走廊等着。"去备好跑得最快的十匹马，再找十个骑术精良的骑兵。让他们一小时之内赶往诺曼底。我相信，诺曼底公爵拐走了王后的仆人。她肯定知道不少我们的事情。"

卫士长迟疑不决。

"怎么了？"

"大人，说不定那女仆会漂在塞纳河上。曾有人躲在王后的密室。他还用了她的厕所。"

埃蒂安纳拍了拍他的肩膀。"很好，奥古斯丁。如果我们立即寻找，说不定可以在尸体沉下去之前找到她。但是立马让那些骑兵动身。"

他没让那诗人进到卧房内。"这首诗写了什么，孩子？"他问道。

那诗人操着慵懒、拖沓的南方口音读了出来：

甜蜜、灿烂如你

你呼唤着我

但不强迫我

你呼唤着我

却让我自由地抉择

思念着，寻觅着

我渴望着你

"你写的？"

"不。"

"出自你一个同伴之手？"

"有可能。"诗人打着哈欠，"这不是那么……"

"不那么什么？"

"精巧。看这个韵律——仄仄平平仄的。任何人都能写。与其说是诗，不如说是祷告词。"

"诗的最上面是什么？"

"题词。"

"题给谁的？"

"他妈的谁知道。我想是上帝吧。"

大总管瞪着他。"回去继续交配吧，白痴。"

诗人吹着口哨，慢悠悠地走下楼梯。

题词写道：给我亲爱的 G 先生。

※

"好大的胆子！"王后叫嚷起来。她站在卧房门口，看着里面一片狼藉。她转过身："路易！看看他们把我的衣服弄成什么样了！我的侍女在哪儿？"

国王皱了皱眉："埃蒂安纳，是你干的吗？"

大总管把他带到一旁，低声汇报了昨天以来发生的一切。苦于没有证据，他并没有提到在王后枕头发现了诺曼底公爵的头发。他递给路易齐娜写的信以及那首用普罗旺斯语写的诗。

路易先读了那封信。"她在找顶针的时候发现了暗道门？"他惊讶地提高了嗓门。"三百年来，从未有人发现它。"他目光追随着埃莉诺，只见她跑进卧房，径直穿过那扇损坏了的门进入密室。"你怀疑自己的侍女和诺曼底公爵睡过了？这封信并没有清楚交代那男人是谁。"

"我怀疑诺曼底公爵。"

路易转向卫士长。"你们一向太松懈了！王后可能已经身处险境。"

他大步走向那扇破门。埃莉诺能感觉到自己"砰砰"的心跳，也知道血液正直冲发梢。她卧室里所有窗户都敞开着。外面的天空灰暗，但毕竟是在白天，可以看见她白色发罩下的那张脸红艳艳的。而路易则是一脸的怒容。

"替我将它翻译一下。"他把那首诗递给她。她照吩咐翻译了,但是隐去了前面的献词。埃莉诺曾在他们新婚时教给他她的母语。

路易说:"我看到它是献给'我亲爱的G先生'。"

"的确如此。"埃莉诺回答道。她两眼低垂,双手紧握在一起。

"谁是G?你这是写给谁,如此的缠意绵绵?而且还这么低声下气?"

"写给加百利天使。"埃莉诺啜嚅道。"我向加百利祈祷,让他送我们一个孩子——正是他宣告圣母玛利亚怀上了男孩。我把这个祷告词放在床垫下,希望我和你同床共枕时天使能给我的子宫带来一个法兰西继承人。"她开始抽泣。

路易顿时无语。他在胸前画了个十字,小声说道:"请原谅我。"

"原谅你什么?"她哭得上气不接下气。

"原谅我被邪恶的念头占据了。我还以为这是爱情诗,献给某个男子的。"

"哦,路易,它不是!"

"把这清理干净。"他带着她往自己的住处走去时命令道。

国王的住处要比王后的大得多,有许多房间以及黑暗的角落。他锁上门,走开了,留她一个人独自站在前厅。随后他走了回来,袒露着胸膛,手里拿着件她一时看不清的东西。他将它递给她,她一下子惊呆了。

"我不能!"她说。

"你必须这么做。我体内的不洁让你没法怀孕。你必须这么做。"

这条鞭子实在太重了,她不得不退后三步,双手握着,才可以很好地挥动它。

透过国王寝宫的门,大总管和卫士长可以听到王后对他大喊大叫,而路易则大声对着上帝祈祷。"在这之后,他将和她做爱。"埃蒂安纳说。"告诉厨房为他们准备晚膳。他们会饿的。"

黄昏渐渐降临,大总管和卫士长一直候在寝宫外面,彼此轻声交谈了一会儿后都打了个瞌睡。他们意识到,国王和王后今晚很可能要同床共枕了，或许现在已进入梦乡。

大总管正要离开的时候突然想起了什么，问道："你怎么知道有人用了她的厕所？"

"那儿有个男人留下的靴子脚印，还夹着点马厩里的草和马粪。他在那儿洗了手和脸。我们还找到一些衣物，衣服上沾着泥、血迹和马毛，还有一些头发。"

"什么颜色的？"

"铜红色。"

"红色！你说红色？"一个念头顿时像闪电般击中他：不是父亲，是儿子啊！在她的厕所撒尿！还在那儿洗了脸和手！

他自己从不敢放肆地进入那个私密的皇家地盘。他对王后和那些安茹人的愤怒，就像被黄蜂叮了那样刺痛着他。他这辈子所有的不满都涌上心头。他暗暗发誓要灭绝这个堕落的种族。

一想到要彻底灭绝安茹人，他反而冷静下来。"你知道，奥古斯丁。"他对卫士长说。"就算我们在接下来的几天时间里抓不住他们——无论他们有没有抓了那个希腊人或者杀了她——我们都要尽快抓住他们。三月五日就是期限。那天，法兰西将夺回佛克森，同时也夺回诺曼底。"这一天来，他第一次笑出声来。

卫士长心中立刻想到，三月五日将会是无月之夜。但是他还是弄不明白为什么会选这个日子。埃蒂安纳看出他脸上的疑问。

"那天正好是诺曼底公爵儿子17岁生日。那天杰弗瑞·福尔克将会把爵位传给他儿子——年轻的亨利。他们肯定会为此大肆庆祝、一醉方休的。"

第十二章

亨利、杰弗瑞和吉洛姆歇宿的酒店，与巴黎圣母院隔岸相望，欧洲学生经常光顾这里。亨利仨人一律学生打扮，个个都精通拉丁语，在人前一副寻求新知的学者模样，谈古论今，尤其对遍及十字军东征沿途的古希腊和古罗马智慧更是求知若渴。"思想和知识已然复苏。"人们奔走相告。他们将亚里士多德奉为神明。

安茹人尽量谨慎行事。酒店老板问起过他们房间里那个长木箱。杰弗瑞含笑答道："都是我们随身携带的书籍。"

※

耶稣显现节那天一大早，吉洛姆就和亨利骑马赶到圣丹尼斯教堂，在教堂外等候。尔后又赶在天黑前悄悄地返回酒店。

"我得换掉我的短袖外套。"亨利嘟囔道。吉洛姆啥也没说。亨利耸耸肩膀，自言自语道："看来没戏。"

"披上长袍去洗手。"杰弗瑞吩咐。

亨利快步走到他父亲跟前。"我洗手前，你得先跟哈姆林吻别。"说着，他分别将两只血糊糊的手掌在他父亲的脸上抹了抹。"你等会可以好好地享受这气味，甜甜的，挺清新。或许我会把她扔到塞纳河里淹死。"

"我们得早做了断。"吉洛姆说道，"我去偷马，亨利去杀仆人……"

"你扭断她的脖子岂不更好。"杰弗瑞打断道。

"父亲,扭断脖子和割喉,哪个更好?你早晚得给我解释一下。"

杰弗瑞呆坐着,两眼直盯着炉火。两个儿子一走开,他赶紧找来一面镜子,擦去鼻子和前额上的血。他感觉自己从天堂掉进了地狱。就在圣诞夜,埃莉诺还在他耳边柔声细语,"让我怀上孩子吧。"

趁天还没黑,亨利和吉洛姆就已经步行赶到宫殿。杰弗瑞已经跟他们描述过如何在马厩里找到那根关键的柱子,如何敲击才能让齐娜来打开密道的门。他们经过大门时,就用拉丁语跟卫兵自报家门,对卫兵说他们是某个主教的随从牧师,主教的马在去赴宴的路上受了伤,并问能否进去借匹马。卫兵们还沉浸在圣诞节的酒香之中,挥挥手就让他们通过。兄弟二人在王后的马厩后面无言地拥抱了一下,尽量避免惊醒正在那里酣睡的阿拉伯母马。尔后,亨利用牙齿紧咬着匕首,爬上了柱子。

他对齐娜说:"我不会弄疼你的。但是,如果你被大总管抓住,审问你的人就会折磨你。经不住折磨,你就会把什么都说出来。你甚至会编排有关王后的故事,使她听起来比她现在更可恶。……"

"她并不可恶。"齐娜说。

"好吧,就算她并不可恶。但是,大总管需要找个借口来没收她的嫁妆。因为,万一主教最终同意她离婚的话,她的嫁妆就必须归还给她。男爵需要给她安上个通奸的罪名,这样他就能合理合法地剥夺她的所有财产,使她不名一文。而且,如果她不能尽快给法兰西生下后嗣,我估计她很快会死于非命,比如死于热病。古往今来,那些不想离婚的国王对于不能生育的王妃都是这么干的。"他停了一会,不怀好意地笑了笑。"我父亲是棵果实累累的树。你的夫人算是找对情人了。"

"我夫人是爱他的。"齐娜反驳道。

"齐娜,你可以陷入情网,行游诗人可以陷入情网,还有商人也可以谈情说爱。连骑士也可以爱得天昏地暗。但身为君主却不宜谈情说爱的。爱情会干预权力的行使。"

"国王路易也深爱王后。"

"这正是他的问题所在。"亨利的脾气上来了。他觉得跟她谈这些是对牛弹琴,白费口舌。可棘手的问题还不止于此。

"你不是真的想杀我,对吧?"她声音婉转地问道。

"没人真的想杀你。"他的声音听起来干巴巴的。

他弯腰从右脚靴子里抽出一只皮革刀鞘,刀鞘里藏着一把刀刃锋利的短剑。"意大利的伦巴第人称这玩意叫丘比特之剑。直插心脏,它比任何武器都快。"

他手摁着她的肩膀,一直将她摁得几乎跪倒在地上。

"对你来说什么最神圣?"他问道。

"我的家人。"齐娜轻声回答。

"那么你发誓,就说'我以我神圣的家人发誓,我决不允许自己被生擒活捉'。"

齐娜照着起誓。

亨利将短剑递给她。"用的时候,你这样握住它,放在你左边的乳房下,第五和第六根肋骨之间。然后双手飞快地用力推进去。这样就完事了!你有马靴吗?"

她点点头。

"把它藏到你的马靴里去。"

他把自己的斗篷给了她,又用学生袍服套在他的短袖外套上。

他们溜下柱子回到马厩后面,亨利环顾四周寻找吉洛姆,但吉洛姆已经无影无踪,连那匹灰色的母马也不见了。亨利心想,最好是吉洛姆把母马骑走了,那样的话,这个女孩就可以骑它了。

雨下个不停。

亨利的斗篷对她来说太长了。

"把斗篷拎起来,就好像怕它沾上泥一样。步子也迈得大些。你现在是个男子汉。"他拿过她带出来的那包东西,用从密室地板上随手拽来的披风把它裹起来。

在雨中，不管是骑马的还是步行的，都很少有人会在意路上的行人。那些卫兵，现在已经醉意蒙眬，也不愿冒雨过来看看亨利和齐娜。

他们跑过桥，到了另外一座岛上，又跨过一条河，在一条黑乎乎的巷子里停了下来。亨利哼起一首歌。这首歌齐娜听过，是东征军撤回法兰西的途中听的。不久就听到一声响亮的口哨。亨利说："笔直走，然后左转弯。"

杰弗瑞看见齐娜随同亨利一起进来，立马示意亨利走到学生听不到的地方。这些学生挤进酒馆是为了避雨。"你疯了？"他用加泰罗尼亚语惊叫道。"为何你不遵誓言去做？我们都会被抓住的。"

"对我来说，残酷地杀害一个人已经够了，父亲。我们带她回诺曼底。"

吉洛姆轻声道："兄弟，用不了几个钟头他们就会追上我们。一个女人经不起马上的折腾。再说，我们的马也不够。"

"那么你们俩就废话少说。"亨利说道。"我自己会带她的。"

公爵对吉洛姆说："到马厩里再弄两匹马。马夫都在酒馆里取暖呢。"

"我哥哥，你别看他沉稳优雅，其实是世上最好的盗马贼。"亨利对齐娜说道。

"我有个表哥也盗马。"齐娜答道。"他也少言寡语，彬彬有礼。"

亨利心中纳闷，为什么齐娜说到表哥的时候泪水涟涟？

没过几分钟，吉洛姆就折返回来。他和亨利一起从房间里抬出木箱。

"去撒泡尿清清肠胃，如果有的话。"亨利告诉齐娜。"因为，我们中途不会停下来。你骑那匹母马。"

在城郊，他们耽搁了一小会。吉洛姆打开木箱，为他父亲和亨利抽出剑，各自穿上护胸和头盔，每人在腰带上别上一把斧头。然后吉洛姆将木箱扔到一棵树下，又掉转运木箱的马头朝着巴黎方向，在马屁股上狠狠地抽了一鞭子，马飞驰而去。雨已经停了。

齐娜根本弄不清在朝什么方向行进。一轮圆月高悬天际，但毕竟是夜晚，他们几乎只能靠马的视力来辨别方向。马儿跑得并不快，也就是慢跑的速度吧，他们的身影和树的倒影交织在一起，伴随他们前行。一个小时候后，他们进入密林，地上的落叶很厚，马蹄踩在落叶上，发出"沙沙"的响声。有好几次，齐娜感到有其他什么东西如影相随，然后看见黑影划过苍白的天空。猫头鹰抓住老鼠的时候会传来轻微却刺耳的尖叫声。齐娜赶到亨利身边问道："大人，树林里有狼吗？"

"不仅有狼，还有熊。在开阔地曾经有狮子，不过那都是几百年前的事了，罗马征服英国的时候都被屠宰掉了。齐娜，树林最可爱之处，在于它里面没有法兰西人。"

十名法兰西骑士各带着另外十匹马已经离开巴黎。他们都带着火把，一个小时后，他们就几乎走过了亨利一伙同一时间内两倍的路程。

杰弗瑞、亨利和吉洛姆示意齐娜该换坐骑了。男人都不声不响地干着活，熟练地卸下马鞍又装在另外一匹马上。亨利和吉洛姆还跪下把耳朵贴在地面上听了听，然后又相互点了点头。

亨利开口问齐娜："马如果飞奔起来，你还能待在马背上吗？"

"从小就能！"

"这可是你自己说的。"亨利说。然后用加泰罗尼亚语问吉洛姆，"你觉得他们一共有多少人？"

"八到十人，还有些备用的马匹。"

"我估计他们离我还有二十几里地。"

"他们肯定还没发现我们，否则他们会骑得更快。"

"这对我们来说是个机会。别跟齐娜说。"

齐娜感觉在黑暗中看见许多对绿眼睛。等到迅速上了马，她如释重负地问道："我们到哪里了？"

"很快我们就将跨越边境进入我们自己的地盘。"亨利说。"跟紧我。你必须跟上。"

亨利策马飞奔起来，公爵和吉洛姆也开始加快速度，因为此时曙光已现，树林里的路已经依稀可见。

"让马跑起来。"亨利叫喊道。"放开缰绳。"他从齐娜手中抓过备用马的缰绳，一刀斩断。三个男人也分别斩断各自的备用马缰绳。顿时，八匹马像牧群一般跑起来。男人带有靴刺，齐娜没有。只见齐娜脚蹬在马镫上，身子站立起来，她的坐骑感到背上一阵轻松，也放开马蹄狂奔起来，边上那匹阿拉伯母马开始还如影相随，不一会，她就跑到了最前面。"我希望她知道我们要到哪里去。"亨利对吉洛姆说。前面大约有三英里的开阔地，正好让他们飞驰而过。

齐娜能感觉到，自己的坐骑已经渐渐地体力不支。它浑身湿透，嘴上白沫都甩到了她的脸上。"快了，快了。"她鼓励它。此时虽然还不是黎明，却已经有亮光了。

此时，跑在前面的公爵和吉洛姆放慢了马步。

"过了那边的转弯处，到了那些树后面，就是我们的地盘。"亨利大叫道。"别往后看。"

进入树丛，他们开始让马慢跑。这里的有些树，年代久远，光秃秃的树枝都很高，齐娜要扬起脖子才能看见树梢。在一片小树中央有一棵巨大的橡树，在这颗橡树边，那匹阿拉伯母马正有滋有味地啃吃着青草。"继续前行。"亨利说道。吉洛姆对母马吹了声口哨，母马抬起头看了看，一溜小跑地跟上他们。来到离那棵巨大的老橡树还有几米远的地方，他们都停了下来。"那棵树是界碑。"亨利说道。"几百年来，法兰西国王们都在那里与诺曼底人谈判。"

齐娜充满好奇地打量这棵树。树的确年代久远，令人肃然起敬，树梢直冲云霄。她不禁感慨："或许，天堂穿过它与大地相连，为大地带来生机。"

"你的话很有诗意。"亨利赞道。他的语气略带好奇。"难道上帝与人再度结合了？就通过一棵树？"

她若有所思地点点头，完全沉浸在对老橡树的敬畏之中。

"你现在可以随便走走，四周逛逛。"亨利说。

齐娜突然脸色大变。在那片开阔地中央，法兰西骑兵正飞快地向他们冲过来。

杰弗瑞、吉洛姆和亨利跳下马，摘掉头盔，甩了甩头发。齐娜也抬起手，想整理整理头罩，却发现头罩不知什么时候没有了。一头瀑布般的黑色长卷发从肩膀处披散下来，发梢几乎及腰。她一时不知所措，赶紧想用手遮盖住头发。

吉洛姆说道："亨利，她的头罩丢了。别盯着她看。我们可以给她什么东西？"

"皮革头盔？"

亨利边走边在地上寻找，吉洛姆已把杰弗瑞的头盔给了她。她只能把大部分头发放进头盔。"我一定看起来很傻。"她说。

"的确傻乎乎。"亨利开心地逗她。

"你自己才是笨蛋。"吉洛姆用加泰罗尼亚语说道。

法兰西骑兵放慢步伐，最后停了下来。在橡树的另一头，一支百十来人的小部队正骑马赶过来。

"是我们的边防士兵。"亨利解释道。"那里有个瞭望塔。"

法兰西人挥舞着手中的剑在那里高声叫骂，有个家伙还把齐娜的头罩挑在长矛顶，在他们灰溜溜地打道回府前还将这顶头罩砍成了碎片。

"如果你骑得不快，我们就要被他们抓住了。"亨利说。

齐娜心想，难道我骑得不快，他也会停下来陪我？果真如此，我们早就一命呜呼了。

"我们很快就有吃的了。"亨利还在继续说道。"我饿极了，现在能吃得下一整头小乳猪。"他又转身对她说，"到时候也给你弄头小乳猪。"

"我不喜欢吃动物肉。"她说。

他嘟囔了一句："那么鱼呢？"

"鱼没问题。还有牛奶，我喜欢喝山羊奶。你们那里有山羊奶吗？"

"我们那里应有尽有。"亨利答道。"我们那里遍地都是奶和蜂蜜。"

他对食物这个话题失去了兴趣。因为此刻他看见,自己的马正和齐娜的马黏糊在一起。他凑近她的耳根边问道:"你真的能从左边写到右边,又从右边写到左边?"

她的脸一下子红了。

"在我的家乡,安条克,大家都会这么写字。"她说。

"别骗我,小妞。"他说。"骗我可不厚道。你是拜占庭皇后的间谍吗?否则她为什么要把你送给王后?"

"不,我不是!"

亨利并不在意她的回答。他又换了个话题。"那棵充当界碑的老橡树——查理大帝就埋在它下面。"他抬眼望着她,想看看她听到查理这个名字有什么反应。

齐娜心想,现在又有什么关系了呢?横竖都是他的囚徒了。

"是在他击败摩尔人之前还是之后?"她问道。

亨利哈哈大笑。"多么聪明的希腊小姐啊!能左右写字,懂历史……你太让我刮目相看了,齐娜。"

他放开缰绳,纵马向前,和父亲、吉洛姆一起拥抱前来接应的士兵。

一月八日,路易国王颁布命令,为大主教苏格举哀一个月。举哀期间,男欢女爱是不允许的。王后心中暗喜:感谢上帝,我总算有几个星期不用曲意逢迎他了。当天晚上,她就听说杰弗瑞和齐娜都已安然逃脱。她到皇家教堂向上帝表达了谢意。

路易已在那里,被一大群僧侣包围着。她在离他不远的地方跪下。香烟缭绕,哀歌声声,路易也没注意到她在场。但是,他起身离开教堂时,看见了她,就向她走了过去。

"我来求子。"埃莉诺说。

他用忧郁的眼神看着她说:"我们会有一个纯洁、神圣的孩子。"

举哀结束时,王后发现自己怀孕了。几天后这个消息传到了诺曼底,公爵立刻带着亨利和吉洛姆出外打猎。大家都知道,这个时候白天出外打猎是最好的。"你们的勇气在哪里?"杰弗瑞对他的儿子喊叫道,自己则徒步冲向一头刚刚冬眠醒来的熊。

男爵埃蒂安纳·德·塞勒对奥古斯丁说:"我的朋友,如果皇家婴儿有一根黄头发,我发誓,第二天黎明前掐死他。"

第十三章

在巴黎,到了二月底,冬日的积雪已完全融化,城外四周的树木也长出了娇嫩的新芽。勃艮第的春意已浓,大总管待在他的一处庄园里。窗外,罗宾鸟已然开始放开歌喉鸣唱。从窗口一眼望去,田野绿意渐浓,在畜栏里圈了一冬的奶牛,三三两两地放养在田野中,正惬意地沐浴着柔和的阳光。但男爵总感到有些别扭。他对国王的喜怒哀乐了如指掌,国王的喜怒哀乐就是他的喜怒哀乐,而且他也比别人更能理解国王的心情。他知道,路易已经无意对诺曼底开战。

在圣诞节朝会之前,路易心急如梦地想攻打诺曼底。眼下,佛克森郡附近的驻军已经动员起来,战船已经从塞纳河上起航,骑兵也已经从法兰西岛开拔。一支由骑士组成的部队也已经做好随时出发的准备。但是,国王的心情却出问题了。

埃蒂安纳认为,问题的根源在可恶的王后那里。就在国王踌躇满志地备战时,她告诉国王,说她怀上了孩子。国王的性情一下子变得柔软了。

男爵对自己的夫人说:"男人一旦进入战场,就必须心无旁骛,一心杀敌。"

"我懂,亲爱的。"

"他不能心系婴儿。"

大总管不停地跺脚。问题不仅仅出在王后是不是怀孕,而且也出在路易自己身上。国王已经失去理智。男爵确信,国王心中有数,那个安茹渣滓给他戴了绿帽子。

男爵对夫人说:"那些安茹人请魔鬼撒旦做顾问。"

"几年前我在宫殿里见过杰弗瑞·福尔克。我当时觉得他挺招人的。他还恭维过我的眼睛。"

她丈夫惊讶万分:"他怎么恭维的?"

"他说我的眼睛像绿宝石一样光芒四射。"

大总管惊讶得不知道说什么好。她性情开朗,持家有方。他自己大部分时间都不在家,她却领着他的手下把各个庄园打理得井井有条,她的嫁妆也很丰厚,为他生了三男三女六个健健康康的孩子,却从不过问他有几个情妇。但她毕竟已经五十岁了,身体发福,脸上整日泛着红光。他不清楚她的眼睛现在是什么颜色,尽管他认为很多年前他是知道的。

"他邀请我到诺曼底做客。"

她丈夫咬牙切齿的声音,连门口那两个侍女都听得一清二楚。

"小时候,记得有一年圣约翰庆祝日,我去过那里。"她又说道。"我们待在海边的一个白色城堡里,我认为是法国北部的卡昂,我们天天都去游泳。不列颠狮王和我们一起游。他潜到水底拽我们的大腿。那时候,他和我们的先王路易情同手足。"

她丈夫叫喊起来:"那你为什么不接受公爵的邀请再去他那里做客呢?"

"埃蒂安纳,别傻了。我知道,自从他从英格兰手里夺走了诺曼底,又从我们手中夺走了佛克森,你就一直想杀了他。下周你就会叫某个雇佣兵砍掉他的脑袋。你会说,这事发生在激战中,还会说,连你也不清楚谁的头被砍掉了。"

她的话让他平静了下来。最终,他吐露真言:"他儿子野心勃勃,对法兰西来说危害极大。他父亲醉心于寻花问柳、带鹰打猎。我想要的是他儿子的脑袋。"

她抬了抬眉毛。男爵夫人骤然意识到,没有了苏格的掣肘,埃蒂安纳已经肆无忌惮。

她知道,如果那父子俩被逮住,路易并不会执意要伤害他们。他会要求赎金、土地、城堡,如果他能大获全胜的话,还会要求他们归还佛克森和整个诺曼底。路易得到这一切,他就会放了他们。毕竟,他们都是他的属臣,是由权力和义务编织而成的整体利益集团的一部分,他们的一言一行也都具有意义、魅力、目的和价值。

"亲爱的,"她说。"我们不是土耳其人,我们是受人尊敬的基督教教徒。"

"我要去看看牛群了。"男爵大声说。

一看见他来到畜栏,牲畜们都挤到栅栏边,伸出湿润的灰色牛鼻子拱他,算是和他打招呼了。牛也是和蔼可亲的动物,需要人安慰,喜欢人充满柔情地与它交谈。此刻,男爵轻柔地呼唤:"你好,我的美人,你好,我的小可爱。"同时还不停地弄出亲吻的响声。他的心情渐渐平静下来,又开始在脑海中演练进攻的方案。按计划,三月五日凌晨两点,发动进攻。第一步是包围鲁昂城堡。一旦完成包围,他们就可以没收城堡内上万名犹太人的金银财宝,然后再烧毁城堡。让男爵感到恼火的是,鲁昂城堡内的犹太人,向来效忠于安茹人,只有一个人是向着法兰西的。据这个人报告,虽然收成不错,一个冬天都平安无事,年轻的公爵还是去找了一个犹太人。由此看来,他还是入不敷出,或者急需用钱。"我的心肝宝贝,他缺钱雇士兵呢。"大总管对一头母牛说道。他拍了拍母牛的额头,又让母牛用焦炭般的舌头舔了舔他的面颊。

但是,他还是心神不宁,却又不知道为什么心神不宁。总之,他心里有一团东西堵着,困惑着他。

他回到府邸,叫来一个骑兵,交给他一张便条。"最迟不得超过三月四日上午,你必须带回答复。"他交代道。

亨利告诉齐娜，她将和吉洛姆的母亲伊莎贝拉住在一起。伊莎贝拉的房子用石头砌成，坐落在鲁昂城外，占地面积居鲁昂城之首。房子四周田野广袤，放牧着大量的牛羊和骏马，种植着果树、蔬菜，还有花圃和养蜂场。房子内有一口井，提供家里的生活用水。离房子几分钟的路程就是塞纳河，河水为牲畜提供了充分的水源。房屋内有一间餐厅和七间厢房，其中五间卧房，一间给吉洛姆堆放他的音乐器材。还有一间稍大的专门给伊莎贝拉用，里面装潢得很豪华，还安装了洗澡盆。正是在这间屋子里，伊莎贝拉接待她的丈夫，杰弗瑞。紧挨着厨房有一栋房子是专门用作澡堂。厨房和澡堂都是单独的建筑。这些房子的后面是供仆人们住的屋子，离这些仆人用的屋子更远一些的地方，盖了几间茅房，作为公共厕所。

从伊莎贝拉的卧室前门看出去，能看见鲁昂城堡，看见盖在山顶上可以鸟瞰整个城镇的公爵府，还能看见河流、果园和森林。

亨利和吉洛姆带着黑皮肤的陌生人走进门口时，伊莎贝拉一把拉过吉洛姆用加泰罗尼亚语问道："她是谁？"

杰弗瑞的这位外室，说不上漂亮，脸盘周正，长相端庄：高挑的个头，杨柳细腰，灰色的眼睛，老成持重，让人一眼就觉得她是个受人尊重的妇女。

"亨利偷来的。"吉洛姆说。"我们得把她藏起来。"

"她怀上了他的孩子？"

"他还没和她睡过呢。"

"真荒唐。他从谁手里偷来的？"

"从一个凶残却有权有势的法兰西人手里。母亲，别问那么多了。"

她抬起柳叶眉："她如果没怀上亨利的孩子，他为啥要偷她？"

她儿子满脸愁苦地摇了摇头。

这里面肯定有问题,她心想。"你刚才说她是希腊人?她风采迷人,仪态端庄,似乎习惯于上流社会的生活。"

吉洛姆重重地点了点头。"生于奥特莫地区。第二次东征时有个骑士把她带回来了。"

"亨利从那个骑士手里把她偷过来的?"

吉洛姆又点点头。

谎言!她母亲心里明白。

✿

齐娜到了鲁昂之后,连续几周很少见到亨利、吉洛姆和杰弗瑞。这些男人急匆匆来,急匆匆走。吉洛姆和他父亲会和家人待上几个小时,一起吃顿饭。亨利只是和齐娜打声招呼,给她带些小礼物——一块布,一瓶橄榄油,一只小荷包。如果她想骑马到林子里走走,她得由两个庄园里的男仆陪着。而且吉洛姆的两个妹妹还必须随同。亨利吩咐,出门要披上有帽子的斗篷。最省事的办法就是待在家里或者在院子里骑骑马。

伊莎贝拉告诉齐娜,大部分时间里,这些男人甚至连城堡都不待着,也不待在鲁昂。

"要打仗了,对吧?"齐娜问道。

伊莎贝拉点点头。

一开始,伊莎贝拉那强悍的、一本正经的行为举止把齐娜吓住了。和吉洛姆一样,伊莎贝拉总是谦恭中透着严肃。但是,齐娜和她待得时间越长,就越来越欣赏伊莎贝拉的性格。时不时地,充满创造性的火花就会从她身上喷发而出,如一段音乐,一首歌曲。她儿子也有这方面的天资。吉洛姆的歌声的确如天使般美妙。他和父亲留下来吃晚饭的时候,他就会献上一曲,他父亲杰弗瑞会用西特琴或者小手鼓为他伴奏,伊莎贝拉和她的女儿们则翩翩起舞。每当这种时候，齐娜就会深切地思念她的家人，有时会情不自禁地恸哭起来。在安条克，人们不吹笛子，也不跳舞，但在吃饭后会一起唱歌。她记得，切开的面包都会发笑，酒也会唱歌。有天夜晚，晚饭时，吉洛姆吻了吻她的额头。"你这么苦闷痛苦，我都不知道说什么好了。"他轻声说道。

安顿好齐娜后，伊莎贝拉再次要求吉洛姆告诉她实情。

"母亲，她身处险境。如果法兰西人再次抓到她，就会折磨她，杀了她。"

他的表情告诉伊莎贝拉，再问下去也已经没有什么意义。

三月二日上午，空气中弥漫着春天的气息，亨利骑着阿拉伯母马来了。他佩戴着一把很普通的铁柄长剑，腿上绑着鹿皮绷带，手腕处也用绷带紧紧扎住，额头上闪烁着汗珠。只见他扬起下巴朝公爵府方向摆了摆，说道："我们一直都在玩耍。"在他的马后，跟着两只体型壮硕的猎狗和两个伺候他的侍女。两只猎狗相互嬉闹着，看见其他牲畜就追上去，不管是松鼠还是公鸡，甚至连伊莎贝拉的三只山羊也不放过。伊莎贝拉的女儿们听到亨利的声音，都跑出来迎接他。亨利一把抱住最小的一个，把她抛向空中，在她快要落地的时候又赶紧接住。几个女儿对齐娜都充满好奇，内心煎熬，可都很听母亲的话，不敢随便问齐娜。

"跟我们一起骑马出去溜溜？"亨利问道。

"侍女也和我们一起去吗？"齐娜答道。

"听你的。我已经打发两个侍女到前面去了。"

她身穿一件蓝色的新长裙，头上戴着白色的头罩，头罩上别了个发夹，那是巴黎妇女喜欢的打扮，是从法兰西王后那里学来的。她看上去楚楚动人，但亨利却有些腼腆，连话都不知道怎么说了。

树木仍然是光秃秃的，但娇嫩的小树叶已然出来晒太阳了。亨利和齐娜经过一洼池塘，看见一群迁徙到外地过冬的灰色野鹅又回来了，正在浑浊的池水里排着长队游动，一只紧接着一只，好像有一只无形的手在指挥着它们,轮番掀起一阵阵涟漪。一只雌鹿在池塘边喝水,头伸到水面时,两条纤细的长腿向前伸展着,一看见猎狗,她转身跑了。亨利吹了一声口哨,猎狗耷拉着脑袋回到他身旁,眼中满含埋怨,可过了一会,又跑开了,围着长满苔藓的树干撒欢。

侍女们已经在树林的空地上铺好草席,草席上铺了一张棕色的鹿皮,鹿皮边又铺了一块干净的布,上面摆了几盘食物,还有几盆水。

春天的阳光暖洋洋的,他们各自脱掉披风。"你吃鸡肉吗?"亨利问。

"那要根据情况而定。"

"根据什么情况?"

"要看还有没有其他吃的。"

这答复似乎令亨利很开心。其实,齐娜只不过觉得拒绝鸡肉有点近乎粗鲁。吃鸡肉是很奢侈的。在拜占庭以及和王后在一起的时候,她已经了解到,对于法兰西人来说,食物的享用是分等级的,有些只能高贵的人才能享受,有些则是普通人都可以吃的。在伊莎贝拉家,大家吃得很普通。

在那块布上摆放的食物有面包、煮熟的和凉拌的蔬菜、烤鸡、白色的奶酪、葡萄酒、果汁和一些果干。还有一些削好的小木棒和香草,用来清洗牙齿的。"那是你的鱼。"亨利指着几块烤鱼说。

她含娇带羞地笑了笑,算是谢过他了。

她吃东西的时候,猎狗围着她,不断地要她喂点吃的,吃完后又在她身边的地毯上趴着。

亨利示意侍女走开。"把这几只可恶的猎狗也带走。"他说。

然后他自己躺下,眯缝着眼睛避开耀眼的太阳光。现在天气已经很暖和了,穿得少点会使他们自己更加舒服。齐娜犹豫了一下,靠着亨利躺下。身子底下的鹿皮和草席很厚,他们躺在那里一点都感觉不到地上的冷。

她开始感到忐忑不安、心绪不宁,不知道接下来会发生什么事。或许,他将告诉她,随着战事的临近,她越来越成为拖累,她得不停地转移。可是,她积攒下来的钱都在巴黎的王后那里,身边根本没钱支付到比利时安特卫普的路费,又不被允许到城里去打工挣钱,因为担心被法兰西人发现。她想告诉亨利,从他跳出暗道进入王后卧室那一刻,她就已经成了他的囚犯。如果亨利给她钱,她早就可以逃到安特卫普去了。

他沉默良久后,伸手敲了敲她的手背。

"你必须告诉我,"他平静地说。"你想去哪里。"

"安特卫普。我有个伯伯在那里。我要重新开始生活。"

"在一个寒冷、悲惨的陌生世界里开始新的生活。"他满脸困惑。"齐娜,安特卫普可没几个希腊人。事实上,你伯伯可能是唯一的希腊人。但我猜想,你会在那里找个丈夫?"

她点点头。"我是个寡妇。"

"你丈夫是那个贩马人,对吧?"

他看出她的犹豫,便摇了摇头,平静地对她说道:"齐娜,两个月来,你一直在跟我和我的家人说谎,不肯讲出你的真实身份。现在,你必须如实告诉我。"他眼睛盯着她,脸上一点笑容也没有。

她紧抿着嘴唇。

"你必须如实告诉我。"他说。"因为,再有几天,我就要去打仗了。有可能会战死沙场。不知道你的真实姓名,我死不瞑目。"他侧过身,头枕在一只手上。"你心里也明白,我已爱上你!"

好不容易才从她嘴里蹦出一句,"我心里害怕!"

他突然坐了起来。"为什么?我绝不会伤害你。我一直在保护你。"

她也坐了起来,浑身颤抖。"你会把我赶走的。我身无分文……"

"我的小姐,"他打断她。"我知道你不是希腊人。"

他等着她的反驳,她却沉默不语。"而且我还知道,"他平静地说。"你是个犹太人。"

"谁告诉你的?"她轻声问道。

他微微一笑。"那天我从暗道里爬上来，你惊讶万分。因为我不是你期待的那个人。你叫喊了一声。你这一喊把你给出卖了。……后来我整夜在想，在哪里听见过那种叫喊声。最终我想起那些借给我钱的人来了。有时在星期五我会和他们一起吃饭。饭前切面包的时候，他们会祷告。他们祷告的时候，就用过你喊叫的那个词。"

齐娜脸色苍白，沉默许久后哭了起来。

"你家人怎么了？"他问道。

"基督教的信徒放火烧了我们的犹太教堂。大家都被烧死了。他们抢走了我家里的所有金子和首饰后，把我们家也烧掉了。当时我在教堂的院子里，因为我来月经了，不能到里面去。"

"当时有多少基督教信徒？"

她身体抖得越来越厉害，一时无法回答他的问话。亨利赶忙劝慰："嘘，别哭，别哭。那都是三年前的事了，你跟我说过的。好了，别哭了。"

"当时他们有四五个人。也许是六个。有个人年纪比较大。"

而且不像其他几个人，没什么能力。亨利心里想着，强压下熊熊燃起的怒火。

"你不能饶恕他们的所作所为。但你也不能整天想着怎么报仇，因为你找不到他们。你要自我调整心态，让自己心绪平静下来。"

他心中暗想，他们在犹太教堂院子里强奸她之前，她是个处女吗？或者说，在贩马时她已经嫁给了她的表哥？他心中一团乱麻似的。

他将她抱在怀里，就像抱着一个无助的婴儿。他想告诉她，"你将属于我。只属于我一个人！"

她还在哭泣。

他将她平放在鹿皮垫子上，她转过头去，脸上已经挂满了泪水。

她抽抽搭搭地哭了将近一个小时。他躺在她身边，一言不发，看看蓝天，看看春暖渐绿的树枝。男人那种经历过战争劫后余生的伤心流泪，他已经多次经历过,但却从未见过女人如此无所顾忌地在自己眼前痛哭,一种难以言表的酸楚,一种从未经历的悲伤,在他心头涌动,眼泪已经在自己的眼眶中打转。他觉得自己和这个连真实姓名都不知道的女人已经紧紧地交织在一起了。

她终于坐了起来。泪花闪烁的眼睛,抽抽搭搭的小嘴,一副柔弱女子的模样,让亨利感到又怜又爱。他情不自禁地俯身亲吻她的嘴唇,感觉她的嘴唇如枕头般柔软。她羞答答地回吻了他。

"你是谁?"他问。

"我叫拉结,艾弗拉姆的女儿。我父亲是安条克的拉比。我母亲家是贩马的。我们家很富裕。我们有八个兄弟姐妹,都受过良好的教育。我父亲相信教育,包括对女孩的教育。他自己在成为拉比前就在巴格达的智慧屋学习过。"

"你怎么到拜占庭宫廷的?"

"那些基督教骑士把我卖给了一个奴隶主,他又把我送给了皇后。因为我懂许多门外语,所以他得到了许多赏赐。"

"你结过婚?"

她摇了摇头。

"你爱我吗,拉结?"他问。

"我害怕男人,不敢爱任何人。"

"你一定不害怕我。"

她慢慢地笑了。"亨利,大家都害怕你,甚至你的父亲也害怕你。"

"哦,这是些另类的男人。那是因为……"他暗自思忖该不该告诉他:因为我爱打仗,享受那种与战神融为一体而带来的喜悦。但他嘴里却说:"因为我善于打斗。我是战神马尔斯的化身。"

她补充道:"或许吉洛姆不怕你。"

"吉洛姆肯定不怕我。"他开心地叫喊道。"为此我不喜欢他。我跟他说我会杀了他,他竟然还笑话我。"他又变得严肃起来。"我想让你帮鲁昂城里的犹太人做件事。你会写希伯来文吗?"

看见她点头,他从身上掏出一张用拉丁文写好的便条。"我用拉丁文写是因为它能准确地表达意义。其实内容并不复杂。请你用希伯来文重写一遍。今晚我就派人送到借给我钱的那些犹太人手里。"他开始高声读信:"全体犹太人:埋好你们的金子。把货物全部装上船并向海里航行。立即行动。马上撤离。"

"没签字,谁会相信?"她问道。"没准是贼喊捉贼的把戏。"

"我只能警告他们有危险。他们当中肯定有法兰西间谍。我不能为了犹太人的安全而不顾我手下人的性命。"

她沉思了一下。"我有点爱上你了。"她声音低低地说。

"你会和我睡觉吗?睡一小会?"他眼睛里都是笑。突然,他做了个要把手伸进自己裤裆的手势。然后,抓住她的手,一并站起来。"还有许多事要做。"亨利说。"我得回去做完它。"

骑马回家的路上,他们约定,他还是叫她齐娜,一直叫到不再受到法兰西人的威胁。她脸上又恢复了往日的模样,一副无忧无虑的神态,就像刚刚春游回来的小姑娘。

他们溜达着回家。在路上,亨利心头萦绕着一团疑云。"你和法兰西王后很亲近,你告诉过她你的真实身份吗?"

"我把一切都跟她说了。是她让我叫齐娜的,也是她跟国王以及随从说谎,说我是希腊人。她发过誓,说圣诞朝会后派人护送我回安特卫普。"

亨利迟疑了一会,答道:"我对她有些另眼相看了,真的要刮目相看。"他的心情骤然轻松下来。"不管怎么说,你现在和我在一起。你不必到安特卫普去找那个想娶安条克寡妇的犹太商人了。"

齐娜心想,一切都变了。但万变不离其宗。

"你想不想知道那匹阿拉伯母马的事情?"她问道。

"很快母马就要进入发情期。我的马倌跟我说,他不知道要给她配什么种。"

"如果想要养一匹速度和力量都上乘的马,有一匹战马跟她配种很理想。"齐娜说。"可惜那匹战马是路易国王的。"

亨利笑得前仰后合。齐娜都能看见他的牙齿了,雪白坚固,像猎狗的牙齿。

回到住处,亨利先跳下马,然后扶她下了马。伊莎贝拉和她的女儿们都跑出来欢迎他们。"谢谢你,齐娜。我期待着很快就能再见你。"亨利说。他一本正经地鞠了一躬,然后双手抓住母马的马鞍,纵身跃上马背。

姑娘们都看呆了。

只有伊莎贝拉在心中暗道,炫耀卖弄!她和齐娜肩并肩地站着看他策马没入渐渐来临的黄昏,然后对齐娜说道:"齐娜,别爱上亨利。主宰他的是……"她想说,主宰他的是其他人无法理解的激情,就算其他人理解也无法容忍的激情。不过,她说出口的却是——"可怕的野心。那会毁了你。"

看着齐娜出神发呆的表情,伊莎贝拉意识到,现在说什么都已经晚了。

那天晚上,齐娜用希伯来文重写了一遍亨利的那张便条。后来吉洛姆来到她的卧室,问她是不是有什么东西要交给他。他的脸上还是挂着往常的安详和平静。他从她手里接过羊皮纸,温文尔雅地笑了笑,一声不响地走了。齐娜觉得自己对他的判断不准确。她原先以为,和亨利比起来,吉洛姆不够聪明。现在她明白,吉洛姆和她母亲一样,大智若愚。

在城堡里,公爵邀请玛蒂尔达参加最后一次战前会议。一张宽大的橡木餐桌上铺着许多地图。亨利和吉洛姆的注意力都在那张鲁昂区域图上,仔细地研究南面绵延的森林、流经公爵府的河流以及公爵府本身的地理位置。其他在场的男人,包括各地驻防军的首领,几个能够出钱的阔佬以及财政大臣。

"我们已经在河岸多处设防,也已经安排好人手,一旦法兰西船驶入诺曼底,这些人就会点火将它们烧掉。"

公爵夫人偕同两个小儿子一同来到,肩膀上还架着那只猴子汉布林。汉布林进来后就跳到那堆地图上,亨利一把抓住它的后颈,将它扔出窗外。玛蒂尔达尖叫一声,但几分钟后,汉布林又从窗子里爬了进来,狠狠地在财政大臣的腿上咬了一口。

杰弗瑞发话了:"夫人,要不让猴子滚蛋,要不我离开。"

玛蒂尔达气哼哼地走了,肩膀上仍旧架着汉布林。

会议结束后,她找来第二个儿子,青年杰弗瑞,要他汇报一下会议内容。听完汇报,她尖声问道:"我们怎么知道法兰西的进攻日期?"

"父亲在法兰西军队里安插了间谍。"

"你得多长点心眼。"

那天深夜,青年杰弗瑞发现亨利一身戎装。屋外嘈杂声震耳欲聋,铁匠们忙着锤打铁器,小孩子们则在一旁帮忙拉风箱。被铁匠们锤打的铁器火花四溅,穿过铁栅栏的窗户,映照着亨利身上的铠甲,也映照着无数的盾牌、长剑、头盔、长戟以及其他武器。

"我可以拿把长剑吗?"青年杰弗瑞问。

"你还小。"亨利说。"我给你一把……"他看了看堆放在墙根的武器,拿起一支弯曲的长矛,长矛杆上带着几个挂钩和一把刀片。长矛存放了很久,已经锈迹斑斑。"这是支斩矛,只要击中敌人身体的任何部位,都能使他内脏迸血致死。"

青年杰弗瑞异常激动,眼窝深陷的小眼睛熠熠发光。他抓过武器,但很快又被亨利夺了过去。"懦夫才用这种武器。"亨利说。"我们家的人,半个世纪以来都没用过斩矛了。拿去,你可以用这把剑戟。"

"再给我一把刀。"青年杰弗瑞说道。"我可以用剑戟把法兰西人拉下马,再用刀把他的脑袋割下来。"

亨利两眼瞪着他。"我们这种身份的人,到战场上不是为了砍砍杀杀。我们是为荣誉而战,是为了向世人证明谁是强者。"

"如果有可能,你不是也想杀了法兰西大总管吗?"

亨利不理他,却注意到他弟弟的腰带在火光中闪闪发亮。"你从哪里弄来的金腰带?"

"有人送的。"

"谁送的?"

"如果你告诉我父亲安插在法兰西军队中的间谍姓名,我就告诉你谁送的。"

亨利身子慢悠悠地走向青年杰弗瑞,手却迅速伸出去扼住青年杰弗瑞的喉咙。青年杰弗瑞的眼珠子都快鼓出来了,气也喘不过来。亨利继续顶住他的喉结,直到青年杰弗瑞举手求饶才松开。

"别再问这种问题。"亨利平静地说。"不能再问。"

他弟弟退回房间里,手摸着受伤的脖子。

"到了打仗的那一天,我会留心你是怎么战斗的。"

"卑鄙小人。"青年杰弗瑞低声骂道。

次日上午,传令兵来到大总管的帐篷,向他报告说,据哨兵观察,无论是诺曼底还是佛克森,都没有发现什么可疑的迹象。整个边境防线上旗帜招展,大小贵族、市民和农民都蜂拥着赶往大大小小的要塞与城堡,男女老少,有骑马的,有骑骡子的,有坐马车的,也有步行的。男爵抬手阻止了信使的报告。他们一同来到路易国王的帐篷。尤斯塔斯王子,步兵元帅和三个将军正和国王商量着事情。

"继续讲下去。"大总管对传令兵说。

路易听完后点点头。"这也是意料之中的。"他说。"这可是他们的重要日子。他们要迎来新的公爵,当然迫不及待地要大肆庆祝一番。"

"太迫不及待了。"大总管嘟囔道。

步兵元帅问道:"说说他们的防御工事。"

"防御墙保养得都很好。尤其是鲁昂。"

"这不重要。还有其他情况吗?"

"还有点小情况:他们正在准备比武大赛。工匠们正加紧赶制器具。"

大总管眼盯着传令兵追问道:"铁器?"

信使点点头。

"斧子?锤子?杀猪刀?"

"都有。"

"都是财富啊。"大总管大叫起来。"那帮家伙正在搜刮各城各镇的民脂民膏,很可能连乡下也没放过,这样一来,我们打进去可什么也捞不着了。"

传令兵咽了一下口水。"那都不过是为了比武,展示才艺。"他紧张地说。"男女都参加,大人相互间还都下了赌注。"

大总管咬牙切齿地说:"那些羊倌和牛倌呢,他们用牲畜来打赌?"

"是的。他们用牲畜打赌。最能犁田的马……"

路易示意步兵元帅来负责布置战略。元帅出身名门,其祖先可以追溯到公元 8 世纪的加洛林王朝。从安茹人手里重新夺回诺曼底,将是他担任军队首领以来的首仗。

"谢谢,你可以走了。"元帅对传令兵说。其实,传令兵本来还有一条消息,但总管对他发那么大的火,他吓得忘记了。消息是这样的:大批的船队已经驶离鲁昂码头,是深夜驶离的,很不正常。"替我和陛下谢谢哨兵。"元帅又添了一句,同时对站在帐篷门口的卫兵点点头,示意不要放人进来,他要密谈。

"国王陛下，我有个不妙的消息。"他开口说道。"鲁昂城堡里的小朋友送出话来，说我们的进攻日期已经泄露了。"

大总管拍了拍自己的脑门。"这就解释得通了。"他悲叹道。"他们知道了日期，因此就清空乡下的财富。他们已经在未雨绸缪。他们保存所有的器具和牲畜良种用以将来重建。"

"埃蒂安纳，你想象力太丰富了。"路易说。

"不，陛下。安茹人太狡猾了。"大总管嘴里这么说，心里暗暗发急：王后背叛国王了。

"好了，伙计们。"路易说道。"我率领军队长途跋涉，抬着两部投石机来砸碎鲁昂城堡城墙，还有十船步兵。结果要我一仗不打就撤退。我不可能这么做。如果我现在就这么灰溜溜地撤兵，整个欧洲都会笑话我的。"

大总管和元帅开始悄悄地算计撤兵的后勤问题，同时商量找个什么样的撤兵理由：是说国王突然发烧了还是肚子疼？

"部队不能泄气。"路易还在说。"我来打头阵攻打鲁昂，只要他们敢出来迎战。"

"陛下，没那个必要。"

"很有必要，就由我来率领冲锋队。"

男爵吩咐其他人："请到外面等候。"尤斯塔斯王子吓得脸色煞白，就像有人光脚踩到了蛇一样。

大总管在路易面前跪下，一双饱经风霜的大手紧紧攥在胸前，像做祷告似的。国王用自己冰凉、柔软的手掌捧住大总管的手。

"我是你的人，路易·卡佩。我整个生命都属于你。"大总管说道，脸上布满谦恭。这是发自内心的臣服，充满甜蜜和纯净。

路易吻了他的嘴唇。"我愿为法兰西献身，也愿为你而死，埃蒂安纳。"说完又吻了一下他的嘴唇。

大总管起身告退时，国王又说道："如果我身遭不测，你要发誓保护好王后。"

第十四章

连续两个星期,上午的时候王后都恶心呕吐,这让她丈夫担忧不已。就在王后告诉他自己怀上孩子后,他即刻派人从拉姆拉地区请来医术高明的大师——伊拉兹马斯。伊拉兹马斯是个希腊人,既是内科医生又是个哲学家。路易在君士坦丁堡遇见了他。当时他在宫廷很受宠,尤其擅长妇产科,尽管妇产科只是他渊博知识中的很小一部分。路易急切希望巴黎的医学院发展壮大,便给拉姆拉人在巴黎提供了一个职位,让他教医学和哲学。国王向他保证,绝对不会让教会干涉他的生活与工作。

王后得知此事,狠狠地嘲弄了路易一番。"路易,你以为自己是查理曼再世吗?你以为自己是学问的庇护人吗?"她见过从拉姆拉来的这个人,并不喜欢他。后来就更讨厌他,因为他坚持说,为了调节路易的性情,给他安排"挤奶女"是很有必要的。

圣诞节期间,伊拉兹马斯从君士坦丁堡回到拉姆拉地区与家人团聚。他的家人包括妻子和十个孩子。到了二月份,他又应召回到巴黎。他一接到命令,便火急火燎地赶路,一路颠簸,累得够呛,却还是没能见到路易,因为军队已经开拔了。不过这个时候王后已经不那么恶心了。宫廷卫士长奥古斯丁告诉伊拉兹马斯大师,路易国王允许他进入王后的卧室给她做检查,不过要有其他五个宫廷妇女在场。"你诊脉时可以摸王后的手,也可以摸她的脚踝和脖子,可以看她的舌苔和手相。"除此之外,他不能碰她身体的其他部位。

首次见面的时候,王后就跟他说:"我怀的孩子必须是个男孩。"

"这是必须的,王后殿下。"

"哦,真的吗?你能确定我为法兰西怀的孩子是男孩?"

他犹豫了一下,她便转身走了。她怀孕的感觉与前一次完全一样。前一次怀的是公主。

大师每天花一个小时给王后做检查。检查完后,他们就下棋。王后以前跟许多人下过棋,和这些人相比,伊拉兹马斯大师的棋艺要高出一筹,当然比王后的棋艺高出更多。但是,王后好胜心很强,他觉得,如果只下三盘棋,自己无论如何要让她至少赢两盘。有些时候,棋下得超出了规定的时间,甚至接连下了三个小时。这种时候,奥古斯丁就会走进卧室,看看为什么她还不出来进行每天的锻炼。这种时候王后就会命令奥古斯丁滚开,说他影响了她的注意力。

伊拉兹马斯的另外一个职责就是指导厨房为王后配膳。"我们要有王子了。"他说。"为了王子我们必须……"他的菜单很奇特,许多食材在巴黎都很难找到。

"还没等你的那些食材运到巴黎,我的儿子就已经受洗了。"埃莉诺抱怨道。尽管作为学者,伊拉兹马斯温文尔雅,她仍旧不那么喜欢他。他四十几岁,一看就是个土耳其人:脸颊骨很高,眼睛上翘,头发和胡子都用香油抹过,香油闻起来甜甜的。这种味道,若是在别的场合,埃莉诺会感到挺有魅力。可是,伊拉兹马斯从棋盘上伸手来拿走她的棋子,她都会感到一阵恶心。当然,对杰弗瑞的日思夜想,最让她感到煎熬。她感到自己就像个木偶,被这种朝思暮想控制着,不能自已。她盘算来盘算去,也确定不了肚子里的孩子父亲到底是谁。两年的颠簸劳顿,她已经月经失调,自己也说不准是不是在圣诞节朝会期间怀孕的。如果是在圣诞节朝会期间怀孕的,那就既可能是杰弗瑞的也可能是路易的。如果是在耶稣显现节之后,那么孩子肯定是国王的种。她希望是杰弗瑞的种,因为这样一来,即使杰弗瑞战死沙场,即使他们从此不再相会,她也拥有了他的一部分,供她珍惜与疼爱。她决定不用奶妈,自己来奶孩子。她不在意奶孩子会毁了乳房,她渴望得到杰弗瑞的消息,哪怕是只言片语,甚至是道听途说。但是,没人提及他的名字。在宫廷里,杰弗瑞就像个幽灵。在夜里,她千百次回忆起与杰弗瑞第一次做爱的情景。那是在修道院一片漆黑的房间里,彼此都看不见对方,只能闻到他迷人的体味,只能感受到彼此的头发掉进对方张开的嘴里,她在他有力的撞击下腾云驾雾。每当想起这些,她就晕了。

同时她也想念齐娜——或许此刻她已经被那可怕的儿子杀害了——她可爱的齐娜,为了她,王后可以放弃地位与特权。齐娜视她为大姐,或者朋友。埃蒂安纳曾经说过:"法兰西王后不能有朋友。""但你却是路易的朋友。"她当时反驳道。埃蒂安纳却道:"不,王后殿下。我只是国王的属臣。我不可能是国王的朋友。"

她叫来伊拉兹马斯。"我们今天玩扔骰子。"她说。

他感受到她内心躁动不安。他研究过盖仑、苏格拉底、普拉阿土和亚里士多德。他悲叹,所有的这些哲人,都未曾教过他如何对付这个美丽出众、任性可怕的女人。他喃喃诵道:"男人见到她,谁能不被俘?"

"你在说什么?"她问道。

"一句诗。"

她抬了抬眉毛。

"这首诗讲述了一个和你同名的王后。"

"她是谁?"

"海伦。"

"我不喜欢文字游戏。"埃莉诺回答道。在一个乌黑发亮的盒子里装了两副象牙骰子,数字都是用珠宝镂刻的。"我赌双六。"说完她就开始扔骰子。

"非常好,王后殿下。"

她把一副骰子交给他。"我赌4,两个2,或者一个1,一个3。"他扔了但得到5。

"我再赌12。"桌子上摆出的两个骰子果然是两个6。

"太棒了。"他喝彩道。

"我们赌什么呢?"王后问完,突然凝神看着大师的脸。大师的脸很精致,充满智慧,尽管眼睛情不自禁地上翘,但也还算慈眉善目。他垂下头,看着自己的大腿。他从未见过如此美丽动人的女人,一颦一笑、举手投足都是那么地千娇百媚,却又不失优雅得体。的确,她的宠物就是两只全身油光光的黑猫。据她自己说,这两只猫是一个牧师临死前赠送给她的。"他是个可怕的小老头。他这样做是为了折磨我。"她说。"他本来希望猫会抓挠我,我会因此而死。"她开怀大笑。"但它们很爱我。宝贝们,对不对啊?"两只猫珠光宝气,可以在她房间里自由走动,像它们的女主人一样任性,脾气大,平常谁也不敢惹它们。伊拉兹马斯心中暗想,不知这两只猫是否快乐?因为,在他遇见过的女人中,王后是最不快乐的。他抬起头,一眼就看见她洁白脖子上突出的血管。

"我想我可以用你的快乐做赌注。"他平静地答道。

她脸上掠过一丝不快。"好吧,我还是赌12。如果我赢了,就意味着我将很快乐,我肯定是怀了王子。"

大师笑而不语。埃莉诺扔完骰子就拍手叫道:"12。"

他心中七上八下地打着小鼓,既想冒险摸摸她,又怕卫兵跨过房间抽他耳光。最后他还是鼓起勇气用软绵绵的手指颤巍巍地碰了碰她的手臂。"王后殿下,你不能用灌了铅的骰子来赢得快乐。"

她沉默良久。

"可问题是,骰子注定对我不利。在这个国家,我的价值在于我的子宫。但是,没有儿子的王后算什么王后?"

"殿下,请记住我们下棋时的游戏规则,没有了王后,国王就失去了战斗力。"

"所以他们都憎恨女人。"她说道。"男人们,国王们,憎恨我们,就因为我们有生育能力。"

"对于有些国王,你说的也许没错。可你还是要记住,王后仍然是棋盘上最有杀伤力的棋子。"

王后盯着他看了一会。"你说得对。"她说。"可现实不是下棋,我只是法兰西牢笼中的囚徒,除非我为法兰西生下继嗣,或者除非他们认为我不再有利用价值。"因为心中愤懑,她又说道。"我倒情愿做个宫廷御医,没人需要的时候可以一走了之,就像你一样。"

他摊开双掌,算是无奈地同意她的看法。"我们除了听人摆布又能怎么办呢?"他这样问,本来是想安慰她。可是,王后凑近他,热情似火地低声说:"逃离!你可以跟他们说,为了我肚子里的儿子身体健康,我需要到阿基坦旅行。"

"殿下,我觉得你该休息了。"他温柔地回答道,语气很坚定。"你心事重重,神经绷得太紧了。因为,你担心你肚子里的孩子,担心你征战沙场的丈夫,不是吗?"

她熠熠发光的眼神顿时黯淡下来,脸上的红晕也渐渐退去。"我的情况你真是了如指掌。"她有气无力地说道。

然后她又朝卫兵们说道:"伊拉兹马斯大师要回拉姆拉了。替他备好行李和马车。"

在院子里,奥古斯丁说道:"大师,如果国王发现你已经离开法兰西,他会对你和王后大发雷霆的。"

"谢谢你。"大师回答说。"我将回到医学院的岗位上去,离这里不远,就在河对岸。"他笑眯眯地看着奥古斯丁的脸色放松下来。

诺曼底和佛克森的老百姓,各自穿着最好的服饰,陆续来到庆祝年轻公爵生日的指定地点。他们或是骑马,或是赶着牛车,马背上、牛车里驮着要上交的地赋——吃的东西、羊毛、皮毛、木材,有的直接带着钱。城堡门口的典礼官们领着他们进去后又命令大部分的马车、牛车拉出城堡，安置在离城墙较远的地方。那些品相不好的牲畜，也被牵出城堡外。城堡内有很大的牲畜圈，用以安置那些优质牛羊和马匹。魔术师、乐师以及倒立着行走的艺人，都卖力地展示才艺，取悦宾客。有个男人披着熊皮到处吓唬小孩，还有个男人在头上戴着鹿角。有人在表演木偶。有个家伙声称自己是从龙蛋里孵出来的，嘴里不停地往外喷火。一只山羊，直立着两只后退，正伴随着西特琴跳舞。一个柳条编织的笼子里，猴子们上蹿下跳，就像在地狱里经历狱火的恶棍，看见有人用棍子捅它们，就想窜出来咬他一口。

下午三点，那些没有爵位的平头百姓都聚集到鲁昂城堡，个个都急切地盼望着宴会的开始。有人领着他们进入大厅。大厅的桌子上摆满了吃的、喝的，有面包（大部分是粗糙的、适合干体力活的人吃的干面包，嚼起来挺费力；但也有做工精细的长方形面包，里面的馅，有些是鸽子肉，有些是冬季时令蔬菜。）有蔬菜汤，有火腿肉，有熏羊肉和熏鱼，大桶大桶的葡萄酒和果汁，还有优质的蛋糕和蜂蜜。最长的一张桌子上摆放的东西让大家瞠目结舌：一大圈生菜中间摆着两只栩栩如生的烤羊，羊双腿跪立，宛如在田野中歇息。有的客人还闻到了牛肉的香味。不过，正在外面烤制的牛肉，那是专门给贵族们准备的。他们从腰带里抽出餐刀，笨手笨脚地将木碗翻转过来让碗口朝上。仆人们站在长桌后，手里拿着大砍刀和长柄勺，伺候客人们吃喝。客人们各自拿着一碗碗吃的喝的，就地坐在草垫上开始吃喝起来，见到老朋友就相互热情地招呼一声，见到平时不待见的，此刻也彼此点点头。

不到一个小时，天色渐暗。又来了几个家仆，将点着的火把挂到墙上的铁环钩里。"他什么时候来？"人们不断地相互询问。

许多人都认识年轻的公爵。十二岁起，他就随父亲走访村落，视察农庄。后来大了，他就独自下乡，后面带着个总管。他会停下来和佃农们聊天，问问他们庄稼收成和牲畜的情况，了解村里有没有人生病，需不需要医生或者助产妇,家里生了几个小孩。有时他还和他们一起吃饭。天冷时也穿着羊皮袄,就像佃农们一样。

六点钟,大家都已经吃过了,食物撤了下去,葡萄酒也拿走了,这让许多想一醉方休的男男女女多少有点沮丧。仆人把长条桌子也搬走,旋即来了一群乐师和跳舞的人,大家的情绪又高涨起来,三三两两地结伴跳舞。一个歌手唱起一首歌,这首歌里面有许多地方需要大家一起附和着唱,还需要众人一起拍手、跺脚来打拍子。歌声震耳欲聋,大家都沉浸在狂欢之中。第二首歌曲是大家都熟悉的,大家便齐声欢唱:"一只年轻的狮子,从洞穴里跃起……"

突然,音乐戛然而止。

一群衣着鲜艳的侍女出现在大厅的正大门,个个面朝门外恭迎。大厅顿时鸦雀无声。

然后响起一阵号角声。

衣着华丽、珠光宝气的贵妇人首先登场,接着,五十名身穿甲胄、头戴面罩的骑士正步走了进来,个个胸前手举长剑。大厅里的人都退缩到墙边。

随后进来两个掌旗官,胸口都别着年轻公爵的金狮图案,在他们身后,年轻的公爵与老公爵都骑着黑色战马,双双并排进入大厅,公爵夫人及其孩子们紧随其后,个个都骑着高头大马,男的一身戎装,女的则珠光宝气。大厅里响起一声轻微的骚动。

公爵举起戴着铁手套的那只手。"诺曼底的子民们,"他说。"今天,我郑重地向你们引见年轻的公爵。此时此刻,你们每人都要宣誓效忠于他。我来带你们宣读誓言,我说一句,你们重复一句。"

头戴面罩的骑士将本来举在头顶的长剑收到胸前。顿时,大厅里站着的人齐刷刷地跪倒在地。

这个时候,杰弗瑞已经成为老公爵了。他命令道:"跟我念:亨利,诺曼底公爵,安茹和缅因的伯爵,我发誓永远做您的属臣。请您保护我们。我发誓听从您的指示。"誓言在大厅回荡，与此同时，所有的骑士以及他们的夫人，公爵夫人以及她的孩子们又都加了一句，"我的生命属于您。"

杰弗瑞转身看着亨利。亨利正用目光扫视着鸦雀无声的大厅。他让这种无声状态持续着，持续到大家的神经都快崩裂的时候，他"嗖"地一下从剑鞘中拔出不列颠狮王亨利一世的长剑，把大家吓了一大跳。只见他把剑搁在膝盖上，双手摸着刀刃。"你们是我的子民。"他说。"我对剑发誓，我将尽我所能保护你们。所以，请上帝助我。"

人群中爆发出赞许的吼声。一个牧师走向前，在亨利和老公爵的身上洒上圣水。亨利从膝盖上抓起长剑，将它高举过头顶。大厅再次陷入寂静。大家纷纷在胸前画十字。有些女的隐隐感觉情形不妙，抽抽搭搭地哭泣起来。

"诺曼底的子民们！"亨利高声叫道。"从现在起再过几个小时，我们将与法兰西开战。在这个城堡，在其他的要塞，在我们所有的城堡，你们的身体、工具以及最好的牲畜，都是安全的。为我们的胜利祈祷吧。现在，请躺下安心睡觉。"

大厅里的人不停地在胸前画十字。玛蒂尔达和孩子们纷纷将自己的坐骑挪到边上，以表示对主人的顺从。公爵、老公爵与其他的贵族一道掉转马头，骑马出了大厅。典礼官走进大厅，告诉大家厕所在哪里，将毯子分发给老妇人与小孩子，然后又从墙上取下火把。随着火把一根一根被吹灭，原本让人安心的火光渐渐消失，人们的心也一点一点被揪了起来。

诺曼底黑沉沉的夜空中，繁星点点。但是，渺茫的薄雾，模糊了星光的璀璨。亨利对杰弗瑞说："我们的骑士，高贵纯洁如那白天鹅，追求完美，而且永不言败。"

此刻，两名法兰西侦察兵偷偷地溜进城里。"犹太人住在右边，靠近河下游。"其中一个悄声说道。

"一点光也没有。"另一个说。他抬头看了看黑漆漆的城堡。在夜幕下，根本无法辨别城堡的真实高度和大小，只是感觉很庞大。"城里太安静了。你看那边。"他说。

"太他妈的安静了！"

诺尔曼卫兵相互点点头。

正当两个侦察兵转身逃跑的时候，不知从哪里冒出来的手牢牢地抓住了他们。沉重的绳索绕过他们的肩膀把他们绑得紧紧的。一个低沉的声音说道："我的主人想叫你们这两个法兰西英俊小生透露点你们的情况。"

第十五章

三月二日那天，齐娜和亨利是在森林里度过的。第二天她醒来后，发现伊莎贝拉的女儿与仆人们正在忙着打包行李：服装、床上用品，还有些房间里能搬得动的东西。一尊镀金圣母玛利亚雕像，做工非常精细，是杰弗瑞旅游时弄到手的，现在也已经用马背垫包裹起来，外面还扎了绳子。

"快收拾好你的东西。"伊莎贝拉说。"天一黑他们就来接我们走。"

夜幕降临不久，吉洛姆和两个侍从就坐着牛车来了。齐娜和伊莎贝拉的马夫一道，从房屋后的田野里弄来十六匹最好的马，并给其中的八匹马套上马鞍。侍从和仆人坐牛车，女人们和吉洛姆骑马，其余的马跟在后面。他们走的并不是从城里到城堡的那条大道，而是一条小路。先翻过一座桥，进入一片农田，再翻过一座桥，然后才慢慢地爬山。城堡就在山上。途中多次遇到哨兵，但骑在前面的吉洛姆知道口令，哨兵挥挥手就让他们过去了。大家跟在牛车后面，缓缓地往前走。随着山坡越来越陡，牛也感觉到越来越吃力，发出"呼哧呼哧"的喘息声。夜色深沉，四周漆黑，依稀可见的光亮是山上城堡墙上的火把照过来的，但是没过多久，连这点亮光也消失了，大家只能依赖牲畜的视力艰难前行。有时候，吉洛姆不得不下马牵住领头的牛笼套，拉着它往前走。其他人都一声不响，目光紧盯头顶。头顶上空，群星璀璨，看得人晕乎乎的。

大约走了五个小时，黑暗中一团暗影若隐若现。齐娜意识到，他们已经到了城堡后面了。牛车吱吱嘎嘎地穿过一座吊桥，城墙门缓缓打开。

借着火把的亮光，齐娜突然看见成百上千的兵士。在他们身后，吊桥重新吊起来，发出"咯吱咯吱"的声响，在四周一片寂静的情形下听起来声音格外地响。等到他们都进了城堡，铁门重新合上，十名士兵合力用一根大木棒给门上了栓。

一家人忙不迭地在胸前画十字，嘴里咕哝着"感谢上帝"之类的话。齐娜也照着大家的样子做，先前有人已经教过她了。大家下了马，把马交给马夫，跟着吉洛姆走进城堡的主楼。在齐娜看来，这个主楼比巴黎宫殿大多了。光楼梯的台阶就好像多得数不清，他们爬了一层又一层的楼梯，来到一间塔楼。墙上火把照着他们的脚步，他们最后来到楼顶（至少齐娜觉得已经是楼顶了），走进一间狭长的卧房，里面光线昏暗。从另外一个楼梯上来的侍从和仆人，已经在房间的一头铺床，边上有隆起的身影，看情形有人早就睡着了，但光线太暗，齐娜也弄不清楚睡的是些什么人。

一张饭桌上摆放着高高的瓷罐，一大摞面包，奶油，木碟子和饮水碗。镀金的圣母玛利亚雕像靠墙摆放着，栩栩如生，仿佛要将房间和窗外的一切尽收眼底。

"水是从西边的井里打来的，尽管放心地喝。"吉洛姆说着，又指给大家看洗手间在哪里，然后就走了。齐娜估摸着现在已经是凌晨三点了。不一会工夫，她就和大家一起进入梦乡了。

齐娜睡梦中依稀听到婴儿的哭声，但她真的已经筋疲力尽，哭声只是轻轻地划过她的脑海就又消失在夜幕之中。

她醒来后，发现大部分人都已经起来。有人已经打开百叶窗，春天的阳光暖暖地洒进房间。大家打着哈欠，伸伸懒腰，几乎每个女的一起来就直奔洗手间。这个洗手间可同时容纳三个人，里面倒也没齐娜想象的那么肮脏可怕，不知是谁还很有创意地弄了个滑轮吊水桶，可以轻而易举地从河里吊上水来，甚至还放了半打肥皂和几块干布。

从洗手间回到卧房，齐娜现在看清楚昨晚比她们先睡的人了：三个亚麻色头发的女郎，其中两个一看就是姐妹俩。这姐妹俩，一个怀里抱着个婴儿，婴儿看上去也就几个月大，包在羊皮毯子里；另外一个手里牵着个敦实的小男孩。第三个女郎的大腿上坐着个光屁股的婴儿。伊莎贝拉正和那个小男孩玩拍手游戏，男孩一头乱蓬蓬的卷发。

看着这些孩子，齐娜心里不禁"咯噔"一下：他们都是赤发蓝眼。伊莎贝拉把她介绍给母亲们，都是齐娜从来未听到过的名字。

"你们这些孩子叫什么名字？"她问道。

"亨利。"两个异口同声地答道。

"这个叫吉洛姆。"伊莎贝拉骄傲地说。

"你是谁？"小吉洛姆的母亲问道。

"她是从我老家来的，我的外甥女。"伊莎贝拉的语气很明显：别再打听了。这几个亚麻色头发的女郎意味深长地对着齐娜笑了笑，继续照看自己的孩子。那个坐在母亲大腿上的婴儿，有着他父亲一样的深蓝色眼睛，此刻明显对齐娜很敢感兴趣。他转动着小脑袋看齐娜，胖嘟嘟的小手向她伸开，圆乎乎的脸上笑眯眯的，还淌着口水。

"亨利喜欢你，夫人。"他母亲说。齐娜感觉心被揪了一下，仿佛被狐狸咬了一口。

吃过早饭，伊莎贝拉挽着齐娜的胳膊，领她穿过另外一道门，来到挡墙后的过道。从这里，她们可以眺望整个城堡。城堡建在山峰，或者说隐在山峰。它共有六座塔楼，呈六角形分布，每座塔楼占据一角。她们穿过各个塔楼，从塔楼上望出去，可以看到塔楼外的全景。鲁昂真的和巴黎一样大。放眼望去，整个城镇、主河道和各个码头，尽收眼底。"瞧那里！"伊莎贝拉说。"码头上一条船也看不到。商人们肯定已经事先知道即将发生的事情了。"

"犹太人住哪里？"齐娜问。

"仓库那边。他们会最先被抢劫，因为他们有金子。其次就抢我的，因为我的房子在鲁昂最大，而且他们也知道那是杰弗瑞送我的。"

"肯定是因为玛蒂尔达一推开窗外就看见你的房子,惹恼她了。"齐娜说。

"我还惦记着她的城堡呢!"伊莎贝拉尖酸刻薄地回答道。

伊莎贝拉很多次想问齐娜,她究竟是什么人?她以前从未遇到过希腊人,但是她知道,希腊人素有机智聪慧之美名。"再看看那群人!"

山下的道路上,徒步的乡村农民和城市市民,骑马的骑士和贵妇人,都从城镇中蜂拥而出,向城堡大门赶来。伊莎贝拉指着远处的一片林子说:"昨晚,法兰西人就在那里宿营。吉洛姆告诉我,他们计划包围我们,他们有不少弩炮。"

"他怎么会知道?"

伊莎贝拉耸耸肩,答道:"我们有内线。法兰西也在我们内部安插了人。"

她们继续手挽手闲逛,最后回到出发地,这里离河最近。在城堡脚下靠近河岸的地方,步兵已经拆除掉河上的桥。河对岸,田野茫茫,有些已经耕犁过有待播种。再往前面,则是山丘。"他们肯定也想从那个方向进攻。"伊莎贝拉说。"山丘后肯定有法兰西士兵。"城堡这边没有闹哄哄的人群,但是却聚集了许多士兵和战马,还有大量的武器。伊莎贝拉撩起腰间的丝绸裙带,在裙带里缝着一把锋利的刀片。

"如果路易夺取了城堡,齐娜,你别无选择。这把短剑的确很小,但已足够致命了。"伊莎贝拉说着把一只手搭在齐娜的耳根和手臂之间,然后用另外一只手从手腕处比画着割到肘部。"别横割手腕。那样血流得太慢。要直接从手腕处切割到肘关节,而且动作要快。战场上的男人反应都很快,而且力气很大。他们不会犹豫,下手很快。"

齐娜点点头,心里想着藏在靴子里的匕首。

"我们都会有这样的刀片。"伊莎贝拉又补充了一句。

"小孩怎么办?"

"小吉洛姆不会对法兰西构成威胁,所以他可以逃过一劫。亨利的孩子就没那么幸运了,尽管他们是私生子。我已经向亨利发誓,如果他们的母亲拒绝……过来,过来,喝点水。"她转身面向圣母玛利亚雕像。玛丽嘴角带笑,毫无惧色,灰色的眼睛中流露出发自内心深处的挚爱。"她会保护我们。"

雕像会保护我们?齐娜心中暗自嘀咕。

"我们人类不够明智,而且常常不能与人为善。"伊莎贝拉说。"眼前发生的一切都源自于路易对亨利的惧怕。我知道,在你们家乡,情况不一样。你们那里的男人为理想而战,当然也为上帝而战。但在我们这里,战争往往因人而起。作为男人,路易和亨利势不两立。"

她们彼此都心知肚明,不能去参加亨利的盛宴,也不能让公爵夫人知道她们在城堡里。仆人气喘吁吁地爬上楼,给她们端来一碟碟的肉,一摞摞的馅饼,许多蔬菜,还有一桶桶的酒。她们就在地铺上吃。吃之前,伊莎贝拉作为家长提议,"为新公爵干杯!"那几个亚麻色头发的女人也齐声附和,"上帝保佑他!"然后大家一起在胸前画了个十字。"感觉我们在坐牢似的。"有人说道。

夜幕降临后,吉洛姆来到她们的住处。"大家赶紧睡觉。"他对众女人说道。"法兰西人已经开始行动。我们的弓箭手在敌人发起进攻前要到塔楼就位。"他依次拥抱了母亲、妹妹和自己孩子的母亲,亲吻了所有的孩子,最后抱了抱齐娜,转身跑下楼去。

"我睡不着啊。"妇女们起先怨声一片。但是,紧张了一天,大家其实已经筋疲力尽了。等到黑幕当空、星光点点,住处已经鼾声一片。

齐娜做了个梦,梦见自己骑着阿拉伯母马拼命地逃,国王路易骑着那匹名叫佳森的战马跨过栅栏不停地追,眼见得路易巨大的身躯扑上她的那匹母马,晃得齐娜身体前后摇摆,几乎要喘不过气时,她一下子惊醒过来,却发现有个男人正摇晃她的肩膀。"夫人,快醒醒。"那个男人说道。

又进来许多男人,他们都身穿皮盔甲,随身携带着弓箭。天空依然漆黑深沉，宛如野狼张开的大嘴一样阴森恐怖。屋外的过道上已经燃起木炭炉，边上摆着许多口大锅和几十桶水。弓箭手陆陆续续爬上塔楼，有射手，也有专门负责背箭的。有个军官不停地发号施令，把这些弓箭手分组安排。人数最多的一个组安排在最上面，直接面对城区。第二组负责河道……

军官允许妇女和孩子们在边上充满钦佩地看着他的安排。城堡脚下的防御工事里，人头攒动。城堡一共有五道防御工事，层层收缩防守。借助火把的亮光，楼上的妇女、孩子只能看见城堡脚下士兵身上的盔甲在熠熠发光。不过，战马的嘶鸣声却听得很真切，伴随着马蹄声在夜空中回荡。浮桥也在吱吱嘎嘎声中又被放下来。然后就是鸟儿的歌唱声。整个林子变成了万人合唱的舞台。刹那间，天空变得灰蒙蒙的。"你们可以一直待到我们开始射击。"军官说道。

他抬起脚尖踢了踢一个弓箭手的腿肚子，问道："你看见了吗？"

"还没有。"

"蠢货！看那里，城郊那里，林子方向。"

齐娜凭感觉朝着鲁昂的方向看，黑乎乎的什么也看不见。又过了几分钟，她刚瞥见军官看见的东西，一轮朝阳从东方喷薄而出，不紧不慢地在将海岸上空柔软的云朵染得金黄。她终于看清楚射手们一直盯着看的东西：一台巨大的器械正缓缓地朝城堡移动，器械两边，成千上万的步兵也随之往前推进，在两边的外侧是骑兵队伍，里面飘动着五颜六色的旗子。朝霞映照着骑兵头上的铁头盔，发出一道道耀眼的金色光芒。

法兰西人很清楚，此刻他们已经暴露了。因为，刹那间，号角和锣鼓同时响起，成百上千的男人齐声呐喊，汇成声音的海洋。因为离得太远，趴在城墙后面看的人也听不清呐喊的内容，但是，他们能从每一声呐喊中听出对胜利的极度渴望。这一切在齐娜看来很美：壮丽而宁静的黎明，自由自在的鸟儿欢唱着迎接新的一天。

"吉洛姆告诉过我，我们人数上占下风。"伊莎贝拉说，"一比五。"

"亨利说路易像个修女。"不知哪个孩子的母亲插嘴道。

"大总管可不是什么修女。"伊莎贝拉嘟囔着说。

城堡脚下,诺曼底公爵端坐在战马上,对着他的军队发表演说:"诺曼底的勇士们!安茹的勇士们!缅因的勇士们!法兰西人无端进犯我们。作为我们的领主,他们玷污了我们神圣的信任。他们在我们的领地上烧杀掠夺。英格兰王子尤斯塔斯与法兰西狼狈为奸,助纣为虐。他的残忍,路人皆知。他将屠杀我们的女人和孩子。我们要为自己而战!为我们的女人和孩子而战!我们要奋起反击法兰西暴君!"

随后,他简单地下达了作战命令:别伤害路易。更不能杀死路易的坐骑。要活捉法兰西大总管。

"我们怎么知道哪位是大总管!"一名雇佣兵头目大声问道。

"他是骑兵中最高大的。他的旗幡,背景是黑色的,旗子上一轮明月映照着一条白色的河流。他是个伟大的勇士,千万别小瞧他。"

"公爵大人,"头目又高声叫道。"您的意思是,我们将杀掉所有人,除了国王和大总管。"

"对的。"

一个雇佣兵用弗兰芒语对同伴说道:"那就像喝酒一样容易。他们五个,对我们一个。"

"我打赌,傍晚时我们就能让他们屁滚尿流。"同伴不屑一顾地笑了笑,答道。

另外一位哈哈大笑,满脸不屑地说:"我赌中午就完事。"

亨利和吉洛姆先策马穿过浮桥,杰弗瑞紧随其后。然后是一组组骑士,每一组骑士都由一个男爵或者伯爵指挥,而且都有各自鲜艳的旗幡。

法兰西的弓箭手已经在最外层的防御工事区排成两大行,但还没等到法兰西骑兵和步兵整理好队形,诺尔曼弓箭手总司令就大叫:"开火!"箭头如暴雨般飞向空中,许多半途就折戟了。"开火!"总司令又叫道。这时,亨利率先从战壕之间狭长的过道上冲了下去,继而,吉洛姆、杰弗瑞以及其他诺尔曼骑兵也一起往下冲。一时间，战马奔腾，杀声震天，很快就传来兵器碰撞在一起的喊哩喀喳声。伊莎贝拉将女儿们揽在怀里，手指尖碰到了齐娜。

"我讨厌这个时刻。"她说。"我们的骑士穿越战壕时，我们的弓箭手搞不好会误射到自己人身上。"她闭上眼睛。"我们一起为他们祈祷吧。"

弓箭手指挥官此刻发话了："女士们，请到里面去祈祷。我们马上要开始射击了。"射手们已经跪在皮革垫子上做好准备，他们身边的装箭手忙着挑选箭——用弯曲箭杆，用大拇指试试羽毛和箭头，把没用的箭扔到一边。

齐娜抓紧时间看了最后一眼。可怕的器械已经推到了中途，现在却停了下来，歪倒在一边。那庞然大物好像可以一下子摧垮好几幢房屋。二十头牛正卖力地想将它拉正位置。"亨利昨晚让雇佣兵挖了个陷阱。"伊莎贝拉说。"他要让所有的法兰西人明白，他们的投石机根本无法发挥威力。"她敲了敲齐娜的手。"我们的亨利在雇佣兵身上花了一大笔钱。"

齐娜的脸上，一览无余地交织着惧怕、希望、爱情以及一些伊莎贝拉读不懂的情感。伊莎贝拉看着这张脸，心里盘算着要不要告诉她，只有富裕的妻子才能为亨利提供战争所需要的钱袋，才能使他成为英格兰国王。她不禁在心中暗自感叹，你的爱，足以令自己承受为妾的委屈吗？足以心甘情愿有朝一日被他厌弃吗？如果他成为国王，你或许会成为一个公爵夫人。他会把你嫁给某个权贵，只是为了与该权贵达成某种默契。……你要这种生活吗？你受过教育，出生于商贾家庭，自己也可以成为女商人，富甲一方，过自己想过的生活。吉洛姆的妹妹，玛丽，与齐娜年龄相仿，俩人现在已经颇为投缘。现在一起穿过房间，趴在城墙后。城墙下，一条小河悠悠流过。一大群法兰西骑兵正越过山坡。法兰西步兵也已经在河面上架桥，因为原先的桥已经被拆除了。弓箭手指挥官喊道："等他们把桥架好后再射击。把桥烧掉！"装箭手忙着在箭头扎布条，然后再把扎着布条的箭头浸到大锅的油脂里。油锅冒着黑烟，味道很难闻。时不时地有人将扎好布条的箭扔到大锅下的炉子里，布条"腾"地一下被点着了，吓得他又赶忙把它抽出来扑灭。指挥官看见齐娜她们俩，便大声嚷了起来："嘿，伙计们，两个漂亮姑娘正看着我们呢。谁射得准，谁就可以得到一个香吻。"大伙抬起头，看见了齐娜和玛丽，顿时开怀大笑：他们没机会成为达官贵人，但得到如此美人的香吻还是颇有机会。

"谁把桥烧掉我就吻谁。"齐娜说。

指挥官拍拍屁股："那可是你自己说的。"

"那我就吻那个帮他装箭的。"玛丽说。

"那座桥完蛋了！"大伙齐声叫道。

法兰西人花了两个小时总算把桥搭好了。这个时候，因为浓烟味道实在太难闻，齐娜和玛丽已经回到老地方，观看城墙外的主战场。战壕里的弓箭手和城墙后的弓箭手都已经停止射击，但是她们俩人却弄不清楚城墙脚下战场上发生的事。在那里，双方的步兵和骑兵已经短兵相接，鹿死谁手还很难说。诺尔曼弓箭手趴在地上，饶有兴趣地观看着搏斗场面，就像观看一场竞技比赛。他们似乎和法兰西的弓箭手们达成了默契。因为，这个时候，法兰西的弓箭手也懒洋洋地坐着观看战事。投石机还陷在陷阱里，似乎也已经用不上它了。一个年轻的装箭手跑过来，邀请齐娜和玛丽一起去观看大桥被烧掉。

五十来个法兰西步兵小心翼翼地走在新搭的桥上。"他们心里也怀疑我们正守株待兔，但他们看不见我们。"弓箭手指挥官说道。他的手下，双手都戴着手套，已经准备就绪。"开火！"总司令大声命令道。弓箭手不约而同地从各自的装箭手手里拿过点着了的箭，射向大桥。射完又射第二箭，接着第三箭、第四箭，……齐娜和玛丽如痴如醉地看着他们装箭、射箭。突然有人喊叫起来："着了！""快射马！"指挥官尖叫道。弓箭手都站了起来，一起向河对岸披挂得花团锦簇的战马射击。战马尖叫着往后退，有几匹马还是被射中烧了起来。齐娜用手捂住眼睛。骑士慌忙从马背上跳下地，想把马牵到河里灭火，但战马显然已经吓得晕头转向，难以控制。有几匹身上裹着火焰飞驰而去。许多法兰西步兵掉在水里挣扎。这些步兵，有些是为了逃火自己从桥上跳下河的，有些是桥断了后掉下去的。岸上的人竭力把靠近岸边的人拉上岸，但还是淹死了不少。会游泳的也就五六个人。还骑在马背上的骑兵一看情况不妙，纷纷掉头跑了，不是跑向城镇前的主力部队，而是退回到山林。不一会，步兵也相继带着伤员一溜烟地跑了。这时，离早餐吃完也就刚过去一个小时。

弓箭手指挥官犹豫不定地问道："我们能得到香吻吗？"

在难闻的浓烟中，齐娜和玛丽亲吻了几十张布满烟灰的脸。被亲吻后，士兵们忙不迭地在胸口画十字。齐娜突然有一种想抱头痛哭的冲动。

"礼轻情义重！"玛丽说。

"他们都是生活中的小家雀，给点恩惠就满足。"齐娜心中暗想。

"小伙子将永生铭记这香吻。"指挥官开口了。"可是我呢？"在大伙的起哄声中，齐娜和玛丽吻了他一下，那布满烟灰、饱经风霜的两片脸颊各得了一个香吻。

该干的事情暂时告一段落，指挥官开始迫不及待地告诉大家城外主战场上发生了什么。大家从城墙上探出脑袋观看，却发现下面乱哄哄的战场上见不着亨利那金黄色的旗徽。"不知道葫芦里卖什么药。"指挥官若有所思地自言自语。

伊莎贝拉在房间里走来走去，不停地搓手。"他们失踪了。"她说。"杰弗瑞，吉洛姆和亨利，都不见了！"

空气中飘荡着焦煤烟味，齐娜感到一阵阵恶心，烟尘遮盖的小脸煞白。那天早上刚戴的白头罩也已经灰不拉叽了。年轻的母亲们在圣母玛利亚雕像前挤作一团，笨手笨脚地把孩子的小嘴摁在乳房上要给他们喂奶。两个小亨利生气地将乳房拨开，号啕大哭。小吉洛姆也哭叫着乱蹬小腿。

指挥官说："我要再看看。"说完，他走到屋外和一个弓箭手小头目嘀嘀咕咕了几句，一起来到城墙后，先是朝一个方向指了指，点点头，然后又朝战场的另一个方向看了看，然后返回房间对女人们说道："据我的伙计判断，事情有点蹊跷。因为路易国王也不见了。战前我们得到命令：不准伤害国王，也不准伤害他的坐骑。但实际上，路易率领骑兵冲过来，新公爵、老公爵和吉洛姆大人马上将他包围起来，而且不断地侵扰他，似乎要置他于死地。这时一个高个子纵马过来，亨利公爵转身迎上去和他打斗。老公爵和吉洛姆大人继续袭扰国王。后来步兵元帅也加入了，与路易并肩作战。现在是二对二。然后公爵下马了。我伙计说，公爵看起来不像是被挑落的，而是他自己跳落马下。不管怎么说，公爵站在地上对那高个子法兰西人喊话，要他也下马。他还真的也跳下马。然后两个人就迎面走上前。不过，高个子真的比公爵高不少，我伙计判断他身藏暗器。"

除了齐娜，其他女人都吓得用手捂住嘴。

小头目极不情愿地插了一句："他们中有个人死了。"

大家沉默良久。伊莎贝拉打破沉默道："我来问问圣母玛利亚。"她闭上眼，一分钟不到又睁开。"死的不是亨利。"她很肯定地说。

"夫人，我们的看法不谋而合。"指挥官说。"因为那里斗得正酣。步兵元帅已经打疯了，当然我们的人也不示弱。他们肯定相信公爵还活着。"

"但是，这一老一小两个公爵眼下身在何处？还有我的儿子呢？路易国王又跑到哪儿去了呢？"

"的确让人摸不着头脑。"指挥官赶忙附和道。

此时此刻，亨利、杰弗瑞、吉洛姆和国王正坐在鲁昂城里一个废弃了的酒馆里。路易毫发未损，但亨利的腿上被划了一个口子，现在正流着血。吉洛姆额头上也被刀砍了一下，眼睛都肿得几乎睁不开了。杰弗瑞的前额叶被砍着了，血都把头发黏住了。但没有人感觉到疼痛。战场上没有疼痛。痛苦来自战后。

四个人都已经卸下盔甲，剑也一起堆放在一个角落里。一群随员，八个来自诺曼底，八个来自法兰西，站在房间四周。国王拒绝同安茹人一起在长凳上就坐，唉声叹气地独自坐在一边，时不时地用手擦拭眼中的泪水。

亨利朝一个手下人招了招手。"把它拿出去，找个袋子装起来。"说完，又用加泰罗尼亚语对父亲和哥哥说道："他已经为它流够眼泪了。"

军官用力抓住埃狄安纳·德·塞勒浓密的灰头发，把这个血淋淋的脑袋拎出门去。

侍从们打来两盆水，一盆给国王，另外一盆给安茹人。亨利将手放进盆里，水里顿时荡起殷红的鲜血。

路易洗完手，祷告了一句。

食物端了上来，路易不肯吃。"我要一杯葡萄酒。"他说。

亨利轻声问父亲："他不吃，我们是不是可以吃？"

他父亲说："国王殿下，你允许我们切开面包吗？"

路易用鄙视、厌恶的目光扫了亨利、杰弗瑞和吉洛姆一眼。"别饿着你们自己。"

亨利怒火中烧，但他只是盯住路易看了看，压下心中的怒火，心里突然想起自己舔王后两腿之间的情形。他看见国王面露怯色。不过那也可能是因酒而起。因为路易每喝一口酒，都要作出痛苦不堪的样子。

大家吃完后，国王又喝了一杯葡萄酒，才开始谈判。通过商量，亨利同意让他父亲为诺曼底代言，因为在路易看来，亨利还不是公爵。国王提出来的第一个要求就让大家目瞪口呆。

"你们必须把整个诺曼底和佛克森都割让给法兰西。"路易说。

亨利气极了，他父亲叫他到外面去。在外面，一群法兰西骑士正百无聊赖地闲逛着。

"你们的殿下不喜欢这里的葡萄酒。如果你们同意，我将派人到城堡去取些更合他口味的东西来。"

"取来了也要你自己先喝一口。"一个法兰西人说道。

"那是当然。"亨利招手叫过来帕西伯爵，对他低语了几句。伯爵骑上马，慢悠悠地跑走了。

亨利在外面走过来走过去，然后在路易的马边上停下来，用手拍了拍马背，问道："这马叫什么？"

"佳森，大人。"

"好马，对吧？"

"国王最钟爱的坐骑。是从外省带回来的。它所披戴的，那可是卡佩家族最华丽的：全身蓝色绸缎裹着，上面绣着金色百合花，铁笼套也镀了金，防滑钉用的都是绿松石。"

"马鞍也不愧是艺术品。"亨利说。他围着佳森转圈欣赏，马也用好奇、灵性的目光看着他，两只耳朵轮换着扑棱。马扑棱耳朵，说明它的注意力在集中，这点亨利很清楚。他回忆起驯马师的教诲，在脑海里构思图景：路易把佳森的缰绳交到自己手里，从现在起我就是你的主人了。接下来，脑海里就闪现出自己已经坐到马背上去的模样。

"你知道马完全蒙住眼睛也能看清东西吗？"他对最靠近自己的一名骑士说道。

"不知道。"

踢他。亨利将这个意念传递给佳森。马抬起一条后腿踢了出去。

大家都惊叫起来："嗨，嗨，稳住，小伙子。"

"他渴了。和我们一样。"亨利说。他坐在地上查看自己身上的伤口。"大总管伤的。直接砍到了我的大腿上。"他的口吻，依旧像刚出来时那样漫不经心，脸上依旧和颜悦色。后来，他索性披头散发地仰面躺在地上。

法兰西人脸色可不那么好看，阴沉着。其中一个说道："你本来完全可以饶男爵一命。"

亨利眯着眼睛打量着他们。"他使用暗器。"

他们一下子显得很局促。昨天晚上，他们在商量战事的时候，国王准许大总管携带暗器。

亨利闭上眼睛，看起来要打个瞌睡。过了一会，其中一个法兰西人说道："大人，你刚经历了激战。你不想到里面的长凳上去睡会吗？也可以叫个侍女打点热水为你洗洗伤口。"帕西伯爵走了近一个小时，可还没将国王那可口的葡萄酒取来。

"你们是想赶我走开吧。"亨利说。"好吧，我回里面去。"

在屋子里，杰弗瑞和国王已经同坐在一张饭桌上，他们的智囊团分坐在他们各自左右。杰弗瑞看上去心事重重，路易则显得居高临下、自鸣得意。起码在亨利看来是这样的。

"他不肯在佛克森的问题上让步。"吉洛姆告诉亨利。"而且他还威胁要烧毁鲁昂城堡。"

"难道这蠢货看不出来战事对我们有利吗？"亨利低声回答。"他率领骑兵冲过来时，不管是你还是我，都有无数次的机会将他斩落马下。我们只是装装样子，并没真的要伤他，只是想给他留点面子。我们还没有正式投入战斗呢。"他们用加泰罗尼亚语交谈着。

"亨利，你无疑和大总管打斗了。"

"我把他骗下马！我知道他腿脚不利索，到了地面他不可能是我对手。"

吉洛姆不理睬他的吹嘘。"路易说他们人数上占优，战胜我们只是时间上的问题。"

"我们已经捣毁了他们的投石机，还俘获了他们的四个高级官员。他们只是抓走了我们两个要员。而且，说到底，鲁昂是诺尔曼的城堡，路易现在不是还在鲁昂吗？"

"你可不能乱来，亨利。"吉洛姆说。"大家说好了的，这个酒馆是中立地。"

"那也只是酒馆里面是中立的。"亨利说。

这时，杰弗瑞对他俩叫喊道："你们两个不闭嘴就滚出去。亨利，事情很麻烦。你想要当合法公爵。他想要佛克森。"

"就是说，如果我在英格兰得手，他就要拿走诺曼底！下一个目标是拿走安茹！"亨利叫喊道。

杰弗瑞站起身。"陛下，请允许我和儿子谈几句。"

路易傲慢地挥挥手，示意他请便。

几个人走到小酒馆的另一角，一个法兰西人无法偷听到的地方。他们一离开，法兰西人几个脑袋立即凑在一起，开始飞快地商谈。似乎，他们也需要在谈判中找个间隙商量一下。杰弗瑞开出的赎金，简直是狮子大开口。法兰西要想赎回他们被俘的高级官员，要花一大笔钱。还有大总管的尸体该如何处置？亨利已经命人将大总管的尸体藏在城堡里，路易却急切地想弄回来。他要给埃蒂安纳一个体面的葬礼，将他和法兰西其他伟大的大总管葬在一起。

亨利对他父亲和兄弟说道："我们必须开诚布公地谈谈，不要遮遮掩掩。要相互敞开心扉。"

"我赞成。"杰弗瑞说。然后他突然用加泰罗尼亚语喊道："亨利，最难战胜的敌人是你自己。我一直平心静气地在和路易商量，而你莫名其妙的鲁莽——"

亨利打断他的话："算了吧，父亲。我根本不相信路易，他说话就是放屁。他就是耍阴谋的家伙，给英格兰提供钱，让斯蒂芬掌权。他还是个无用的懦夫。你和他的老婆像猴子一样发情的时候……"

杰弗瑞的脸都气紫了。他"腾"地一下跳起来，伸出拳头要揍亨利。"闭嘴！我不会放过你！我，我……"

吉洛姆在桌子底下狠狠地踢了亨利一脚，踢得亨利大叫起来。

"你踢到我的伤腿了。"随后他飞快地说道，"对不起，爸爸。我真诚地道歉。请原谅我！"

"我们都冷静点。"吉洛姆说道。

他同时拉起父亲和兄弟的手。有那么一刻,他们仨就这么默默无语地坐着,手连着手,各自耷拉着脑袋。

最终,亨利抬起头。"我们还是要谈清楚。"他捅了捅吉洛姆的胸口,用干仗的语气说道:"父亲,你不觉得我把大总管的脑袋砍下来干得漂亮吗?一下,就一下!"

"我当时都快吓死了。"杰弗瑞余怒未消,仍旧对亨利侮辱埃莉诺耿耿于怀。"你自说自话都计划好了,也不跟我事先讲一声。我们本来可以拿他来赚一票。他老婆比赛伯伊女王还有钱。"

亨利的心思不在于此,他还沉浸在击败大总管的喜悦之中。"我砍下他的脑袋,就像道格拉斯取那撒克逊人的首级。"他大声喊道,激动得两眼发光。

酒馆另外一头的法兰西人已经停止商议,正扭头看着杰弗瑞父子。

"一群无赖。"路易说道。"听听那小子跟父亲说话的口气。如果我用那种口气和我父亲说话……"他叹口气,心里不禁又想起埃蒂安纳。

亨利对杰弗瑞和吉洛姆叫喊道:"你们两个真的该进修道院。娘们兮兮的。"他用拳头在桌子上狠狠地砸了一下。

"他们似乎已经达成一致了。"路易说。"相互叫喊,踢来踢去,推推搡搡……"

亨利低声道:"爸爸,我们还要再讨论一会。再忍忍。跟我说点中听的吧。"

杰弗瑞说:"不管怎么说,我爱你。我也希望我自己能明白这究竟是怎么回事。"

"外面吵什么?"吉洛姆问道。

"别去管它。"亨利低声道。然后他缓缓地对杰弗瑞摇了摇头,用法语不容置疑地说:"我遗憾地告诉你,父亲,我不能接受这样的条件。"

说完,他站起身。杰弗瑞和吉洛姆对视一眼,也站起身。三人步调一致地走回到国王身边,一起朝国王鞠躬。"国王陛下,"杰弗瑞说。"我们不能同意您的要求。"

路易一身不吭地转过身，背对着他们。

父子三人穿上盔甲，戴上头盔，各自拿上自己的剑，走了出去。

听着他们的脚步走远，路易说道："这小无赖不知道我们又有了一架投石机，而且还有一千骑兵已经就位了。明天，尤斯塔斯将带着他的骑士从布伦赶来。今天晚上，我们的人也将会越过西北面的城墙。"他第一次露出了淡淡的微笑。围坐在用作谈判桌的长凳边，法兰西人相互交换着会心的眼神。

外面突然吵闹起来。

"怎么回事？"路易询问道。

说话间闯进来一个人，带着满脸的恐慌。"诺尔曼弓箭手包围了整个酒馆，陛下。而且佳森也被偷走了。"

"他们背弃了停战协议。"路易叫喊起来。"他们这帮背信弃义之徒。"

兰斯伯爵赶紧劝他冷静下来。"国王陛下，他们是背信弃义之徒。但眼下我们怎么办？他们的弓箭手会把我们都干掉的。"

刚才闯进来报告消息的人说道："他们要求陛下再在这里待两个小时。"

"我们能闯出去吗？"

"那等于是送死。"

"我们能收买他们吗？"

"可以试试。"

"试试！"路易说。"他们都是些有奶便是娘的雇佣兵。"

但是，兰斯伯爵刚试探着走出酒馆，朝着手持弓箭瞄着大门的弓箭手走过去，大家都听到城那边传来的喧嚣声。

此时，亨利正骑着佳森穿梭于法兰西队列。他脚蹬在马镫上，站直身子，蒙着头，高举着剑叫道："法兰西士兵们！我已经俘获了你们的国王。如果你们不相信我的话，就看看我胯下骑的是不是你们国王的那匹马。"

法兰西军队顿时骚乱起来。"他们俘获了我们的路易国王。"

战场两边的法兰西弓箭手和诺尔曼弓箭手,不约而同地抓起弓箭站起来。"我一箭射穿他的脖子。"一个法兰西弓箭手说。诺尔曼人都瞄着他。亨利策马来到法兰西弓箭手和他们的战地总司令之间。

"法兰西的官兵们,放下你们手中的武器!你们的国王在我的手里!我骑的马就是他的。"亨利高声叫道。

战地指挥官也高声喊道:"这是个阴谋!他们正在谈判!继续战斗,法兰西的官兵们!"

但是法兰西的官兵都盯着诺曼底公爵看。只见公爵的红发飘洒在脑后,公爵本人正骑着他们国王那装扮华丽的高头大马。

亨利来到战地指挥官身边,近的几乎可以一把抓住总司令坐骑的马笼头,然后迎面对指挥官叫喊道:"你会从我手里得到路易的首级。法兰西现在连继承人都没有。"

指挥官拉下面罩,脸都吓白了。"你要弑君?"

"你们无端进犯我们。路易背信弃义,有违我们神圣的信赖。我可以杀他。"亨利高声回敬道。"你们法兰西将成为无头苍蝇。"

战地指挥官气得说不出话来。

不过,他还是转过身,示意弓箭手放下手中的武器,然后依次示意骑士和骑兵都放下武器。

"你们的武器和马匹,诺曼底都没收了。"亨利高喊道。"我命令你们放下所有武器。骑士们,下马。"

吉洛姆和杰弗瑞骑马跟在亨利身后重复着命令,诺曼底的士兵也随声附和。"放下武器!赶快下马!"千百个声音高呼。亨利对战地指挥官说道:"把你的剑给我。马上给我!"

战地指挥官把剑递给亨利,其他官兵也纷纷将自己的武器扔到地上。战场弥漫着死一般的沉寂,人们能清晰地听见铁器碰撞时的"咣当、咣当"声,连骑士下马时的喘息声和偶尔的抱怨也听得一清二楚。战地指挥官也准备下马了。他脸色铁青,眼泪很不争气地流了下来。亨利饶有兴趣地看了一下刚得到的剑——金色的剑柄上镶嵌着青金石。

"是祖传的吗?"亨利问道。

"我祖父从耶路撒冷带回来的。"

亨利把剑还给他。指挥官呜咽着说:"我算是彻底抬不起头了。"

"别太在意。"亨利说道。"我也是靠耍花招赢的。"

战场指挥官已经站在地上,抬头看着亨利。"你知道吧,我曾祖父追随福尔克那个黑……你说你靠耍花招赢的?"

"是啊。不过,我怎么赢的已经不重要了。结果是,我赢了。"亨利拽过指挥官骑的马,将它交给自己手下的一名骑士。

和吉洛姆一起骑马穿过吊桥时,亨利说:"今晚他们会烧掉这座城镇的。也可能是明天。"

"我们能阻止吗?"

"毫无可能。"亨利说。"我们人单势薄,一比十。"

"你以前说是一比五。"吉洛姆反驳道。

"一比五听起来感觉好一些。"亨利回答道。他转身看着吉洛姆,哈哈大笑。

第十六章

路易让人放火烧了鲁昂以及沿线的其他九个城镇和村落。当然，都烧得并不彻底。因为，大家纷纷从藏身之地冲出来，为保卫自己的财产而战斗。身强力壮的男人，手持叉子、锤子、长柄的斧头，驱赶纵火者。法兰西士兵用随身暗藏的匕首杀掉了一些人。但是，诺曼底和佛克森的居民一旦显示出同仇敌忾的气势，法兰西士兵就退缩了，倒是诺曼底和佛克森的人信心大增，欢欣鼓舞，对新公爵的敬仰也与日俱增。纵然他们失去了居住地，却赢得了抗击暴虐霸主的胜利。

齐娜陪着伊莎贝拉母女站在城墙后，眼睁睁地看着伊莎贝拉家的房子火光冲天。伊莎贝拉家的房子，还有大教堂，是鲁昂最大的建筑，都是用石头砌起来的。"我们将来可以重建它。"伊莎贝拉说。"但愿房梁还在。"

第二天下午，路易的军队开始往南行进。伤亡还不算惨重：双方都死了大约三十来个人，当然受伤的人员不少。不过，法兰西骑兵的损失要比诺曼底严重，在武器、战马方面损失巨大。四名被俘的大臣将要一直被亨利扣留，直到赎金送到才会放走。两名安茹伯爵也将被路易带回巴黎。依照惯例，国王准许两个伯爵与他们的属下告别。亨利也允许他的俘虏依此惯例去做。

几天之后，伤痛还在渐渐愈合，亨利就迫不及待地带着俘虏一起去狩猎了。法兰西人很开心，没想到诺曼底的猎物这么多。"早知道你这里的狩猎这么好，我就该打得更卖力些。"阿让特依的男爵对亨利说道。

安茹的两名伯爵被带往巴黎,杰弗瑞一点也没觉得难过。相反,他还有点开心,因为,其中一个是他的挚友,还会讲奥克语。不过,对于诺曼底军队的损失,老公爵(在路易眼里,他还是公爵)可比亨利要担忧得多。如果不是因为路易痛失大总管后掉进所谓的谈判陷阱里,杰弗瑞确信,法兰西是完全可以依靠人数上的优势取得这场战争的最后胜利。亨利偷走路易坐骑的时候,另外两百名步兵和一些骑兵已经从法兰西出发,坐船向诺曼底开来。

亨利不知道,杰弗瑞已经通过渠道和法兰西沟通。理查德·德·熊雷男爵给路易传递了一个消息,为了换取和平,同时为了路易国王认可亨利的公爵身份,亨利愿意割让半个佛克森给路易。

在战略、战术的运用方面,父子俩发生过多次争论,而且总是僵持不下:杰弗瑞确信路易必胜无疑;亨利虽然也极力想避免战争,但一直十分小心地为战争做着准备。而一旦战争不可避免,他便义无反顾地坚守一个信念:我要赢得胜利!

与熊雷分手前,杰弗瑞交给他一副精致的皮革手套,手套是猩红色的,适合于一双小手戴。"但愿你能平平安安地把它送到。"杰弗瑞说。

仗打完后,塔楼房间里的女人连着四天没见到自己的男人。在这期间,齐娜和玛丽用热水洗了澡,还洗了好几遍头发,头发里的油脂味道也洗掉了。仆人将她们的衣服熨好,靴子擦亮。但是,闷在屋子里不能出去,这都快把她们逼疯了。她们在城墙后的过道和角楼的楼梯上比谁跑得快。那个年龄稍微大一点的小亨利的母亲,塞丽娜,是个雇佣兵头领的女儿。她几乎每次都跑第一名。齐娜拿出随身带着的小玩意儿——海绵、磨光石以及装着细沙子的小布包。细沙是她从君士坦丁堡带来的。她用这些玩意替其他女人拔眉毛,修指甲,去脚皮,还动作麻利地转动两根细线替她们去除腿上和腋下的汗毛。她说:"我还能替你们去除……"

"我来。我不怕。"塞丽娜自告奋勇地叫道。

伊莎贝拉找来两块布,一块遮住圣母玛利亚雕像的脸,另外一块遮在自己的脸上,但其他的女人却没啥反应,睁眼看着究竟怎么回事。塞丽娜长一声短一声地叫唤着。不过,与其说她因为疼痛而叫唤,不如说是因为新鲜的刺激感。她和她父亲一样,有着铁一般的坚强意志。

困在屋子里整整一个星期后,杰弗瑞、亨利和吉洛姆终于"咚咚咚"地跑上楼来看她们。男人们激动地喊叫着冲进屋子。仆人背着家具和许多好吃的东西,气喘吁吁地紧跟在他们身后也跑进来。空气中荡漾着欢声笑语以及对女人美貌的赞叹,当然也不忘相互拥抱致意。齐娜暗想,不知道玛蒂尔达本人能否感受到这一切。吉洛姆的眼睛发紫,亨利的腿上打着绷带,腿还有点一瘸一拐的。杰弗瑞额头上的伤口上裹着一块亚麻布。他们把孩子抱起来抛到空中,然后,吉洛姆一把拉起自己的女人,就近钻进一个角楼。两个小亨利的母亲,塞丽娜和阿黛尔似乎并没有什么不满,尽管亨利只是敷衍了事地抱了抱她们,并在她们的额头上吻了吻,然后抛下她们带着齐娜出去了。他带着她出门来到城墙后,听见吉洛姆和他的女人正在楼梯间里做爱。

"我们什么时候呢?"亨利问道。

齐娜心里一紧。她的呼吸一下子急促起来。"我不知道自己是否行。"

他一下子将她顶到城墙,抓起齐娜的双手摁在齐眉的墙上。"在我心里,我无时无刻不在和你并肩战斗。我内心激情似火。我为你而战!只为你!我已情难自己。"他退后一步,眼睛盯着她说:"事已至此,不可逆转。"

齐娜暗自纳闷,为什么事已至此不可逆转呢?慢慢地她回过神来:在他心里,自己就是他的战利品。他用勇气赢得了我。

她无言表达她的感受:他已经完全征服了她。在她的成长过程中,没有哪个男人会舞刀弄棒,可她却亲眼看见他挥舞着一把双刃斧头砍向臆想中的脑袋。"我从未见过如此粗野残忍的男人,却又如此地让人魂牵梦紊。"她喃喃自语道。"你杀人,可不知为什么,在我心里你还是那么地完美无缺。"她神色窘迫。"你身体里散发出来的味道让人陶醉。"

"你是爱我的,齐娜。"他欣喜若狂。他开始吻她的手腕,吻她的脖子。她想躲闪,但身后是两百米高的城墙。他一边亲吻她,一边说道:"有个好消息,母亲明后天就要离开。说你爱我。"

"我爱你。"她低声说道。

"让我吻你。"

一阵忘乎所以的狂吻后,齐娜感觉如梦初醒。"我们什么时候同枕共裘呢?"她痴痴地问。

他头靠在她的肩头,她感觉到他的眼泪滴落在自己的脖子上。"很快,很快。让我尽情地哭一会。此时此刻,我感到幸福无比。"

房间内,饭菜已经摆好。坐在地上吃了那么多顿饭,这些女人终于可以坐在板凳上吃饭了。男人们七嘴八舌地向大家描述发生不久的战况,绘声绘色地描述亨利如何用计骗过弓箭手,同时也不忘得意洋洋地提及缴获的战马和武器。"我可以把债务还清了。"亨利说。"四年来欠的债都可以还得干干净净。我的犹太朋友现在都爱死我了。他们的仓库虽然被烧毁,但那都是些空仓库。他们的商船都完好无损。"

他们一遍遍地举起酒碗庆贺。塞丽娜颇有酒量,不停地和男人们比赛着喝。每干完一大碗酒,大家就"通"地一下把碗顿在饭桌上,等着仆人再斟满。最后,伊莎贝拉不得不出面阻止仆人再给他们倒酒,对女人们说该去找奶妈给小孩喂奶了。塞丽娜摇摇晃晃爬到草席上倒头便睡,其他母亲也都凑到她身边去休息了。

"感谢上帝!"杰弗瑞说。"我还以为她不把我喝到桌子底下不罢休呢。"齐娜吃饭过程中早就注意到,杰弗瑞的情绪不像他的儿子们那样高。路易不愿承认亨利为公爵。他说:"因为我的宝贝儿子不肯割让佛克森给他。"

齐娜,一方面是真心为亨利着想,另外一方面也是因为多喝了几杯,斗胆说道："我有个办法来解决这个问题。"其他人都开始竖起耳朵听她讲。"我们可以做两次交易。我们通常称之为'以退为进'。首先，用佛克森换取公爵爵位。这样亨利就顺利成为公爵。然后再和路易谈购回佛克森。我那个贩马的伯伯过去常用这个法子。这可能会费些周折，但最终，可以同时得到公爵爵位和佛克森。"

"我告诉过你们，"亨利说。"齐娜非常聪明。吉洛姆，我没跟你说过吗？"

"说过多次了。"吉洛姆答道。

杰弗瑞听得很入神。有伊莎贝拉在场，杰弗瑞总是小心谨慎，不让伊莎贝拉看出来，他早就认识齐娜。此刻他忍不住说道："齐娜，你来自希腊商人家庭，在有些问题上，商人的确比我们这些贵族敏锐……"

"我们要和他们通婚。"吉洛姆插话道。杰弗瑞在桌子底下踢了他一脚。

"但是，如果说巴黎是头，那么，佛克森就是脖子。谁控制了佛克森，谁就扼住了法兰西的咽喉。我们有什么路易想要的东西，来和他谈交换佛克森的条件？"杰弗瑞问道。

"只有安茹，缅因和诺曼底——其次还有英格兰。"亨利说。

齐娜不理睬亨利，继续说道："佛克森可以成为嫁妆。路易有个女儿。"

"他已经将女儿许配给一个可怕的小伯爵。"亨利说。

吉洛姆说："如果他有第二个女儿，亨利，你可以让她嫁给小杰弗瑞，或者小威廉。这样就可以通过嫁妆弄回佛克森，就像齐娜说的。"

亨利开始集中注意力。"我听说，"他说道。"法兰西王后又怀孕了。"

吉洛姆脸色大变，顿时沉默不语。除他之外，其他人都板着脸。齐娜看着这些一本正经的脸，心中暗暗发笑。

"估计什么时候生？"杰弗瑞问道，语气有点不耐烦。

"九月份。我敢打赌，肯定又是个女孩。"

"你凭什么打这样的赌?"伊莎贝拉问道。她隐隐感到谈话的气氛不对,已经暗流涌动。她的语气很严厉。

"那场婚姻本身就该死。"亨利和吉洛姆齐声答道。

"血缘关系太近了。"吉洛姆又添了一句。"这可是教皇说的。"

"也不能说太近。"伊莎贝拉转身对亨利说。"比如说,亨利和王后的血缘关系就比王后与路易之间的要近。这就是为什么伯纳德神父禁止我们的亨利和埃莉诺女儿结婚的原因。"

亨利和吉洛姆同时倒抽一口冷气,眼神都转向齐娜。

"怎么了?"齐娜说。

"我刚赢得诺曼底的时候,"杰弗瑞漫不经心地说道。"那时候,通过联姻来结束我们家族与卡佩家族之间的战争,也不失为一个很好的想法。但是,正如伊莎贝拉所说,伯纳德神父说路易斯是王后的第五个表哥,而亨利是第四个。"

"那么你呢,爸爸?"亨利问。

"我也记不清是第四还是第五了。"杰弗瑞含糊其辞地答道。

亨利嘟囔着骂了一句什么。齐娜一直坐在亨利身边,在桌子底下握着他的手。此刻她突然尖叫起来:"有东西咬我的脚趾头。"从桌布下冒出一对恶魔般亮闪闪的小眼睛。

男人们像猎狗追赶野兔一般地站起身来,吉洛姆和他父亲奔向一扇门,亨利直奔另外一扇门。还没等吉洛姆和他父亲赶到门边,从外面走进来一个年轻的高个子男人。

"快坐下,亲爱的小伙子。"杰弗瑞招呼道。"我想这里的人你都认识吧。除了,或许……"他看着齐娜。因为是家庭聚会,齐娜和屋内其他女人一样,也没戴头罩,乌黑浓密的长卷发,裹着周正的脸颊,披散在她的肩头,一直垂到腰间。

"我的外甥女,来自加泰罗尼亚,巴洛尼萨·马努拉家族的。"伊莎贝拉说。

"巴洛尼萨·马努拉家族。"青年杰弗瑞拖着声音重复了一遍,似乎要把这个名字印入脑海。"我从没想到加泰罗尼亚的女人也如此俊俏。我还以为伊莎贝拉已经艳压群芳了呢。"

杰弗瑞说:"马努拉,这是我和公爵夫人生的第二个儿子。我妻子很给我面子,以我的名字给他取名。"

"你好!"齐娜生硬地用拉丁语问候道。

男孩拉起她的手,弯腰鞠了一躬,他的腰挺得非常直,举止做作,一副巴黎大臣的做派,但他那浅灰色的小眼睛却一直没有离开过她。他的黄头发螺旋般地披落至肩头。齐娜看得出来,这头发是经过仆人专门卷过的。他穿着一件红葡萄颜色的坎肩,腰间围着一根金光闪闪的皮带,衬托出那小巧的臀部。齐娜感觉到自己的脸一阵阵发热,红得像那红葡萄颜色的皮带。

"我对你的口音很好奇。"他用法语说道。

吉洛姆和亨利盯着楼下看,看看有没有其他不速之客。看了一会,又慢慢地回到桌前,讨厌地看着青年杰弗瑞。

"我要踢掉你这猴子的屁股。"亨利说。

汉布里已经躲到角落,蜷缩着身子,眼睛不停地东张西望,似乎有点心怀叵测却又迟疑不决,不知道接下来该咬谁。它缩了缩脑袋,又摇晃了几下,胡乱地叫唤了几声。

屋子里突然出奇地安静。

"坐下吧。"他父亲邀请道。

年轻人皮笑肉不笑地用拉丁语答道:"谢谢,不用了,父亲。很显然,我坏了你们共享天伦之乐的气氛。"

他大步从饭桌走开,走到年轻母亲们身旁,在两个女人的脸上摸了摸。三个女人瞪着他。他对另外一个点点头,扭转身原路走了出去。汉布里一路小跑追上去,纵身跳到青年杰弗瑞那骨瘦如柴的肩膀头。

"总有一天我会宰了这畜生。"亨利说。

"有尾巴的畜生还是没尾巴的?"塞丽娜躺在那里醉眼蒙眬地问道。

"我们再喝一杯葡萄酒吧。"伊莎贝拉大声提议。

杰弗瑞对齐娜说:"这孩子被几个教会里的家伙带坏了。他这种年纪,很容易受人唆使。我们怀疑他已经……"

亨利接口说:"已经被法兰西收买了。"

那天晚上,玛丽和齐娜并肩躺在地板床上,手挽着手。"你爱上亨利了?"玛丽问。

齐娜叹口气:"他太有魅力,尤其是内在的魅力。"

玛丽说:"青年杰弗瑞一直莫名其妙地嫉恨亨利。他总是千方百计地给他制造麻烦。"

"比如说?"

"如果他发现亨利和你相亲相爱,他就会想尽办法对你使坏。"

"亨利不会饶了他。"她喃喃自语道。

"你对亨利如此信任,说明你是真心爱上他了。"玛丽低声说道。但是齐娜已经坠入梦乡。

公爵夫人坐马车前往巴夫勒前线,所有人,包括整个驻防部队的高级将领,都来到城堡的大教堂,参加了庆祝胜利的弥撒聚会。公爵夫人精力旺盛,体格健壮,本来完全可以骑马去巴夫勒。况且,坐马车也颇为让人难受。但她还是选择坐马车。因为,坐马车显得更有气派。马车的帘子上绘着苏格兰的白色独角兽。玛蒂尔达觉得,独角兽比她父亲那咆哮的狮子要精致多了。三年前,亨利从英格兰丢盔卸甲地跑回来,还坚持要将狮子作为他的旗徽,她就和亨利争吵了一番。玛蒂尔达认为,既然她有资格使用独角兽作为纹章,而且英格兰国王大卫为亨利加冕了骑士,亨利理所当然应该用独角兽作旗徽。"除非你真的建功立业了。"她说。

"待我建功立业之时,我要让狮子旗幡遍布大地。"他对她叫喊道。

尽管青年杰弗瑞抗议说,他已经十五岁了,可以独自留在鲁昂,但玛蒂尔达还是坚持,让他和其他小孩一起随她前往巴夫勒。"战后多有不测之事。"她说。"驻防部队整天喝得酩酊大醉,还把下流女人带进营地。况且,有些尸体要煮掉,有些尸体要埋掉,还有那些带伤的……"

"许多你讲的事情都已经存在了。"青年杰弗瑞反驳。"到处都是臭烘烘的。"

"没错。这不利于你们小孩的健康。"

掉了脑袋的男爵被扔到锅里烹煮了,一直煮到肉和骨头分开,仆人才用钩子将骨头从飘满浮渣的沸水里捞出来,再用白色的亚麻布包好放进一个篮子里。尽管臭气熏天,青年杰弗瑞还是兴致勃勃地观看了整个过程。男爵的尸骨要送到他遗孀的手里,同时送去的还有两封安慰信,信写得很客气,新、老公爵各写了一封。俩人都在信里竭尽所能赞颂了大总管的勇猛以及对法兰西和国王的忠诚。亨利还添了几句话:"男爵夫人,是我杀了你的丈夫。他一眨眼的工夫就死了,没有痛苦,也没有受到羞辱。我希望将来你能与我相安无事。"

两位公爵一直看着尸骨装进一辆牛车,然后才转身走进底楼的一间小房间,房间里摆放了长沙发、扶手椅和一张写字台。整个公爵府,这儿是最让人亲切的。人一走进去,就会感到无拘无束,任由思绪飞扬。里面有扇窗,透过窗户可以看见马厩的场院,将那里的马匹尽收眼底。父子俩悠然自得地看着马儿跟在马夫后面遛弯,马厩的小厮则忙着收拾马厩。

杰弗瑞叹口气:"和平!如果能让我们的心灵得到安宁,那该多好。"

亨利心里明白,父亲又在思念王后了。为了让父亲转移注意力,亨利说道:"你跟我说过,多年前你见过男爵夫人,那时她很讨人喜欢。"

他父亲的情绪一下子高了起来。"如果当时我再执着一点话,她是会和我睡觉的。但是,她太保守了,长期蜗居在勃艮第,对宫廷风流一无所知。对了,谁告诉你说王后又怀孕了?"

"一个内线说的。他也是从宫廷御厨那里听来的。据那御厨说,有个希腊人命令他制作专门的饭菜。是给怀了男孩的王后专门准备的。你下的种?还是路易的?"

"我也不知道。我倍受煎熬。相信她也不好受。一想到她正受煎熬,我就更加痛苦。"

亨利心里暗自嘀咕:"爸爸,我们原本是想在宫廷里安插一个消息灵通的间谍,而不是在王后身体内安插个继承人。"他心里是这么想的,嘴上却说:"孩子九月份生。那么,米迦勒节前,我们就可以控制住法兰西了。"

他一屁股坐到沙发上,双手捧着头。兴高采烈地赢取了一场战争的胜利后,他总是会有一段时间出现情绪低落,短则几天,长则数月。"我们的英格兰都快撑不住了。一两英格兰羊毛也没运到安特卫普,因为羊毛商人害怕了,不敢到英格兰去卖。锡矿、铜矿也都关闭。大家都无法无天,明年肯定会闹饥荒。到时候我得到的将是一个饿殍遍野的国家。"

杰弗瑞还在那里痛苦地呻吟道:"我起初想和她睡觉,只是想为我们弄个一流的间谍。我甚至还想过,以为她是苏格故意安排引诱我的。但是我当时抱着一个信念:不是死亡就是荣耀。"他又加了一句:"现在我想得到死亡。"

"爸爸,别再说了。"

"亨利,我真的想死。我活着的唯一理由就是再次将她抱在我怀里。"

"抱抱我吧。"亨利说。像小时候那样,他走过去坐在父亲的腿上,双手搂住杰弗瑞的肩膀。

"我们究竟都怎么了?"杰弗瑞问道。"我们过去总是爱那些在战场上生死与共的战友,当然有时也爱我们的家人。我们从未指望要爱我们的妻子,尽管有些丈夫有此荣幸。我们和女人逢场作戏。现在一切都颠倒了。就像行游诗人所唱的,一切崭新的圣地,都将献给圣母玛利亚和玛格德琳。世界变了……亨利,你快把我的腿压断了。"

亨利站起身。"母亲说我很瘦。"

"我们都瘦得像猎狗。你,吉洛姆,还有我。现在你母亲走了,我可以和伊莎贝拉待上一个月。我只想和她同床共枕,水乳交融。塞丽娜和阿黛尔呢?"

"我打发她们回家了。"

几天来杰弗瑞第一次放声大笑起来。"这么说,围攻了九个星期之后,齐娜这座城堡被你攻下了?"

看着亨利的脸一下子红了,杰弗瑞更加开心。

整个上午,杰弗瑞一直在积攒勇气,想要告诉亨利,自己和玛蒂尔达已经为他物色了两个合适人选来做他的妻子。两个候选人都嫁妆丰厚。一个是日耳曼公主。这肯定会把路易气得够呛。如果能将这怒气运用好,没准能说服他接受亨利为公爵,也许还会放弃对佛克森的非分之想。因为,一旦安茹、诺曼底和日耳曼结成联盟,无疑是在法兰西的脖子上套了一根绳索。路易肯定不愿看到这个结果。牵制住路易的最好办法,就是先让他知道这种联姻的意向,然后自己再出面劝说亨利放弃这桩婚姻。这样一来,路易肯定会感激他杰弗瑞,也就会认可年轻人做公爵。乃至有可能放弃佛克森。"很不幸,"玛蒂尔达已经挑明。"据说公主蠢得像花园里的蜗牛,还有人说她长得像癞蛤蟆。另外一个候选人外表就更有魅力,钱也不少。"

"却毫无政治价值。"杰弗瑞当时就说。

"我们得谈论一下你的婚姻大事了。"杰弗瑞说。

"我没意见,但不是今天,爸爸。"

亨利给齐娜安排的住处,可以眺望窗外的河流。一百年多来,公爵们都为高贵的客人备有套间。套间都装修得很考究,妆点着丝绸、天鹅绒和锦缎，有的深红，有的紫红，有的则是银灰色，现在都已经有点暗淡陈旧。自从与英格兰开战以来，再也没钱更换装饰了。亨利穿过套间，指尖划过那些华丽的纺织品。一张大床，罩着一块厚厚的黑布，因为床上铺着祖辈传下来的物件，需要避免阳光的照射。他一把扯掉黑布，眼前顿时一亮：淡紫色的云彩下，满世界的鲜花、蝴蝶、金鱼、桃子，还有一些叫不上名字但看起来非常可爱的水果；一床绣花被子，里面的被芯，既不是羊毛也不是羽毛，而是成千上万根蚕丝。上面绣着巧夺天工的图案，让人不由地相信仆人们传诵的故事：这是仙女们织就的。一个来自东方商人将它献给了狮王亨利一世，此后就一直没离开过这个套间。亨利在套间里逛了一圈，又继续盯着那迷人的床罩看。他感到自己置身圣地。这个套间，里面的装饰以及他将要和齐娜一起睡在上面的床，所有这一切似乎都散发出难以言喻的能量，既饱含此生的实在意义，又灌注了另一世界永恒的神秘色彩。

亨利领着齐娜走进套间时，阳光正从西面穿过敞开的窗户照进来，照得房间里原本微微发光的织品直晃眼睛。齐娜停下脚步，呼吸一下子急促起来。她太清楚了，他们来到了一个与外面喧嚣世界隔绝的地方，一个回荡着原始语言的地方。恍惚间，她感到乐声在耳。亨利一声不吭地引她来到床前。他们只是脱掉各自的鞋子，就并肩躺倒在丝绸绣就的云彩上。齐娜开始捕捉空中飘荡的乐声，过了一会，她幽幽地哼出声来。那是犹太教妇女在某些节庆日在犹太教堂里哼唱的曲子，同时又伴随着亨利呼吸的韵律。她哼唱着，彼此渐渐地感到与山川河流、鸟兽飞虫融为一体。他们既体会到鹅卵石和田鼠的微弱心跳，也感受到老虎的饥饿。太阳落山后，卧室里黑乎乎的。拉结和亨利从水乳交融的梦幻般仙境中重返人间。他的背垫着个枕头靠在床后的墙上，而她则端坐在他大腿上，两只玫瑰色的脚掌绕在他的屁股后，互相搓揉着。窗外，一轮放荡的月亮挂在西天，在他们的肌肤上洒下柔弱的银色月光。

他们连着五天足不出户。每天，仆人给他们送来食物，放好洗澡水，生好火炉。

有时候,他们相拥依偎在窗口,欣赏河流两岸旖旎的风光。河对岸的田野上奔跑着一群骏马。有天上午,他们看着这群骏马,亨利说:"瞧,那匹阿拉伯母马正跑在佳森旁。它们已经交配了。"拉结集中注意力看了看,发现正是那匹灰色的母马陪伴着路易的坐骑,时而啃草,时而在田野撒欢。其他母马只能干瞪眼,不敢靠前。"我希望她已经怀上了小马驹。"亨利说。"我也希望你怀上了。"

"别胡说!你知道我是要回安特卫普的,回到我舅舅身边。"

"你绝不可能再回安特卫普了。"他说。

他用嘴堵住她的嘴。每当他要自行其是的时候,他都是用这套方式来阻止拉结的抗议。

"你难道不想和我在一起吗?"

"我已经担惊受怕了两个月。每当窗户吱嘎作响,我就怀疑是不是外面有人正等着劫持我。我要和我自己的人在一起。我要在适合我自己的社会中生活。我要……"

"什么?一间小屋?一个小男人?一群小孩子?"

他扳住她的肩膀轻轻地晃了晃。"拉结,醒醒吧!你从家乡带出来的梦想结束了,你现在是和我在一起。我们已合二为一。"

她哭了。"但是,亨利,我们来自不同的世界,而且我不喜欢你的生活。你这种生活,危机四伏,充满杀戮,战事连绵。"

他放声大笑。"除了笑傲死亡,还有什么能展现男儿崇高情怀?"

她无言以对。她父亲跟她说过,暴力是邪恶的。此前她也从未多加深究。但眼下……

那天傍晚,夕阳染红了卧房,亨利承认:"我不遵守骑士规则,砍下大总管的头,其原因都是因为你。为了你,我甘愿玷污自己的荣誉,拉结。而且我毫不后悔。你就是我冲锋陷阵的动力。我必须活着!我只有获得胜利才能将你拥入怀中。爱情也是一种崇高的情怀,不是吗?因为爱情需要付出，真心换真心。"他微微一笑，叹了口气。"爱如磐石，生死相许！"

拉结低声吟诵道："将我烙在你心房，宛如星星伴月亮；爱情催人老，妒火胸中烧！"

"你是我心中的烙印。"亨利说。"永不磨灭！"

❧

"她可是个身无分文的犹太孤儿。"第二天早上，吉洛姆突然发作起来。"我们只是她的保护人！我这就去找拉比，请他替她找个老公。我们可以给她一份像样的嫁妆。她也可以在鲁昂住下来，没准她老公也能容得下你……"

"不！不行，不行，不行，绝不可以。"亨利说。"一想到她和其他男人睡在一起，我就会嫉妒得发疯。他们还没走出犹太教堂，我就会把他们都杀掉。"

"那么给她找个不中用的老头？"

"不行，就算是老得像玛士撒拉那样的也不行。"

"那你问我干什么？"吉洛姆说。

"我要你娶她，而且还要向我发誓不碰她。"

"你这头猪！"

亨利点点头。"为了事业必须付出代价。"

吉洛姆长叹一声。"亨利，我们为什么活着？生命的价值何在？"

"责任。"亨利说。"我的责任就是成为一名头领，一个好牧羊人。为那些看不清前途的人指明前进方向。心灵卫士引领我的志向。"

吉洛姆沉默不语。"你说的也有道理。"过了一会他说道。"但我不会娶齐娜。不管她是拉结还是马努拉。是你爱上了他，你自己该去劝说她做你的情妇。"

第十七章

卡莱尔城堡的大厅，离城堡的审讯室也就几分钟的路程。在被押往审讯室的路上，尤斯塔斯王子的翻译官埃尔伯德明白，自己的舌头到了审讯室就没了。那个即将扯掉他舌头的人，虽然戴着面罩，但埃尔伯德心里清楚，他来自英格兰和苏格兰交界的西南地区。埃尔伯德懂那地区的方言。"放过我的舌头，我就让你鸡奸。"埃尔伯德孤注一掷了。

结果他的孤注一掷奏效了。这个南方佬不仅笑纳了他的提议，而且没过一个月就开始给他带些吃的。埃尔伯德察言观色，等候牢头放松警惕。有天深夜，机会终于来了。牢头将拨火棒落在火炉边。埃尔伯德以迅雷不及掩耳之势抓过拨火棒，狠狠地砸向牢头的咽喉，随即逃走了。

数月之后，他才从苏格兰跑回到尤斯塔斯身边。一路上他风餐露宿，尽量走山路。为了躲避豺狼和劫匪，晚上他只能睡在树上。自从苏格兰国王大卫与英格兰国王斯蒂芬开战以来，劫匪也越来越多。一天夜晚，他刚从卡莱尔城堡跑出来不久，他听到有人骑马过来，听口音是苏格兰高地人。当时他就躲在他们头顶的树上。埃尔伯德身上藏着一把偷来的匕首。当时他就想，我可以向豹子一样猛扑过去。但高地人却叫喊着"亨利，亨利，这边走"，然后他们就朝着另外一个方向走了。

他又冷又饿的时候，再次想起这种死里逃生的场面就更加痛苦不堪。一路上要弄点吃的，很不容易。即使是寺院，也很难拿出东西来接济饥肠辘辘的乞讨者。放眼望去，耕地荒芜，几乎看不到什么农作物。边塞将领情愿一把火将大片成熟的麦子化为灰烬，也不愿拱手让给对手，对手当然也以同样方式进行报复。被杀戮的牛羊和马匹,横尸旷野。每到夜深人静,就有人出来赶走狐狸,有时候甚至是野狼,它们总是跑来抢夺横尸田野的动物肉。

埃尔伯德就从动物腐尸上找些还能吃的东西,有时候就偷点,偶尔也杀过人。过得最轻松的,是秋天那几个月。那时,他加入了一个演出班子。这个演出班子带着一头来自远东地区的熊,在各个村子间游走。熊的体格很大,比穿着盔甲的骑士还高大。班子里有鼓手,有会钻圆环的,有会倒立行走的。有几个跳舞的女人,专门跳低级庸俗的舞,边跳边撩起裙子露出大腿。埃尔伯德的工作,就是发挥他懂多门外语的特长,劝说农奴、农民和流民,让他们的狗袭击熊,跟他们打赌说,熊肯定抵御不了狗的轮番攻击。这些人不知道,熊的爪子用铁片加固了,熊身上从下巴一直到后腿都额外包了一层皮,做工很精细,一般人看不出来。那些不断攻击这张假熊皮的狗被铁熊掌击中,纷纷毙命。

表演结束后,赌注收拢起来——一些鸡蛋,一对鸟或一大杯牛奶——演出班子就又换个地方去表演。死了的狗就拿来喂熊。

埃尔伯德渐渐地喜欢上了这一行。但是有一天,出于好奇,他把从森林里一个女劫匪那里换来的毒药喂给熊吃。熊顿时咆哮起来,口吐白沫死了。埃尔伯德只得离开演出班子,上路继续寻找尤斯塔斯王子。

❧

从法国归来后,尤斯塔斯整个夏天都猫在他的城堡里恢复元气。春天过得倒霉透顶,接着又在苏格兰国王大卫的勇士们那里碰了一鼻子灰。

付了赎金之后,威廉·瓦尔特回到英格兰。尤斯塔斯以叛国罪逮捕了他,没收了他剩下的所有财产,还将他打入土牢。六个月后他死在土牢里。

尤斯塔斯早就以为埃尔伯德死了,对他不抱任何幻想。那天一个年轻人抵达他的城堡门口,说自己是埃尔伯德,尤斯塔斯勃然大怒。他命令立即逮捕这个冒名顶替的人,并将他带到跟前来。

"把我密码官破译的大卫王密码写下来。"那个光着脚、已经饿得半死的家伙被拽进来后,尤斯塔斯对他吼叫道。"给他一根炭笔,让他写在地上。"

那个邋里邋遢的家伙犹豫了一下,迅速写出密码。

"叫我妻子过来。"

康斯坦丝是路易的妹妹,同时也是布伦的女伯爵,她盯着趴在石板地上的怪物看了看。

"是埃尔伯德!"她说。埃尔伯德一把抱住她的脚,蓬乱的头发盖住了她的丝绸鞋。这个贵妇人身子抖了一下,但忍住没有抽身离开。

"孩子,你怎么来到这里的?"尤斯塔斯问道。

"殿下,我历尽苦难。但我忠心不渝,必须回来为你效劳。"

"带他去洗个澡。"尤斯塔斯命令道。然后又对埃尔伯德说:"你肯定有千言万语要说,但现在先去洗个澡,吃点东西。"

埃尔伯德吃过饭,洗了个澡,换上干净的衣服,又接受了医疗。他在医疗室里待了四个月。他全身都溃疡了,伤口上都长蛆了。仆人都不敢靠近他,以为他得了麻风病。但是转眼到了秋天,医生说王子可以召见他了。

"那么,埃尔伯德,"尤斯塔斯开始问道。"你不在我身边的这些日子,哪些方面长进了?"

年轻人身心都已经得到康复,虽然个子偏矮,但也算得上英俊,苍白的眼神既狡诈又充满机智。

"我掌握了一种毒药,老爷。"

"从谁那里学来的?"

"山里人。他们懂草药,知道怎么把野草、野果子、草根甚至动物的某个器官混在一起来制药。他们掌握这种制药的方式,也是为了以防万一,比如说偶尔吃错了什么要人命的东西。这里面有大学问。……"没必要再说下去了，因为他的主人已经笑逐颜开了。

尤斯塔斯当场郑重宣布，埃尔伯德将是英格兰最了不起的人之一。他将赐给埃尔伯德爵位。年轻人的言谈举止尚需严格训练，但在才智方面，在为了某一事业而全身心投入方面，那真的是无人匹敌。他父亲就是个高级教士，曾在罗马与亨利·布罗斯一同学习。亨利·布罗斯是国王斯蒂芬的弟弟，现在担任温切斯特教堂的主教。亨利·布罗斯轻易不肯恭维他人的学问或才智，但是他对埃尔伯德的父亲却大加赞赏。他曾对尤斯塔斯说："他本来可以成为我们的大主教，甚至可以成为第二个英裔的教皇。……可惜他品行不端。这孩子像他。六岁的时候就被他母亲扔出门外，对此我毫不奇怪。"

尤斯塔斯觉得，除了才智出众，埃尔伯德还具有许多有助于王子的品质性格。

"你要精益求精，孩子。"尤斯塔斯说道，语气又怜又爱，埃尔伯德感动得泪光闪闪。"我们的兄弟，法兰西人雇佣伦巴第的人来制毒药。伦巴第人在这方面已有上千年的传统了。但在我们英格兰，我们的技术很有限。你能改变这种被动局面，我的孩子。你能改变历史。"

当天晚上，尤斯塔斯对他妻子感慨道："我很高兴埃尔伯德又回到我们身边了。"

"他碰到我身体的时候，我鸡皮疙瘩都起来了。"康斯坦丝回答道。"倒不是因为他邋里邋遢和病怏怏的样子。而是因为他身上附有蛇的精灵。"

"你怎么察觉到的？"

"我当时血都冻僵了。"她说。"我当时就是感觉有条蛇在我脚上。"

她丈夫很开心。"你的洞察力太棒了。埃尔伯德就是条毒蛇。他将成为我的投毒人。"

康斯坦丝叫喊起来："不，尤斯塔斯！我们不能雇佣投毒人！圣经和母教都禁止的。"

王子心里清楚,他妻子性情酷似她哥哥,国王路易。俩人都笃信宗教,政治上目光短浅。"圣经大部分时候都禁止流血。"他回答道。"可我们的主教们带着武器驰骋沙场,为了不让自己血溅战场而大开杀戒。我觉得,这个道理同样适用于投毒者。"

在英格兰,王公贵族已然开始公开对国王斯蒂芬和王子尤斯塔斯说三道四了,指责他们将英格兰搞得乌烟瘴气,国将不国了。这些话传到王子耳朵里,令他愤怒不已。

"你要对谁下手?"她问道。

"那个安茹人。"

他无需告诉埃尔伯德确切的名字。这孩子已经意识到这人是谁了。

与王子的谈话结束后,埃尔伯德踏着轻快的步子穿过走廊,回到了自己的住处。这是一间与其他仆人房都隔开的屋子,宽敞明亮。屋内放着一张桌子,墨水瓶、羽毛笔、羊皮纸一应俱全。屋内还有一处专门睡觉的地方,上面额外铺了一张羊皮,因为这个时候晚上已经很冷了。他主人说过,为了让他的技艺更加精湛,他可以使用那些老猎狗或者猫做实验,甚至牛和羊也可以,只要这些牛羊都已经老得不行了。冬天渐渐来临,食物逐渐匮乏,许多动物已经奄奄一息。

又过了几个礼拜,埃尔伯德要求与王子再次密谈。"我想用人来做实验。"他说。

第十八章

一听说埃蒂安纳死了而杰弗瑞还活着,埃莉诺的担惊受怕、焦躁不安顿时烟消云散。路易从诺曼底归来,她身穿一件深红色银丝滚边长裙等候在过道上,比往常更显千娇百媚、楚楚动人。路易从宫廷院子里穿过,耳边传来阵阵欢庆胜利的音乐,还伴随着四十个乐师的歌声:

英雄,欢迎您回家乡
面对凯旋而归的国王
王后的心房跳得很狂

面对王后精细准备的欢迎场面,路易感觉羞愧难当。
"我狠狠地教训了那帮恶棍一顿。"他说。"提醒他们谁才是他们的主人。"
但是,王后的轻松并未能持久。每当她在院子里散步,看着河对岸自由自在的渔民,她就想到法兰西岛和在巴黎的宫殿,觉得自己仿佛乘坐着一条灰色的怪兽船,陷入泥潭,永无出头之日。她想到林子里去骑骑马,可路易不让去。她的肚子一天天大起来了,但也没大到让她看起来臃肿不堪或者无法爬上马。她劲头十足地穿行在宫廷院落及其附近的公园,把那帮陪伴她的宫廷贵妇甩在后头,让那些男卫士追随自己左右。有天上午,来到一片花圃,一名卫士问她是否愿意与一位高贵的囚犯见上一面。该囚犯就是在诺曼底作战中俘获的理查德·德·熊雷男爵。

她心头一颤。她想起来,杰弗瑞视熊雷为可信赖的知己。她也知道,熊雷已经分别与路易以及新任大总管商谈了好几个小时。新任大总管是埃蒂安纳的大儿子,一名彬彬有礼的骑士,有胆有谋,一点也不像他父亲。每次熊雷男爵与国王、大总管见面后,总有书信往来于巴黎和诺曼底,或者巴黎与安茹之间。都是有关赎金的。王后猜测。

"让他来见我吧。"王后说。

见面后,彼此先以拉丁语问候,又用法语寒暄了几句,最后男爵转用奥克语说道:"我认识您父亲。那可真是个爷们儿!写得一手好诗!"

他开始吟诵她父亲的诗。边上的人都瞪大眼睛看着,竖起耳朵听着。她也附和着他一起吟诵,甚至还唱出其中两行:"纵然思念令我撕心裂肺,我仍满怀希望,期盼那天的到来……"

她驻足观赏一朵玫瑰。"三朵玫瑰花,说尽人间事。"她对着玫瑰喃喃自语。"我要毁掉你们。"

她示意那几个安茹妇女过来,叫她们去带上她那两只猫。"带上巴斯特和赛客美,我们一起在花园里走走。他们喜欢追逐那些小鸟。"她说。

男爵说:"尊贵的王后,您能在诺曼底问题上劝劝你丈夫吗?除非解决了这个问题,否则,我们之间共同的朋友就无法自由自在地追求他的幸福。他整日忙于那些烦人的行政事务,其实他内心多么渴望……"他弯下腰。"我想这是您掉落的,殿下。"他手里拿着一只猩红色手套。她一把抓过去。理查德·德·熊雷递给她另外一只。

她平静地问道:"有没有一个叫齐娜的希腊人的消息?她本来是我的贴身侍女。她还活着吗?"

"活着,殿下。而且,恕我冒昧,活得像您一样,不过没您这么自由自在。"

王后停下脚步,一只手按在心口。"感谢上帝!"她说。"我一直为她祈祷……"

卫士们远远地看着,这时有个卫士开始走过来。王后轻轻地挥了挥手，让他走开。

"她现在是谁的?"她低声问道。

"年轻公爵的。"

"啊，不可能!"她喘着粗气说。"他强暴了她?"

"根本不是那么回事。他爱她，胜过爱自己的右胳膊。他说，她已经成为他生命的一部分。"

王后的气喘得更粗了，还用一只手扶住了自己的腰。"你是我生命的一部分。"杰弗瑞也这样对她说过。

"殿下!"

"没事。肚子里的王子刚才突然蹬了我一下。再给我说说齐娜的事。"

"为了他，亨利拒绝谈论婚姻大事，也拒绝其他小妾的陪伴。他父亲现在已经一筹莫展了。"

埃莉诺沉默了，一副忧心忡忡的模样。过了一会，她说:"今天下午我们下盘棋? 国王在布伦打猎，我的女伴们都喜欢玩十五子棋。"

尽管天气温暖，王后回到住处后还是一个劲的抱怨天气太冷了，命令仆人再在卧房生起火炉。来到密室，她慢慢地从手套里掏出杰弗瑞的信。将信的内容铭刻脑海后，她把这两张羊皮纸扔进火炉。信上所写弄得她脸颊红扑扑的。

"祈祷一经焚烧，就能快速升至天堂。"她对身边的贵妇人宣告。"当然，我怀的子嗣身心健全。"

"阿门。"她们齐声祈祷，各自在胸口画了十字。

那天下午，王后与男爵在图书馆下棋。"安静!"埃莉诺命令那些唧唧喳喳的女人。这帮女人将十五子棋盘挪到远一点的地方，但是，时不时地就会有只猫跑到棋盘上，把她们的棋子扒拉到地上。

男爵用手指捏着个小卒子，举棋不定。"我对小卒子情有独钟。"他说。"它们让我想起孩子们。或者婴儿们……眼下，我是否可以当它是国王的小卒子，将它摆在那个地方? 或者也许……我应该将它放在车旁?"

"我亲爱的男爵，"她回答说。"我也希望自己可以帮帮你。但是我无能为力。而且，你自己也心不在焉，我准备将军了。"这时，那帮下十五子棋的女人又开始气急败坏地对赛客美大喊大叫起来，王后赶紧抓住时机低声说道："年轻的亨利必须给路易点什么。他的马被偷走了，的确让他颜面扫地。现在街头巷尾都在谈论这件事，甚至有人还把它编成歌谣，这对他的名声打击太大了。比起埃蒂安纳的脑袋，失去自己的坐骑佳森更令路易恼火。"

平心而论，埃莉诺本人并不希望亨利继承诺曼底。她倒是希望他死于非命，比如伤心而死，得热病而死，淹死，或者随便什么原因，反正能让他死就行，以此来惩罚那天晚上他所做的恶劣行径。但是，她是个很现实的女人，知道除非事情圆满解决，否则和诺曼底的战争将会持续。遥想当年，北欧海盗兵临巴黎城下，法兰西国王被迫将现在的诺曼底这块地区割让，来保全巴黎不受重创。现如今，安茹、缅因，甚至可能还有布列塔尼半岛都已经和诺曼底结成联盟，谁能保证他们的后代不战胜卡佩家族？关键是，只要战事不休，她就无望见到杰弗瑞。

两个星期后，一群骑士从吉索斯越过诺尔曼边界，希望从这里能够安全穿越法兰西岛。在这里，他们发出去一个大包裹。包裹一层层包扎着，先是用麻布，然后用亚麻布，再用锦缎。包在里面的，是佳森的披挂，还有一封信。信上写着：

> 诺曼底公爵杰弗瑞携儿子亨利致意他们的主人法兰西国王路易：我们谨此请求陛下接受这副披挂。该披挂发现于鲁昂城外的橡树林里。它显然只适用于皇家坐骑。

这封信是由文书用优雅的拉丁文写就，信的四周还用树叶和花朵勾画了花边。信上还有两个蜡封印，一个是字母"G"，另外一个是字母"H"。

路易收到后不禁苦笑。他把男爵找来。"我要拿回马的其他东西。"他说。他眯着眼睛看蜡封的首字母。"他们签字用的羽毛很奇特。"他又说。趴在他肩头的埃莉诺心里清楚,没有哪种羽毛笔能写出这么深的印记。他们是用匕首尖刻的,你这个笨蛋!

不久,蜡封了同样签名的第二封信就到了,说有个山里人看见一匹骏马在河边游荡。我们将竭尽全力抓住该马并专门请一名骑士押送归还给您。

"叫他们把马鞍也还给我。"路易对男爵说。他转身对埃莉诺说:"他们终于慎重对待谈判了。"

用诺曼底换一匹马?她心里暗想。路易,你真是个笨蛋。做了国王就得意忘形、忘乎所以,虔诚信教又使得你自己看不清男人面目,也不解女人风情。心里虽这么想,可埃莉诺还是当着熊雷的面温柔地吻了吻路易。"你真是个宽宏大量的国王。"她说。

男爵很快就要被释放了。他冒险替她带了两封信给杰弗瑞,一封夹在帽檐里,一封藏在一篮子鹌鹑蛋里。他心底暗自感慨,难怪(不过也稍有点遗憾)他亲爱的朋友会陷入王后的情网。她有着迷人的外表,机敏的头脑,不仅令人销魂夺魄,还和他父亲——威廉公爵一样放荡不羁。据说,他父亲可以将鸽子从树上骗下来,凡是有几分姿色的女人,一旦被他看上,能守身如玉不被他搞到手的,还真没有。

米迦勒节到了,王后没生。到了十月,王后产下一女婴。路易哭了。王后筋疲力尽地躺在路易的臂弯中,也哭了。"法兰西怎么办?"她泪眼婆娑地问道。

她丈夫合拢双手祈祷:"我们要继续奋斗!"他说。他已经将伊拉兹马斯大师从医学行会的岗位上撤下来,专门伺候王后的月子。"你以前的工作干得不错。"他说。"我的王后还会怀孕的。"

"那是当然的,国王陛下。你妻子身强力壮,风华正茂。"医生回答道。

埃莉诺怒视着他。"你说过我会生儿子的。"她说。但她心里清楚，自己再也不会为路易·卡佩生孩子了。我要离婚。我要得到自由。事实上，自从埃蒂安纳死后，宫廷卫士长奥古斯丁已经对她怀恨在心。尽管她并不真的以为会被毒死，但有几次她还是要求奥古斯丁先尝尝她的食物。

王后临盆的日期和婴儿性别传到鲁昂，亨利的心情和他父亲一样，也是百感交集。杰弗瑞很失望，婴儿不是自己的，但同时他又感到很欣慰，路易还是没有继承人。没有继承人，国王就不能总是拖着不承认亨利为公爵，否则就难免授人以口舌，说他太不通人情了。

"除非他想再打一次。"亨利说，竖起眉毛询问父亲。

佳森和诺曼底、安茹的一百多头母马交配后，亨利就将它还给了路易。诺曼底气候温润多雨，草原富饶，是养马的好去处。实际上，除了不太适合种葡萄，其他的农作物都很适合在这里耕种。等到第二年春天，流淌着佳森血统的第一批小马驹就将产下。亨利心里很清楚，用不了几年，他马厩的马就会胜过路易的，斯蒂芬和尤斯塔斯的马加起来也比不上他的。齐娜陪在身边，亨利在马厩转来转去，仔细检查他的骏马。"这是我们经济实力的基础。"他说。"正如你是我快乐的源泉。"

这个季节，正是捕捉山鸡的好时候。为了让父亲开心，亨利建议一起去狩猎。鲁昂四周的牧场相当平静，偶尔会有橘黄色的树叶从枝头悄悄飘落。他们穿过一小片森林，来到一处开阔地。这种地方比较适合让他们要捕猎的鸟儿腾飞。林子里，空气湿润，蘑菇和长在树干上的其他菌菇散发出淡淡的腐臭味。在这样的环境中信马由缰，令人心旷神怡。他们拴好马，带着两个放鹰人，十条猎狗，三只猎鹰和三只苍鹰，继续前行。

就这么走了一会儿，杰弗瑞开口说道："她写信来，说她渴望我，一想起我们在一起的时光就让她想纵身跃入塞纳河。我相信她现在真的讨厌路易。她的签名是'囚犯'。"

他坐在一个长满苔藓的树桩上。放鹰人和猎狗已经向猎鹰翱翔的那片蓝天下冲去。杰弗瑞将头埋在手掌里。

时间一点点地溜走，亨利意识到父亲在哭泣，便蹲坐在他身边。"爸爸？"

"她告诉我一个秘密。"杰弗瑞说。"路易铁了心要她再生个孩子。他坚信她能为他生个继承人。但她已经从一个希腊医生那里学会如何避孕，因此她确定，用不了多久，她就能如愿以偿地赢得离婚。教会也不能永远让法兰西没有继承人。主教们必须做出让步。"

"可这是好消息啊。"亨利说道，眼睛紧盯着父亲一抽一抽的肩膀。

最后，杰弗瑞抬起头，饱满开阔的脸颊上依然挂满泪花。"亨利，"他说。"你知道的，一个富有的女单身必将身处险境。她一旦离婚成功，就会有其他猪猡劫持她，逼着她嫁给他。她必须有个丈夫来保护自己。可我却不能。"

杰弗瑞的目光紧盯着亨利，盯得亨利很不自在。亨利似乎意识到什么，他正准备开口，杰弗瑞就跳起来捂住他的嘴。"别说话。"他命令道。"听我说完。"他又哭了一会。"亨利，整个欧洲只有一个勇猛无畏的人可以保护她。那就是你，而且……"亨利猛然挣脱，但他父亲一把抓住他的头发。"而且，有了埃莉诺的财产做陪嫁，你将几乎控制了整个法兰西。"

亨利扭转身，飞快地穿过林子跑开了。

一条猎狗找到他后，他又拖着沉重的步子跟着猎狗回到刚才离开的那个树桩那儿。猎鹰和苍鹰都已经喂过食了，嘴上罩上罩子准备返程。树枝上挂了大约四十只山鸡，够全家人以及驻防部队的高级将领吃了。见到亨利无精打采地走过来，杰弗瑞就对放鹰人说："把这些山鸡带回到厨房去。我和我儿子还要在林子里再享受享受。"

他们并肩而行。亨利说:"我的回答是'不'。"

"为什么?"

"她显然还没有告诉过你我喜欢什么。但是,事实上我们彼此讨厌对方。"

"别胡扯了。"

"爸爸,我向您坦白。那天晚上我见到她后,我对她做了些很不体面的事情。我不仅残酷地杀了哈姆林,我还想杀了侍女。我对她很不敬。我当时气昏头了,我……做得很差劲。你问她自己吧。"

杰弗瑞默默地往前继续走了片刻,时不时地摘一朵蘑菇嗅嗅,然后说道:"亨利,我知道你已经如痴如狂地爱上了齐娜,日夜思念着她。但是,儿子,你要知道,她只不过是君士坦丁堡宫廷里的一个奴隶。尽管她被卖身为奴非常不幸,但是你不能娶她,尽管你是真心想娶她。你不能既想当英格兰的国王又要娶一个曾经为奴的人为妻。"

亨利说:"父亲,请不要再对齐娜说三道四。"他握紧了手里的匕首。

杰弗瑞坐下来,又哭了。他心想,这都是我的错。我知道,英雄难过美人关,他一旦找到一颗纯洁温柔的心,就会不能自拔。"上帝啊,帮帮我吧!"他喃喃自语道。他又想起当年是如何蛮横地让玛蒂尔达怀上孩子的。他心里清楚,从他和玛蒂尔达制造亨利的那一刻起,就已经在亨利的心灵里注入了躁动。

亨利把匕首重新放回鞘内。

"我只道出了一半真相。"杰弗瑞说。"我刚才谈的只是政治与权力。但我的真实想法是这样的,亨利。我自己不能娶她。这一点,我们彼此都心知肚明,我们的教会决不会同意我离婚。但我又不能容忍其他的男人拥有她。任何其他男的都不可能像你一样为我所爱。我要你替我娶了埃莉诺。"

亨利走开几步,吐了。

杰弗瑞说:"拔出你的匕首。"他把左手放在匕首的刀口上。"我以此发誓,"他说。"一旦埃莉诺归了你,我将永远不再碰她。我决不再见她,决不再和她讲话,决不再给她写信。我将与她永远一刀两断。我以我的生命起誓。"亨利走过去抱住父亲,彼此能听到对方"咚咚"的心跳。"如果我不遵守誓言,我愿死在我自己的手里,或者死在你的手里也无怨无悔。苍天可鉴!"

他抬头看着秋日里高大的树木。亨利也顺着他的目光看过去。"它们听见我的话了。"杰弗瑞说道。

亨利心想,她背叛过一个国王,难保她不会再背叛一个。但关键是,我们彼此厌恶对方。父亲拒绝承认,他这是在引狼入室。

已经过了晚饭的时间,树的倒影也越来越长。他们骑上马,掉转马头回家。"我们可以找个其他时间再讨论吗?"亨利问道。"比如说,等她获得了自由?"他觉得还应该再解释得明确一些。"爸爸,齐娜并不真的是齐娜,她是拉结,阿弗拉姆的后代,是安条克前拉比首领的女儿,法兰西的骑士不仅杀害了她父亲,还杀害了她家里其他人。"

杰弗瑞勒住马。"我就知道她身上有故事。这么说,她会替你生个犹太人?"

"当然不会。"

"你和她谈过这件事吗?"

"还没有。但我相信她会同意我的孩子接受洗礼。"

杰弗瑞说:"亨利,女人一旦做了母亲,就变了。有这么一句老话:少女做了母亲,就不再有少女情怀了。"

亨利的脸色一下子变得很难看。"拉结是我心上的烙印。我们已心心相印,合二为一。我们只有一个目标:彼此相爱!"

"儿子,你的目标是做英格兰的国王。"

亨利耸耸肩。"我向您学习,爸爸,一个男人可以同时过两种生活。"

在巴黎，艾利克斯公主有了奶妈后，王后就每天去看这个小美人一次。每次去，王后心里都夹杂着羞愧和恼火，因为自己又未能给法兰西生下继承人。

每天上午，埃莉诺都会喝中药，用一块亚麻布把自己的身体从腋窝到臀部都勒得紧紧的，虽然不好受，但挺见效。到了圣诞节朝见时，她又杨柳细腰、婀娜多姿了。

"你身材可爱极了。你已彻底从产后恢复。"路易说。"可以再要个孩子。"

"明年要打仗吗？"她问道，戴满珠宝的手指在一只猫身上摩挲。

路易的脸略显僵硬。"你指的是诺曼底？"

"不完全是，我指的是任何地方。"

"我要在南方给他们点颜色瞧瞧。还要整治一下布列塔尼半岛的有些地方。但总体来说，我的属地都还表现不错。用不了一两个月，我就可以太平无事。"

"因此，如果我怀了孩子，我就用不着被丢在巴黎，整天为我的丈夫提心吊胆，担心你是不是受伤了，得病了……"

"我用不着自己动手打仗，我只要露露脸就行了。"他咯咯地笑道。"我们已经快……"他把大拇指和食指捏在一起。"我们已经快要让安茹人放弃佛克森了。他们已答应放弃，那个男孩就要代表诺曼底来向我宣誓效忠。"他一把将猫推下凳子，自己坐到王后身边。"他不可能再对法兰西有什么威胁了。他的每一分钱，每一寸土地，都将用于夺取英格兰。如果他成功了……英格兰现在可是一团糟，他得花很多年去重建。我已经警告斯蒂芬和尤斯塔斯，一旦那个安茹人成为诺曼底公爵，他就必然会进攻英格兰。我告诉过尤斯塔斯，这次他必须好好地打个翻身仗。英格兰老是依靠我们法兰西,我已经厌倦了,我的财政大臣也已经烦了。自从那个倒霉的小岛陷入混乱,就不停地消耗我们的财力。"

王后嘴上胡乱应付了一声,心里却想:你,还有你的摄政王和大总管,都极力鼓动在英格兰发动内战。我记得清清楚楚,你们三人如何地自鸣得意。埃蒂安娜常常挂在嘴边的歌儿就是,"哦,可怜的英格兰,现在你的狮王已经死亡。"一只猫跳到她的大腿上。"圣诞节朝会时,我有个特别的计划。"她说。"头六天我们先在巴黎过。然后我们就去普瓦捷,沿路看看我们的属地。我的阿基坦人民抱怨说,他们已经三年多没有见过我了。他们很乐意和他们的国王一起欢庆圣灵显现节,也肯定会非常欢迎国王的新公主。"

"那可是路途遥远啊。"路易说。"再说那时候气候寒冷。"

她拍了拍他的手。"关在宫廷里这么久,我早就想出门走走了。越往南走,气候就越暖和。"她心里还有千万条理由:她要查看一下自己的牲畜,看看当地的教堂是否修理过了,葡萄园的规模也该扩大了,还该建个修道院了。"我在普瓦捷总是感觉很轻松。"她说。医生告诉过路易,身心放松的女人更易于怀孕。

经历了200年,勒芒才从一个军事要塞发展成亨利出生时的公爵府。亨利在三月份战胜路易后,他就给公爵府中的室内陈设重新镀了层金。公爵府本来就占地面积很大,建筑气势恢宏,庄重威严。现在就更让人感到舒适了。亨利用锦缎将餐厅重新布置了一遍。杰弗瑞的豹子旗徽和亨利的狮子旗徽,很有气派地从天花板上悬挂下来,和先辈们的遗物一起飘扬在大厅上空。全家人就聚在这里欢庆圣诞节,理查德·德·熊雷和他的妻子也在宾客之列。男爵带来了王后的信。

杰弗瑞不露声色地拿过信,其实,将信揣入口袋的时候,他的心早已激荡起伏。

埃莉诺在信中说，如果亨利愿意放弃佛克森，路易就可以在夏天来临之前加封他为公爵。而且，如果新公爵愿意进犯他祖父的领地并染指王位，法兰西也不会给英格兰一毛钱的支持。杰弗瑞只是将信中与亨利有关的内容读给他听，而将埃莉诺情意绵绵的话以及计划几周后在普瓦捷幽会的内容全部掩饰掉了。

"她对政治的领悟力令人钦佩。"亨利咧开嘴笑着说。他用笑来掩饰内心的想法：这是个忘恩负义、背信弃义的小女人。

"你会慢慢体会到她的才智。而且，谁也无法忽略她的花容月貌。"

"当然，爸爸。"亨利低声回答道。

齐娜、伊莎贝拉、吉洛姆以及其他的姑娘们已经从鲁昂搬到勒芒，住进专门为他们安排的房子。这座房子是杰弗瑞早年间送给伊莎贝拉的。杰弗瑞和亨利作为新、老公爵，先是要招待主要的属地领主，尔后参加平安夜弥撒以及圣诞节上午的弥撒，等到做完这些公爵该尽的义务，父子俩就开始骑马出去找女人寻欢作乐了。此时，齐娜已经怀孕八个月，在亨利的眼里愈加楚楚动人。她曾经对他说："小家伙第一次在肚子里踢我的时候，我心都醉了，一下子感觉无比的安宁和幸福。"说这话的时候，她那大大的黑眼睛充满柔情蜜意，宛如刚刚出生的幼鹿。亨利看着这双眼睛，心中对战争的躁动渐渐褪去。"你带给我宁静。"他低语道。

齐娜现在已经不再像刚见到亨利那会一样将头发扎得紧紧的。如果在屋子里，她也像其他女人一样披散着头发，只有出门的时候才将头发重新罩好。圣诞节下午，亨利撩开齐娜的酥胸，不停地亲吻那对饱满的乳房，尔后又小心翼翼地和她做爱，尽量控制着自己别伤着她肚子里的孩子。她怀孕的前几个月，亨利就一直只是用舌头安抚她，把舌头伸进她那柔软轻巧、如花瓣般绽放的身体隐秘之处。每当他的舌头舔过她的脚心、她的大腿以及睡在臀部当中那柔软的雏菊花，她的心真的醉了。

"如果是个男孩，我要让他受割礼。"

亨利假装没听见，一个劲儿地咕哝着不知所云的甜言蜜语来搪塞。

对于别人猜测自己信仰希腊正统犹太教，齐娜从来就没想过要纠正，她自己偷偷地做祷告，将犹太教教义书藏在一个檀木盒子里。这个檀木盒子，做得很精致，里面套有机关。自基督教骑士烧掉犹太教教堂那天起，她就一直随身带着。

"我要用我父亲的名字阿弗拉姆来命名我的儿子。"她又说道。

亨利想，女人怀孕后，总有一些奇思妙想。她要让自己的儿子采用犹太人的名字，做一个犹太人，让自己的儿子与自己分离，这令亨利非常伤心。但是他相信，再过几周，等到她临盆后，她的想法又会不同。

"那么，如果是个女孩，你是不是要用你母亲的名字来命名？"

她显得有些犹豫。"伊莎贝拉已经成了我母亲，也许……"

亨利松了口气，将耳朵贴在齐娜的肚皮上。"孩子在唱歌呢！"他说。

"别傻了。"

"我能听见他唱歌。'你好，妈妈。你好，爸爸。'"

"如果你让我坐直了，我来给你唱歌。"她说。

他继续躺着，用头发摩挲她的臀部，眼睛看着她那圆鼓鼓的肚皮，那隐藏着他精彩未来的肚皮，心想：女人的肚子真的让男人神魂颠倒。正是因为它，我们对女人又敬又畏。

她开始歌唱，歌词他听不懂。拉结告诉他，那是一首献给犹太教光明节的。因为，再过几天后就是光明节了。

相隔两间房的地方，杰弗瑞正对伊莎贝拉说道："你要答应我。亨利已经铁了心要让齐娜在勒芒城堡里生下孩子，就像我和他都在这里出生一样。我觉得他有点迷信，相信只要生在这里，就是男孩。我已经让玛蒂尔达到卡昂去了，这样一来，你，齐娜，玛丽和接生婆就可以待在城堡里。但是伊莎贝拉，如果真的生了男孩，那么接下来的几个星期里，你不能让齐娜独自带孩子到任何地方去。"

伊莎贝拉的腰靠在枕头上，灰色的眼睛打量着杰弗瑞。她知道，杰弗瑞还迷恋着另外一个女人。这个女人是谁,她还不清楚。但是,他在勒芒庆祝圣诞节,其用意就是为了方便见到那个女人。不过,伊莎贝拉还是很开心。过去几个月里,他青春焕发,激情四射。他还像十年前那样充满活力,根本不像个三十出头的男人。

"如果是个男孩……?"她用加泰罗尼亚女人特有的眼神看着杰弗瑞充满智慧的绿眼睛。"如果是个男孩,齐娜会在第八天给孩子行割礼,对吗?"

杰弗瑞惊讶地摇了摇头。"她肯定告诉过你她是个犹太人!"

"噢,亲爱的——我们一起去市场的时候,她总是要屠夫杀鸡和鹅,屠夫割鸡和鹅的脖子时,她就会祷告。一看见猪肉她就恶心。难道你没注意到,我们已经有一年时间没吃过猪排了?"

"感谢上帝,这个孩子定会茁壮长大。但是伊莎贝拉,英格兰的男爵们是不会接受犹太人的。所以,亲爱的,你必须……"

那天下午是麦琪弥撒节,亨利在走廊上穿好马靴。"过来坐到我膝盖上。"他撩开遮住她耳朵的头发,轻声细语地说。"我在巴黎一见你,一个声音就在我心中呼喊:抓住!这是我永生相爱的女人!"眼泪在他眼眶中打转。

"因此,那天晚上我们逃跑时,法兰西人几乎快抓到我……你当时会为我和他们搏斗?"

亨利顿时止住眼泪,放声大笑。"和他们搏斗?我会把他们都剁成肉饼。"

"他们有十个人呢。"

"只要他们敢来跟我打,"亨利说。"我的拳头上有千军万马。尽管我人数上处于弱势,我也会像有上千骑士紧随身后那样勇往直前。你知道吧？敌人会望风而逃,像小鸡一样'咯咯'地四处乱窜。"

她也和他一起开怀大笑,但马上又变得严肃起来。"既然你如此爱我,甘愿为我冒生命的危险,那么,为什么不娶我呢?"

亨利转过脸去,又转过来看着她。"你不是当真的,是吗?"

"我是非常认真的。"

"好吧,拉结,我跟你说点我们初次见面时就该告诉你的事情吧:国王不适合谈情说爱。而我将要为王!"

"你将为了金钱和政治而结婚?"

"我必须这么做。"

她点了点头。"我们深信不疑,没有爱情的婚姻违背了上帝意愿。而且,这种婚姻生下来的后代……"她缓缓地将自己沉重的身子从他大腿上站起来,说道:"晚安!"

第十九章

尤斯塔斯王子接到他叔叔来信，说是要在他这里住上几天。尤斯塔斯顿时感到六神无主。主教绝不会原谅卡莱尔城堡发生的灾难。他已经严厉地训斥过他这位侄子："我们本来计划得很简单，而你却自作聪明把事情搞复杂了：在比武的时候想谋他性命，劝说伊迪斯去引诱他……"

温切斯特主教看这位侄子的时候总是满含厌恶。尤斯塔斯每次想起他叔叔那种眼神，脸上就火辣辣的。

眼下，谣言四起，骚乱不断，他想最好还是让埃尔伯德避避风头。

许多动物，尤其是猎狗和野狗，不断地消失，尔后，有的眼睛被弄瞎了后回到主人身边，有的则表现出莫名其妙却又是致命的痛楚。农民们奔走相告，说是狼人来了，接下来受害的目标将是小孩，这只是个时间上的问题，迟早要发生的。当地的牧师和神父都痛苦不堪，因为，无论他们如何祷告，如何诵念驱魔咒语，神秘死亡还是接踵而至，缕缕不绝。

终于有一天，村民们的疑惧变成了现实。一个小姑娘死了，毫无疑问是中毒死亡。

尤斯塔斯把埃尔伯德找来。

"我准备送你去法兰西。"尤斯塔斯说。"这是为了圆你上次所说的梦。你说你梦见自己得到启示，要找到救治麻风病的良药。麻风病患者都集中地关在巴黎城外，由牧师看管着。白天天气好的时候，你从那里骑匹快马，几个小时就能穿越边境抵达诺曼底。"

"中途连马都不用换?"

"的确如此。或者你也可以先乘船。塞纳河上的交通要比泰晤士河便利多了。事实上,只要你愿意,你可以从朴茨茅斯坐船直接抵达鲁昂,在那里待上一两天后再继续前往巴黎。"

"我什么时候动身,殿下?"

"要赶在大主教到来之前。"尤斯塔斯说。"书记官已经在写信,向麻风病院的神父们推荐你到那里任职——跟他们说,你虽然年轻,却已经在治疗麻风病方面颇有成就。我特别提到你的名字叫罗伯特,你父亲信仰基督宗教,却因为热病暴死在他乡。你对父亲知之甚少,因为你父亲死的时候你刚懂事。你母亲也因悲伤死去。你那时年纪还很小。"

"我当时的确很小。"埃尔伯德说道。

"如果你觉得有必要,也可以说你打算在萨勒诺医学院进修。但你会觉得不值得。"王子盯住埃尔伯德。"你也的确不值得去进修。没有什么值得你进修的了。"

年轻人垂下眼帘。"谢谢您的夸奖,王子殿下。我的一切都是蒙您栽培。"

尤斯塔斯示意他走到跟前。"我喜欢你,这你知道。把手给我。"他把一枚戒指戴到埃尔伯德那长满瘤子、黑不溜秋的食指上。埃尔伯德的脸上顿时布满喜悦的光芒。

"这上面有您的饰章,殿下。"

"你要记住我,我的孩子,你每次看到这枚戒指,都要想起我交给你的任务。你会吗?"一瞬间,尤斯塔斯看见埃尔伯德的眼睛里溢满泪花。"把你的草药以及其他零碎玩意都装好。"他又说道。"五天后主教就要到了。我确信,这般神圣的男人肯定会成功地驱逐在本地肆虐的妖魔。"埃尔伯德眼盯着自己的脚趾头。

"我要透透气了。"尤斯塔斯说。他转向一名卫士命令道。"给我拿件暖披风来,给我的养子也拿一件。"

花园是按照法兰西风格布置的,不像英格兰人那样杂乱无章。英格兰人习惯花园自然生长,在他们眼里,东一棵树、西一颗植物反而看起来舒服。尤斯塔斯转而用拉丁语问道:"你是不是想告诉我,你觉得主教不可能查个水落石出?"

"我不敢,殿下,但是有五天时间足够安排的了。"

"还需要几个人遭殃?"

"两个女人和一个男人,殿下。要把握好剂量很难:太少,只是引起肚子疼或者手脚抽筋;太多,当场毙命。我都趁天黑埋掉过五条狗了。"

"你准备怎么处理那个男的和两个女的?"

"我已经开始在他们身上做实验了。在接下来的四天里我会加大剂量,从而在第五天……"

"我们不能等到第五天!如果主教为城镇、村落念咒驱妖,接下来男人女人还死掉,这说不过去。我叔叔必须一举成功。加大剂量,赶紧解决了事。"

他在一棵修剪得整整齐齐的杜松子树边停了下来,在胸前画了个十字。

"上帝明鉴,埃尔伯德,我们所做的一切都是为了英格兰,而不是为了我们自己。我们目标明确而且步调一致,都是为了保家卫国!"

"我明白,殿下。"埃尔伯德回答道,也在胸前画了个十字。他随手从杜松子树上抓了一把松子装进口袋。

王后回到普瓦捷后发现,庄园里的许多事情都已经落到其他人手里了。尽管这些人做事很勤勉,而且也小心谨慎,将她的公爵府、葡萄园、牲畜和耕地打理得井然有序,她还是做出了许多决定,处理了大量纷争。家臣们带着应缴费以及给艾利克斯公主的礼品,在公爵府前排成长队,等候召见。见到王后，他们先是恭维一番公主，说她是世界上最漂亮的孩子，然后就开始问一大堆的问题。"有些事情我耽搁得太久了。"王后常常叹气道。路易担忧她身心得不到放松。

"去把褊他多叫来。"他命令道。国王仍然对行吟诗人没什么好感，但他知道他们对王后有好处。

据谣传说，褊他多是王后的同父异母兄弟，也即是埃莉诺父亲的儿子，但是老公爵却跟王后保证，他们之间并没有血缘关系，褊他多是他朋友埃博拉子爵与一个点心铺的女孩生的。如果情况的确如此，大家都觉得很欣慰。因为普瓦捷的人都知道，伯纳德·德·褊他多疯狂地迷恋公爵夫人。

在圣灵显现节前夜，褊他多到了，一下子就给公爵府带来了巨大变化。"他的歌声魔力无穷。"大家纷纷说。他有专门献给公主的歌，有专门欢迎女公爵（王后）回家的歌，有专门称颂国王在鲁昂大捷的歌。但是最主要的，他有许多爱情歌。这些歌，如此美妙动人。仆人们都说，他唱歌的时候，花园里的古罗马雕像都落泪了。

"和一年前大不一样了。"埃莉诺躺在路易的臂弯里说。"那个可怕的夜晚，大主教苏格……"

"嘘！"他压低声音说道。她的黑发压在枕头上，身体因为平躺着而显得宽大平滑，而脸却像个孩子似的。路易凝望着她乖巧可人的模样，不禁把头靠在她脖子上哭了起来。我的小乖乖，他心里暗自感叹。自打公主艾利克斯生下来后，王后就坚持锻炼，现在身体一点也不显松弛，还是像新婚之夜那样光洁动人，让路易无限着迷。

"我下面有点干。"她说。"请帮帮我，路易。用那鹅油吧。"

"你还像个处女。"

"你还能和我待几天？"

"三天？四天？"

"四天！答应我，四天。"

他答应在普瓦捷再住四个晚上。依他计算,到那个时候她肯定已经怀上了孩子。否则的话,他们就得再等良辰吉日:复活节或者五旬节。那个拉姆拉地区的大师告诉过他,要想怀孕,不能按照教堂的日历来行事,遵循王后的月经期更容易怀孕。路易不接受他的建议。"我们的孩子是皇家血脉。他们是神圣的,必须在神圣的日子里怀孕。"他这样回答道。

王后和新公主将继续留在南方:埃莉诺要照料她广袤的领地,而公主呢,比起巴黎整天潮乎乎的天气,南方温暖、干燥的气候更适合她健康成长。王后到了夏天将返回巴黎,尽管那个时候气候会异常酷热。但是宫廷日程上已经安排好了,虽然这种皇家例行事务缺了她也行,但如果有她在场无疑会更加完美。路易颇为自信地认为,其中一项例行公事就是接受诺曼底新公爵的朝拜。

"尤斯塔斯和康斯坦丝圣诞节前来觐见过我,我都没法跟你说我对尤斯塔斯是多么地生气。"他说。"我已经跟他们提过,如果可能的话,我会在复活节的时候举办庆典,但尤斯塔斯急眼了。他说他父亲和他都已经没有财力来进行春天和夏天的什么活动了,还说要我行行好,把庆典推迟到八月下旬。那就又能使诺曼底推迟一年进攻英格兰了。尤斯塔斯王子已经乱了方寸。我有时都觉得他脑子有问题。但是康斯坦丝却向我保证他是个优秀的丈夫,没纳过一个妾,也没有任何私生子,对她也是彬彬有礼。"

埃莉诺心想,一个和路易一样无聊的丈夫。而且谎话连篇。据她的内线报告,尤斯塔斯不仅纳过两个妾,而且还在外面有过三个私生子。但她只是安静地听着,紫色的眼睛里充满同情。"你已经通知安茹人了吗?"她用温柔的语气问道。

"我要让他们等到最后时刻,然后再派人去紧急召唤。"

"真是个足智多谋的国王。"她低声说道。"那么他们已经答应归还佛克森了?"

"是的。事实上,既是又非。他们归还的条件是要用佛克森做我们某个公主的嫁妆。新公爵有儿子后，那个儿子就有权利……亲爱的，遇到这种精打细算的人，脑子都会糊涂的。不管怎么说，眼下总归是归还了。我们可以暂时拿回来了。埃莉诺，我告诉你：跟亨利打交道，没办法把什么都预先计算得那么精确。"

"我可怜的路易，我们都记得伯纳德教父曾经说过，他是来自地狱的。"她嘟囔道。

她的手指穿过他的头发，发现他的头发越来越少了。她内心产生一丝同情。因为，五天后，他将起程回到巴黎，忙于各种事务，而她，则将为杰弗瑞铺床叠被，岂止是铺床叠被，她已经将整个拉·丹哥露圆塔都翻修一新。

对埃莉诺来说，没有什么地方比这个挺拔的拉·丹哥露圆塔更让人为爱痴狂的了。公爵府坐落在山顶，山脚下流淌着波爱瓦河以及克莱恩河。从公爵府可以俯瞰山脚下的潺潺流水以及整个城镇。拉·丹哥露圆塔建在公爵府边，原本是老公爵金屋藏娇的地方。老公爵当年拐走了美貌的子爵夫人，把她藏在这个圆塔里。他让人在圆塔的墙上画上壁画，记录快乐的一对男女在一起戏耍的场面：有像亚当和夏娃一样缠绕在一起的画面；有大卫从窗户上偷看芭思希芭裸体的画面；有达那厄沐浴在金雨中的画面；还有一幅埃莉诺最喜欢的，画的是勒达如痴如醉地藏身在天鹅翅膀下。教会总是喜欢说，尽管罗马帝国垮了，其文明却毫发未损地保留了下来：在不同的宫殿、大厦里，工匠们和学者们保留了代代相传的洪荒人性，那是黑夜中星星点光，折射出人生的美丽与神秘，滋养着培植了它们的贵族老爷们。

画着天鹅的壁画在床的对面墙上，正好在两扇窗户之间。透过窗户，可以看见塔外肥沃的土地。尽管现在还是一月份，随着气温回暖，冰雪消融，埃莉诺觉得自己已经能感觉到，她的葡萄园在圣灵显现节前已经生机复苏了。

她刚嫁给路易那会，路易视察过这片埃莉诺作为嫁妆带给他的土地。

他也进入过这间卧房,但是在里面转了不到一分钟,他就飞奔下楼,下命令将这座塔永久关闭。从外省东征回来后,埃莉诺又传话给她的普瓦捷管家,要他将塔重新开放,并且将其翻修一新。

杰弗瑞从勒芒出发,在路上骑了三天。尽管那是个暖冬,但在一月份还是寒意很浓,冷风嗖嗖。他把自己乔装打扮成去南方朝圣的苦修士,只有贴身护卫和理查德·德·熊雷知道他的身份。随行的还有理查德的一个儿子以及从自己属地选用的四名骑士。他们装着原本互不相识,大家只是在路上萍水相逢。他那带有帽子的毛披风,外面看式样很普通,里面却是光洁厚实的皮毛。只有他脚上檫得锃光瓦亮的红皮靴,显示出他可能是个王公贵族。

埃莉诺的卫兵,现在已经非常熟悉熊雷这张脸了。所以,他们没遇到什么麻烦就来到公爵府。她像见到老朋友一般招呼他,同时也像欢迎过路客一般接待了随行的其他人。

"我要和王后殿下洽谈我儿子升任诺曼底公爵的事。"杰弗瑞对贴身护卫说。"这是机密,你懂的。"

其他人只知道,朝圣者在普瓦捷公爵府吃饭洗澡后将继续他的朝圣旅程。

杰弗瑞一进入公爵府,就毫不费力地直奔圆塔:二十年前,拉·丹哥露就给他孙女指过一条老公爵修建的秘密通道,以便老公爵不管天气如何、不分任何时间都可以来与她幽会。

杰弗瑞慢慢地爬上螺旋式楼梯,在每一级楼梯上都点着火把。他心里暗自嘀咕,不知道埃莉诺还会不会像以前一样保持彼此默然无语,直到做完第一次爱后才开口说话。一年多了,自己是不是老了?她是不是老了?生第二个孩子是不是使她身体松弛了?她有办法让自己不怀孕的……他想知道埃莉诺究竟用了什么办法,不过他知道,路易对付女人实在经验不足,连杰弗瑞都知道的安全措施,用在路易身上肯定也是不费事的。

埃莉诺横躺在床上,心里想着杰弗瑞,想着他是否还像当初一样信誓旦旦地爱她。房间里生着火炉,很热,但她还是将一件天鹅绒斗篷盖在身上,一直盖到脚上,这样就可以保持身体的温润。

到了楼梯顶,杰弗瑞的心开始激动得"怦怦"乱跳。一个侍女替他打开门,告退离开了。埃莉诺从床上蹦下地,猛地扑进他的怀里。

他脱光衣服后,她把天鹅绒斗篷披在他的身上。"比以前更加漂亮了。"彼此在心里暗叹。

终于天亮了,天鹅绒斗篷沾满了血。杰弗瑞大笑道:"天鹅们为爱殉情了。"他们的肚皮上、屁股上、脸蛋上都粘上了血。

"我还要再流三天血。"她说道。

"不,你还会再流一天血。今天整个白天和夜晚,我都会和你做爱,会把你身体里的血排干的。"

"你比我还懂女人啊。"她的笑容中夹杂着嘲讽和伤心。

"我是比较懂。"

他的声音中也有一丝悲切。她为此苦恼。但是,她突然想起有个重要的消息要告诉他,顿时,她的苦恼烟消云散。"到了夏末,你就彻底解放了。年轻的公爵将接替你料理诺曼底。"她的眼睛中闪耀着得意的光芒。

杰弗瑞发现,她没有提及亨利的名字。

"这么说,亨利可以准备九月份进攻英格兰了?"

她点点头。"斯蒂芬和尤斯塔斯也会做好准备迎敌。"

"如果他打败他们,你作何感想?"

"我不觉得自己会作何感想。英格兰算什么?一个小岛,一群吵来吵去的属臣,遍地饥民,到处都是死了的动物。"

看来情况比我想象的还要糟糕。"它本身还是很富有的。"他说。"不列颠狮王活着的时候,它比法兰西还富有呢。"她似乎并不感兴趣,因此她决定换个话题。"我听说伯纳德·德·褪他多也在公爵府。有他在,我就不好意思为你唱歌了。"

"你唱一句抵得上伯纳德唱一万句。"

埃莉诺已经日夜想象着脱离路易重获自由后的生活。有一点,她是拿定了主意的:不再结婚。不过,她又没有兄弟来保护,只有一个妹夫还能帮上点忙,可这个妹夫自己和她妹妹佩特罗尼拉在婚姻上也是麻烦不断。杰弗瑞正式交出诺曼底后,可能会继续退回到掌管安茹的交椅上,继续先辈传下来的责任。他还有一大堆孩子要抚养,再加上公爵夫人还挡在中间。大家都知道,那个女人的政治原则是,"让猎鹰饿着"——许诺个奖赏,却吊着它的胃口。玛蒂尔达不可能因为杰弗瑞有外遇就闹离婚的。让杰弗瑞离婚?这种想法的确很可笑。埃莉诺想,能不能劝说杰弗瑞私奔呢?就像拉·丹哥露那样。他们可以住在一起,又是在安茹,又是在阿基坦。一旦被公认做了安茹伯爵的情妇,伯爵本人的勇猛是有目共睹的,而且他又有那么多的骑士和几个同样勇猛的儿子,再加上她自己也有庞大的骑兵卫队,她就不怕有人觊觎她的财富了。如果他们在一起,那将会是怎样呼风唤雨的生活!音乐,艺术以及在巴黎被教会禁止的各种奇思妙想,都可以在他们自己的府邸里实现。

但是,她又感到一阵恐惧:杰弗瑞有个相濡以沫二十多年的小妾。她觉得,男人和女人相互拥有,这种想法是教会强加于人的,不合常理。不过她自己心里也清楚,她不会容忍有人与自己争宠。如果我对他说:在我和那个加泰罗尼亚女人之间选择的话……

没人可以信赖,也没人给她忠告。她心想,除非自己直接问杰弗瑞。

正如他自己许诺过的那样,他那天整个白天和晚上都和她做爱。她的血不流了。

"现在我们有一周的安全期,但一周后我们必须忍受……"他满脸狐疑地看着她。"谁教你避孕的?"

"一个拉姆拉地区的医生,现在正伺候我坐月子。他很同情我,长得很丑,但心肠很好。他知道我执意离婚,给了我一些草药和其他东西……"

他们坐在床上，杰弗瑞盯着她的脸，心里明白，她只说出了一半真相。"草药和浸泡在醋里的小棉球都很有用。"他说道，然后等着她回答。他看见她白皙的脖子上一根小血管跳了一下。看她不吭声，他把手搭在她的额头上，轻柔但很执着地把她摁回到枕头上。"你跟路易口交多久了？"他笑眯眯地看着她，看得出来，这么快就被杰弗瑞识破，她很惊讶。"你丈夫从来没有怀疑过？"她摇摇头。"很好。"杰弗瑞说。"鹅油在哪儿？"

当天晚上，双方都激情似火。埃莉诺不再咬他的肩膀，她一次又一次地死了过去。在繁星当空的时候，哪里还能分辨得出星座。"我还活着？"她喘着气叫道。"我还活着吗？"

但是，随着他起程日子的临近，忧伤就开始笼罩着他们。一天晚上，她问道，"杰弗瑞，如果我自由了，我们能一起生活吗？"

他好似被她一棒击中了。

他的体型，比她宽大多了，个头比她高出一头，重量比她多一倍。他紧紧地搂住她，搂得她都快喘不过气来。高潮来的时候，他极度地兴奋，从头到脚全身都抽搐着。

她却在心里暗自流泪：你曾经海誓山盟，说你愿意献出自己的生命，只为在我的臂弯度过一夜。但是，当我真的要你与我生死相守的时候，你却沉默不语了。

他终于抬头端详她的脸，她后悔了，恨不得自己什么也没说过。他碧绿的眼睛黯淡无光，好似身体的一部分已然死去。整个下午，他在床上紧紧地抱着她，不停地抚摸她。他的表情，宛如僧侣面对祭坛上的圣母玛利亚，充满了爱，但又无可奈何。他不停地叹息，最后开口说道："我千百次地幻想过，希望自己能够享受那样的生活。但是，如果我与玛蒂尔达离婚，教会将会把我驱逐。当然，逐出教会，我并不在乎。关键是，安茹和阿基坦也将受到牵连，也会受到教会的惩罚。路易或者玛蒂尔达会唆使教皇实行惩罚的。

这两个地区的所有教会将被关闭,人们无法与上帝沟通,尸体将被置于野外不准安葬,普通人、农民甚至包括贵族,都将战战兢兢,惧怕自己的灵魂永远留在地狱。……我们不能这样对待我们的人民。我们的工人将流离失所,我们的家园将陷入贫穷。"

她惊呆了,不住地点头。她一心想的就是离婚以及离婚后的幸福与自由,从未想过公开与情人的关系后会有怎样的后果。

"我祖父在的时候,教会可不一样……"她有气无力地答道。

"那时候教会势单力薄,组织松懈。眼下却是管理严密。我们左右不了它。即使国王也无能为力。"杰弗瑞停了一会。"你或许会说我多虑了,但是,没有教会,我们就会又回到野蛮时代。许多高级教士的确愚蠢、腐败,但也不是所有的教士都那样,甚至不是大多数教士是那样的。大多数情况下,他们以柔克刚,用温柔的手制约我们的剑。"他又停了下来,似乎想起了什么。

"想起什么了?你在想什么呢?"

"如果早点告诉你详情,你早就会离我而去。事实上,我年幼无知的时候……我曾经对四个教会人士所做的一切,那是犯罪。我从来就没指望获得宽恕。"他叹口气。"亲爱的,我那时任性好斗。我对教会不敬——圣母绝不会宽恕我。"

"我原谅你。"埃莉诺轻声说道。"无论你做过什么。"

他们幽会的最后那天,杰弗瑞暗自揣测,觉得可以和她再谈谈亨利了。吃过早饭,他们一起骑马出门。伯爵和他的儿子,还有其他几个属臣一路陪着他们。但是他们只是远远地跟着,方便杰弗瑞和王后说悄悄话。在外面不知情的人看来,朝圣者已经朝拜了圣地,现在正打道回府。

"我知道,我儿子那天晚上见你的时候做得很不体面。"杰弗瑞说。"他也很后悔。"

埃莉诺面无表情地答道:"我听说他对齐娜不错。"

"他想当面向你道歉。或许,等他来觐见路易,向路易宣誓效忠的时候,你能接受他当面道歉吗?"

"他道不道歉对你很重要吗?"

"非常重要。"

"这样的话,亲爱的,我就接受他的道歉。杰弗瑞,为了你,你就是要我砍下自己的脚趾头,我也在所不辞。"

在她内心,她却暗自告诉自己:此言非实。我不可能像男人爱我一般真爱一个男人,包括你在内。为爱痴狂,那不是我的本性。我身体的一部分,憎恨所有男人。

第二十章

齐娜的预产期在一月份，离预产期还有一周时间，伊莎贝拉举家搬进勒芒庄园。伊莎贝拉很精明，从不过问杰弗瑞的去向；亨利含糊其辞地说有几个安茹的家臣不好对付，也就此打住。一周很快过去，齐娜却没有要临盆的迹象，伊莎贝拉说了："再等两天。"

两天过去还是没生，伊莎贝拉把亨利和接生婆都找到一起商量。"她必须今天就把孩子生下来，老爷。否则的话，母子都保不住。"接生婆说。"您说该怎么办？"

其他几个孩子出生的时候，亨利都没有在过场。以前和父亲聊天，父亲也提到过一些生孩子的事，但今天，这些女人明明白白地告诉他，如果他的妻子不能顺产，作为孩子的父亲，他有责任打开妻子的子宫，救出孩子。此时此刻，他惊恐无措。万一我失手把她弄死了呢？如果这样，我也不活了。

"大人，需要您的精子。"接生婆催促道。"她需要您的精子。"

伊莎贝拉也用加泰罗尼亚语说道："亨利，你必须让她有性高潮，把精子射到她的子宫里去。这样她就能生了。"

齐娜身子疲软无力，心里却着急上火，不停地走来走去已经好几个小时了，原本金黄的皮肤现在灰突突的。接生婆在房间里摆了个大盆，仆人已经在里面放了热水。亨利对齐娜说："亲爱的，过来和我睡觉吧。"齐娜一脸恶心地转过身去。他把她轻轻地推向床边，她气坏了，连法语都不说了，而改用一种东方语言回答他。"所有人都离开房间。"亨利命令道。伊莎贝拉、接生婆还有其他三个仆人都退到门外。亨利坚持像往常一样要把门关上，不过平常他都是一脚就把门关了，今天他却用手轻轻地把门合上。

"来吧，"他说道。"过来和我一起睡吧。"通常情况下，他只要掏出阳物挺起来，齐娜就会热烈地配合着迎上来。但是今天她却用冰冷的眼神看着他。他对她抬了抬眉毛。"有什么地方……"

她终于又改口用法语说道："如果是个男孩，他必须接受割礼。"

他心里暗自恼火：自己以及我们的孩子都性命攸关的时候，竟然还跟我斤斤计较宗教问题？不过他嘴上还是答应道："当然，如果你坚持这样，他当然可以接受割礼。"

她笑了，挪步走到床边，慢慢地宽衣解带，亨利则三下两下扒光自己，迫不及待地开始从齐娜的脖子一直吻到下体。她终于放松身子，他调整了一下身体的位置，进入到她的身体，开始轻柔地撞击她的子宫。等她有所反应了，他便加速推进，直到精子喷涌而出，她的身体一阵阵抽搐。亨利感觉到齐娜的宫口开了，她开始尖叫起来，但这不是因为兴奋。一股液体流出子宫。突然亨利感觉下面被什么东西顶出来了。他意识到自己喘不过气来，但是齐娜却开始喘粗气。他一下子从她身体里抽出来跑到门边。"伊莎贝拉。"他尖叫道。"快点进来！"他一丝不挂地从床上抱起齐娜，急步来到水盆，其他三个女人一起帮他把齐娜放进盆里。"水还暖和吗？"他问道。"水太凉了。她会受凉的。"

"出去！"伊莎贝拉说。"至少先穿上衣服。"

他刚穿了一半就又喊起来："刚才我感觉到了！我感觉到他的头了！真的是头。我真的感觉到了！"

女人们都没有理会他。齐娜大半个身子已经浸没到水盆里，水一直漫到她的腋窝，她不停地喘着粗气，不时地尖叫几声。亨利猫着腰跑过去坐在水盆边的地上，紧紧地握着她的一只手。她抽回手，狠狠地打了他一个耳光，但随即又伸过手来拽紧他的手，脸上露出淡淡地笑容。

接生婆叫人继续往盆里添热水。

"小心点。当心别烫着她。"亨利说。

伊莎贝拉不耐烦地对他说道:"再废话就滚出去。"

盆里的水变红了。"她会流血而死的。"亨利低声地说。他脑海里突然浮现出那天砍下大总管的头后洗手的情景,那时,血也是一浪一浪地在水中翻滚。亨利暗自懊恼:这是对我的惩罚,我坏了骑士的规矩。

伊莎贝拉说:"吉洛姆在门外,出去和他说说话吧。"

"我不离开她。吉洛姆可以进来和我说话。"

"他不能进来。你在这里就已经糟糕透了。去吧,让他唱首歌。这里一时半会完不了。"

亨利走到门外,吉洛姆在那里一会儿握紧拳头,一会儿又松开。"兄弟,她快死了!"亨利说。吉洛姆有个小妾就和她肚里的孩子一起死了。吉洛姆一把搂住亨利的肩膀。躺在吉洛姆的怀里,亨利终于放声大哭,将憋了许久的情绪宣泄出来。

吉洛姆安顿他坐下来,又让他喝了三杯葡萄酒。与此同时又调好了笛子的调子。"上帝啊!"他小声嘟囔道。"我的手指都不听使唤。太紧张了,都不知道还能不能吹得了。"

"你必须吹!你必定是能吹得顽石点头的奥菲斯。你一定要救活她。"

"我这就吹。"吉洛姆停了一下。"我知道她想听什么曲子。他们从外省骑马回来的路上常常唱这首歌,歌声中饱含重返家园后的喜悦。"

他清了清嗓子,又试唱了前面几句,准备就绪。

然后,亨利打开门溜了进去。齐娜的头发散落在血红的水盆里,满脸都是汗珠子,双眼紧闭。其他几个女人跪着趴在水盆边。"亲爱的,呼吸。"接生婆说。"再呼吸。下身稍微用点劲。"齐娜痛苦地喊出声来。亨利转过头,泪水夺眶而出。

吉洛姆开始吹奏,随着悠扬的乐声响起,齐娜抬头看过来,脸上渐渐灿烂起来。只听见一阵"唰啦唰啦"的水响,接生婆从齐娜张开的两腿间托住婴儿的头和身体,婴儿的紫红色脐带鲜活地跳动着。接生婆在婴儿的嘴里伸进一根手指。"呼吸,"她对婴儿说。"呼吸,小天使。"婴儿吸了口气。与此同时,伊莎贝拉迅速用布和毛皮将婴儿包裹起来。亨利想知道婴儿是男是女。"等着,等着。"女人们相互叫道。接生婆继续到水盆里忙活。

亨利看过小马驹的出生,知道接下来还有哪些事情要做。

"好了吗?都出来了吗?就那么点大小?"他不停地问。

几分钟后,接生婆剪断了婴儿的脐带,扶齐娜站起身走出水盆,伊莎贝拉在齐娜身上披了块红布,搀扶着她刚走到床边,她就笑着伸出手去,要抱婴儿。"你的儿子。"伊莎贝拉对亨利说。

他喜极而泣。

"我有儿子了!我们有儿子了!"他不停地吻着齐娜那湿漉漉的脸。他只能看见婴儿的后脑勺,后脑勺上长着一簇湿乎乎的黑发。此刻,女人们已经擦干了婴儿的身子,在齐娜的身上盖上了毛毯。吉洛姆走了进来,嘴里还唱着对生命的颂歌。

"你诞生的时候听到天使在歌唱。"伊莎贝拉喃喃自语。她想起杰弗瑞向她描述过亨利出生时的情景。玛蒂尔达怀孕后就不再让杰弗瑞近身,她生亨利时也不太顺利,而且还拒绝用水盆接生,折腾了近两天,亨利才出世。玛蒂尔达看都没看儿子一眼,就直接把他扔给了奶妈。

亨利依偎在齐娜的右侧。"你美不胜言。"他轻声细语地说道。"太美了。而且他也很漂亮。他……"

鼾声雷动。

亨利睡着了。

卧房里堆满了枕头和毛皮毯子。第二天早上,杰弗瑞大踏步地走了进来。"堪比苏丹皇宫!"他说。"而你,亲爱的夫人,比圣母玛利亚还要风姿绰约。"齐娜把盖在婴儿脸上的被子往下拉了拉,婴儿依旧熟睡着。"噢,噢,噢!"杰弗瑞叫道。他吻了吻齐娜的额头,她的脸上洋溢着初为人母的喜悦——杰弗瑞也肯定注意到了齐娜丰满的胸脯。简直是黑发的阿佛洛狄特女神,他心里想着。"亨利在哪?"

她将头转向毛皮毯子下面的一大团。"孩子醒,他就醒。孩子睡,他也睡。"

杰弗瑞坐在床边,拉着她的手。"这很好。一个小儿子,一个大儿子。"他递给她一个皮质柔软的钱袋。她打开一看,尽是金币和珠宝。"有些是王后给的。她说这本来就属于你。"齐娜认出那是路易赐给王后的心形红宝石。"她要你戴上,想着她。"他握着齐娜的手,她的金黄色的皮肤如丝绸般顺滑。他盯着地上看了会儿,心中暗想,我当时要亨利杀死你的想法多么可怕。

"我爱你,就像你是我自己亲生的,拉结,"他说道。"你让我儿子体会到从未有过的欢乐。"

"实际上你心里明白,我是个犹太人。"她用心知肚明的目光瞅着他,"你并不快乐。"她低声说道。

他点点头。"我看着你和这漂亮的孩子,我想……"他盯着窗外,冬日的田野毫无生气,大块的冰雪终日不见阳光,没有融化的迹象。"给他起名字了吗?"

"我想好了两个:一个继承我父亲的名字,艾弗拉姆。但对我来说,您也是我的父亲。我成为您家里的一员,您支持我……我也想让他继承您的名字。所以,叫杰弗瑞·艾弗拉姆。这样听起来更好些。"

他吻了下她的手。"我很荣幸,"他低声说道。他那世故的眼神落在了她身上。"你的父亲在安条克是拉比首领吧?"她点点头。"亨利选的不错。"

她知道,他内心深处尚有忧虑,但她决定不再多言。

下午,杰弗瑞再次光临的时候,亨利正看着拉结喂奶。婴儿刚停止吮吸,亨利就迫不及待地抓过齐娜的另一边乳房,用力地吸着,直到齐娜将他推开。然后,亨利把儿子放在自己平坦的胸膛上;孩子的小脸贴着肌肉、骨头和胸毛。他摇晃着自己的一个乳头塞到孩子嘴里。婴儿吮吸了几口。"看他有多爱我!"他对齐娜说道。"他明白我是他父亲。我知道他都想些啥。"他笑着舒了口气。

杰弗瑞很想知道,如果亨利继续如此迷恋这个女人和孩子,埃莉诺会怎么做?

他拉开亨利身上盖着的皮毛毯子,如其所料,亨利一丝不挂。"来跟我喝一杯。"他说道。

亨利裹上一床毯子,眼睛仍旧盯着拉结和小杰弗瑞·艾弗拉姆,跟在他父亲身后去了书房。

他二人先喝了一杯酒以示庆祝。杰弗瑞接着又倒满酒,举杯说道,"八月底,路易要授予你公爵头衔。准备一下,九月与斯蒂芬开战吧。"

他已经习惯了亨利的吊儿郎当,但这次确实让他感到震惊。年轻父亲的那股子迷茫不见了。亨利将杯中酒一饮而尽,头也不回地将酒杯扔进身后的壁炉中。"英格兰!"他叫道。接着他又夺过杰弗瑞手中的酒杯,扔进炉火。"我们要在废墟上建立起一个崭新的英格兰!"

"我们?"杰弗瑞心里纳闷。他感觉这个"我们"包括了那个给他孙子喂奶的美人。

第二十一章

埃尔伯德到了鲁昂后,在码头附近找到一个栖身之地,他觉得可以把随身带着的那包草药、膏药和那条响尾蛇都藏在这里。蛇每隔几天就要吃只老鼠,幸运的是,埃尔伯德过海峡的时候弄到了一只很肥的大老鼠,足以让蛇对付一周。

埃尔伯德做事很有条理。他先收拾好简陋的住处,把蛇用帆布包好,藏到睡觉的木板下面,然后才到城里闲逛。他特别注意看那些商人的房子、大教堂和各类小教堂。诺曼底的普通人,生活得都很悠闲舒适,对此他很惊讶。码头上水手很多,有人正把葡萄酒装上船,也有人将珍贵的布匹和香料搬下船。商人们三三两两地站着看货物的装卸,衣着都很考究,有人还戴着皮帽,衣领也是皮毛做的,时不时地对船主吆喝一声。埃尔伯德心中暗想,这个地方比我们那儿可富裕多了。不过他也知道,英格兰的贫穷都是内战闹的。

河中有座小山,山上的城堡隐约可见。他眯起眼睛看过去,想看看城堡塔楼上飘着谁的旗幡,但却什么也没有。有人朝他走过来,块头挺大,一头黑发,样子很凶悍。

"你不是鲁昂本地的,对吧?"他盘问道。

他的脸上堆起可爱迷人的笑容。"你怎么猜到的?"

其实,只要看一眼他那奶白色的皮肤以及明晰的眼睛,谁都能猜到:只有海峡对岸的小男孩才长得这样。"你很英俊。"这个人说道。

"你可以给我买点吃的吗?"

没等他们坐下来，埃尔伯德就开始盘算这个人的重量以及该用多大的剂量，多少天仙子，多少毒蘑菇，多少乌头和丹形乌头，多少曼陀罗以及多少用乌头粉和藜芦根粉调制成的膏药。他估摸着，这个人的块头蛮大，身强力壮，得用掉不少他的草药。他决定装出一副天真烂漫的样子。因此，他们一边吃，埃尔伯德一边自我介绍，他说自己是专治麻风病的，听说巴黎城外有麻风病院，他正准备到那里去。"我们英格兰没有麻风病。"他特别强调。

这个人对刚才的无端猜忌感到很不好意思，就说："你为啥不就近到鲁昂的麻风病院去看看呢？就在那座山上，叫作蒙特奥克斯病人院。阿基坦的神父们开的。"

埃尔伯德来到病人院。有个僧侣已经站在门口。埃尔伯德一看见这个神父，心中突然产生一种奇怪的感觉。他感觉自己像个木偶人，先前一直被耍木偶人往上拽着，而此时耍木偶人突然松开手中的线，木偶直接掉落下去。他跟跟跄跄来到门口，然后就昏过去。僧侣站在那里看着他。等他苏醒过来，他开始编造自己的身世：他从事治疗麻风病的职业……僧侣一声不吭听他说，等埃尔伯德讲完了，僧侣开口道："麻风病是上帝赐予人类的礼物，因为，通过麻风病，上帝将有病的以及有罪的都召唤回圣地。人类不能医治它。"说完，他继续看着埃尔伯德。

"昨晚我梦见恶魔将要来到这里。"僧侣又说道。"他的脖子上缠绕着一条响尾蛇。尽管你年少英俊，不过我一看见你，就发现你的脖子上缠绕着响尾蛇。远远地走开。这里不是亵渎上帝的人该来的地方。"

那天深夜，埃尔伯德再次费力地来到蒙特奥克斯病人院。这一次他是有备而来。他先将大门、边门都锁好，然后给它放了把火。他眼看着它的房顶、墙壁和里面的人都在冲天的熊熊火焰中化为灰烬。

亨利在初冬时节刚刚重建了这座疯人院。

离开鲁昂，埃尔伯德乘船沿河来到巴黎。罗伯特接待了他。罗伯特是个僧侣的遗腹子，热心于给那些遭受病痛折磨的人带去慰藉。这里的僧侣都很高兴，因为又有了新的帮手。按照埃尔伯德自己的请求，安排他到厨房去帮忙。在鲁昂受到那个信奉奥古斯丁教义的僧侣惊吓之后，他仍心有余悸，过了几个月后才敢把疯狗的唾液掺合到汤里，给四个最强壮的麻风病患者吃。慢慢地，他将他们一个一个地弄死了，一个接一个，而且总是让他们在月圆之日死去。僧侣都相信，让病人在月圆之日死去，是一种圣典。"基督耶稣的脸在月圆之日明晃晃地普照人类。因为，月亮是他的反光镜。"他们说。

他用只有自己明白的方式精确地记录毒药的剂量，如何消除异味，在一天的哪个时间药效最佳。与此同时，响尾蛇也越长越大。他将蛇褪下来的皮放在厨房炉子里烧掉。这是一条很懒的蛇，每天除了吃老鼠，就是睡觉。偶尔，埃尔伯德也从疯人院周围的小溪里给它抓些青蛙。为了保持它的活力，埃尔伯德晚上也不关他，让它在房间里追逐活的老鼠或青蛙。但是，即使是在兴高采烈地追逐老鼠或青蛙之后，只要埃尔伯德轻轻地敲敲地板，它就会马上钻进帆布袋子里。出于本能的自我保护，跟响尾蛇打交道前他总是戴一双防护手套。晚上天气冷的时候，他会将蛇装在帆布袋子里拎到床上。不过，袋子很快就会臭烘烘的。所以，每隔几个星期，他就叫那些还能干活的麻风病患者给他缝个新袋子，跟他们说他需要袋子来装草药、干果和草根。麻风病院不缺钱，都是那些参加过东征后染上这种圣洁病的人家里捐的。

"我才智大长。"他写信给尤斯塔斯说。

"要学会察言观色。"他的主人回复道。

依照传统，女人生完孩子七天后就又可以和她丈夫同床了。亨利急吼吼地想跟齐娜做爱，所以，第七天天还没亮，齐娜刚喂好孩子，他就劝她接纳他。齐娜本来已经和伊莎贝拉商量好，自己再喂孩子三个星期的奶，三个星期后，她就开始吃中药，把乳房困扎起来，孩子由奶妈接管过去喂。但亨利既然已经提出要求了，第七天上午，齐娜就把自己从乳房一直捆扎到臀部。亨利用手掌撩拨着她那松弛的肚皮。"很快就会紧绷绷的。"他说。"不过我想继续吃奶。我想永远吃奶……"

那天上午稍晚一点他们醒过来，各自洗干净身子，他说道："穿上你最漂亮的礼服，戴上最漂亮的头罩。我们现在就去大教堂。"

"干什么？"她问道。

"去给孩子洗礼。吉洛姆将成为教父。玛丽成为教母。我父母也会来。"

她怒气冲冲地盯着他。"但是你答应过我，孩子要受割礼的！他必须接受割礼。明天就是第八天。"

亨利拍了拍她的脸蛋。"亲爱的，"他说。"他先接受洗礼成为基督徒。等他大了，如果想做犹太人，他可以自己拿主意。快点，穿好衣服。"

"你答应过我！"

"被迫答应是不能算数的。"他答道。虽然他的语气很温柔，但齐娜看得出，他目光坚定，不容置疑。"那种时候，你和婴儿都命悬一线，你说什么我都会答应的。现在你不要胡搅蛮缠。"

"他为什么要受洗？"

"因为一个犹太人不能做英格兰王子，或者说法兰西王子，不管什么王子都不能做。而我要他成为王子。"看到齐娜一声不吭继续气哼哼地怒视着他，他便问道："你想让我们的孩子做个马贩子吗？"

见她不回答，他又说道："我去叫伊莎贝拉和玛丽来，她们会帮你捆扎好，也会帮你选一件漂亮的礼服。"

亨利、杰弗瑞和吉洛姆穿着金色靴子出席仪式。尽管冬天已经过半，早饭的时候还是飘了点雪。杰弗瑞从室内花盆里摘了一束金雀花装饰自己的帽子。他有个园农，懂得如何在一年的这种季节还摆弄得花开。

"还有吗？"亨利看着黄灿灿的花儿问道。"吉洛姆和我也可以戴上几朵。"

杰弗瑞叫人又去摘来几束。吉洛姆用线将花别在帽檐上,看了看父亲和亨利,大声说:"今天我们都成金雀花部落了。"

亨利也叫喊道:"没错!我有自己的儿子了。我要有自己的称号。金雀花!爸爸,您以为如何?"

"埃蒂安纳·德·塞勒在人后就这么叫过我。"

"你难道不引以为自豪?"亨利插嘴道。"它生命力旺盛,随处可见。金雀花,我喜欢。"

杰弗瑞耸耸肩。"我乐意将福尔克改过来。金雀花感觉很好。"他看着吉洛姆,吉洛姆也点点头。他们便击掌表示认可了。

他们一起走进大教堂,亨利从拉结手里抱过婴儿。

"这孩子准备叫什么名字?"神父问。

亨利抢着说:"杰弗瑞。"

"没其他名字了?"神父又问道。

"艾弗拉姆。"

神父看着亨利。"我刚才听错了,母亲叫……"

"你听错了。"亨利说。"他的名字叫杰弗瑞,如果你要姓的话,他姓金雀花。"

神父双手抱在胸口等着。亨利又说:"这个叫杰弗瑞·金雀花,亨利·金雀花和拉结·金雀花的儿子,杰弗瑞·金雀花的孙子,安茹和缅因伯爵,诺曼底公爵。用这些名称给他受洗,并将其记录在案。水暖和了吗?"

"是的,公爵大人。"

"最好暖和点。"亨利腾出一只手试了试盆里的水温。"水太凉了。"他说。"你不必将孩子浸到水里。只要在头上洒点水就可以了。也别吓着他。"

神父——遵照亨利指示,还在孩子身上画了十字。伊莎贝拉和玛丽拉着拉结的手，一个劲地劝她别哭。亨利装作没看到。

他们是坐着两辆马车来的：伊莎贝拉、杰弗瑞和吉洛姆坐一辆，亨利、拉结、婴儿还有玛丽坐另一辆。回家时，玛丽和吉洛姆换了个座，玛丽和父母坐在一起。

拉结不哭了，但眼睛看着马车窗外。

"宝贝，"亨利说。"这只是个仪式。我们必须这么做，为了他的将来。否则别人会说，'他的灵魂在地狱边缘。亨利准许他的儿子身处地狱边缘。'你别觉得不自在了。"

"可是你对我撒谎。"她说。

"拉结，我并没有撒谎。你强迫我答应你的。那不能算撒谎。"他面露愠色。婴儿开始哭闹起来。"你看，你吓着孩子了！"他向吉洛姆投去求助的目光。

吉洛姆轻描淡写地说："就道个歉嘛。"

"为啥道歉？"亨利嘟囔道。"因为救她和孩子的命？你知道九月份之前我们还有很多事情要安排。我不想浪费时间纠缠于争论……"他又看了看拉结板着的面孔。"对不起。"他说。"对不起。我的确撒谎了。但这都是为了你，为了我们的孩子，为了我们。"他将大拇指和食指捏住她的下巴，把她的脸转向他，感觉有样东西从她那儿消失了。她不再信赖你！有个声音在亨利心中响起。

他闭上眼睛，头靠在马车的后背靠垫上休息。吉洛姆对小孩哼歌。一路上大家都不再说话。

在另一辆马车上，杰弗瑞和伊莎贝拉急切地吩咐玛丽："你和她最贴心。你得告诉她，亨利这么做都是为了小家伙好。他在考虑三十年后的事情。"

"没准她考虑的是百年之后的事情呢。"玛丽答道。

"噢，不！"杰弗瑞发作了。"别跟我说她一直灌输你什么神学……"他气得不说了。

伊莎贝拉说:"玛丽,听你父亲的话。如果你有什么问题要和拉结讨论,来找我,也可以找你爸爸,或者找吉洛姆。我们都可以跟你说清楚。我们可以告诉你英格兰是如何对待犹太人的。那里的人都说,割礼就是取小孩的血,用小孩的血做些不光彩的事情。其实我也不是太清楚。但这是个严肃的问题。"

"从政治上讲,非常严重。"杰弗瑞说。"看在上帝的分上,玛丽,你只要问问她:为什么一年多装作自己不是犹太人?为什么不说自己是艾弗拉姆的后代,名叫拉结?那是因为有人告诉过她,在基督教国度,如果她让别人知道自己是个犹太孤儿,她就危机四伏了。"他长叹一口气,显得焦躁不安。

"爸爸,"玛丽低声说。"她要亨利娶她。"

杰弗瑞一下子坐直了。"玛丽,别胡说八道!他们决不能结婚,原因很简单,我不同意。路易接受亨利的效忠之前,我还是他的领主。他必须得到我的准许方可成婚。我绝不会同意他娶一名拉比或者贩马人的女儿,尽管她貌美如花,机智聪慧,气质高雅。"他转头盯着伊莎贝拉。"亨利都快十九岁了。我十九岁的时候也这么糊涂吗?"

"我记不得了。"伊莎贝拉嘴上轻声细语地回答道,心底却暗道:你当年爬进勃艮第伯爵夫人的窗户,被她丈夫当场捉奸,差点就没命了。

庆祝洗礼的宴会气氛压抑,大家一声不吭地频频举杯,为"金雀花"干杯。

三个男人吃得很快。除了对初为人母的齐娜以及其他女人说些不痛不痒的甜蜜话,他们也无话可说。吃完捣碎的冻梨,他们就先走了。

在一间充当作战室的房间里,诺曼底财务总管和大总管背靠着火炉取暖。房间里没有书记官。在这样的会议上,他们把书记官摒弃在外,自己做记录。

总管已经在一张橡木桌子上铺开英格兰南部沿海地图。

"九月份前三周我们需要两百艘船。"亨利说。

财务总管撅起嘴。"那样的话,大人们,我们大家最好马上赶赴鲁昂。"

亨利和他父亲交换了一下眼神。"你知道妈妈的珠宝都留在哪里?"

"我们可以找找看。"杰弗瑞说。他知道,如果亨利找到了玛蒂尔达的珠宝,他肯定会拿去典当掉的。到时候倒霉的肯定是杰弗瑞,因为他不得不忍受玛蒂尔达没完没了的诅咒。杰弗瑞和亨利都知道,这些珠宝不属于玛蒂尔达。他们清楚得很,这些珠宝应该属于德国新皇帝。这个新皇帝已经多次提出要求,希望玛蒂尔达尽早归还。"如果他能客气点要求的话,……"杰弗瑞有时候感慨道。"人家路易要求我们归还马的时候就很客气。"

两天后,所有人都回到鲁昂。回到自己的住处,伊莎贝拉让拉结和婴儿次日晚点起床。"别打搅她们母女。赶了这么长时间的路,她们肯定累坏了。"伊莎贝拉对玛丽说。她等到吃饭的时候才去敲拉结的门,却发现房内人无踪影,拉结的衣服也不见了。她跑到厨房。"赶快到马厩去数数马少了没有。"她对一名侍女命令道。

侍女回来说齐娜夫人往常骑的母马不见了。伊莎贝拉奔到圣母玛利亚塑像前。"亲爱的玛利亚,我该怎么办?"她问道。

"去找拉比。"圣母玛利亚启示道。"但是先派人去公爵府告诉亨利。"

伊莎贝拉平静下来后,开始找玛丽。

"拉结跑了。"她对玛丽说。"你马上去城堡,一定要面见亨利。别被玛蒂尔达吓住。你只要告诉她事关她的孙子。"她挤出一丝笑容。"这会让她满脸的不屑一扫而光。"

伊莎贝拉自己则骑上她最钟爱的骏马,几乎是一路狂奔穿过城区来到码头。见到一个犹太人打扮的商人,她就勒马向前打听:"拉比在哪儿?"

"伊莎贝拉夫人,我带你去。"他说。大家都知道,伊莎贝拉是老公爵的外室。

拉比住得并不远,没走几步就到了。拉结的马拴在门外。

"谢天谢地,但愿我没来迟。"伊莎贝拉祈祷道。

拉比的妻子为她开了门。"欢迎,欢迎来我家。"拉比的妻子一个劲地说道。房子不大,楼板很低,看起来孩子很多,也很好客,空气中飘着饭菜的味道。

伊莎贝拉意识到,自己忘记包好头发了。"有个带婴儿的女人在这里吗?"她问道。

拉比的妻子垂下眼帘。"如果你愿意等的话,我去问问我丈夫。"

"请借给我一个头罩。"伊莎贝拉说。"我来得太急了。"

这个女人给她拿来个头罩,等到伊莎贝拉戴好,她丈夫就走了过来。

寒暄后,伊莎贝拉直奔主题,说道:"拉比,我相信,有个叫拉结的年轻女子,艾弗拉姆的女儿,今天上午来找过你。"

他点点头。

"她现在哪儿?"

"她带来个婴儿,正准备给他行割礼。"

伊莎贝拉叫道:"不!拉比,你必须马上阻止。这个婴儿已经受洗成为基督徒。他是公爵的儿子。"

拉比惊讶地转身看着他妻子,用希伯来语跟她说了点什么,他妻子一个劲地摇头。俩人都有点懵了,不知道该怎么办,只是气哼哼地盯着对方。

门口传来"砰"的一声巨响,拉比的妻子吓得尖叫起来。门被砸开,随后过道上传来重重的马靴声。转眼间,亨利脸色铁青地闯了进来,后面还跟着吉洛姆和两个骑士。四名怒气冲冲的勇士一下子控制了这个房间。"她们在哪儿?"亨利厉声问道,同时一把抓住拉比的前胸,把他推得东倒西歪。

"公爵大人,公爵大人。"拉比结结巴巴地说。

"亨利,快放手。"伊莎贝拉说完又转身对拉比说:"请马上带我们去行割礼的地方。"

拉比绝望地看着他妻子。"就在我家里。"

伊莎贝拉一时间觉得亨利会徒手灭了这个拉比。"你给我儿子行割礼!"他咆哮道。

"没有,公爵大人,没有!"拉比急忙答道。

亨利推着他来到另外一间房子门口,一走进房间,就发现拉结在里面坐着,膝盖上抱着婴儿,婴儿的小鸡鸡露在外面,边上站着那个行割礼的人。拉比的妻子把拉比叫走后,割礼也随之停了下来,婴儿的包皮依旧完好无损。他们肯定也已经听到亨利在外面的咆哮声了。这时,亨利大步走了过去,从拉结怀里夺过婴儿。拉结坐在那里一动不动,母老虎般的眼神死死地盯着亨利的脸。

"猪!"她叫喊道。"你这头基督教猪!把我的孩子还给我。"

所有的大人都默不作声,婴儿却发出尖利的哭声。亨利慢慢地将婴儿交还给她,然后转身对其他人说:"都出去,你们所有人。"

他们一个一个走了出去,回到房子的前厅。拉比、拉比的妻子以及行割礼的人都吓得浑身发抖。

"我不知道这个孩子是公爵大人的。"拉比委屈地说。"真的不知道……她跟我说她是个寡妇,准备去安特卫普找她舅舅。我还以为这个孩子是……"

大家等候的时候,他妻子为大家找来些可以坐的东西。"我给你们弄杯井水喝,好吗?"她问道。大家都接受了。

拉结把奶头伸进婴儿的嘴里,让他安静下来。她也不搭理亨利,只是时不时地用气哼哼的眼神刮他一眼。"基督徒,你告诉我,"她最后开口说道。"你们的救世主基督耶稣也行割礼了,等到基督徒来到天堂,为了让自己成就完满,也会像基督耶稣那样行割礼吗?"

亨利在房间里大步走来走去,一言不发。最后他转过身对她吼道:"你怎么可以这样对我?你这么可以这样对他?"

她的声音冷冷的。"你不会娶我,也不允许我的孩子做个犹太人,健健康康地长大。我要坐船去安特卫普。你父亲和王后给了我路费。现在我自由了。"

亨利瞠目结舌。"你要离我而去?"他问。

她点点头。

"为什么?难道我还不够尊重你吗?"

拉结平静地长呼了口气。"我请求你娶我,但你拒绝了。"

"那行,你再请求一遍。"他说。

"亨利,你愿意娶我吗?"

"愿意!我愿意!我们现在马上去大教堂,我们马上结婚。吉洛姆和两个骑士可以为我们作证。"说完,他抓住她的一只手,跨前一步,情不自己地吻她,久久不肯松开,深情无限,以至于后来彼此相拥而泣,婴儿挤在当间。

他们手拉着手走出房门。"有点小误解。"他大声说道,然后对吉洛姆和两个骑士点点头。"你们跟我们走。妈妈,别跟父亲说起这件事,我以后再告诉他。"

伊莎贝拉点点头。他们一起对拉比、他的妻子和行割礼的人道了声谢。"如果我有什么地方冲撞了你,请你原谅。"亨利说。"请原谅我的无礼。"

"没有什么冲撞,公爵大人。"拉比说。"您从法兰西手里救了我们,我们一辈子感激您。或许,你可以在安息日晚上再来,和我们一起共进晚餐?……"

"那是自然,必须的。我肯定来。"亨利说道,转身朝着拉结,他又加了一句。"我和我妻子一起来。"

拉比和妻子以及行割礼的人一起用希伯来语说了几句话,然后抚掌放声大笑。

教堂并不远,但是神父还在打瞌睡。有人叫醒他,他赶忙穿上长袍出来，脸上堆着笑，但笑得很不自在。

"神父，你来给我们证婚。"亨利说。

神父看着眼前四个全副武装的男人。"公爵大人，您是新郎吗？"

"是我。"

"你新娘的名字叫什么？我看她已经蒙恩有了一个漂亮的婴儿。"

"拉结·费丽尔·艾弗拉姆。"

"这个名字不寻常。"神父感觉自己的心脏都吓得快要跳出来了。"我的职责迫使我要问问你，夫人，你是基督徒吗？"

"不是。"

"那么，你接受基督耶稣为你的救世主吗？"

"不。"她重复道。

神父一脸无奈地看着亨利。"公爵大人，我只能为基督徒证婚。"

"我是基督徒！"亨利说。"我们的孩子也已经受洗成为基督徒。为何你不能为我们证婚？"

神父讲话的声音小得几乎听不见了，他感到四个勇士的眼睛在冒火，火焰可以烧着他的长袍。"因为，公爵大人，夫妻必须信仰一致而且正确，也就是必须是都信基督教。我不能给你证婚娶个犹太人。您的夫人必须皈依我们的宗教。"

"我不会的。"拉结叫道。

"上帝啊！"亨利低沉地喊了一声。他从她和其他人身边走开，在教堂中殿过道上来回走了几分钟，然后回来说道："好吧。你们几个男的都回城堡去。我自己来处理。"他朝神父摆了下头，示意他可以走了。

其他人都走后，亨利说道："我们自己结婚。"

"哪里？怎么结？"

"大教堂后面有棵紫杉树。我们就在那里结。"他们从教堂外绕到紫杉树下。树很古朴，当然比不上苏格兰的紫杉树，大约也就两百年的树龄。

"把你的手放在孩子的头上。"亨利说。她照做了,亨利又把自己的手压在她的手上。"我,亨利·金雀花,以我们神圣的孩子生命起誓,娶你,艾弗拉姆的女儿,拉结,做我的妻子。现在你重复一遍誓言,让我做你的丈夫。"

她也起了誓。

"我们结婚了。"亨利说。"虽然没有神父的证婚,但是万能的上帝做了见证,还有这棵紫杉树也做了见证。"

拉结的眼泪喷涌而出。她不停地流泪,就像那天她向亨利讲述在安条克发生的暴虐。"我还以为你不爱我了呢。"她哭着说。

"如果有可能,我将加倍爱你。你拒绝成为基督徒的时候,我的心中充满喜悦。"他说得很认真。"拉结,我们都是信念坚定的人。"

很快,神父拒绝为他们证婚的消息就在鲁昂传开了。杰弗瑞骑马从城堡下来后,伊莎贝拉就把一切都告诉了他。杰弗瑞听完,肺都气炸了。"哼,我意已决。感谢上帝,我是铁了心的。他们自己海誓山盟、私定终身,对于教会来说是毫无意义。亨利还是可以娶我给他选定的新娘,不管这个新娘是谁。"他又叹了口气。"你不知道,攻打英格兰之前,我们还有很多的事情要做。这一次,我将陪亨利出征。我将率领安茹和缅因的勇士一同出征。"

光阴荏苒,在剩下的冬季以及接踵而至的春天和夏日里,亨利一直忙着召见各色人等,属地领主,有钱人,各路雇佣兵首领,船长,军火商,驯马师,弓箭手以及各类商贩,连生日都是在安茹和骑士们一起过的。他不去领地的时候,他就抓紧时间去看拉结和孩子。他和拉结就在伊莎贝拉的房子里做爱。有时,风和日丽,她们就在野外做爱。亨利常常将孩子包在自己的衬衫里,让他抓挠自己的奶头或者胸毛。这种时候,小杰弗瑞会睁大眼睛盯着亨利看。"他认得我!他知道我是他的父亲!"他乐滋滋地大喊大叫。外出的时候,他坚持让奶妈跟着,他和拉结吃完晚饭出去散步,他也命令奶妈和侍卫一起到森林里去。

拉结现在更加漂亮了：下巴微翘，目光坦然，笑容灿烂。而且，比起他们最早在一起做爱的五天来讲，她现在也更加柔情温顺。但是，在他们之间的确竖起一堵无形的墙。他时常想问："你现在还信赖我吗？"

初夏的一天下午，亨利远远地看着拉结躺在野外草地上，见她笑盈盈地望着微风荡漾的天空，突然明白拉结与往昔的不同之处：她已不再天真烂漫。亨利心里明白，是他自己揉碎了拉结的纯真。他走过去拉起她的手，轻吻她的手掌。"你爱我吗？"他问。

她的脸色一下子变得很严肃。"你曾经说过你我已经心心相印，还记得吗？"他点点头。"那么好了，你知道答案了：你是我心中的烙印。无论我愿不愿意，我只能爱你，爱到地老天荒。"

他自怜自爱地哭了。尽管奶水几个星期前就已经干了，她还是掏出来让他吮吸。她的乳房比以前更光洁，也更坚挺饱满。她唱了一首摇篮曲，让他睡了几分钟。等他醒过来，开口就说："我们再要个孩子。现在就要。刚才我睡着时，天使跟我说再要个孩子。"

"你就是因为这个才撩起我的长袍？"

"天使在我下身飞舞……你看看，它有多大！"

※

到了八月份，热浪雾霾一样笼罩着巴黎城。即使太阳落山了，也没有一刻清凉的时候，整个晚上都热气腾腾，弄得大家睡不着，感觉呼吸进去的水比空气还多。夜幕下，除了传来青蛙"呱呱"叫声和"扑腾扑腾"的跳跃声，还有各种昆虫的鸣叫声。

王后从南方返回，拉来了一车车的农作物，还带来了她的那些猫，一只新养的北极鸟，一群艺人以及行游诗人伯纳德·德·褔他多。

到了巴黎后，王后声称，她在宫殿住的不舒服。来自河岸浅水滩死水的蚊子，一到黄昏就蜂拥而上，钻进宫殿住处。尽管周围闷着燃烧了驱赶蚊子的草堆,但蚊子躲进椅子底,床下和其他家具下面。一等到草堆燃尽,熏烟散去,它们就立刻钻出来吸食人血。猫身上长虱子,仆人们穿着长袍,一边给猫洗澡,一边互相威胁着要淹死它们。

埃莉诺命人在岛边搭起一个帐篷。这里树荫浓密,晚上凉爽,比较好睡觉,蚊子也容易控制得多。国王也在附近搭了帐篷,俩人早上一起找块空地做弥撒。

路易很失望,王后到底还是没怀上孩子。他希望等到天气凉爽下来,回到舒适安逸的宫殿,再碰碰运气,希望能怀上个男孩。他心情很好,因为他发现,在阿基坦待了几个月,王后变得精神焕发,神采奕奕,兴致盎然,而且好像已经将离婚这件事忘记了。埃里克斯的出生,弄得埃莉诺形容憔悴,但现在又体态丰满了。路易一直觉得,她胖点看起来更有味。她现在经常自弹自唱一首新曲子,还画了些挂毯挂在宫殿大厅里。画得最好的一张画里,鲜花烂漫、果树成林的原野中添了一只独角兽和一名少女。她会长时间地画一只兔子或者一只幼鹿,常常举棋不定应该把兔子或者幼鹿画在画布的哪个位置。她非常钟爱那只北极鸟——杰弗瑞送的礼物,晚上睡觉也让它待在帐篷里,害得帐篷里的猫要花上几个小时琢磨如何才能攻击它,而北极鸟呢,则停在高处,眼盯着下面的猫,时不时地抬起一只腿,展示它威猛的爪子。

一月份以来,杰弗瑞和她已经暗地里幽会了多次:有时在打猎的营地,有时在寺院的地上,有时就在森林里。他们幽会的地点,完全取决于信得过的属地领主,因此能安然睡在一起的机会并不多。他们相互爱抚、亲吻,谋划下一次幽会,然后就互道再见。"我的蛋蛋都疼了。"杰弗瑞抱怨道。他向她打听尤斯塔斯王子的消息,建议她多跟康斯坦丝写信。埃莉诺觉得这个建议很有趣,就一口答应了。

"看来,你是铁了心要看着你儿子重登他外祖父的王位。"有一天她说。"我觉得,你对王位的渴望,胜过对我的渴望。"

杰弗瑞垂下头,似乎已经被她击中了软肋,成了她砧板上的肉。

"我收回刚才的话!"埃莉诺说。"我说着玩的。原谅我吧!请原谅我!"

他长时间地打量着她,沉默不语,脸上的表情把埃莉诺吓了一跳。因为,他几乎面无表情。她心里开始忐忑不安,疑虑重重。或许,我被误解了;或许,他找我本来就是寻欢作乐,心怀叵测。这突如其来的念头是她从未有过的。念头刚冒出来的时候,她还倍感羞辱,然后在心里不禁打了个寒战。她生活中的其他男人,大多数都是捧着她的,当然也不乏仇视她的人。但是她从没想过,有哪个男人在觊觎她的美貌和钱财之外,还会有其他目的。可是眼下,想想看啊,这个如此心醉神迷地与她睡觉的男人,没准暗地里……

她开始把杰弗瑞吩咐的事情放在心上,付诸行动。她写信给康斯坦丝。康斯坦丝也很快就回了信,说她目前心力交瘁,因为尤斯塔斯王子现在雇了个投毒的人。信中还说,尤斯塔斯的叔叔,温切斯特主教也知道了这件事,已经痛骂了他一顿,说不能蒙骗上帝,上帝洞悉一切。"我很害怕。"康斯坦丝在信中写道。另外她还附言说,雇来投毒的那个小男孩,他的投毒对象是与她丈夫争夺王位的人,诺曼底的亨利。与此同时,尤斯塔斯的军队已经在南部沿海备战。

"你能不能搞到更多有关投毒人的信息?"埃莉诺向杰弗瑞报告后,他脱口问道。他用手和笑容抚慰着她,但埃莉诺感觉得出来,他心不在焉。她顿时妒火中烧,几近发狂。这就是我为什么恨男人的原因:男人可以身心两用——"噗"地一吹,你就化成一股烟没影了。可是,她越是嫉妒,就越想拴住他的心。"这是在跳骷髅舞。"有一天她感慨道。"虽然我们一会儿相拥相依,一会儿又各奔东西,但我们已深陷感情漩涡,不能自已。"

杰弗瑞擅长良久地沉默。这次也不例外。沉默了许久后,他回答道:"这就是爱,这就是为什么所有人都谈爱色变。或许到了天堂就……"

"就什么?"

"就纯洁无瑕了。"他捋了捋额头上金黄色头发。"我睡过的女人成百上千，但我甘愿为爱献身的，只有你。"

"别提死。我终将获得自由，我们一起好好地活。"

※

埃莉诺加倍努力和康斯坦丝搞好关系，同时格外注意打探路易的进攻计划。

眼下发展的政治形势，国王颇为满意。"我已经派人叫那个安茹小子在八月份的最后一天来巴黎。"他告诉王后。"等到他向我宣誓效忠完毕，他就可以起航到英吉利海峡对岸去祸害大众了。"

"你不觉得他会击败斯蒂芬和尤斯塔斯？"埃莉诺问。

"那简直就是天方夜谭。我已经收买了佛兰德伯爵，让他禁止手下的人为那小子充当雇佣兵。那小子最近开始称自己是金雀花。我们尊敬的埃蒂安纳过去总是称他父亲为金雀花，还记得吗？埃蒂安纳那时总是嘲笑他帽子上的花。他常常不屑一顾地称之为野草帽。"

埃莉诺心底暗道，你自己的名字才是"帽子"你。"如此说来，年轻的金雀花兵力不足啦？"她问道。

"他会在海滩上就被砍成肉酱，一个城堡也捞不到。如果真的这样，我该多么伤心啊！"

"我的国王啊！"她叹息道。

杰弗瑞和亨利读到埃莉诺的来信，开怀大笑。路易收买佛兰德伯爵，许诺将来让某个法兰西王子娶他女儿，或者将法兰西公主嫁给他儿子。但是亨利的收买更靠得住，亨利许诺给他一定比例的英格兰羊毛生意。

"我觉得，"亨利说。"我们可以放出风去，说因为我们受路易的欺压太久了，现在我们已经和丹麦达成默契。这会让斯蒂芬和尤斯塔斯魂飞魄散，他们非常害怕丹麦人从东北进犯，而我们又从南面进攻。"

不过，亨利也心存担忧。因为斯蒂芬已经预先知道南面受攻，亨利本想率船向西,经由威尔士杀入英格兰。他为苏格兰国王大卫征战效力期间,与威尔士部落首领的关系处得不错。然而,随着战事的推后,海风越来越强,弄不好在海上就自毁战船。因此,从沿海一路进攻的机会越来越渺茫了。

觐见路易宣誓效忠的日子越来越近。玛蒂尔达和她的孩子带着仆人分坐三辆马车,比男人们早几天出发。杰弗瑞、亨利和吉洛姆骑马去巴黎。"我可以一同前往吗?"拉结问。

"风险太大。"亨利说。"宫殿卫士会认出你的。"

那天上午,亨利和父亲离开鲁昂公爵府,骑马下山来与吉洛姆汇合,同时也向伊莎贝拉等妇女道别。

这个季节,草莓还未下市,亨利在驮马身上装了许多筐新鲜的草莓,还带了许多坛草莓酱。拉结早已起床,洗了头,吹干了头发,穿上自己最迷人的蓝色长裙。亨利一手捧着草莓,另一只拽着拉结进了卧室。"我要十天看不见你了。这是最后一次机会安条克公主与无名小辈睡觉。下次你再见到丈夫,他就是公爵了。"

在屋外,吉洛姆、杰弗瑞和伊莎贝拉各自喝着一杯葡萄酒,吃着蛋糕和草莓酱,等着亨利。

在拉结的卧室里,拉结对亨利的激情并没有太大的反应。

"怎么了?"亨利问。

她脸露羞涩。"我怀孕了。"

从餐厅穿过四堵石墙,亨利的欢叫声响彻整幢房子。

他们激情热吻。"既然这个时候身体弱,我就只看看……"亨利说。"我要看看你怀的是男孩还是女孩。"

等他走出来与其他人汇合,吉洛姆轻声嘱咐:"亨利,你先去洗脸吧。"

埃莉诺身着她最耀眼的夏礼服,前来参加宣誓效忠仪式:紫红色丝绸面料恰好衬托出她耀人的眼色，就连每天在宫殿中做事的人，此刻也情不自禁地驻足惊叹。她设计了一款时尚样式，将她的礼服衣袖开衩，让丝绸的线条一览无余。橘黄色的礼服，配上柠檬色头冠，相得益彰。她这么穿，就是为了给玛蒂尔达一个下马威。她知道，玛蒂尔达肯定会在会客厅的前排就坐。埃莉诺就是想让对手看看，自己是多么的光彩夺目。多年前，杰弗瑞首次来觐见，埃莉诺就见过玛蒂尔达，记得她个子很高，样子不错，满身傲气。那时候埃莉诺就觉得，出身为公主是有得天独厚优势的。

埃莉诺步入会客厅，刚要紧挨着路易落座，一眼就认出了杰弗瑞的妻子。"比埃及艳后克娄巴特拉还要珠光宝气。"她对国王嘟囔道。玛蒂尔达脖子上的珍珠项链，颗颗都像鹅卵石那么大，头冠高大，上面缀满了蓝宝石、红宝石、翡翠、钻石。当然，上面更多的是珍珠。

王后用手里的羽毛扇挡住嘴，又说道："偷来的，从德国。"

借着手中的羽毛扇，她打量着杰弗瑞。她希望，看见自己和丈夫坐在一起，他的内心会像她一样满怀嫉妒。但杰弗瑞脸色平静，波澜不惊。王后颇为失望。其实，杰弗瑞内心已经像是打翻了醋坛子。

杰弗瑞身穿深绿色丝绸上衣，金色腰带，金色马靴。埃莉诺突然注意到他的儿子，瞬间感到一丝惊讶。对于那个带着匕首、满身马粪味的恶棍，她记忆犹新。可是此刻出现在她眼前的，却是个精神饱满、活力四射的英俊小伙，一举一动，明眸亮眼，无不让人怦然心动。看着他脱帽向国王致意，她喜欢上了他黄铜色卷发以及红润光泽的面容。她心底暗道：生性好战。在他身边，站着一位个子更高的英俊小伙。"那个是谁？"她用羽毛扇遮住嘴低声问道。

"一个私生子。"路易嘟囔道。

埃莉诺马上意识到，他就是那个加泰罗尼亚人。她内心醋意大发，感觉自己的脸色都变青了。看见杰弗瑞的儿子们近在咫尺，埃莉诺心如刀割、五脏俱焚。这几个男人，肩并肩站着，一举一动都展示出随时甘愿为对方去死的气势。

她又看了看玛蒂尔达和身边的几个孩子。女孩子个个俊俏,那个最小的儿子也英气逼人。不过,她不喜欢杰弗瑞第二个儿子的神态。她警告过杰弗瑞,就是他的第二个儿子,正通过一个主教不断地给巴黎的新总管透露情报。

埃莉诺觉得,玛蒂尔达应有尽有,而自己在此只不过是个囚徒。有那么一会,她的眼神与对手相遇。出乎她意料的是,玛蒂尔达笑眯眯地看着她。公爵夫人的微笑略带讥讽:她知道王后被什么困扰——没有为自己的王国生下男嗣继承人。

"我想邀请她和她的孩子们到宫殿里来玩玩。"埃莉诺对国王说。她叫来一名侍女,让她给玛蒂尔达带去口信。"你能否也邀请新公爵与你一同狩猎呢?体现一下你的宽宏大量。"

路易叹口气。"我的良知告诉我,该邀请他。可是我的灵魂也告诉我,接受他的觐见后必须马上打发他走。他不过是顶野草帽。顺便问一句,你那个腓尼基侍女怎么样了?她和那个父亲一起跑了。"

"她移情别恋了,爱上了他的儿子。"埃莉诺说。"听说他们都已经有了孩子。"

路易轻蔑地哼了一声:"一帮乱伦的兔子。"想了想又说:"也是一帮狡猾的狐狸。兔狐同槽,穿同一条裤子。"他对自己的玩笑很得意,自己"哈哈哈"地开怀大笑。不过他心里还是闹不明白,对其他人来说,在帽子上别一朵野花是件滑稽可笑的事,但安茹人却引以为豪,竞相攀附,甚至在着装上别具一格。很快就退位的老公爵,竟然闯进王后的密室诱奸那个腓尼基女人,更别提睡了他的许多"挤奶女"。一想到这些,路易的心如刀割、隐隐作痛。"他们住在哪儿?"他问。

"我不清楚。"埃莉诺答道。她和杰弗瑞,也未能预先筹划出一个安全的法兰西岛幽会地。但是现在她灵机一动。"我们何不去猎鹿?"她向路易建议。"天气绝佳。"同时也是我和杰弗瑞双双失踪的绝佳方式。她大着胆子直勾勾地望着路易，但是路易脸上的表情令她迷惑不解。

路易慢悠悠的说道："我倒也很想去捕杀野猪。捕杀野猪更显男人本色。"

觐见仪式直接安排在早饭之后。来自诺曼底、安茹、缅因的骑士、太太与法兰西的骑士、太太一道，相继走进大厅。大部分人只能站着，惟有高级别的贵族和牧师方能就坐。

路易点了点头，圣丹尼斯教堂的主教趋步上前，走到国王身边。一名侍女急忙在国王的脚下放了块垫子。亨利走上前，单膝跪在垫子上，也没戴帽子，垂着头。

"我宣誓效忠于您，路易国王，我的大人与君主。"亨利说道。"我将用我的生命来保护您及您的领地。对于上帝和人类而言，您的生命价值远胜于我。随时听候您的遣使！"

路易很满意，这个安茹人完整地说出了誓言，认可自己在上帝眼中的价值远胜于他。有些属地领主，尤其是那些不安分守己的布列顿领主和埃莉诺手下的南方领主，往往会省略后面这部分誓言。

主教为亨利祝福，请求上帝为他刚才发的誓作证，并在他身上洒上圣水。

路易说道："起来吧，亨利，诺曼底的公爵。让我们交换和平之吻。"

亨利站在那儿，心中突然对路易产生了好感。他们相互吻了吻对方，比之前更认真地看了看对方的脸。亨利觉得，路易的眼睛酷似拉结，柔和温情。而路易则觉得亨利勇猛如狮。俩人都有惺惺相惜之感。

路易退回到王座，亨利发现路易的脸上温情脉脉，但他同时也惊讶地发现，王后的脸色蜡黄，像张羊皮纸。

殊不知，在亨利和路易交换和平之吻的时候，杰弗瑞无声地向她做了个口型："再见！"

"趁天气还不太热，出去捕杀野猪怎么样？"路易问他的诺曼底新公爵。"欢迎你的兄弟也加入。"然后他又嘟嘟囔囔地加了一句。"当然，还有你父亲。"

安茹的几个男人和玛蒂尔达凑在一起,简单地商量了一下。然后,亨利又回到王座前。"陛下,我母亲很高兴接受王后殿下的邀请,我们也非常感谢您邀请我们去捕猎。但是,我和我父亲、兄弟今天要骑马赶到勒芒,有很重要的事情要料理。"

该办的事情都已经尘埃落定,路易一身轻松。"接下来就是跨过英吉利海峡?"他笑眯眯地说。

"陛下,看来你很了解我的心事。"

"但是你了解我那位妹夫吗?"路易问道。他从埃莉诺那里已经得知,尤斯塔斯王子现在雇佣了一个投毒的人,而且这个投毒的小孩已经到了法兰西的什么地方。对此,他感到很恼火。

亨利突然决定与国王坦诚相见。"我知道他想害我,很可能用毒药。"他答道。

"对的。"路易说。"他的确想这样,所以你要小心。他这样做很龌龊,我也不喜欢。"

路易说完站起身,忐忑不安的埃莉诺也脸上挂着笑站起身,跟着国王来到大厅后面的接待室。几分钟后,玛蒂尔达和她的一帮孩子也会来到这里。

亨利昂首从一群王公贵族和夫人太太中间走过,接受大家的祝贺和赞誉。他有时和女人握握手,有时拍拍她们的背,时不时地给她们个飞吻。有些人开始唱起来,"一只年轻的狮子走上前……"很快,整个大厅歌声飘荡。亨利走过去抓住杰弗瑞的手,高高地举起来,两人并肩前行,新、老公爵一起接受巴黎人的祝贺。亨利很惊讶,杰弗瑞的手感觉如此沉重。

"跟我去那个小酒馆一起用餐。我每次来巴黎找王后,都在那里下榻。"杰弗瑞说。

亨利和吉洛姆的眼珠子骨碌碌打转。"爸爸,那里人员很杂。"亨利说。"而我们又都穿得这般……"

吉洛姆踢了他一脚。

"……不过也不错。能勾起你的美好回忆。"亨利又转口说道。

他们已经习惯了诺曼底的饭菜，觉得巴黎的饮食太糟糕：油腻太重，价格过高，还不新鲜。还是这个小酒馆的饭菜比较靠谱，家常饭菜。他们还要骑马赶很长的路，天气也越来越闷热，因此，他们只是稍微吃了一点。然后到楼上房间将身上的绸缎外套和金色马靴换成舒适的骑装。亨利不经意地发现，父亲似乎情绪低落，从宫殿出来就几乎一言不发。出了小酒馆的门，来到只能容纳两个人的厕所，亨利问吉洛姆："爸爸怎么了？"

吉洛姆耸耸肩。他也感到纳闷。

离开巴黎后，他们马不停蹄地赶了一个来小时的路，在加尔杜西附近找了块草地歇脚。这里河道较窄，流水清澈。几个男人，尽管只是穿了亚麻短上衣，个个汗流浃背，连马都全身冒热气。

"我们去游泳吧。"亨利说。他们带着七个侍卫来到河边，都脱光了跳进河里。杰佛瑞仰面漂在水里，不停地用他那双大手撩水到自己的脸上。亨利和其他人则竞相在两岸之间游来游去。等到他们都感觉凉快下来了，就又把自己的马牵到河里。杰佛瑞突然叫骂了一嗓，原来他游得靠马太近，被马掌磕了一下脚踝。等他牵着马上了岸，只见他的脚上鲜血直流。

"大人，让我来替您清洗一下包扎起来。"一名侍卫说。

杰弗瑞看了一眼伤口。"一点皮外伤。"他轻描淡写地说。

侍卫不罢休。"可是大人，这种炎热的天气……"

杰佛瑞垂头丧气地嘟囔了一声，无奈地躺倒在草地上，任由侍卫给他包扎。

那天晚上，他们就借宿在离勒芒不远的一处庄园。

两个儿子都注意到，他们的父亲从马上下来后步履蹒跚。平常日子，每当杰佛瑞累了的时候,走起路来也是感觉很费力的。因为它脚上有处老伤,早年间攻打诺曼底失利时留下的。亨利说:"我们得找个医生,还要找个骑手来帮他骑马。"

"我到鲁昂去把妈妈接来。"吉洛姆说。

"不行。你必须和我们在一起。我会派个骑手去请医生的。"

医生一直到深夜才赶来。"没啥大问题,大人。"医生说。"你父亲累了。他三十八岁了。需要休息。"

医生本来靠坐在睡觉的台子上。亨利走过去拎他站起来。"累了,我同意。需要休息,我也没意见。但是三十八岁算个啥。他的父亲活到了七十岁,他伟大的伯父,在修道院活到将近八十岁。我告诉你,他病了。你没什么药吗?"

"他也没发烧。"医生说。

"他只是现在还没有发烧而已。"亨利说。"你今天晚上就住在这儿,以防他今天晚上发烧。"

他和吉洛姆躺回到父亲身边。杰弗瑞还是不说话。"你有什么心病,爸爸?"亨利说。

杰弗瑞转过他的大脑袋,缓缓地对他凄然一笑。

"无药可救的心病。"

"王后。"吉洛姆低声说道。

杰弗瑞点点头。"今天我看见她,光彩夺人,活力四射,青春焕发,满怀希望,我知道,继续让她相信我俩还能相依相偎是很缺德的。我给不了她想要的生活。我既没有钱财,也没有地位……"他让后面的话消失在烛光摇曳的黑暗之中。

亨利说,"爸爸!你不能任凭自己因伤心而死。"

"我为什么不能?"杰弗瑞"哼"了一声,继续说道。"比我更英勇的男人也会死于对爱情的绝望。他们或死于战场,或死于狩猎,抑或是比武大会。致命的并不是表面上那些伤口,而是内心那些无形的伤口。"

亨利拉起他父亲的手。"爸爸！你并无大碍。医生说了，你会看到我登上英格兰王位的！"

"我会的。我会的。"杰弗瑞微笑道。

吉洛姆从卧榻上起身，在卧室里来回踱步。"唱首歌。"他父亲说道。

吉洛姆去拿琴的工夫，杰弗瑞说道，"我伤心啊！在宫中见到埃莉诺时，心就开始疼了，我再也无法揽她入怀。"他自怨自艾地撅起双唇。"你知道吗？亨利，我觉得她从没爱过我。她爱的是那种刺激。她爱上的是有情人被命运分开的感觉。我觉得她根本不懂什么是爱。让你娶她，我真是太蠢了。看在上帝的分上，想都别想这事儿。她是全欧洲最危险的女人。"

她到底哪儿好？让你如此着迷。亨利忿忿不平地想着。他二人均避免谈及教会对埃莉诺的指责，因为她曾经煽动路易对香巴尼发动战争。在这场战争中，路易烧死了在维特立教堂避难的千余人。伯纳德已经证明，若有谁能够征服那个野心勃勃的年轻王后，他是不二的人选。这一晃，几乎十年过去了。但维特立丑闻并未随着时间而淡去。

杰弗瑞叹了口气，拍了下儿子的手。"一旦你登上英格兰王位，你可以随意选择你看上的女人……好了，去睡吧。明天我就能骑马了。我要去勒芒。"

吉洛姆回来后就开始唱歌，杰弗瑞的呼吸已不再急促，脸色也不再那么苍白。亨利再次躺在他身边，身体紧贴着父亲。"汲取我的力量吧。汲取我的力量，爸爸。"他自言自语地说道。杰弗瑞已经睡着了。

第二十二章

第二天上午,杰弗瑞又变得精神抖擞。当他们自己的庄园映入眼帘,他对着它挥了挥帽子。勒芒没有巴黎那么潮湿。庄园坐落在一座小山坡上,从那里可以看到四周的田野,也可以享受到凉爽的轻轻吹拂的微风。亨利和吉洛姆分别在杰弗瑞身体两侧,搀扶着父亲的胳膊拾阶而上,来到卧房。"我好了,我没事了。"他说。但是,一进房间,他连鞋都没脱,就瘫倒在床上。

亨利赶忙叫来家庭医生,医生一来就直接坐到父亲身边。杰弗瑞曾经带这医生去过公爵的森林打猎。那天,医生最大的收获是一对鹿角。

他为老公爵把了把脉,翻开眼皮看了看,又叫他伸出舌头瞧了瞧,还把自己的头贴在公爵的胸脯上听了听。"咳嗽一声。"他说。他叫杰弗瑞在一个小瓶子里撒了点尿,然后拿着小瓶子走到窗口检查了尿的颜色和气味。"你的体液似乎都正常。"他又掀开床单,看了看杰弗瑞的脚踝和脚掌。"我觉得,我该给它敷上点海藻。"他补充说道。诺曼底沿海的棕色海藻因其治疗功能早已闻名于世。先将海藻收集起来晒干,要用时在热水里泡开。也可以取少量碾成粉末,溶于水中当饮料喝。

亨利送医生下楼。"谁替他包扎腿的?"医生问道。

"一名侍卫。怎么了?"

"不管是谁,他没有用干净的水清洗伤口。"

"河水也很干净啊。"

"河水必须先烧开,才能用于清洗伤口。而且你父亲的脚踝捂在靴子里骑了几个小时的马。"

亨利的脸气得变了形。"你是在告诉我,我父亲会失去他的腿?好吧,男人一条腿也没事。这种事一直有。甚至我都知道怎么砍下一条腿。"

医师没接话。

亨利含糊不清地说:"在这里等一会,我叫我兄弟来听听你的话。"

吉洛姆到了后,亨利对他说道:"医生说爸爸将会失去他的腿。"

医生清了清嗓子。"尊敬的公爵大人,那不是我说的。"

"你怎么说,医生?"吉洛姆问道。

"你父亲的伤口感染了,会导致血液中毒。"

亨利扭身对着门,一边用拳头砸门,一边尖声叫喊。吉洛姆扳过亨利的身体,有生以来第一次抽了他一耳光。

"现在还不是你哀声叹气的时候,兄弟。"

亨利扑进吉洛姆的怀里。"愿万能的上帝帮帮我们!愿圣母玛利亚可怜可怜我们。"他哽咽道。

"上帝和圣母玛利亚都会帮你们的。"医生轻声说道。

"谁来切除父亲的腿?"亨利问。

"我们再等等,看看海藻是否有效。"医生说。他继续盯着地上看。他知道厌倦生命的人是何种表情。"或许我们还能救它。在夏特赫,修道士们有一种药酒,万一我们要为他截肢的话,这种药酒能缓解他的疼痛。伯纳德神父会给我一些的。"

"他说我是魔鬼的化身。"亨利说道,"所以,由此推测,爸爸也脱不了干系。"

"我们都听说过这个故事。不管怎么说,伯纳德是个奇怪的人。他话里话外的意思,常让人觉得深不可测。"

"兄弟。"吉洛姆柔声说道,"你必须取消进攻英格兰的计划。"

亨利看起来像只无头苍蝇。"说什么?"他问道。

"爸爸病重期间,你不能攻打英格兰。"

亨利嘟哝道:"那是自然。我把计划推迟到来年。活捉大总管,然后……"

他懒得再说下去。

※

医生快马加鞭赶往沙特尔,希望晚祷前能赶到,因为晚祷后,大家只有到了第二天晨祷开始才会再开口讲话。但是,等到他赶到大教堂下马时,僧侣们已经在唱第四节《诗篇》。

失望之余,他写了个便条叫人送给伯纳德神父,请求方便的话见他一面。

他坐在大教堂后院的一条长凳上等候。大教堂历经第八或第九次大火后,最近刚重建过。听着教堂内的歌声,医生迷迷糊糊地睡着了,等到有人拍了拍他的胳膊,他才意识到有些异样。他眨巴眨巴眼睛醒了,发现伯纳德神父本人溜出大教堂的声乐团,坐到了自己身边。默默地,神父示意医生跟他到教堂外去。

"你来是为了给哪位公爵取药?父亲还是儿子?"伯纳德神父问。

"父亲。"

即使光线暗淡,仍然可以看清楚神父太阳穴和手腕上的血管。他脸色苍白,面容清癯,身体瘦骨嶙峋,颇有仙风道骨之感。

"你可以拿到药。"

与其说医生看到,还不如说他感觉到,伯纳德神父正盯着他。他等着神父或者其他的圣灵给他更多的启示。"我听说那孩子把自己的姓改成了金雀花。改得好!这才是他真正的姓。上帝有眼,让他蒙恩发现了这个姓。世上很少有人知道自己姓什么。"

医生一脸茫然。

"植物的能量出奇地强大,不是吗?"伯纳德又说道。"放眼我们四周,看看那些树木和植物的能量。救世主是怎么说的?'我才是真正的藤。'有人遗弃一幢建筑一年左右,结果怎么样?"

"藤蔓、青草和树木……"

"很对。"神父打断他的话。"这就是自然的力量。"他叫过来一名僧侣。"到药房去拿一桶药酒来。要满满一桶。"

"需要一桶吗?"医生问。一桶药意味着不是治一只脚掌,而是整条大腿。

伯纳德那的手,瘦骨嶙峋,但摸起来很温暖,医生能感觉到伯纳德手上的每一根骨头。"亲爱的医生。"伯纳德说。"人无完人,百密一疏。上帝才洞察毫末、疏而不漏。上帝爱人,爱我们所有人,无论是圣贤还是罪人。"他停了一会。"我也发现难以理解。我日夜祈祷,让自己不要心浮气躁,使自己能通达上帝的教诲。"

医生隐约看见一丝微笑掠过那张瘦削的脸。"我相信,竭力领悟上帝对罪人的爱才能使自己感觉活得有意义。"

医生心里明白,第二次东征失利的阴影一直笼罩着神父。他在想,上帝的爱是否降临至土耳其人。

小僧侣拿着一桶药酒回来了。

"今晚你可以睡在这儿。"伯纳德说。"用这种药,也不在乎晚一天两天的。"

伊莎贝拉和家里其他人次日上午赶到。整个晚上,他们大部分时间都骑马赶路。拉结坚持说,自己的身体已无大碍,可以走得动。不过,伊莎贝拉还是注意到,她中途停下来吐了一次。

吉洛姆拦住她妹妹和拉结,只让伊莎贝拉进卧室。杰弗瑞背靠枕头,受伤的腿上盖了床毯子。身体还是有点发烧。伊莎贝拉掀开毯子看了看敷了海藻的伤口。

"我要和你睡觉。"杰弗瑞说。

他们年纪一样大，都是三十七岁。伊莎贝拉自十三岁就跟了他，为他生了八个孩子（两个夭折了），可身体依然保持着苗条，富有弹性。露在外面的皮肤呈棕色，像坚果仁的颜色一般。只有大笑起来的时候，眼睛周围才会出现皱纹。不过乳房已经收缩，只剩下深黑色的乳头，杰弗瑞戏称它们是可爱的葡萄干。她在杰弗瑞身边躺下，杰弗瑞突然对她产生出一种撕心裂肺的爱。几十年光阴，弹指一挥间。此时此刻，杰弗瑞心潮起伏，感激之情难以言表：感激伊莎贝拉这么多年不离不弃的挚爱；感激苍天给了他这么优秀出众的大儿子，给了他那么多潜力无限的小孩子；感激成百上千他爱过的或貌如天仙或姿色平平的女人。他很满足。身居公爵，他无怨无悔。

"我要和你睡觉。"他又重复道。

她能看出来，他太虚弱了。"你能保证不让我怀孕？"她风情万种地问道。

一瞬间，他的眼睛又闪现出调皮、傲慢的神色。"我无可保证，小妞。"

伊莎贝拉抚慰他时，他意识到，与埃莉诺比起来，他远更喜欢伊莎贝拉的手和腿。他突然觉得可笑，在床笫上，姿色平平的女人往往比花容月貌的美人更让男人销魂。他不知道自己是否会有一天厌弃埃莉诺。在床笫上，埃莉诺完全是个自私鬼，他的作用就是给她愉悦。可也正是这一点，他对埃莉诺几乎神魂颠倒：满足她的性欲，他感觉自己威武勇猛，势不可挡，宛如自己旗幡上的豹子。

伊莎贝拉和杰弗瑞缠绵了将近一个小时，然后才起身穿上衣服。天气依旧炎热，伊莎贝拉和其他女人一样，只穿了件白色亚麻长裙，脚上只穿了双草绳编织的凉鞋。伊莎贝拉穿好衣服，又梳了头，这时杰弗瑞才跟她说，他有要事与她商量。

"是有关亨利的。"他说。"在巴黎时，我仔细观察了王后与你亲爱的朋友玛蒂尔达之间的关系，发现了这么个怪现象：她们俩就像两个打斗的骑士，互相谨慎地估量对方的实力和技术，都不想动手。她们就是这样互相打量对方的。"

伊莎贝拉点点头。她一直有一种感觉，埃莉诺就是杰弗瑞最近陷入情网的女人。

他停下来看她是不是明白他的意思。

她对他微微一笑。"如果王后离婚成功，你想叫亨利娶她？"

"不是，绝对不是！也许玛蒂尔达是这么想的，因为那样的话，玛蒂尔达就不用典当她那些珠宝来为战争筹措军费了。如果埃莉诺嫁给了亨利，玛蒂尔达就会坚持叫亨利用埃莉诺的钱。"

伊莎贝拉私底下与熊雷伯爵交谈过几个小时，熊雷跟伊莎贝拉讲明了自己对这个王后的看法。伊莎贝拉了解到，王后喜欢弄权，惯于颐指气使，她唯一苦恼就是被法兰西王室牢牢地控制着。

"不管怎么说，"她说。"埃莉诺还没离婚。亨利和拉结相亲相爱，小孩健康活泼。一月份拉结又怀孕了……"

"他已经推迟了今年进攻英格兰的计划。"杰弗瑞说。

"他希望你能见证他的登冕。"

她本来还准备说些宽心的话，却发现他已经睡着了。她掀起他腿上的床单，又看了看包扎伤口的绷带，上面有一条细细的血迹，血迹的长度不超过一片指甲。

那天下午，等医生赶回来时，渗出来的血迹已有一个手指头那么长了。他命人把海藻换掉，又让杰弗瑞喝了一口他从沙特尔带回来的药酒。

"你的老朋友，伯纳德神父给的。"他说。

"太难喝了。我不能直接喝点酒吗？"

一个小时后，伤口上渗出来的血迹越来越长。医生拿定了主意。他揭掉敷在伤口上海藻，小心翼翼地将带来的药酒滴在杰弗瑞的脚踝上。马掌撕裂的伤口现在已经恶化，连杰弗瑞的脚趾头都肿了。

"我绝不能死于坏疽。"杰弗瑞说。"如果我的脚开始发黑发臭，你就去取把剑来，我要死得像个罗马人。"

"只是伤口发炎了，公爵大人。"医生说。"还没开始坏疽。"

一个小时过去了，医生又去检查了一遍伤口。尽管脚还是红肿，但渗血似乎止住了。医生召集亨利、吉洛姆和其他妇女一起开了个会。

"炎症表面上有所减退。"医生说。

"我会建一所寺院来答谢。"亨利说。"我将它献给圣卢克。"

医生没吭声。拉结因为从小得到父亲的指点，悉心解读过圣经章句，所以她深谙医生遣词的用心良苦：炎症表面上有所减退。她捂住自己的嘴，强忍着不让自己说出医生的弦外之音。亨利抬头看了她一眼，她赶忙说："肚子里的宝宝在动呢。"

午夜时分，睡在杰弗瑞病房里一张简易床上的医生起来摇醒亨利。

亨利从拉结身上移开自己的大腿，拉结一下子也醒了。"你别动。"亨利命令道。"照顾好肚子里的小宝贝。"她躺着没动窝，但心却"怦怦"直跳，再也无法入睡。

吉洛姆睡在房间另一角，搂着小吉洛姆的母亲睡得正香，被亨利走过来叫醒了。

"我要叫来伊莎贝拉吗？"亨利问道。

"眼下还不用。"医生问答说。

他们一起走进杰弗瑞的病房，惊讶地发现杰弗瑞已经坐了起来，正拿着杯子喝东西。医生早就叫人在病房里点了三十根蜡烛，房间里亮堂堂的。此刻，杰弗瑞的脸色通红

"爸爸，你醉了吗？"亨利问。

"我倒是想醉，最好现在就醉。"杰弗瑞说。"这里亮得像复活节时候的教堂。太刺眼了。"

"你身上烫得像烤炉。"吉洛姆含糊不清地说。

"可是我还是感到冷。"杰弗瑞说。他肩膀上裹了块毛皮毯。

医生掀开盖在脚上的床毯,只见伤口上的血已经从脚踝流到大腿中间了。杰弗瑞探过头来看了看,讪笑了一声。

"你们瞧,亲爱的男子汉们。我完蛋了。你们拿斧子砍掉我的腿时,当心别把我的半个屁股也砍掉。我可从来就没见过哪个男人靠半个屁股活着的。"

医生点点头。"公爵大人,我要实话实说了。你,我尊贵的主人,还有几个小时保持头脑清醒。几个小时后,我估计你将意识涣散,口齿不清。所以,公爵大人,现在当务之际是跟你的儿子们交代遗嘱。"说完他退到后面。

吉洛姆和亨利赶紧坐到父亲床边。这时,杰弗瑞全身开始发抖,满脸大汗,头发蓬乱而且发黄。

他开始发话了:"吉洛姆已经从我和他母亲那里得到了属于他的遗产,我不能再给他任何属地。你,亨利,拥有诺曼底和缅因。等你夺取了英格兰后,我要你把安茹和缅因给你弟弟——青年杰弗瑞。小威廉应该进入教会。你要为你的妹妹们安排好婚事。"

亨利点点头。

"你肯为青年杰弗瑞的事起誓吗?"

"不!"亨利说。"我自己需要领地。"

"但这是我的遗嘱,你必须给他。"杰弗瑞盯着他的儿子,知道自己败了。"我死也不开心。"他低声地叹息道。亨利并不为之动容。杰弗瑞只得换个话题。"我现在对你们有个特别的要求。你们必须替我保密,不能让伊莎贝拉和玛蒂尔达知道。"

亨利将头埋在手里,吉洛姆已经泪流满面。

"哈哈,很好。"杰弗瑞开心地说道。"你们已经猜到了。"

他们点点头。

杰弗瑞咧嘴笑了，但是，已经侵入血液的病毒在全身蔓延，他的嘴唇痛苦得不停地抽搐。

亨利和吉洛姆无比悲伤，不忍再看下去，都想回到自己的床上去，投入女人的怀抱痛哭一场。亨利问："你愿意我们守着你吗？"

"为什么不呢？"杰弗瑞说。一瞬间，他的脸上又露出惯有的诡秘笑容。"伯纳德神父叫人从沙特尔送来的药酒，你一旦习惯了这种讨厌的味道，它还是很提神的。我的腿在抖动，魔鬼已经侵入我的脚掌，但是我真的不在乎。来喝一杯吧！"

他们俩分坐在杰弗瑞的床头，每人都喝了一点。液体流进喉咙，火辣辣的，感觉周身一下子精神十足。杰弗瑞就像一只巨大的、充满爱怜的猫，用他那发烫的脑袋蹭蹭这个儿子，又蹭蹭那个儿子。"悲伤徒劳无益。我们都不过是尘世间的匆匆过客。既然是过客，总有离开的时候。我不能亲眼看着你登上英格兰王位，但是我想，亨利，等我死后，……"他又从杯子里喝了一大口。

大家都等着他说完，杰弗瑞却闭上眼睛，开始用沙哑的声音唱道："年轻的狮子猛然跃起于……"

他没再说一个字。

他哼着歌，没人能听懂他的歌词。进来听他忏悔的牧师宣告，他已经安息升天了。

此时，离他与埃莉诺道别正好一个星期。九月七日上午，杰弗瑞死了。

尸体美容师为他擦洗了身子，梳洗了头发，帮他刮干净胡子，修剪了指甲。拉结、伊莎贝拉和玛丽又将他的头发重新整理了一番，看起来依旧长发浓密。拉结在他脸颊和嘴唇上捺了点什么，看起来像玫瑰般鲜艳。等她们做完这一切，亨利打发她们离开。他自己和吉洛姆跪倒在尸体旁，一起低头祈祷未来诸事顺利。"一路走好！"亨利说。

吉洛姆将匕首插入父亲的胸膛，划开一道大口子，然后让亨利伸进手去，先掏出肺，又慢慢地捧出血淋淋的心脏。"像牛心一般。"亨利说。他们先把血淋到一个碗里，然后用浸过药水的亚麻布将心脏包裹起来。他们推想，这样有助于保存心脏。接着，他们又在亚麻布外敷上棕色的海藻，再用猩红色丝绸和丝绒包裹起来，最后在外面又裹了一块皮革，弄得这个包裹分量很重。他们又在杰弗瑞的胸腔里塞进去一些东西，然后才把肋骨和胸腔骨复原到原来的位置。将杰弗瑞的胳膊套进铠甲颇不容易，但他们最后还是想法子用铠甲盖好身子，甚至还将防护手套戴到他手上。"让尸体美容师来替父亲穿上其他东西。"亨利说。他们很担心伊莎贝拉、玛瑞亚和拉结会因为好奇敲门闯进来。亨利让吉洛姆处理血和其他东西，自己则一路小跑来到庄园最凉爽的地方，这里储藏着葡萄酒。亨利在这里找了个地方，将父亲的心脏藏好。

第二天上午，杰弗瑞的葬礼在冯特高地修道院举行，到处都摆满了盛开的鲜花。亨利让人在棺材四周铺满黄色的金雀花，使得灵柩像飘在金色云端上面。杰弗瑞脸色安详，没戴头盔，却挺威风地戴了一顶帽子，帽檐上别了一束金雀花。

玛蒂尔达及其孩子们那天上午就赶到了。整个葬礼中，玛蒂尔达恸哭不已，那天深夜，亨利叫来医生给她服用了一些安神药，自己陪坐在她的身边。

"他曾是我眼中最英俊的男孩。"她诉说道。"那时他才十四岁，面如桃花。而我那时几乎大他一倍……"

"妈妈，妈妈，别太难过。"亨利劝道。但是玛蒂尔达决意做一次忏悔。"那时我很害羞，亨利。因为，我还是个处女。我此前已经嫁给皇帝十二年，但是他没能……我此前从未告诉过你父亲，所以从一开始……"

"你为何不早点告诉父亲呢?"

"我为德国皇帝感到害臊。每当他想……他都痛苦万分，倍受煎熬。"

亨利注视着母亲。她七岁就被送入德国皇宫。在亨利的生命历程中，她一会对他呵护有加，一会拒他于千里之外。亨利心想，或许，曾经的遭遇对她影响至深。亨利对她也是爱恨交加,过去也不明白为什么她总是这样令人捉摸不定。此时此刻,亨利似乎有点明白过来,她其实一直在压抑着自己。

玛蒂尔达现在也五十出头了,头上已经出现丝丝银发。不过,皮肤保养得很好,一点皱纹也没有。

"你的几任丈夫都死了。现在你自由了。"亨利说。"好好珍惜吧,母亲。"

刹那间,玛蒂尔达又露出为她赢得全欧洲最美女强人称号的灿烂笑容。"谢谢你,儿子。"她说完转过身,睡了。

亨利与青年杰弗瑞之间,不可避免地要为遗产发生争吵。老杰弗瑞已经将西农、娄盾、米勒第和蒙特索尔等几个城堡留给青年杰弗瑞。老杰弗瑞临死曾要亨利起誓,一旦亨利登上英格兰王位,就把安茹和缅因给青年杰弗瑞,但亨利一直到老杰弗瑞失去知觉也未答应。为此,亨利叫来吉洛姆为他作证,证明他所说非虚,的确并未起誓要给青年杰弗瑞任何东西。

"这是千真万确的。"吉洛姆作证道。"他当时的确拒绝起誓。"

"你这头蠢猪!亨利说什么你都惟命是从!"青年杰弗瑞尖叫道。

吉洛姆退后一步,"刷"地一声抽出佩剑。

青年杰弗瑞惊恐地看着吉洛姆手中的佩剑。"你竟敢……"

"你践踏了我的诚实。"吉洛姆怒道。

亨利也抽出佩剑。"杰弗瑞,父亲尸骨未寒。要想得到属地,就去征服布列塔尼。现在,你马上从我眼前消失。"

亨利和吉洛姆两人找了个借口,说虽然推迟了进攻英格兰的计划,但还有事情要做,所以他们晚饭也没吃就离开了勒芒,随身只带了四名骑士和几匹换乘的马。

天快亮的时候,他们抵达布隆林地,停下来打听王后的所在。

"她正在放鹰行猎。"有个看林人告诉他们。"整个星期都带着她那只北极鹰在放鹰行猎,一直也没回巴黎,晚上就在她的帐篷里饮酒作乐。国王都已经抱怨过,说他们吵得他睡不好。"

兄弟俩又打听了王室帐篷地的方位,但如他们所料,该地区有卫兵巡逻。

亨利和吉洛姆已经换上了最引人注目的夏日骑装:金丝滚边的白色亚麻布紧身上衣,防尘用的蓝色披风,金色马靴。亨利头戴一顶金色的帽子,帽檐上还别了一束金雀花。佩剑原来是他外公的,剑柄上镶嵌着红宝石。亨利和吉洛姆各自骑着黑色战马来到林子里。这两匹战马是他们当年从英格兰回来时老杰弗瑞送的,虽然跑得不是最快,但体型很大,骑起来舒适。而且,当马儿缓缓向前走向像卫兵这样徒步巡逻的人,这些人除了知道马向他们走来之外,别无其他担心。

一名骑士高声通报:"诺曼底公爵要求觐见王后陛下。"

"王后殿下吩咐不准打扰。"卫兵回答道。这名卫兵个子不高,戴着头盔,手持长戟,派头十足。

亨利暗中给马传递意念:对他嘶鸣。马就嘶鸣了。亨利又传递意念:抬起右前腿,准备踢他。马抬起大脚掌,猛地扑向卫兵,吓得卫兵连连后退。如果他手法好,他完全可以用手中的长戟刺死马,但也很有可能先死于马脚下。

"告诉王后殿下,诺曼底公爵在他兄弟的陪同下有要事通报。"亨利说道。

稍等片刻后,几名卫兵过来带着亨利、吉洛姆和其他随同人员来到王后的帐篷。离得很远,他们就已经听到帐篷里传出来的喧闹声。十名乐师正吹奏管弦乐,歌手正引吭高歌,男男女女一起加入合唱,有些人在旁边呐喊助兴。

"听上去他们好像喝醉了。"吉洛姆低声说道。他和亨利跳下马,站在自己的马匹身边。

歌声结束,王后在两名宫女的陪同下走出帐篷。她脸色通红,两眼放光。"一起玩吧。"她高声喊道。"今天我们放鹰捕猎收获最大,我的北极鹰捕到了十只野鸭……"

突然她脸色一沉。"你们带来了坏消息?"她问道。

亨利点点头。他对宫女轻轻地挥了挥手。

"你们走开。"埃莉诺说。她的举止不再激动狂放,而是变得小心谨慎。

"可否借一步说话?"亨利问。

此时仍然还是黎明时分。她用手指了指用于早晚间做弥撒用的帐篷。这个帐篷不大,却能够放一个祭坛,几把椅子,并能容纳三十来个人站立。

"我希望我的兄弟,吉洛姆,陪着我们。"

她点了点头,眼神飞快地在兄弟俩之间穿梭,脸色越来越紧张。

做弥撒用的帐篷里有个僧侣,正在吹灭蜡烛。"别吹了。"王后命令道。"把其他蜡烛也点上,然后出去。"

吉洛姆感觉得到,王后的身子在微微颤抖。他身上带着那个用皮革裹着的大包裹。王后的眼神时不时地扫看着这个包裹。僧侣走后,帐篷里只剩下他们三个人,亨利语气尽量平静地说道:"王后殿下,我带来了令人伤心的消息。"

埃莉诺一下子跌坐到椅子上,亨利还没等王后让他坐下,也乘势坐到她身旁的椅子上。"我父亲两天前死了,死在勒芒。在外人看来,他死于腿上伤口发炎。但是实际上,夫人,他是因为爱你而死的。他自己亲口这么说的。"

王后顿时目瞪口呆。她盯着看看亨利,又看看吉洛姆,似乎期待着他们改口。亨利踌躇片刻,然后抓起她的手放到自己的胸口。"如果我有半句假话,天打五雷轰。"

她继续瞪着眼睛,呆若木鸡了。

"临死前他吩咐,要我们在他死后挖出他的心脏交给你,让你知道他对你永恒的爱。"

仍旧站着的吉洛姆此时捧着裹着心脏的包裹走向前来。王后开始情不自禁地全身颤抖，先是抽泣，尔后放声恸哭。

"别哭，夫人，请别哭。"亨利劝道。他听见卫兵正跑过来。不一会，手持长戟的卫兵就进了帐篷门口。埃莉诺仪态万方地站起身，面朝卫兵命令道："出去！全部都出去！不准打扰我们！"等卫兵走后，她又瘫坐到椅子上，有气无力地对吉洛姆说："打开吧。"

吉洛姆一层层打开，用双手捧着硕大的心脏。海藻和药水将它保存完好，没有异味，只有淡淡的海藻和草药的味道。埃莉诺探过身，从吉洛姆手里接过杰弗瑞的心脏，将脸紧紧地贴在上面，泪水夺眶而出，湿透了心脏，她自己的脸上也挂满了棕色的血迹。"杰弗瑞，我的杰弗瑞。"她低声哭喊道。

她好像六神无主。"他怎么……？他是……？"她想问，但却不知道问什么。

亨利一边揣测着王后的心思，一边说道："他煎熬了四天后死去，从伯纳德神父那里拿来了药酒减缓他的痛苦，他临死前做了忏悔。牧师宣告他安息了。他也的确死得很安详。"

"但我想要他活着。为什么他就死了呢？"埃莉诺自言自语道，眼睛在亨利和吉洛姆身上转来转去，眼神里充满绝望。

亨利答道："因为他意识到自己给不了你想要的生活。他说——尽管告诉你这些我也害臊——'我既无奈无助，又无身份地位，配不上她的高贵。'"

埃莉诺将杰弗瑞的心脏捂在自己的心口，转身面向亨利，一把搂住亨利的脖子，哭得伤心欲绝，弄得两人的身上到处都是棕色的血迹。吉洛姆知趣地退到暗处。

门外再次传来跑步声，这次的人数似乎还不少。一名卫兵高喊："国王驾到！全体起立！"

路易大步走进帐篷，朝祭坛前的那排椅子走了过来。亨利移开王后绕在他脖子上的手臂，站起身，王后一动未动，目光依旧呆呆地盯视着搁在大腿上的心脏。

"诺曼底的，"路易质问道。"你把我妻子怎么了？"

"他给我带来件贵重的礼物，陛下。"埃莉诺替亨利回答道，语气冷冰冰的。

路易向前一步，眯着眼睛察看她手里拿的东西，吓得倒退了几步，宛如被人抽了一记耳光。"内脏！"他叫起来，两眼怒视着亨利。"你给我妻子带来马内脏！"又对王后说道："你显得很难看，就像个掉进泥潭里的女人。"

亨利接口道："王后殿下，我们去打点水来给您洗脸。然后，如果您同意，我们会把我父亲的礼物再包裹起来，放到您指定的地方去。"她看着亨利，目光软弱得像个孩子。兄弟俩从祭坛后面找来一碗圣水，吉洛姆举着蜡烛照亮，亨利用祭坛上的桌布为埃莉诺擦洗脸上、手上的血迹。她一动不动，任由亨利摆布，就像自己是亨利的一个小妹妹，嘴里不停地嘟囔："谢谢你，谢谢你。"亨利替她擦洗干净，把脏桌布揣进口袋，问道："现在，我父亲的心脏……？"

"我要自己保存它。"她说。吉洛姆将它重新包裹好，递给她。"我丈夫曾经给过我一个红宝石做的心脏……"她瞥了一眼亨利，意思是问亨利，拉结是否给他看过那个礼物。

"拉结每天都戴着它。而且每天早晚都要感谢你。"

王后惨然一笑。"任何有钱人都能给他妻子一个珠宝做的心脏。"

夜幕降临，卫兵已经将帐篷团团围住。亨利和吉洛姆向王后鞠躬告退，在卫兵的监视下回到马匹和骑士等候的地方。

亨利他们前脚刚走，路易立刻大步来到王后身后。此刻，埃莉诺已经跪倒在祭坛前，怀里依旧紧抱着那个包裹。国王看了一会王后，在胸前画了个十字，然后一把从他妻子怀里夺过那个包裹。

"不！不！"她叫道。

路易说："大家都知道你宠爱你的那些动物。那匹来自拜占庭的灰色母马是你最喜爱的马匹，可它误闯诺曼底境内，死了。现在，诺曼底将马的心脏还给你，也算他们懂事。你为好马的死亡悲痛，这种心情大家都能理解。"他停顿了片刻。"难道不会理解吗？"

埃莉诺不由自主地点点头。

如果她抬头看看路易的脸，就会发现路易此刻脸色铁青。不过，他的声音依旧不疾不徐。"我会叫人把它烧掉的。"他说。

"我将永远记恨你。"她答道。

第二十三章

巴黎城外的麻风病医院里,连续发生了四起麻风病患者暴死事件。起先,这被看作是上帝的恩典,但几天过去,就有死者的家属来质问医院里的神父。在这些家属中,有一位是医生,对这些倒霉蛋死前的一些行为举止有所耳闻,他们都因情绪失控被上帝召回身旁。因此,他不仅执意要检查这些已经火化的尸骸,而且还分别询问了僧侣、花匠以及在厨房干活的人,这些人都在医院担任圣职。最后,他要求面见主持。

"神父,你这里以前有过狂犬病狗啊、猫啊的,或者其他狂躁的动物吗?"

主持一脸茫然。"曾经有过一条狂犬病狗。但不是在我们院内。"

"它没到过这里么?"

"从没进来过。厨房里一个勇敢的小伙子在那边的墙头上用箭把它射死了。为了确保它死了,他还跑过去把它的头砍了下来。怎么了?"

"已经死了的那四个人,他们是不是歇斯底里的大呼小叫?是不是行为狂躁?是不是用头撞墙、嘴角冒白沫?是不是走路踉踉跄跄?你手下的僧侣告诉我,他们的行为举止就像着了魔一般。这是真的吗?"

"一点不错。我们都注意到魔鬼折磨他们。我感觉很愧疚,但我还是得承认:我们贪生怕死。我们以为,魔鬼会从这些麻风病患者身上转移到我们身上。"

"所以,你就把他们关在底楼……任由他们相互摧残,对吗?他们不停地号叫,撕咬别人的鼻子和耳朵,手脚完整的掰断那些手脚不全的?"

主持探过身对医生耳语道:"我们亲眼所见,惨不忍睹。"他开始全身发抖。

这所麻风病院,是主持一生的事业。有时,他也扪心自问,是不是自己有什么过错连累了他们。"透过一扇格子板窗,我们眼睁睁地看着恶魔折磨这些病人。我们跪在恶魔面前,日夜祈祷。然后恶魔就走了。自此之后,我们就再也没有感觉到恶魔的来临,无论是冷酷残暴的,还是凶残狂躁的。我们麻风病医院又恢复了往日的纯净。大家依赖勇气驱赶走了恶魔。"

"都死了?"

主教点点头。

"砍下来的狗脑袋现在何处?"

对主持来说,这个问题问得莫名其妙,甚至有些亵渎上帝,因为这根本无视麻风患者战胜恶魔的事实。他皱了皱眉头,说道:"我不清楚。"

医生的哥哥是个骑士,曾参加过第二次东征。在那些最后时刻备受恶魔折磨的人当中,就有他哥哥。"神父,为什么四个麻风病患者都死于狂犬病?我想不出其他的解释。唯一的可能就是他们都被得了狂犬病的动物感染了。这是迄今人们所知最糟糕的毒害物,或者恶魔。"医生说。

主持顿时感到莫大的侮辱,连连在胸前画十字。但是,医生的话慢慢地渗入他的头脑。"可这里的每个僧侣和修士都是虔诚地致力于救治麻风病患者的。"

"所以说,神父,我的判断是,的确有个恶魔进入这里,身上藏着患有狂犬病的动物。"医生说完站起身刚准备离开,突然又问道:"那个砍下狗头的小伙子,他在吗?"

"我带你去他那里。"

埃尔伯德的住处紧贴厨房。他们走进来时,正看见他自己一个人在做祷告。主教解释了一番医生要见他的原因,他仰着头,脸上满带甜甜的笑容听着,粉嫩绯红的脸蛋愈加绯红,眼珠子惊讶得骨碌碌地转。

"我有不少问题要问他。"医生说。"你请便吧,神父。"

这时,外面传来招呼大家祷告的铃声,该是日间祷告的时间了。

"的确,我必须马上去主持念申初经了。罗伯特,你就免了。"

"谢谢您,神父。"埃尔伯德低声回答道,转身对医生说:"请吧,师傅,坐到我睡觉的地方上来。"

门关上了。医生用鼻子闻了闻埃尔伯德住处的气味。盘旋在他脑海里的问题的确鲁莽,但还是得问。"这里的气味有点怪,年轻人,你这里存放食物了吗?"

"我正在研制一种治疗麻风病的药方,所以房间里存放了些原料。"

"我可以看看吗?我对各种药方都很感兴趣。"

埃尔伯德走向橱柜,背对着医生戴上防护手套。他给医生拿了许多草药以及用羊皮纸包好的菌菇,铺在医生的大腿上。医生检查着这些古怪的珍藏,一眼就发现了其中的有毒蘑菇。这个时候,埃尔伯德弯下腰,飞快地敲了两下地板。响尾蛇迅速从袋子里钻出来,溜到他戴着防护手套的手里。他一把捏住响尾蛇的颈部,直接将它张开的嘴巴对准医生的脖子。响尾蛇的毒牙一口咬在医生的耳朵根部位。埃尔伯德完全清楚,这个部位的大动脉直通大脑。接着,他又扭过蛇头对准医生咬了第二口,医生瞬间到地,脑壳重重地撞在墙上。

埃尔伯德把响尾蛇装回袋子里,重新包装好那些药材,一股脑把这些东西装进一个大袋子,里面已经装有他的衣物用品。他刚打算逃离,依稀听见有人询问。申初经还要再念三十分钟。尔后,僧侣、修士以及麻风病患者会慢悠悠地干完晚祷前该干的事情,晚祷结束后才能吃晚饭睡觉。

他脱下身上穿着的修士服,里面早就穿好了外出的服装。他左手飞快地用拉丁文写了留言:

我们已经带走了小孩子罗伯特,给你们留下了医生。别再诱惑我们重返此地。

伴随着申初经悠悠的诵读声,埃尔伯德悄悄地离开了麻风病医院,走不多时就来到巴黎城外的一个码头。晚祷的时候他已经雇好了一艘渔船,朝着鲁昂航行。

※

过了两天,路易才重新面对妻子,原谅她对待杰弗瑞·金雀花心脏的方式。他想私底下与王后谈谈,于是就邀请她一起去放鹰捕猎。九月份可是放鹰捕猎的最好季节。

天刚蒙蒙亮,他们就骑马出发了。在城外的一片空旷草地上,他们将猎鹰放了出去。放鹰人和猎狗也随着猎鹰跑开了。路易朝王室卫兵挥了挥手,示意他们走开,让他和王后单独待在一起。

"夫人,下马吗?"路易问道。他将身上披着的猩红色披风脱下来铺在草地上,示意她到自己身边来。"走远点!"他对手下人喊道。

看见国王和王后一起坐在披风上,手下人猜想国王是要和王后做爱,赶忙跑到一座小山后面去了。

"怎么样,埃莉诺?"路易开口问道。对于双方来说,此刻都是既充满恐惧又感到轻松。彼此都已经拿定主意坦诚相见。这可是在他们十四年的婚姻中从未有过的事情。"你和诺曼底公爵睡过觉了?"

"睡过,而且很多次……但是我从未意识到他那么爱我。"

"你从未意识到我曾多么爱你。"她丈夫痛苦地回答。"或者说你意识到了,但却毫不在乎我的爱。"他知道,在他们的婚姻生涯中,有一年她曾叫他"皇家宝贝""忠诚的猎狗""带皇冠的僧侣"以及其他一些不敬的称号。"埃莉诺,你是个铁石心肠的女人。"

她转身将那妩媚的脸蛋迎着他。"你误解我了。我对你是铁石心肠,路易，可那是因为我讨厌结婚。我厌恶婚姻，因为我无法自己做主。我曾祈祷为你做个好妻子，但我的祈祷石沉大海。"

路易长叹了一声。他第一眼见到这个阿基坦女公爵时，她才十四岁，骄傲得像个公主。他现在才真正明白，他早就知道她是个什么样的人。"难以驾驭。"苏格曾警告过他。那时他年少，以为苏格是说她难以被其他人驾驭。如今长大了，路易总算认识到，她是无法驾驭她自己的情感。

"我无法容忍再和你以夫妻名义生活在一起。"路易说道。他突然觉得，说出这番话并不难。这句话已经在他心里憋了十二年，但怯弱使他一直开不了口。他感觉自己好像从坟墓里重生了。

埃莉诺一言不发地看着他，心里一个劲儿地暗自嘀咕：他会同意离婚吗？他会指控我通奸？有一点可以肯定，他不会砍我的头。难道他会剥夺我的所有财产，将我送进修女院？

"这么说，你想以近亲为由提出离婚了？"她尽量用平静的口吻问道。

他点点头。"我们彼此都不想背上通奸的污点。"

她心头一阵轻松，不由地哭了。路易却误以为她是因自责而流泪。"我们曾共享过美好时光，对吧？"他问道。"有甜蜜，也有痛苦。"她轻轻地揩去脸颊上的泪水，对他嫣然一笑。此时此刻，问题都解决了，彼此顿时心情轻松，肩并肩在披风上躺了下来。披风的边沿是用兔毛缝制的。埃莉诺在心底告诉自己，我必须和路易保持朋友关系。我需要有权有势的朋友。她在脑海里飞快地计算：再有两天又要来月经了。她碰了碰他的手。"路易，你愿意……再来最后一次吗？"

路易顿时感到百感交集，胸中宛如洪水激荡。他难过，他愤怒，但他也感到轻松。眼前这个女人，他万般神圣地为她奉献了童贞，一直像敬奉上帝一样地敬奉她。

"不。"他说。

埃莉诺此刻却来劲了。她现在很想引诱国王，因为，在心理上，他们已经离婚了。如果他现在再和她睡觉，那也和通奸没什么两样。她开始用她那双温润的小手不停摩挲他的胸口。路易尽管情绪低落，心有不愿，但身体下面还是很不争气地被挑逗得挺了起来。

在一个温暖的九月上午，他们在一片草地上睡了最后一次。"我曾深爱过你。我相信，我会永远牵挂你。"他后来告诉她。"只要你需要一个朋友……"

"但愿我能像你一样，做一个纯洁的人。"她低声叹道。

她显得那么真诚地痛彻前非。为了让她高兴，他说："伯纳德神父也爱你。"

她心里明白，只有这位教会人士爱她！

对路易来说，最艰难的时刻还未到来。但是眼下他和她睡了，又让他勇气倍增。"所有的公主都留在我身边。"他说。

"那都是我的亲生女儿啊！"

"错！是我的公主！这是我的一个条件，埃莉诺。你可以拥有你自己的领地。我来负责我们的女儿。到圣诞节时，我的人马会撤出阿基坦。复活节来临前，我们可以处理好离婚事宜。"

"你的人马一撤出阿基坦，大家就都会怀疑我们离婚了。"

"我们可以找个借口。你很快就会像那只北极鹰一样自由的。"

他们彼此抬头望着天空中那只北极鹰，看着它滑翔，俯冲，寻找猎物，又再次翱翔在空中。

"那是杰弗瑞送给我的。"埃莉诺幽幽地说道。

"我知道。"路易答道。"我本来想叫人毒死它。但我又转念一想，它有什么错呢？它也是上帝创造的生灵，也珍惜自己的生命。出于嫉妒夺取它无辜的生命，我又成什么啦？"

埃莉诺的眼睛潮湿，泪如泉涌。"我不配你，路易。"她说。"你也不适合我。现在，命运总算对我们都开恩了。"

亨利和吉洛姆来到吉索尔林地那株老橡树下。几百年来，诺曼底公爵们与法兰西的国王都在此会面。回家的路上，他们几乎不说话，心里都在猜想，他们在巴黎城外树林里的所作所为究竟会产生怎样的后果？

亨利先开口说道："他会和她离婚。"

吉洛姆凄然一笑。"兄弟，这就是我们为什么要按爸爸要求去做的原因，对吗？在财力上削弱路易？"他紧盯着亨利的脸。他知道，父亲完全是出于对埃莉诺的挚爱才将自己的心脏奉献给她的。他猜想，亨利则是出于看中了她的财产才这么做的。"但愿路易不会以通奸来向埃莉诺提出离婚，因为那样的话……"

"我已经想过了，"亨利打断他的话。"还记得吗？路易一看到爸爸的心脏就宣告说那是马的心脏。他不会冒险以通奸提出离婚，那太让他颜面扫地了。"

"这么说来，尽管你不喜欢埃莉诺……？"

"战争需要钱，兄弟。"他们又默默地策马前行了一会，亨利又说道。"她并不想要我做她的丈夫，就像我不要她做我的妻子一样。但是，吉洛姆，她的财富的确让人垂涎欲滴啊！"

"你怎么向拉结交代？"

亨利深感痛苦。"她已经有了四个月的身孕。我暂时不想用这种或许永远不可能发生的事情来惊扰她。"

他们慢慢地放马穿过树林，来到他们自己的军营，在那里待了三天，悠然自得地与步兵和骑兵将领讨论攻打英格兰的事宜。现在，攻打英格拉这事已经推迟到接下来的春天。他们本来是计划秋冬进行的，也为此做了精心的准备，可眼下既然推迟了，就不必那么紧张了，可以花点时间哀悼死去的老公爵，同时也可以打造更大的战船，锻造更多的武器。

他们离开军营前，来自巴黎的信鸽到了。安插在巴黎宫廷厨房里的细作，定期用信鸽偷偷地经由吉索尔给亨利传递消息。信鸽藏在巴黎的一个固定地点。情报到了吉索尔之后，再由其他的信鸽传到鲁昂和勒芒。细作是个小男孩，字写得很差，只会写一些法语的厨房用语。亨利看了半天细作写的便条，猜想大概意思是说路易准备年底从阿基坦撤军，因为法兰西南部太平无事。

"阿基坦太平无事！"亨利说完大笑起来。"他们简直像布列塔尼人一样桀骜不驯。"

吉洛姆说："你必须马上开始和埃莉诺摊牌。莱茵河西岸的恶棍，个个都对她垂涎欲滴。"

亨利一直没有对吉洛姆详细讲过那天晚上第一次见到她时干的蠢事。"我当时威胁说要挖出她的眼珠子，要杀了她。她当时赤身裸体，所以我就舔了她的阴道和屁眼。"他说。"如果当时时间来得及……"

吉洛姆双手捂住额头，亨利所说的每一个细节都让他感到痛苦。"你亵渎了法兰西王后！"

"我当时只有十六岁。"亨利嘟囔道。"我当时痛恨她，因为我刚害死了哈姆林，我当时接下来想杀掉拉结的，因为我没法下手砍断埃莉诺那洁白细嫩的脖子。"

"我们可以派理查德·德·熊雷去找她。"吉洛姆沉吟片刻后说道。

"然后你代表我去求婚。"亨利说。

"我才不去。"吉洛姆断然拒绝。

亨利想说："作为我的手下，你必须去。"但他也意识到，这样说既不仗义，也很愚蠢。只有我能够找到理由说服她。"我们要暗地里行事。"他说。"尤其是路易，不能让他得到一丁点我们之间的秘密。"他们一致认为，即使是伊莎贝拉，也不能让她知道，更不用说拉结了。

兄弟俩都清楚，按照法律与惯例，亨利与埃莉诺之间的结合，必须得到路易的同意才可以。但是，如果亨利天真得会去要求路易同意，结果可想而知，路易必定禁止。因为，亨利是路易最强附属地领主，埃莉诺是全法兰西最富有的附属地领主。

兄弟俩先相互紧握对方的手，然后又紧紧抱住对方的胳膊。"坚持不懈，血战到底。"吉洛姆低声说道。

"左右开弓，两面作战。"亨利咬牙切齿地补充道。

☙

埃尔伯德在鲁昂四处闲逛，在码头找人聊天。不到半天，他就了解到，进攻英格兰的准备工作还没进行。不过，他没注意到造船厂正忙碌着。码头边的一名卫兵说："我们正和丹麦人做生意。我们正造大船赶往丹麦。"

几天后，埃尔伯德回到英格兰。他从朴茨茅斯骑马长途奔袭，来到黑鼎汉城堡，向尤斯塔斯王子报告说，诺曼底和丹麦又结成联盟了。尤斯塔斯听完报告，差点吓得背过气去。"这么说，这是真的。"他缓过气来后说道。"我还以为那只是安茹人故意捏造的谣言。"说完，他立刻叫来一名骑兵卫士，一并带着埃尔伯德策马来到威斯敏斯特面见国王。

尤斯塔斯走进父亲的卧房，发现他叔父主教大人已经在那里了。像往常一样，主教一脸的心事重重。尤斯塔斯手搭在埃尔伯德的肩膀上。主教也不跟王子打招呼，只是怒气冲冲地盯着尤斯塔斯。

"叔父你怎么了？"尤斯塔斯说。

"叫他出去。"主教说。

埃尔伯德一脸可怜兮兮的。"主教大人。"他一边退下一边低声问候道。

"这都是怎么回事？"斯蒂芬心情烦躁地问道。本来，诺曼底推迟进攻英格兰是个值得庆贺的消息，但是斯蒂芬却还是忧心忡忡。今年英格兰收成很差，冬天的饥荒在所难免。男人们——各种各样的男人们都在肆无忌惮地建城堡。这些人,祖祖辈辈都没得到过封号,甚至连贵族的边都沾不上。地方官员割据为政,甚至连假惺惺地执行国王的法律都不愿意了。那些政法官也已经彻底放弃了自己的职责。

"陛下,安茹人与丹麦人结成联盟了!"尤斯塔斯脱口而出道。

"你怎么知道的?"

王子气哼哼地看了一眼叔父。"埃尔伯德在鲁昂的造船厂里发现的。"

"谁告诉他的?"

"一名卫兵。"

国王和主教交换了一下眼色。"我认为,我们不需要将造船厂院子里的信口雌黄信以为真,侄儿。卫兵怎么会将如此重要的信息吐露给素不相识的男孩子?这个小家伙可以做他的娈童吗?"

巴黎城外麻风病院里发生的可恶事件,主教已经从教友嘴里听说了,说有个叫罗伯特的男孩,带着尤斯塔斯王子的推荐信到了那里。主教根据别人对这个男孩体貌的描述,认定这个男孩就是埃尔伯德。这个罗伯特现在已经销声匿迹。"被恶魔偷走了。"至少麻风病院的住持是这么说的。这个住持不去负责寺院而在负责麻风病院,在主教看来,是因为这个住持就是个猪脑袋。一名男子发现死在男孩子的住处,脖子上有四处伤口。"恶魔真多。"主教嘲讽道。

王子脸都急白了。"叔父,父亲,难道你们看不出来?他们推迟进攻是因为他们还在和丹麦人完善计划。他们将不会如我们所期望的那样从南部进攻我们,而是改道运用大批战船从东北来进攻了。安茹人会把苏格兰送给丹麦人。这样他就可以夺得整个英格兰,或许还有威尔士。"

"尤斯塔斯,冷静点。"

"要说安茹人会出卖自己的骨肉——苏格兰的大卫国王,那简直就是无稽之谈。"温尔切斯特主教接着国王的话说。他心里对这个侄儿非常不以为然,觉得他有这种想法完全是因为他不懂王者之道:不能背叛自己的同盟,如果能避免,也要尽可能不背叛和自己的有血缘关系的人。

"你为什么会觉得他能夺得英格兰？"斯蒂芬追问道。尤斯塔斯王子在他父亲迷茫的眼神逼视下垂下头。

还是他叔父把事情挑明了。"侄儿，如果你自己都觉得心虚，那么安茹人必将获胜。"

王子长吸了口气，翘起下巴。他觉得这个样子最有王者风范。"我亲爱的父王，我亲爱的叔父：那个安茹人今年十八岁。我保证，他活不过二十一岁。"

主教站起身，连句抱歉或者再见之类的话都没说就离开了房间。

埃尔伯德躲在外面走道里。主教对他招了招手。"你，小男孩，如果再让我看见你，我会把你交还给大卫国王。你逃不过第二次的。我知道你在巴黎麻风病院干的勾当。"

埃尔伯德龇牙咧嘴地笑着说："我还在鲁昂烧掉了一座麻风病院，你可知道？"

没等主教伸手抓他，埃尔伯德蹦跳着走出过道，到外面去等候他主人的露面了。

在返回王子住处的途中，王子对埃尔伯德说："孩子，你必须消失一段时间。主教大人对你抱有成见，无疑是因为你的出身。"他的叔父向来对他横眉冷眼，尤斯塔斯心里暗自打定主意，一旦自己登上王位，就将这个脾气不好的叔父打发到罗马去。"既然你要消失了，就把戒指还给我。你再次露面的时候，我会给你更好的东西。眼下你马上编个密码，你我各持一份。你要随时告诉我身在何处、所作所为以及所见所闻。"

埃尔伯德从手指上撸下戒指，恭恭敬敬地亲吻了它一下，然后才将它放到王子柔软平滑的手掌里。

"你是个好孩子。"尤斯塔斯说着摸了摸埃尔伯德的卷发。"还像天使般可爱。"说得埃尔伯德顿时眉飞色舞。

"许多男人……"埃尔伯德刚一开口，尤斯塔斯就用一个手指头堵住了他的嘴唇。

十一月，天空灰暗的令人郁闷，王后独自在房间里进餐。自从上次她和路易在草地交谈之后，彼此就各忙各的。王后忙着安排离开巴黎，国王忙着准备从阿基坦撤军。她告诉身边的侍臣，她和国王将在里摩日举办圣诞庆典。她邀请大家一起去欢庆。

到南方路途遥远，而且在那里逗留的时间又很长，所以，她将巴黎所有的衣服、珠宝、各种各样的丝织品以及乐器都分类打包起来，也就没有引起太多的怀疑。十四年来积攒的财富，把坐落在塞纳河岸的宫殿堆得满满的。在法兰西岛还有其他多处皇家庄园、别墅，她也叫各地庄园和别墅的管家将她的东西归集起来，装上车运到普瓦捷去。埃莉诺空闲的时候就和她的两个女儿待在一起，教大女儿玛丽美容术，和小女儿爱丽克丝一起玩耍唱歌。宫廷里的人唧唧喳喳地交头接耳，说王后自从东征归来，从来就没有像现在这样性情开朗、行事果断。"她准备去朝圣了。"侍臣奔走相告。各地使节忙着给自己的君主和王子写信，告诉他们王后的行径。"她去朝圣是为了求得后嗣。"他们纷纷猜测埃莉诺会到哪个圣地去朝圣。南方圣地很多，许多都敬奉圣母玛利亚和耶稣基督女门徒玛丽·玛格德琳。他们建议，她甚至可以计划前往更远一点的地方，比如圣地亚哥的孔波斯特拉。

有一天，她骑马前往沙特尔拜访了伯纳德神父，又在宫廷里掀起一轮新的议论：王后将要回耶路撒冷去。

九月份杰弗瑞·金雀花死的时候，伯纳德神父就预计王后会来找他。在他日夜与看不见的世界交流之时，他知道了许多他自己都难以理解的东西。如今，一切都开始有了眉目。他最早从精神引领那里得到的一个启示，说他会爱上埃莉诺。"她是上帝手中的一种器械。"启示告诉伯纳德。"你必得如此珍惜她。"启示又补充道。"她并不知道这一切。你也不可透露给她。"

有一次，为了逃避一名妇女的拥抱，伯纳德一跃跳入冰冷的河水。他坚信自己担负着重责，引领那些似乎误入歧途的人重归正道。

他设计的迷宫建在教堂外面。迷宫四周种着黄杨树充当篱笆墙。黄杨树已经长得很高，外人根本看不到里面。来访的客人一旦到了里面，再要想出去，就得费尽周折才能找到出路，否则就要别人来领他出去。伯纳德要的就是这种效果。迷宫里面机关重重，往往弄得在里面的人心烦气躁，只有气定神闲、超脱外物后，方能柳暗花明。

有个僧侣专门负责记录，谁进去过了，几点钟进去的。如果进去的人到晚上还没出来，专门负责搜寻的小分队就会进去救人，倒霉蛋就得被迫花很多天时间，有些时候甚至花几个月的时间来祷告和反省，以求寻找到自己迷途的根源。

迷宫本来是专门用于宗教人士的。但是，伯纳德可以无视这些戒律。他将它用于王后。

"请走在我前面，王后殿下。"他说。"我会跟着你。我已经命令其他人不得入内，所以我们不会受他人打扰。"

天气寒冷，风很大。王后想跟伯纳德神父谈谈她期待已久的离婚，问问他作为一个离了婚的女人该如何生活。人们只知道，离了婚的王后必然是先去朝圣，然后就进修女院，或者梅开二度，再嫁另外一个国王。从没听说过还有其他路可走。埃莉诺是打定主意要以阿基坦郡主的身份生活。她开始在高高的黄杨树篱之间的石头路上行走。路很窄，只能让一个人自在地行走。她感觉自己进入了一个极其幽谧的世界，除了脚踩在石头路上发出的声音，四周悄然无声。尽管这是一个绿色的世界，却让她犹如身处子宫般地慰藉，宁静而神秘。她开始有一种飘飘欲仙的感觉，飘向一个她未曾预料到的方向。突然，面前出现一堵绿色的高墙，她停了下来，后面并没有伯纳德神父的脚步声。埃莉诺转过身，期待着他也看到这堵墙后停下脚步，却发现他不见了。她心想，我可以原路返回。但是当她原路返回的时候,却发现自己置身别处,一个她感觉能听到伯纳德神父脚步声的地方。她仔细地看了看路面,想发现自己或者神父的鞋印,却什么也没发现。每当陷入困境,她总是对自己说,"我是阿基坦公爵"或者"我是法兰西王后",自信心油然而起,足以使她面对任何困惑与挫折。她曾遭遇沉船、飓风和海盗,每次她都镇定自若。唯一一次例外,是杰弗瑞那个可怕的儿子威胁说要挖出她眼珠子。此时此刻,她也对自己说,"我是法兰西王后。"但恐惧已然吞噬着她。再有几个月,她就不再是法兰西王后了。此念一转,她不禁绝望地叫喊起来。她孤身无助,不知何往。这时,太阳渐渐落山了。

此刻,伯纳德神父正站在离他不到一米远的地方,在篱笆的另外一侧。他决定继续等待,这对他后面要跟王后说的话会起到关键作用。因为,他要告诉王后,今后必须从高傲自大回归到自然朴素的人类本性之中。他知道,这个过程需要几个月、几年甚至几十年,也许终其一生也难实现。但她必须开始这么去做。伯纳德很清楚,她表面上因为未能为法兰西生下后嗣显得很沮丧,倍感屈辱,其实根本没让她内心的骄傲自大有所收敛。伯纳德有时很难把她看成是个正常人,因为她的内心涌动着野生动物的激情与躁动。但是,他听到内心的启示信誓旦旦地说,"她是个正常人!甚至比一般人还正常,因为上帝的一位天使驾驭着她。天使的力量如此强大,唯有她这样的女人才能够承受。但她自己却不知道受上帝天使的驾驭。这会给她带来无限痛苦。"

他仔细地听着她的脚步声,辨别她接下来会往哪里去。他知道她很聪明。如他所料,她又折返到转错弯的地方。他心想,什么时候她才开始求救呢?她不走的时候,他也像黄杨树一样一动不动;她走起来后他才挪步,让她的脚步声盖过自己的。时不时地,他从药瓶里喝一口药酒。

在朦朦胧胧的光亮中,埃莉诺走了大约两个小时。她越来越感到自己与世隔绝。恐惧像浪潮一般,忽而涌上来,忽而又退下去。身处绿色环抱的迷宫,她有一种难以言喻的与世无争之感。她时而停下来,猜想下一步该往哪里去，然后继续游荡。她心中突然感觉自己淡定得像一只在原野上空滑翔的猎鹰。一想到这里，她抬头看了看头顶上的天空，意识到夜幕正在迅速降临，心头又涌起一阵阵的恐慌。"伯纳德神父！伯纳德神父！"她叫喊道，声音淹没在绿油油的墙中。

他从一处拐角地转出来，一把拉住她的胳臂，说道："这边走，亲爱的。"几分钟他们就出了迷宫，肩并肩地走向教堂。教堂里灯火辉煌，铃声响起，到了晚祷的时间。

"我需要你的忠告。"王后说。

"不，"他回答说。"准确说，我需要你的倾听。"

他们商定，今晚她就在沙特尔过夜，就住在专门给高级教士预留的房间里。房间的装潢还过得去。她和牧师们一起吃过晚饭，七点钟后就进了自己的房间。她的侍女给她端来一杯牛奶，把灯熄灭，大家就都睡了。早上两点钟，晨祷的铃声响起，把大家都叫醒起来，五点钟，大家再次起来做晨祷。王后却一直睡到自然醒，沐浴更衣后正好赶上第三次晨祷。晚上她做了个怪梦，梦见自己翻滚在海浪之中。但除此之外，她记不得更多的细节。吃过早饭，伯纳德邀请她来到他的住处。伯纳德的住处很简陋，四周摆放着一排排的书和手稿。在椅子背后的墙上挂着一个毫不起眼的木制十字架。

"你是来问我，你和路易离婚后，成了自由的女人该怎么生活？"伯纳德开门见山地说。

她的眼睛一下子瞪得溜圆，白眼珠子都快翻出来了。"我们的离婚计划是保密的。"她低声说道。

"对世人是保密的。"他附和道，说完又对着药瓶喝了一口，然后对她笑了笑。"我觉得你也应该喝一口这种药酒。它维持了你亲爱的杰弗瑞·金雀花最后几天生命，让他安详地走了。你内心躁动。我看得出来。喝一点吧。"她喝了一口，尽量想装得一本正经。伯纳德开始说道："你必须放弃追求自由的梦想。"

她张大嘴问道："我将不被获准离婚？"

"我这样说了吗？"他厉声喝问。"你将获准离婚。为了法兰西的未来，你将离婚。但你不能只是做阿基坦的领主。"

"难道我得去修女院，神父？"

"到那里去你能干什么？"

他们彼此看着对方的眼睛，脸上都带着微微的笑容，两人一起哈哈大笑。埃莉诺笑得眼泪都飞了出来。"她喝多了。"伯纳德心里想。

"你身处险境，亲爱的。我觉得你昨天在迷宫里就应该体会到这一点。碰到有钱的女人，男人都会有邪念。一旦你不再是王后，你就有被男人骚扰、抢夺的危险。"

"我怎么才能逃避？"

"这就是我们要考虑的事情。你必须要有一匹好马。"

他眼睛望着窗外，脸上的表情看起来若有所思，而且显然是在思考另外一件事情。埃莉诺耐心地等待着。她知道，伯纳德神父讲话素来喜欢藏藏掖掖，犹如谜语。他的沉默不语，本身就是个谜。等了许久，他才开口说道："有个专门处理尸体的人有个女儿，这个女儿做过一个梦，你知道这个事吗？"

她皱了皱眉头。"是说一棵树从诺曼底长到了英格兰？"

"大家都以为，这个梦预示了英格兰历史上最可怕的事件：征服者威廉的入侵，英格兰被蹂躏，英格兰居民的流离失所，然后在新的统治下重新积累财富，再铸辉煌，同时开始使用一种新的语言——法语，整个国家都归国王一人所有。其实梦的真实含义一直被误解。人总是鼠目寸光，万能的天主才深谋远虑。"说完，他站起身来。

讨论就此结束。

埃莉诺很乖巧，知道不能再让他说得更直白了。

"我可以再来拜访你吗？"她问。

"当然可以。我会给一些东西，等你离开博让西府邸后，你会用得着的。你离开那里之前就必须收集好。"

"博让西府邸?"

他点点头。"主教们会在那座府邸里决定,你与路易必须离婚。理由是你们的血缘关系太近。"

他们快走到门口的时候,有个问题折磨着她,于是她脱口而出:"神父,多年前,你禁止我的女儿玛丽嫁给杰弗瑞的儿子,理由也是血缘关系太近。我对你的决定感激不尽,因为他的儿子的确很糟糕。那是不是意味着……"

主教歪着好看的脑袋问道:"意味着什么?"

"意味着我和杰弗瑞的关系也是乱伦?"

他"呵呵"地笑了起来。"世间男女啊!男人和女人!"他停顿了片刻后继续说道。"这件事纯属巧合。不过我觉得你想问我其他事情。"

"是的。"

"你最好自己琢磨。"他回答道。

伯纳德神父的话,让王后感到既迷惑不解又怅然若失。她快快地回到巴黎,一个星期后就接到了理查德·德·熊雷的来信。在信中,熊雷说,他听说国王与王后将前往南部领地巡游,在随同人员中,除了有她自己的庄园主、亲戚和高级教士之外,王后还邀请了夏特勒农伯爵和昂古莱姆伯爵、普瓦捷和桑特斯的主教以及博尔多的大主教。他想问问,她是否能腾出时间和他下盘棋。地点是不是可以安排在奥尔良。在信里他还说,为了答谢王后在巴黎的盛情款待,他要送给她一匹马,名字就叫塞勒玛。吉洛姆对亨利说过,"如果她想逃脱那些追逐财富之徒的死缠烂打,她就要有欧洲最快的骏马。我们的阿拉伯母马正好适合她。"

埃莉诺立即回信答复说,她很高兴与他见面下棋,并且提出了见面时间。

没有人私底下议论说国王与王后正计划着离婚。他们到南方巡游的进程完全公布于众,这反而被大家视为国王与王后婚姻美满的迹象。

亨利说："我在想，我是不是应该叫道格拉斯帮助我们。他可以与她随往，并且保护她。至少爸爸希望我们帮助她安全到达普瓦捷。你我都没法走近她。我们不能让路易有所察觉。"

亨利用老密码给苏格兰国王大卫写信，希望借用一下道格拉斯。圣诞节前，亨利接到大卫回信，说道格拉斯已经起程，一月下旬就可抵达诺曼底。

"如果拉结再生个儿子，我要给这个儿子取名为道格拉斯。"亨利说。拉结肚子里的孩子预计在二月中旬生下来。亨利未向拉结透露过自己要跟埃莉诺结婚的计划。有时候，亨利也觉得内疚，但是他又安慰自己，觉得这样做是为了不伤害拉结，因为埃莉诺很有可能不会接纳他。与此同时，他一方面紧紧地把安茹和缅因控制在自己手里，不让他弟弟染指，另外一方面继续加紧备战，准备进攻英格兰。他的骑士们对于推迟进攻深感失望。亨利训斥他们道："磨刀不误砍柴工。战争就是应该准备充分，才能一举成功。"战争的推迟，亨利现在觉得是件幸事。

※

对于斯蒂芬和尤斯塔斯来说也是件幸事。王子开始花时间思考就在几周前还觉得遥不可及的命运。他了解到自己父亲是如何登上王位的，觉得可以按图索骥，挫败亨利。老话说得好，"战争不允许犯两次同样的错误。"尤斯塔斯在脑海里反复思考这件事，终于发现一个对亨利不利的地方。玛蒂尔达这位先王之后犯了个错误，即她所开战的对象是已经加冕的国王，由此导致了混乱。不过，她开战的背景倒是让尤斯塔斯很感兴趣。

狮王亨利一世向来健康强壮。有一天他在鲁昂的宫殿里享用了大量的八目鳗。他巨大的身躯，宛如被驯服的野兽，六十年来一直相安无事地陪伴着他，此时却重新显露出残忍的野性，对他反咬一口。"我死了！"

他痛苦地咆哮。他食物中毒了。意外事故还是事先预谋,现在已经很难确定。事实是他死了。死讯几个小时后就传到了他侄儿斯蒂芬·布卢瓦的耳朵里,斯蒂芬旋即从诺曼底起航直扑英格兰,和坎特伯雷大主教躲进密室商谈。在密室里,他向英格兰的教会首领许诺,一旦他斯蒂芬登上英格兰王位,将赋予牧师和僧侣更大的自由,不仅远远超过亨利一世所赋予他们的自由,而且也比亨利一世的女儿玛蒂尔达所赋予的还要多。斯蒂芬同时承诺,教会将拥有自己的特权和法域,完全超然独立于王室。坎特伯雷大主教被说服了,因此当人民还在恸哭"国王死了!国王万岁!"的时候,斯蒂芬被加冕为英格兰新的国王。

尤斯塔斯到西敏寺宫殿求见父王。

"法兰西有个传统,尽管父王健在,仍然可以加冕王子为国王。父王,难道这不是可以先声夺人地抵御安茹人吗?"

"怎么说?"斯蒂芬问。

"上帝不会让你战败于战场的。但是如果你万一战败了,英格兰还有我这位已经加冕了的国王。我可以预先得到我们众属下的宣誓效忠。历经这么多年的混乱,大家最不愿意容忍的就是再次内战。"

"你分析得很有道理。"

"那么,你同意吗,父王?"

"我可以同意。问题是坎特伯雷大主教是否同意。泰奥博可不像他的前任那么好商量。从我一登基,他就和我们家作对。"

"让我们试探试探他。"

大主教接受了国王的邀请,前来西敏寺拜访国王。随同前来的还有一位领班神父。这位领班神父是位举止优雅的高个子年轻人,素有理财天赋,早年间曾是伦敦的一名银行家。

"你在外面等候。"尤斯塔斯对领班神父命令道,说完睬也不睬领班神父就从他身边擦身而过。"玫瑰园。"他低声说,但领班神父完全可以听得见。

斯蒂芬向大主教提出，一年来大家的注意力都集中于备战当中，弄得举国人心惶惶，有必要在来年稳固人心。"我希望你加冕王子。"他最后说。

"那是法兰西的传统。"泰奥博说。

"不过，那也是我的愿望。"

"因此，陛下，我会慎重考虑。"

尤斯塔斯插嘴说："赶在庆祝复活节之前。"

泰奥博一脸好奇地转身看着他。大主教如今已经年逾七十，曾求学于罗马。对于教皇格列高利的宗教改革，一般人只是略通一二，他却深得其中含义。他不喜欢尤斯塔斯王子。在他内心，总觉得那些擅长诡计的人缺乏勇敢。

"我想在复活节当天得到加冕。"尤斯塔斯强调道。

大主教淡然一笑。"你希望和耶稣一起升天吗？"

尤斯塔斯被激怒了。大主教又冷冷地打了几声哈哈，带着他的领班神父走了。

"他不会同意的。"国王对大主教的不通情达理深感恼火。

尤斯塔斯脸都气白了。"父王，以为我的经验，武器比言语更有说服力。"

"你不是当真的！"

"为什么不是？"尤斯塔斯答道。"为了保卫自己的领土，有时候就是必须主动出击。"

国王在自己胸前画了个十字。他不能正视自己儿子的眼睛：他知道尤斯塔斯眼下已经听不进一句别人的话。

埃尔伯德信守承诺：他消失了。温切斯特主教通过身边的人四处打听,再也没听到半句关于埃尔伯德的消息。主教顿感宽慰,他一直怀疑埃尔伯德在法兰西谋害了无数的牧师和麻风病患者,而且很可能还谋害了英格兰的许多无辜平民。现在,他决定向他哥哥吐露他的疑虑。国王听完,顿时目瞪口呆。"我儿子不可能知道其中的原委。"他缓过劲儿来后说道。

"我觉得,"温切斯特主教答道。"明智之举是你警告尤斯塔斯远离这个充满邪恶的孩子。哥哥,只有你跟他说,他才会引起重视。他把我看作是个老蠢货。"

如果不能说傻里傻气,斯蒂芬现在看上去的确老态龙钟。他挚爱的妻子,如今正染病在身。有人说是心脏积水,也有人说是胃寒。不管什么病因,反正是让国王斯蒂芬伤透了脑筋。

"我会警告他的。"斯蒂芬说道。但是他兄弟知道,斯蒂芬有口无心。尤斯塔斯已经长大了,不再对父亲言听计从。

温切斯特心里明白,像埃尔伯德这样的孩子是不会消失的。他肯定在某个地方,干着某种勾当。

十二月,埃莉诺和路易骑马抵达奥尔良,得到当地民众隆重且热烈的欢迎。有位行游诗人专门为皇家南方巡游赋诗一首:"贵人降临保佑我们……"而且还领着民众一起吟诵。在此逗留了几个晚上后,路易宣告,鉴于王后说她没料到还有许多领地的郡主要求与她见面,所以她要在此再逗留几天,但是他本人将继续南巡。

国王离开的当天晚上,熊雷男爵就到了。他带来了一匹母马,用杰弗瑞的旗幡披挂了该马:蓝色的底子上绘着豹子。天气很冷,所以连马耳朵都披挂起来了。一名卫兵举着火把为埃莉诺引路,来到马厩,母马一见前主人,顿时兴奋得嘶鸣起来。

"是你啊!"埃莉诺也欢叫道。她拍打、亲吻着塞勒玛,心中不禁想起伯纳德神父说过的话,"你必须有一匹好马。"她大声对男爵说:"她的回归太出乎我的意料了。"

男爵垂着眼帘谦恭地说:"诺曼底公爵要我把她送给你。"

"天太冷了。"她说。"我们到里面去。天亮后我再来骑她。"

"那么我们或许有时间下棋?"他突然问道。

"那是肯定的。"她心想,这个男人给我送来马,还用杰弗瑞的旗幡披挂了马,除了送马、下棋,肯定还有其他事情。但她很失望,熊雷几乎只字未提。她也无心下棋,到了残局的时候,他已经胜券在握。亨利已经告诉过男爵,"只要稍稍暗示一下她,我想和她做朋友。"男爵拿起一个棋子。"这个车,我觉得,可以……"他手轻轻一挥,将车盖在王后上。

她惊讶地张开嘴。

"非常抱歉,殿下。"男爵说。她盯视着男爵,好像他宣判了她的死刑。

第二十四章

埃莉诺身子往前探了探,问道:"你为什么要送马来?"

熊雷回答说:"我朋友的儿子相信,将来的某个时候你可能需要一匹快马。"

王后从椅子上跳下来,奔出房间。"殿下感觉不适。"男爵对朝他大步走来的卫兵解释道。他们互相看了看对方。大家都知道她和国王最近在草地上做爱了。他们猜测,没准她又怀上了孩子。

半个小时候,她又折返回来,脸色淡定,手里还拿着一张小便条。便条上写着:

法兰西王后蒙上帝之恩致意诺曼底公爵:
　　谢谢你归还我母马,并且感谢你用旗幡装扮了她。我派我信得过的姑娘将这封信送交给你。如果有意进一步交流,你可以请她转告。

她叫来顶替齐娜的侍女。其实,在埃莉诺心中,没有人可以替代她可爱的齐娜。现在的这名侍女,名叫奥莉恩,也很聪明,能用法语和拉丁语写信。不过齐娜是黑皮肤,她却是白皮肤。夏天的时候,奥莉恩脸上会长满雀斑,眉毛也变成黄油色。

奥莉恩在圣诞朝会时及时地赶回到里摩日,带回两只鸽子和一封缝在她裙子里的信。写这封信,亨利花了好几个小时。"简短点。"吉洛姆劝他。最后他这样写道：

诺曼底公爵致意埃莉诺王后：

您好！我诚惶诚恐地请求您原谅我们第一次见面时我的不敬。将来某一天，我会解释为什么我，一个乳臭未干的年轻人，行事如此失当。与此同时，我希望诺曼底和法兰西之间的旧伤可以愈合。失无可失，却有许多东西可以经由我们之间的友谊获得。

在他的签名 HP 周围，类似于希腊和罗马剧院入口上方画的图画：一张笑脸和一张哭脸。

看到这两幅画，埃莉诺情不自禁地微微一笑。但是她仔细看了看他的签名，又不禁皱起了眉头。这两个字母似乎是用血写的。她叫来奥莉恩。"你亲眼看着他写这封信的吗？"姑娘点了点头。

"他写信的时候叫我进去。然后……"

"那是血吗？"

"是的。我当时也吓坏了。他从皮带上抽出匕首，割破手指，然后用血签名。我们等了好几分钟，羊皮纸上的血才干了。"

王后陷入沉思。她本来拿定主意，复活节前她要去找伯纳德神父再谈谈，同时也把他说离婚后自己用得着的东西取过来。但这封信让她另有了想法。她要让诺曼底人来替她跑腿。他从沙特尔骑马过来只需一天时间。她心想，我倒要看看他究竟是个什么样的人。有意求见伯纳德的人不多，因为他的话不仅尖酸刻薄，而且还暗藏玄机，费人思量。到现在她还没弄明白他对她说过的话。

她再次写信给亨利，问他是否愿意为她效劳一次。她又将信誊抄了一份，派了几只鸽子送过去。他的答复很快，是派人骑马送过来的。在回信中，亨利说无论她要求他干什么，他都会遵命去做。这一次信后面画的是张笑脸,还是用血签名。

她立刻回复,解释说伯纳德神父那里有些她需要的东西,但她又不愿意长途跋涉到北方去取。"我不准你再用血来签名。"她在信中补充道。他的回复不再有首字母签名,用墨水按了个大拇指手印。

"他挺有趣。"埃莉诺对奥莉恩说。

"他逗得大家都哈哈大笑。"侍女大呼小叫道。"夫人,你该看看他和儿子玩耍的样子。他把儿子抛在空中,然后接住。他撩起小孩的衣服,在他肚子上突然拍一下。他还像条狗一样地在地上爬,让他妻子扶着小孩在他背上。"

"他妻子?"

"是的。他称呼她为'妻子'。她很漂亮。二月份她就要生第二个孩子了。"

"她住在公爵府吗?"

"她住在老公爵给他姨太太住的房子里。姨太太是个黑美人,长得和小公爵的妻子一样。老公爵死了,姨太太很伤心,所以小公爵的妻子住在那里宽慰她。但她每天都到公爵府里去看他丈夫。现在她产期临近,他就骑马去看她。他们常常一起进餐。"

埃莉诺勉强挤出一丝笑容。他们常常一起进餐。两人选择一同进餐,相互取悦,意味着什么?杰弗瑞和我也选择一同进餐。但历经几日?不到十天。

当天晚上,埃莉诺一边让奥莉恩帮她梳头,一边在镜子里端详自己。镜子很别致,产自意大利的伦巴第。镜框是用象牙制成,上面雕刻着花鸟。每当出门巡游,她都用十层丝绸将它包裹起来,以免摔坏。此刻,她惊讶地发现眼角两边各长出了一条细细的皱纹。她心想,一周前还没有呢。

奥莉恩一离开,埃莉诺就扑倒在床上哭了起来。不仅因为她的花容月貌转眼就枯萎了,也因为杰弗瑞死了,不再会有男人像他那样爱她,更因为她自己膝下无子,无人可以托付。

※

离计划进攻英格兰的时间不到四个月了,亨利整天忙于调兵遣将。所以,现在已经身为骑兵总司令的吉洛姆主动请缨,要替亨利走一趟沙特尔,从伯纳德神父手里取回东西。亨利一口拒绝了。

"现在我已长大成人,倒想会会他。我要问问他,他当年所说的恶魔是什么意思。"

陪他一起去的骑士带了一匹驮马,以备主教有什么大物件要交给王后。但是,当大教堂映入亨利眼帘后,他并没有直接向大教堂骑去,而是策马直奔迷宫。他骑在马背上研究它的布局,在它的四周转悠。迷宫设计得很巧妙。从外面看是方的,但里面却是圆形的,在圆弧里有两条路线迂回缠绕,有许多堵墙挡住了正常的路径。亨利发现,只有经过重重挫折,迷宫里的人才能意识到必须进到最中心的圆点,才能倒回来走出迷宫。他把这个形状映在脑海里。

"你愿意和我一起到迷宫里走走吗?"伯纳德神父问道。"我发现它会使人心神安宁。"

亨利鞠了一躬。觐见路易后,名正言顺地做了公爵,亨利发现自己自然而然就变得温文尔雅、彬彬有礼起来。

来到迷宫入口处,亨利站到神父身后,让神父先行。但神父却说:"请你先进去。"亨利又鞠了一躬,然后步伐轻松地沿着直道走,穿过那些迂回缠绕的路径,直接来到出口。前后不到五分钟。还等在入口处的伯纳德神父清癯的脸上露出了微笑。"喝一口我的药酒吧。"他说着,把药瓶递给亨利。亨利抓过来喝了一大口。杰弗瑞临死前的那几天,亨利就喝了不少伯纳德神父的药酒,已经有了抵抗力,现在完全可以控制住自己。"迄今为止,能够从入口直接走到出口的,你是第一人。你怎么做到的?"

亨利眯着眼睛扫了一眼这个瘦老头。"恶魔告诉我的。"他低声说完,两人一齐大笑起来。

伯纳德又喝了一口药酒。"我的确相信,魔鬼告诉了你。"说完又哈哈大笑。

"你为什么要用那么恶毒地预言吓唬我母亲?"亨利问道。

"预言本身并不恶毒。人们的恐惧和欲望,都是由心而起,因人而异。"

他们缓缓走向大教堂,各想各的心事。过了一会,伯纳德又开口问道:"天堂里哪位天使最有野心?"

"早晨之子鲁斯夫,也就是人们后来称之为撒旦的那位。"

"一点不错。因此,魔鬼的另外一种称呼就是野心。你生来就有你家族的野心。这就是我为什么说,'他来自魔鬼。'"

"你还说我将回归魔鬼。'回归',似乎是'死于'。"亨利说。

"嗯,是的。"伯纳德附和道。"像上帝一样,魔鬼也从不休息。因此,野心将……"

"害了我?"

神父淡然一笑。"问题是,谁的野心害了你?"

"那么是谁的呢?"亨利追问道。

伯纳德咧嘴笑了笑。"是呀,究竟谁的呢?"他自言自语道。

来到伯纳德神父的住处,坐在埃莉诺坐过的椅子上,亨利抱着双手等候神父的解答。

"我可以看看你的剑吗?"伯纳德问。

亨利没有抽出剑,而是解开皮带的搭扣,把整个武器都放到神父的书桌上。神父拿起剑鞘,费力地抽出剑,脸上顿时闪现出青春的光芒。亨利心想,神父本人是否梦想过成为一名骑士?现在全欧洲都遵守的骑士法则,就是神父制定的。伯纳德看了看刀刃和剑柄,眼睛明亮得像个孩子，然后又小心翼翼地把剑插回到镀金的剑鞘。

"我遇见过亨利一世狮王。"他说。"那时我还是个青年，但他的确令人难以忘怀。"他盯着亨利看了整整一分钟。"你也一样，年轻人。"

"谢谢。"

伯纳德继续说道："你将被世人铭记。但不是如你期望的那样，或者说名副其实的那样。你将被后人视为作恶多端。"

亨利长长地呼出一口气。"如果我不是名副其实，或许意味着我不是有罪的？"

"那要看你聪明的程度。"他喝一口药酒，又继续说道。"我不懂女人。她们是上帝设计的迷宫，专门用来迷惑男人的。"他歪着头问道："你同意这么说吗？"

亨利点点头。他说："我来是替人跑腿的，为王后当信使。她命令我来向你取点东西，复活节她要用的。但是现在……"

"但是现在你来这里还有另外一个原因。是不是这样？"

亨利又点点头。通过那段时期与道格拉斯相处，亨利已经知道，一个人完全有可能看透另外一个人的心思。他怀疑，伯纳德神父就有这方面的能力。我来假设他是匹马，亨利心中暗想。他在脑海出现拉结的意象，这个意象立即被埃莉诺所取代。

"重要的是你必须专心完成王后的差事。"伯纳德神父说道。

亨利觉得，神父的话只道出了一半意思。神父用力拉了一下书桌旁的绳子。外面响起铃声，不一会就进来一个小修士。"把我最近准备好的包裹拿过来。"神父说，这个小修士转身离开了。

他们就一直静静地等候小修士拿着一个大包裹回来。伯纳德神父挥手让小修士离开，同时又喝一口药酒。

"你认为自己在上帝的眼中已经结婚了。"他说话的口吻似乎感觉到天气很冷。"也许你结了，也许你没结。对于这样的问题，我不想假装知道天堂的观点。但是，你似乎心中茫然，为此感到困惑，年轻人。"

亨利不知道是不是该主动出击。他深深地吸了口气。"我即将成为第二个孩子的父亲——"

"第四个孩子的父亲。"伯纳德纠正道。

"好吧，没错，如果你把我年轻时的不检点也算在内。但是，与我妻子生的，这是第二个，然而，如果埃莉诺王后与路易离婚，我还是想娶她。"

神父不住地点头。"那么你的问题是什么？你能同时拥有两个妻子？一个是在上帝的眼中，另外一个是在英格兰母教的眼中？你当然可以这么做。"他严肃地看着亨利。"但我认为这是个错误的问题。"

"那么什么是正确的问题？"

"别问。"他笑着说。"想不想再喝一口？"说着，神父从书桌上将药酒瓶递给亨利。亨利从那只骨瘦如柴的手中接过药酒瓶。这时，神父站起身来。他们的会面就此结束。别问谁？别问什么？亨利心中纳闷。

"你要尽快将这些东西交到王后的手里，让她有时间熟悉这些东西。你懂的，她很快就将身处险境。"

亨利向神父的脑海里传输了母马塞勒玛的意象。神父点点头，带着疑问抬了抬眉毛。亨利还想传输道格拉斯的图像，但发现已经无能为力。

"我准备从苏格兰带个男人来。如果说谁能保护她的话，我觉得他是最佳人选。"亨利说。

伯纳德朗声大笑。"他是个苏格兰高地人，不是吗？"

回到鲁昂，亨利对吉洛姆说："一切都是谜。我甚至觉得他喝醉了。"

"很奇怪你会这么说。"吉洛姆答道。"道格拉斯传来话——我解密了——去博让西之前，他得先去沙特尔。他给大教堂里的一位圣人带了两大桶生命水。他的船已经起航了。"

亨利皱了皱眉。"那就是说……"

"我知道，"吉洛姆说。"道格拉斯没接到你的信就已经出发了。"

"我想见见我的孙子。"玛蒂尔达吩咐亨利。现在,她自封为老太君。

他和拉结带着孩子以及奶妈乘坐一辆小马车从伊莎贝拉家出发,赶到公爵府。亨利很紧张,一阵一阵打嗝。"我来抱杰弗瑞。"他们一到拉结就大声说。

玛蒂尔达气宇轩昂地走进房间,板着脸。她的深灰色长裙非常得体,不仅显得雍容华贵,而且令人望而生畏。亨利暗地祈祷:拉结,千万和她保持一致。其实,他根本不用担心。拉结因为怀着第二个孩子,身子已经很重,但仍然像女神一样优雅安详。亨利看出来,倒是玛蒂尔达对这个年纪轻轻的女人充满敬畏。玛蒂尔达的眼睛围着她的孙子转。"我可以抱抱他吗?"她问。亨利看着他妻子沉着冷静、仪态端庄地把孩子交到他祖母手中,忍不住想鼓掌。小孩子满脸微笑,双腿激动得乱蹬,还用手去扯她的头罩。小家伙的每一个动作都让老太君笑靥如花。小家伙吮吸她的手指,惹得她哈哈大笑。亨利心里暗自纳闷,这个女人怎么啦?她从来没有这样对待过我们。

等到他们一起进餐的时候,玛蒂尔达用拉丁语对亨利说:"你生了个好后嗣。如果事情到了最糟糕的地步,你没有合法的后嗣,你可以过继他。"

亨利说:"母亲,拉结听得懂你刚才说的每一字。她的拉丁语很棒。"

玛蒂尔达的脸微微红了一下。"请原谅,亲爱的。"她说。

拉结做了个小动作,表示她并没有生气。"我还能用希腊语和希伯来语读读写写。"她随口说道。"我会教他学这些语言的,以备他将来进入教会任职。小小年纪就能用三种语言读圣经,那他就太有优势了。"

玛蒂尔达缓缓地点点头。亨利知道,他母亲正在重新定位拉结。"你的才智超出了你的年龄,亲爱的姑娘。"她说。"我的亨利很幸运拥有你。"

后来，在他们飞奔下山的时候，亨利说："你迷住她了。"

"有那么一会，我也怕。但后来我发现她也不过就是个孤独的老太太，对生活心灰意冷，又没有人爱她。"

"我爱她。"亨利嘟囔道。

他决定不告诉拉结，他曾经宰杀了玛蒂尔达的宠猴。有天下午，他碰巧看见猴子哈布林正用指头插进鸭粪蛋，然后还用舌头舔它。当时他一阵恶心，一刀把猴子劈成两半。

他们从马车上下来，脚刚一落地，伊莎贝拉就迫不及待地问道："一切顺利？"

"绝对顺利。"亨利答道。"老太君爱上了她的孙子。"然后又迟疑地说："我觉得她会爱上拉结的。但是太紧张了。我要喝杯酒。"

因为拉结快要生了，亨利把她和接生婆安排在他和拉结第一次睡在一起的住处。预产期是在情人节那天，也就在这一天，拉结产下一女。但是脐带绕在小婴儿的脖子上，尽管接生婆做了各种努力，婴儿还是死了。

亨利在床上陪了拉结三天，陪着她哭，安慰她，帮她擦干净两腿之间流出来的血。"我们的下一个孩子将在勒芒出生。"他说。将来我们所有的孩子都必须生在勒芒。

等他终于从房间里出来，发现奥莉恩已经等了他不止两天了，急着有话跟他说。

"王后想见你。"姑娘说。"她希望能当面和你谈谈。"

"没有信？"

"没有，公爵大人。我会记住您的答复。她建议在圣瓦伦寺院见面，那里离你朋友熊雷男爵的庄园不远。她想知道你能否在本月二十八日赶到。"

亨利叹了口气。"我能。"

"他还问你和你兄弟来的时候是否可以乔装成去朝圣的样子。"

亨利点点头。"还有别的问题吗?"

"你孩子死了,我很难过。"

"但我妻子安然无恙。当然,她也难过。但没什么大碍。"他答道。

姑娘刚要离开,亨利又说道:"稍等片刻。"他在书房找到一小片羊皮纸,在上面画了两颗破碎的心,两颗心紧紧地缠绕在一起,滴着眼泪。他没有用大拇指或者羽毛笔来签名,他什么也没签。

吉洛姆事后问:"你为什么要给她那种画?"

"如果我要和埃莉诺结婚,她必须接受这个事实:我的心在拉结这里。我不准备像路易那样成为她的玩物,甚至也不准备像可怜的爸爸那样成为她的金猎豹。"

吉洛姆说:"伯纳德神父已经深刻地影响了你的想法。你去见他之前,对于和埃莉诺结婚这件事很反感。但是现在……"

"我仍然反感。"亨利打断吉洛姆的话。"我时常会情不自禁地想起她在我们父亲脖子上咬的牙印。"说着他突然精神一振。"就这样!"他说。"吉洛姆,我会警告她,我和女人睡觉的时候,喜欢把女人的眼睛蒙上。这样你就可以溜进来……"

"我的君主,"吉洛姆说。"把你的脑袋塞进裤裆吧。"说完,转身要离开房间。

亨利在很后面追着他喊:"我们可以轮流,你先来,我再上。她会以为自己嫁给了大力神参孙呢。"

吉洛姆盯着亨利。"有时候我觉得你疯了。你什么时候跟拉结摊牌?"他又问道。

亨利含糊其辞地说:"我现在还不能惊扰她。"

玛蒂尔达叫拉结在公爵府多住几天。她派她自己的私人女按摩师和医生来伺候拉结,还安排厨房为她准备专门用于流产妇女恢复身体的食谱。十天后,拉结温柔但坚定地提出要回去,同时答应每周都把小孩送到他祖母那里几次。伊莎贝拉暗自幸灾乐祸:一直教亨利熬鹰的她终于自己也变成了一只饿鹰。

拉结的婴儿死了一个星期后,亨利和吉洛姆必须出发赶往熊雷的庄园了。伊莎贝拉看着她儿子收拾旅途的衣物,发现其中放了一件朝圣人穿的灰色斗篷。"你要到哪里去朝圣?"她满脸狐疑地问道。

"对不起,妈妈,我要离开几天。我和亨利会赶在他十九岁生日前返回。"

"玛蒂尔达已经在公爵府安排了生日庆典。她邀请了城里的商人,包括犹太人。这几天,我和拉比的妻子经常谈起这件事。玛蒂尔达传出话,吃的食物要特别提供。大家都兴奋得忘乎所以,都盼着进公爵府的那一天。"

吉洛姆向来温文尔雅,但此刻他的脸涨得通红。"为了这场战争,我们正在榨干我们领地里的每一分钱。我们不能眼睁睁地看着钱在生日庆典上打水漂。"

伊莎贝拉耸了耸肩,依旧靠在门口看他收拾东西。"儿子,这次旅途危险吗?"

"不危险。"

"那为什么要乔装打扮呢?"

"这是一种策略。可能与进攻英格兰有关。"

她点点头。她已经发现,他们选用的马都是上乘的。看着这些战马,她凭直觉相信,亨利正准备去和王后会面。

那天午夜,她惊醒过来。她冲到拉结的卧室,但母子都睡得很香。拉结嘴里还哼哼唧唧。伊莎贝拉意识到自己正在做梦。她又局促不安地回到自己的床上。

第二十五章

公元1138年,伯纳德神父吸收了一名意大利僧侣进入天主教西多会。这个僧侣名叫伯纳多·达·皮沙。公元1145年,这名僧侣成了教皇犹金三世。按照伯纳德的观点,伯纳多这个人性情天真,头脑简单,不适合担任罗马主教。就是这位教皇在1149年禁止了路易和埃莉诺的离婚。也正是这位仁兄,为了修补路易和埃莉诺破裂的婚姻,就在特斯克勒姆他自己的卧房里将他们俩骗到床上同枕共眠。在整个任期中,伯纳多一直都是伯纳德的玩偶。现在,伯纳德就在给伯纳多写信,指示他同意这起王室离婚。

最亲爱的伯纳多,

在安排他们的南方巡游方面,在举办圣诞朝会方面,甚至在圣烛节全体表决会的安排方面,王室都做得很巧妙,以至于国王从阿基坦撤军以及拆除那里的防御工事,都很少有人怀疑即将席卷法兰西的暴风骤雨。

二月底他们就分道扬镳了。他们的分手,诚如他们同意离婚以来的一举一动那样,显得那么地温文尔雅。国王重返巴黎,王后退归普瓦捷。然而必须承认,自从休·森斯在皇家城堡博让西召集教会法院会议,流言已经四起。我们应该快速而且坚定地处理此事。小酒馆里已经有庸俗的小曲在唱"一个愤怒的国王"以及"通奸的王后"。这太让人痛心疾首了。这些歌谣必须马上停止。

二月份最后一天，就在教会法院作出决定之前，吉洛姆作为唯一的卫兵和目击人，见证了亨利和埃莉诺的会面。

三人都穿着朝圣的服装，乘着夜色赶到一座蓝色小教堂。这座小教堂供奉圣瓦伦寺院中的天使长阿尔汉格尔斯克·迈克尔，只有一个入口。吉洛姆站在门口守护。在灯光昏暗的祭坛前，亨利和埃莉诺双双跪下，好像是在做祷告。两人都用斗篷的帽子遮住脸，彼此都无法看见对方。

亨利让埃莉诺先说。

"听说你的孩子死了，我很难过。"她开口道。

他含糊其辞地道了谢，然后默默地将伯纳德的包裹递给她。

她眼盯着包裹，不知道里面装了什么。"你知道里面是什么吗？"

他摇摇头。她又继续说道："三月底我就又是个自由的女人了。伯纳德神父已经承诺，一旦教会法院做出裁决同意我离婚，教皇三世犹金的批准也就是个形式。主教们是肯定同意的。森斯已经向路易做过保证。波尔多大主教和你们鲁昂的大主教也都已经向我保证过。路易将以近亲为由提出离婚，而我不能反驳。兰斯大主教代表我的利益，会确保我的嫁妆全部归还。"

"你将会被那些追求财富的人折磨致死。"亨利回答道。

他的计划是不断地把问题抛给她，从心理上悄悄地引导她明白，她需要保护，而他则是她的最佳人选。然后他就可以扑过去抱住她，请求她嫁给他。

"殿下，他们甚至可能会暗杀你。为了阿基坦和普瓦捷的安全，你必须尽快找到一个新丈夫，并和他一起生下个后嗣。"

她不置可否。正是几周前她和熊雷下棋时意识到现实的残酷，才促使她今天与亨利见面。

"你妹夫能保护你吗？他能帮你再找个配偶吗？"亨利穷追不舍。

王后继续保持沉默。

亨利抬头看了看。祭坛上方一只大蜡烛照亮了镶嵌在墙上的一幅图画,图画中天使长迈克尔正一脚踩住撒旦,高举着一把剑正要刺杀撒旦。这幅勇猛的图画让他分了心,让他的注意力集中到迈克尔举着武器意欲杀害的天使。他心想,如果你胳膊肘举那么高,而且从那个方向刺下去,你肯定是刺不中的。但正是这一下分心,让他理清了头绪。他知道下一步该怎么做了。别问,伯纳德神父曾经说过。

他鞠了一躬,好像是要表示感谢,然后叹口气,站起身来。他伸过一只手去扶王后站起来。

"殿下,如果我能有什么方面可以帮助你,请告知我。"他说。"晚安!"他示意王后走在他前面,王后却一动不动地站在那里盯视着他。

"你要娶我。"她口齿不清地说道。

"你说什么?"

"我说,我要你娶我。"

亨利深吸了一口气。"我们该……"他指了指他们刚才跪过的垫子。

他们再一次跪下后,亨利摘下头上盖着的斗篷兜帽。埃莉诺也摘了下来。"我不得告诉你,在上帝的眼中,在我自己的眼中,我已经结婚了。"

"我已经听说了。和我以前的侍女结的婚。"

"我的心属于我的妻子,拉结。"

他能感觉到埃莉诺生气了。她脸上热乎乎的,连他都感觉到热气。她肯定脸色猩红,他想。

"但是你和她在教会的眼中并没有结婚。况且她还是个犹太人,不是吗?"

"一点不错。因为她能坚守自认为神圣的东西,我爱她更深了,如果可能的话。"

他倾听着埃莉诺浅浅的呼吸声。

"因此,"她冷冷地说道。"就教会而言,你还是自由身,可以娶我,不是吗?"

他没有马上作答。跪在他身旁的女人犹如墙上的龙,痛苦地扭来扭去。

他用干哑的声音说道:"我从无非分之想,殿下。你如此看重着实让我吃惊,我都不知道说什么好了。"

她肯定一直屏住呼吸,因为此刻她长喘了一口气。"所以你愿意了?"她问道。

"我可以叫你埃莉诺吗?"他答道。

她点点头。

"埃莉诺,很荣幸可以娶你。但是,等到上帝的休战期一结束,我将进攻英格兰,为我家族蒙受的不公复仇,是我一生的志向。我要夺回本属于我的王冠和土地。我如何可能……"

门口传来吉洛姆用加泰罗尼亚语的喊话:"有人来了,遮住你们的脸。"

一行五名朝圣人员进入小教堂。亨利和埃莉诺站起身,低着头从陌生人身边擦身而过,向门口走去。他们来到小教堂外一片潮湿的草地上。一只白山羊被惊吓得"咩咩"直叫。除此之外,夜色宁静,空中飘着淡淡的雾水。挂在天上的半个月亮泻下惨淡的白光,再加上小教堂窗户里透出的烛光,他们三人完全可以看清脚下的路。他们移步来到一片小树林,亨利和吉洛姆随时注意着周围任何晃动的影子。他们的马以及陪伴王后前来的卫兵正等候在对面,就在离寺院不远的地方。

亨利说:"埃莉诺,任何人不得知道这件事。否则,路易会千方百计阻挠的。他甚至会对我们发起战争。除了我们三人,必须向任何其他人保密。"

会对齐娜保密吗?埃莉诺心中暗道。不过,她现在终于松了一口气,毕竟得到了她想要的东西,其他问题就不必纠缠不休。她本希望亨利向她求婚，但是她看出来他抹不开面子，所以她当机立断主动提了出来。

"我们将成为莱茵河西岸最强大的权贵。"亨利补充道，好像他此时才不经意地想到这一点似的。

"如果你夺取了英格兰，我们将是全欧洲最强大的。"她大笑着回答，好像也是偶然才有这种想法似的。

亨利咧着嘴笑。他的志向是有一天金雀花家族能够胜过卡佩家族。眼下，他已经行动了，偷走了卡佩家族的王后。他很想发自内心地亲吻她，以表达他的感激。"我可以吻你吗，埃莉诺？"他问。

"不能。"她说。

他退后一步。"那么，或许……"他转身面对吉洛姆用加泰罗尼亚语说道。"她要我娶她，却不让我吻她。"

吉洛姆答道："你已经让鱼儿上钩了。"

亨利和吉洛姆朝王后鞠了鞠躬，转身投入夜幕，经过山羊的时候，又把它吓得"咩咩"叫唤。

等到他们骑上马，走到没人听得见的地方，亨利说："如果她不那么矜持，倒是吻了我的话……"

吉洛姆大声笑道。"从现在起，那女人将至死都追着你。她已经上钩了。"

"你怎么知道的？"亨利沉吟片刻之后问道。

他兄弟耸了耸肩。

"你从爸爸那里继承了直觉。"亨利说完，哈哈大笑。

"也许吧。你准备跟拉结怎么交代？"

"我实话实说。"

"她会生气的。"

"是的，我也会。我不会再向那个阿基坦女公爵求吻了。她只能吻我的屁股。"

他们和熊雷一起过夜。次日上午他们离开前，一名信使给亨利送来一封信。亨利和吉洛姆来到庄园阳台读信。埃莉诺的信很简短,"我道歉。"信中写道。奇怪的是,她是用血写的。

"我怎么说来着?"吉洛姆得意地说。

"天哪!"亨利感叹道。"我有点为她难过了。她身边没人可以求教,也不能相信任何教士,他们都是路易的爪牙,除了……伯纳德神父怎么样?"

他即刻回信,将信夹在一封明显来自熊雷的信中。他在信中建议,他们在沙特尔的迷宫里见面,时间由她来定,但至少过了三月五日的三天后。

亨利回到鲁昂,正好赶上了中午为他举办的十九岁生日庆典。玛蒂尔达邀请了拉结来帮她一起主办。拉结身边坐着拉比,同桌的还有鲁昂最富有的六位商人及其妻子。亨利心想,母亲可能为了夺取英格兰准备典当她的珠宝了。没准我不需要埃莉诺的钱了。在他内心深处,对于要不要娶一个世界上最富有的女人为妻一直迟疑不决。况且,他父亲说过,这是个世上最危险的女人。

那年的复活节来得较早,大斋节已经开始。尽管大斋节期间也有人吃肉,但也是偶尔为之,通常都是选择吃鱼或者蔬菜。犹太人也正在斋戒过逾越节。他们吃蔬菜和水果,但不吃面包。因为他们害怕面包里面的酵母,尽管拉结跟他们保证,说犹太人面包店的面包没有酵母。"我们还是小心为妙。"拉比的妻子一个劲儿地道歉。拉结心想,我们再怎么小心也比不上在安条克。与这个时候的季节应该遵循的礼仪一样,杰弗瑞死后不到六个月,举办的亨利十九岁生日庆典也受到了影响。玛蒂尔达、亨利和拉结都是一袭黑衣。来了不少的牧师,公爵府三百年来从没见过这么多的牧师。大主教亲自赐福给亨利。他准备宴会后即刻出发奔赴奥尔良。五匹马拉的车等候在宫外。出发前,他把亨利拉到一旁,满脸忧伤。

"公爵大人,你意识到最近这些天英国母教所面临的那个可怕决定吗?"

"酒馆里的人都在传,说是可能与王室婚姻有关。"

大主教点点头。"太可怕了,简直是骇人听闻。"他嘟囔道。

"公主们会被宣布为不合法吗?"

在亨利眼里,大主教不是个坏人。"无意之中的罪过……"大主教轻声说道。

亨利本想接口,"就像夏娃那样?"但最终只是一本正经地点了点头。

大主教声音颤抖地说:"合法的?或者说不合法?他们将跟谁生活?只有祈祷才能引领我们寻找到答案。"他用那只戴着戒指的手摸着额头,好像他和他那些神职人员所面临的谜团已经弄得他头疼了——他们不仅需要承认,他们和教皇十四年来一直都是错误的,王室婚姻是无效的,而且还要考虑公主们的合法性问题。无辜的姑娘一夜之间就会变成私生女了?

亨利从埃莉诺的话里听出来,离婚每一个细节问题都已经考虑过了。"这个问题肯定也让她们的父母左右问难。"

"左右为难!噢,我现在面临的困难……"大主教气喘吁吁地爬进他那辆豪华马车,一直等到侍僧在他那双穿着华贵鞋履的脚下放好脚凳才开口喊道:"出发!我们出发!再见,我亲爱的公爵大人。"

吉洛姆没来参加亨利的生日庆典,而是去巴夫勒见一群英国贵族了。这帮贵族刚一上岸就纷纷恳求道:

"亨利必须尽快攻打英格拉了。"

"自由民的土地都被城堡主侵占了,人人揭竿而起,成了亡命之徒。"

"隶农和奴隶也都加入他们的行列。每天都有婴儿、小孩饿死。"

"我们村的院子里到处都堆着一个个小土坟,上面还插着一些用绳子拴成固定角度的小棍子。"

"父母都太穷了,买不起木头做个十字架。"

"到了冬天,老人们也死了!"

三月六日,吉洛姆带着那群英格兰贵族抵达鲁昂。亨利接待了他们,并央求他们过几天再谋划他的进攻时间和地点。他解释说,他必须去参加一个与攻打英格兰有关的会议,五天之内会回来讨论他们的军事方案,同时邀请他们在他的领地尽情享受几天,特别是游猎和鹰狩猎。他生日当天,收到一封来自埃莉诺的信笺,信上相约于三月八日在沙特尔相会。若要及时赶到,他途中需要更换五至六次马匹。吉洛姆要在诺曼底陪着那些英格兰贵族人。"吉洛姆,母亲:替我招待好他们。"说完他便离开了。

他将拉结带到了客房。自拉结流产后,这是他第一次和她睡觉。他将她拥入怀中,相互抚摸着对方的脸颊。

"我得走了,我已经晚了。"最后他说道。

亨利恰好在八日早上的三点前抵达沙特尔大教堂。伯纳德神父刚做完晨祷,在门口等他下马。火把的亮光照向他,亨利一眼就看到了神父身旁那个虎背熊腰的家伙。

"道格拉斯!"他叫道,大步上前与他拥抱,所有的疲惫顿时烟消云散。片刻后,道格拉斯拉着亨利的胳膊,相隔一臂之遥端详他的脸庞。

"你该去睡觉了。"他说道。

伯纳德神父点点头。亨利感到筋疲力尽,跟随道格拉斯去单间的小床上休息。四个跟随他的骑士则被带去另外的小房间。伯纳德神父给他们喝了些牛奶,让他们戴上黑色眼罩,这样就可以一觉睡到中午做午时经的时候。亨利则需要在晨时经时被叫醒,之后他可以用早餐,然后去迷宫。

王后已经于七日下午晚些时候抵达,同行的有她的侍女和四个骑士。一进入寺庙,她就取下所有的戒指和项链,解下她那精致的绑腿,脱去丝绸质地的鞋子,换上了灰褐色的修女服装。那套服装是伯纳德让亨利送给她的。粗布质地的头罩尽管扎人,但她还是将自己的半个额头和全部的头发裹在其中。再拿上一串不起眼的木质念珠,一本祷告经文,装扮就算完成了。

道格拉斯不到八点就叫醒亨利。曙光已经破晓,日光之下,亨利能够看清他朋友的脸上毫无岁月流逝的痕迹,健壮如初。他头发蓬松,浓密的黑棕色胡须盖住前胸。僧侣跟随他身后,互相用拉丁语轻声议论着他的奇装异服和他那稀奇古怪的毛发,最让他们诧异的是,伯纳德神父很喜欢和他在一起。道格拉斯是乘船从尤里河过来的,随身带来了两大桶伯纳德神父的药酒。桶很大,用牛车才把它们从河边运回来。伯纳德说了,"足够喝到死了。"做完晨祷,神父就和道格拉斯带着一名翻译退回到伯纳德神父的书房。翻译是一名来自苏格兰的僧侣。这名苏格兰僧侣事后拒绝向教友透露谈话内容,但是他的确提到一点,伯纳德神父和这个陌生人享用了好几杯药酒,而且当中时常哄然大笑。"他大笑了!"僧侣们兴奋地低声议论道。

"你只管走进去。"伯纳德神父在吃饭时告诉亨利。"我会带她到你身边。如果需要我来斡旋,让她待在原处别动,你来找我。"

亨利走到迷宫后,伯纳德对当值的僧侣说:"除了我陪同的一名修女之外,任何人不得入内。"

一名小教士帮神父拿着他的小折叠椅。伯纳德领着一名身着暗褐色服饰的修女走进迷宫。修女头戴暗褐色面纱,身披灰色朝圣斗篷,脚蹬一双结实的修女鞋。伯纳德带她来到迷宫深处,亨利已经等候多时了。然后伯纳德神父返回入口处,在守卫僧侣看不见的地方支起小折叠椅,坐下等候。

亨利和埃莉诺都有些紧张。王后走向他时，亨利垂着眼帘、背着双手站起身来。

"殿下。"亨利轻声叫道。

"我们已经说好，你可以叫我埃莉诺。"

"但我们并没有说好我可以吻你，埃莉诺。"

"你可以。"她说着，凑过脸去。亨利捧住她的下巴，吻了她的嘴。他并没想过要享受这种吻，但是片刻的拘谨之后，她变得温顺起来。除了拉结，他还从未这么久地吻过哪个女人，这种感觉很奇怪。他心里明白，其中的滋味，与其说激情燃烧，不如说好奇有趣。比起他所爱的那位，她的嘴更加小巧，却没那么湿润。他停了一会，再一次吻了她。这第二次吻的时候，她的呼吸急促起来，嘴巴也越来越湿润。亨利不停地用自己的舌头缠绕她的，脑海又出现在迈克尔小教堂里看到的画面。埃莉诺感觉热乎乎的液体一阵一阵地流出自己的阴道。之前，杰弗瑞无论赤身裸体还是衣服裹体都会给她带来这种体会。但是，埃莉诺心里清楚，儿子与他父亲不一样。没他父亲那样娴熟，也没他父亲那般充满自信。眼前这个男人，不是那种能激发出她狂热欲望之人。他年轻，好胜，善变，迷人。她害怕他的聪明才智胜过她。但他毕竟是个男人，她想，男人们多少有点愚蠢。伯纳德神父是个例外，但神父不算是真正的男人。他是个不同的物种。

"与我舌吻过的修女中，你是最可爱的。"亨利说道。"我要向你们的修道会捐款。"他等待着，等着情欲退去，思路清晰。他知道她在拿他与他父亲作对比。"夫人，如果我们要在路易不知情的状态下结婚，又让我有时间攻打英格兰，我们就必须爬过一扇极其狭窄的窗户。但我想，我们俩都身手敏捷。"他挤眉弄眼地朝她扮了个怪相。

她点了下头。

"这么说我们达成共识：我们将结婚。我要保护你不受其他男人的侵犯。"

她再一次点了点头。

"我需要你手下的人，或许还要你的金子，帮我攻打斯蒂芬。"

她不太情愿地点点头。

"如果我顺从天意成为国王，我要你给我生儿育女。如果你不介意，我要很多儿子。"

埃莉诺微微一笑。"跟你在一起，亨利，我想我会有很多儿子的。"

"你当然会的。"他爽朗地答道。他决定不告诉她，如果她只能生女儿的话，他将指定拉结的儿子成为他的继承人。

沉默了许久。他继续说道："除了要怀上儿子之外，我不会烦劳你接纳我。每年圣诞朝会期间相会一次就足够了。"

"谢谢你。"她说。"那么我的自由呢？"她的眼睛里充满了坚定。亨利意识到，那里面带着不屈不挠的意志力。

"只要你不吃窝边草，在我金雀花窝里找情人，只要行事谨慎，你可以自由地拥有情人。但别找贵族。我无法容忍我的高级官员爬到我们的床上。"

她在巴黎一直受到各种清规戒律的约束，从未指望过亨利会给她这种自由。她几乎开心得笑出声来。"我终于可以像男人一样有各种特权了。这么多年来，我一直像个囚犯，几乎想象不出自由的欢乐。有许多情人，只要不是贵族……"

亨利咧了咧嘴。"如果我是个女人，我情愿找个行游诗人做情人，也不找公爵。"

他脸红了，脑海里浮现出他父亲脖子上的紫色咬痕。为了掩饰自己的失礼，他开始滔滔不绝地讲了起来："当然，除我父亲之外。他太有魅力。如果我兄弟不是一名骑士，现在又担任了骑兵总司令，他可能是个行游诗人……"

埃莉诺摘下手套，把手轻柔地摁在亨利的手上。"亨利，我们都爱你父亲，同时也都爱你的妻子。"她说。

亨利叹了口气，说了声谢谢。

"我可以保留我自己的一帮手下吗？"

"你的生活你自己做主，只要生下来的孩子是我的种就行。"

她凝视着他的脸。刹那间，尽管脏兮兮的面纱遮盖住她的头发，脸色也稍显憔悴，但是他还是强烈地感受到了她的美丽，就像一股暖流从太阳穴直流到生殖器后又返回到心口。他一时说不出话来。

埃莉诺心想，我已经拿住他了。他将成为我的玩偶。

道格拉斯的意象及时出现在亨利的脑海，使他又把持住自己的情绪。

"我的夫人，"他急促地说道。"我们必须讨论一下实际的问题。三月十三日就是复活节。我相信那时你已经自由了。届时我们可以马上结婚，然后我起航奔赴英格兰。但是，你如此迅速的再婚无疑会冒犯牧师们，更不要说让路易难堪了。当然，无论我们什么时候结婚，都会让路易蒙羞。我们彼此都必须懂得其后果意味着什么。"

"就像许多平时看起来温顺的人一样，路易也会恼羞成怒。"埃莉诺语气平淡地说。

"因此，"亨利继续说道。"仓促结婚会激怒路易，冒犯教会。我们将两面受敌。"

"路易将会竭尽全力夺取阿基坦，以此来惩罚我。"埃莉诺说。

但亨利心里明白，路易会先想法拿下鲁昂。鲁昂离得近。"更为谨慎的做法是延迟结婚。"他说。"教徒中仍然有许多人不愿在五旬节前参与战争。不过，一旦你离婚了又不再婚，每时每刻都有被那些追逐财富的人占为己有之危险。我又不能被人疑为是你的保护人……"

她专注地看着他，透出一丝不信任。他们面临的困难堆积如山。"然而，我有个解决办法。"他兴奋地补充道。"我们离开迷宫去找伯纳德神父商量一下。"

她没挪动身子。"亨利，"她开口问道。"伯纳德神父为什么要促成我们的结合？你知道的，他一直在促成我们之间的结合。尽管他的话像谜语,但在人的心里播下了种子……为什么你?"

亨利歪着头。"你觉得我不配你?"

她脸色大变。"绝无此意。请你原谅,我没能准确地表达出我心里的疑问。"

"你的疑问是什么呢?"

"伯纳德当年禁止了你与我女儿玛丽的婚事,理由是近亲。两年前他禁止我和路易离婚,现在他又同意了。两件事都与近亲有关。但是亨利,你和我的血缘关系比我与路易的更近。难道他的行为不……前后矛盾吗?"

亨利哈哈大笑。"很明显,伯纳德神父一直将你留给了我。"他不想再纠缠于这个话题。他要伯纳德神父来见证他们彼此之间达成的共识,尤其是见证埃莉诺答应捐助战争。他急于重返鲁昂,回到拉结身边。

"他跟你讲过尸体美容师女儿的梦吗?"

亨利屏住呼吸。"我讨厌那个梦。"他说。"我讨厌它。"

"为什么呢?"她问。

"因为那颗伟大的树自己跟自己过不去。"他恼怒地回答道。

埃莉诺心里明白,他还知道得很多,但不愿讲出来。

他领着她走向迷宫出口,她需要一路小跑才能跟上他。伯纳德听见他们走过来,折叠好椅子从藏身的地方拐出来。"别跟我说你们两个在里面碰见的。"

"我迷路了,神父。"埃莉诺回答道。她低着头,不让神父看见她的脸。"这个好心人帮我领路了。"

"我们不让任何人死在迷宫里,是不是,兄弟?"他转身对亨利说道。"我们去看看天鹅。"

小河就在几百米远的地方,平静的河面上游着四只白天鹅。天鹅看见有人过来,赶忙朝芦苇岸游去。埃莉诺觉得很有趣,因为天鹅一到芦苇岸边,就不紧不慢地挪动它们的黑腿,一本正经地蹚上岸。伯纳德神父从外衣口袋里掏出面包屑,扔给它们。四只天鹅脖子一缩一缩吃起来。亨利感觉有点晕眩。昨天骑马赶了几个小时的路,的确很疲倦,不过天鹅的动作使他困惑。它们一会儿嘴巴朝天,一会儿又将嘴插进泥地里。他觉得,天鹅的动作有点像他和道格拉斯一起骑马时马的动作。

他扭头一看,发现道格拉斯也站在他们旁边。谁都没注意到他来了。他和亨利欢叫着抱成一团,兴奋得大喊大叫,道格拉斯用盖尔语,亨利用法语。埃莉诺盯着他们看。道格拉斯又把辫子梳成另外一个样子,棕色的小辫上还扎着五颜六色的毛线,看起来显得更加的粗野狂放。

"这个人是谁啊?"埃莉诺轻声问亨利。

"你的保护神。"伯纳德神父替亨利回答。一只天鹅用嘴啄了啄道格拉斯的手,又用脑袋在他手里蹭来蹭去,样子很陶醉。其他三只稍大一些的,也一摇一摆地爬过来,也先用嘴啄啄他的手,然后再在他手里蹭来蹭去。

"它们都是家养的?"埃莉诺问道。

"它们都是野生的。今天上午才游到这里来。"说着他扔了更多的面包屑给天鹅,都被它们大口大口地吞吃了。吃完就一摇一摆回到岸边的芦苇里,然后又徐缓地游进河里。

"第四只天鹅呢?"埃莉诺问。"本来有四只的。"

道格拉斯用亨利听得懂的盖尔语说了点什么。

"你要相信天鹅。"神父慢悠悠地说道。"他们很强壮,你懂的。强壮得像……"他转身看着道格拉斯。"……只要摸摸他的胳膊。"

埃莉诺极不情愿地碰了碰道格拉斯的上臂。道格拉斯鼓起肌肉,让她的手指头在上面弹了弹。亨利心驰神往地看着他,心想,他是天鹅骑士。我怎么早先没有意识到呢?

"现在,我得去喝点药酒了。大家到我的住处去,好好商量一下,下一步怎么办。"伯纳德神父说。

去寺院的路上,埃莉诺瞥了好几眼道格拉斯。他却好像她根本不存在。我还不如是空气呢,埃莉诺心里暗暗生气。他一身酒气,身上的衣服也好久没洗了,闻着有股臭味。

"如果他文明话都讲不来,怎么可以做我的保护人?"埃莉诺向亨利嘟囔道。

"话语并不能保护你。"亨利答道。"勇气、第六感以及利斧才是你需要的。这些道格拉斯都具有,而且他有的还不止这些。另外你还有塞勒玛。它比任何马都跑得快。"他本来还想说,道格拉斯可以像我跟你谈话一样毫无障碍地和马交谈。但他觉得说了这些会让她更不相信。

到了伯纳德神父的住处,神父和道格拉斯猛喝了一通药酒,亨利也喝了一大口,埃莉诺只是抿了一小口。等到关上门,伯纳德的小教士也退了下去,埃莉诺一把扯掉头上的面罩。

"这颜色糟糕透顶了。我就不能戴白色的吗,神父?"

"不能,"神父说。"好了,接下来我们该商量个计划出来,为了欧洲接下来的一千年。"

"为了更多的谜团。"埃莉诺含混不清地说道,感觉自己头晕目眩地飘了起来。

她醒过来时感觉头疼。她的侍女,奥莉恩在身边俯视着她,道格拉斯则坐在床尾看着她。"你怎么敢进我的卧室?"埃莉诺说。"滚出去。"他站起身,从容地走向门口。"亨利在哪?"她在他身后叫道,但道格拉斯没回答,或许是听不懂埃莉诺叫喊什么,或许是他不想搭理她。神父、亨利、埃莉诺和他一起草拟了结婚协议后,亨利一个多小时前就走了。

那天傍晚,埃莉诺又装束成王后起程回普瓦捷。奥莉恩与她同乘一辆马车,四名骑士在车后护卫着她。有名骑士总觉得听见还有一匹马尾随在他们身后。但是,在秋日昏黄的夜晚,王后的这些卫兵却无法看见它。

"又是你的想象力在作怪吧。"他的伙伴们说。

"在沙特尔我就有这种奇怪的感觉。"这名骑士坚持道。"我做了很奇怪的梦。"其他三名骑士点点头。"我们看见和伯纳德神父与修女在一起的那些人是谁？他们喂了天鹅。其中有个人看起来像……"

谁也不敢再往下讲——其中有个人看起来像诺曼底公爵。

亨利心情愉快地骑马回到鲁昂。刚一落脚，就直奔伊莎贝拉家里去看拉结和小杰弗瑞。

他离开鲁昂的时候，拉结还在瘦身，全身都捆得很紧，因为那时离她流产才一个来月。但现在她已经不捆自己了，青春结实的肌肤秀美动人，充满活力。亨利把她抱在膝盖上，亲吻她的脸和脖子，手指不停地摩挲她那光滑秀丽的卷发。"我的心肝，我的宝贝。"他轻声呼喊道。最后他把她抱起来。拉结以为要抱她上床，但他却扶她站直，自己又坐下了。

"我有重要的话要告诉你。"他叹着气说。他叹气，让拉结感觉不是什么好事。她让人抱孩子出去，自己拉过一张凳子坐在他面前。这样他们就可以互相看着对方的眼睛了。

她等候着。亨利却迟迟不开口。他内心紧张，表明上却装得很淡定。

"不至于是那么糟糕的消息吧？"她怂恿道。

他感觉自己要窒息了。"拉结，不是坏消息。事实上，很有利的……"

"那么？"

"我需要从头讲起。"他说。

随着他的讲述，拉结的脸由正常的蜂蜜色转为红色，最后变得灰白色。她从凳子上一跃而起，冲到窗户口喊道："和埃莉诺结婚！你怎么可以这样对我，亨利？你父亲当年和她做爱的时候，我就得听她的尖叫。你说你必须去和你基督教的妻子睡觉，你会想我，还……"

"别说了！不要那么激动，拉结。埃莉诺和我只在正式场合见面，而且……"他眼睛盯着地面。"……每年,只是为了王室后嗣。"

她抽了他一记耳光。"别侮辱我的智商。"

他退后一步,然后奔过去把她抱到床上,将头顶在她的两腿间。"绝非侮辱!绝不会侮辱你。"他说。

她用力推开他。"你不了解埃莉诺,亨利。"

他抬起头,泪光闪闪。"你不同意我和她结婚?"他问。

她闭上眼睛,又一声不吭地躺下了。过了一阵,她长叹一口气,说道:"我相信,历史上没有哪个女人和男人争论会占上风。"沉默良久后,她又继续说道。"既然我不肯放弃自己的信仰,我也不能阻止你和有共同信仰的女人结婚。但是,我觉得你向埃莉诺求婚之前,起码得考虑考虑我的感受。"

"是她向我求的婚。"

拉结一脸惊讶。"她向你求婚?"他点点头。她淡然一笑。"你要花招让她倒贴的,对不对?"他又点点头。"你要她的钱财,像其他人一样。你这个见钱眼开的猪!滚出去,别让我看见你,猪猡!"

亨利转身来到吉洛姆的房间,看见吉洛姆两条长腿翘在床上调琴。看见亨利垂头丧气地进来,吉洛姆调侃道:"忏悔进行得不顺利?"

"你看,就这样。"吉洛姆递给亨利一杯酒。"我情愿赤手空拳去和歌利亚大力神打一架。"亨利又补充道。

"拉结会想,埃莉诺会对她居高临下,会千方百计地阻挠你对小杰弗瑞的期望,而且还会将你从她身边夺走。其实,她这样想也可能是对的。"他揶揄地看着他这位兄弟。"亨利,你不懂女人。她们争夺的东西和我们不一样。更细腻,却更肮脏。"

"我喜欢吻她。"亨利承认道。"尽管我把舌头伸进她嘴里的时候脑海里想起了爸爸。"

他们静静地坐着。外面夜色渐浓,屋内仆人已经点上灯。"和她睡觉前,我得把自己先灌醉了。"他又补了一句。

你引鱼上钩,鱼骨头却卡住了你喉咙。吉洛姆心里这样想着,嘴上却说:"兄弟,不管你跟老婆们有什么问题,这些问题都像跨过英吉利海峡一样刻不容缓,必须马上解决好。"

亨利哼哼唧唧地说道:"别告诉我该怎么办。给我半小时先安顿好拉结。"说完,他大步穿过走廊,来到她房间门口大声敲门。"老婆,"他叫喊道。"你老公把另外一张脸也带来让你抽了。这一次要抽得重些。他知道你更痛苦。"他耳朵贴在门上。里面没动静。他等着。最后他听见了她的哭泣声。他打开门,蹑手蹑脚地走到床边。

据史料记载:

> 复活节前的星期五,罗马教皇尤金准许路易·卡佩与阿基坦的埃莉诺废除婚姻。玛丽和艾利克丝两位公主宣布为合法并由国王抚养。尽管许多人怀疑埃莉诺通奸,但为了与埃莉诺离婚,国王路易并没有以此让她受到应有的处置,而是自愿放弃了他一半的领地。
>
> 就在教皇同意废除他们婚约的当天晚上,就发生了第一例见钱眼开之徒劫持前王后的事件。女公爵南下返回普瓦捷的途中必须经过布卢瓦,布卢瓦的泰奥伯德阴谋在那里劫持她。泰奥伯德雇佣了许多骑士,许诺他们说只要一切顺利,他就分给他们土地和战利品。埃莉诺的随同人员只有十人,再加上一名朝圣者。夜幕降临后,他们离开大道,策马来到鲁瓦河岸,从那里乘船前往图尔。天刚破晓,布卢瓦地区发现数名被斩首的骑士。埃莉诺计划在皮勒斯港口乘船渡过克卢斯河。但在那里又埋伏着另外一位见钱眼开之徒。青年杰弗瑞为了弥补被他哥哥亨利夺去的土地损失,决定在此劫持阿基坦女公爵。他今年已经十八岁了,身边聚了不少渴望冒险的年轻人。他们隐蔽在一座可以俯瞰河流的山上,等到埃莉诺一出现,他们就从隐蔽地杀了出来。埃莉诺的坐骑急忙掉头,差点将她摔了下来,好

在她很快又坐稳了。阿基坦的骑士们赶忙护卫着她在河岸平地上飞奔而去,扬起的尘土、泥浆直接飞向后面紧追不舍的青年杰弗瑞和他的同伙。这时,大家惊讶地看到,原本一直在女公爵和她的骑士们身后如影相随的朝圣者,如空中老鹰,飞一样窜到逃窜队伍的前头。只见他轻展猿臂一指,整个队伍就改变路线,逃离了克卢斯。

那天下午,埃莉诺一行涉过维埃纳河。他们连夜奔袭,穿过小径,越过平原,终于在星期四天主洗脚节安全抵达普瓦捷。那天深夜,朝圣者消失了。后来,每当别人问女公爵如何虎口脱险的,她总是回答说:"苍天有眼!"

在英格兰,一只信鸽带来一封短信:路易和埃莉诺离婚了。

尤斯塔斯气急败坏,暴揍了康斯坦丝一顿。"为什么你不早告诉我?"他气哼哼地质问道。"你和埃莉诺每周都有书信往来。你早就知道,却一直瞒着我!"

"我的天啊,我一无所知。"她哀求道。

"你现在还嘴硬。"尤斯塔斯叫喊道。"复活节一过,我就废了你。我不想再见到你。"而且我也不想再让你见到埃尔伯德。

斯蒂芬国王叫来他儿子密谈。"不管我们现在如何急需得到资助来抵御安茹人,路易兄弟也爱莫能助了。"他说。

尤斯塔斯心想,你以为我意识不到吗?"我那傻舅舅,为了一个不能给他生后嗣的女人,弄得自己穷困潦倒。"他答道。"他本该砍她的头,把阿基坦掌握在自己手中。"

也就在星期四天主洗脚节那天,斯蒂芬国王、尤斯塔斯王子各自带着他们的妻子,在坎特伯雷大教堂参加了最庄重的弥撒。午夜来临,牧师们撤下祭坛上珠光宝气的金银器皿,在祭坛上重新铺上一块黑布,点着那根气势磅礴的逾越节蜡烛,象征着黑骑士守护孤独的祭坛。宛如奄奄一息的死者最后喘的几口气,空荡荡的教堂里其他蜡烛——熄灭,唯独剩那一个蜡烛燃烧着一团希望的火焰,摇曳在空旷的黑夜之中。

只有一轮明月挂在复活节的上空,引领人们度过长夜,进入复活节斋戒的神秘煎熬之中。大地死了一般,人们不准吃,不准点灯,直到次日结束。

尤斯塔斯低声对他父亲说:"我们是不是该去向特伯雷大主教要个解释?"

"事情已经很明朗。"国王答道。"主教们聚集在一起过复活节星期天。星期一他们将会宣誓效忠于你。如果过了晚祷告他还顽冥不化,我们就带他去白塔。"

复活节后的第一周,一个衣衫褴褛的高个子男人走下渔船,来到鲁昂。他手里拿着个帆布包。从码头上一眼就能看见公爵府,他迈着矫健的步子奔向公爵府。到了公爵府大门口,他自我通报是坎特伯雷的主教助理,有急事求见。

"公爵不在这里。"卫兵回复道。

主教助理抬头看了看。亨利带有金色狮子的红色旗幡在城堡塔顶迎风招展。

"他不可能离这里很远。"来访者说。

"他在城里,和他妻子在一起。"

"难道这里就没有什么人可以做主的吗?"

"老太君在。"

"老公爵夫人!"

"她在里面,正和孙子玩呢。"

"去通报老公爵夫人,伦敦的托马斯紧急求见。"

客人已经等在会客厅,玛蒂尔达缓缓走了进来,身后拖着一个满头黑发的漂亮孩子。她盯着那个起身恭候她的男人看了许久。

"汤姆,真的是你吗?"她用英语问道。

他跪倒在地。"公爵夫人,是我呀。"

她已经十几年没去过伦敦了,但她依然记得那个年轻的财政大臣。当年,伦敦城里几乎所有人都弃她而去,他却挺身而出支持了她。也正是他送给她一只小猴子,一只小得可以装在口袋里的猴子。

"哈布林死了。"她痛苦地叫了一声,那一刻,泪水潮湿了她的双眼。

"尊贵的大人,我很难过。也为您死去的丈夫感到难过。"他那双黑黑的大眼睛滴溜溜乱转,显得极其不安。"公爵夫人,从我匆忙借穿在身上的破衣烂衫您就可以推断得出来,我给您的英格兰事业带来了可怕的消息。"

玛蒂尔达抬起一只手,一个仆人跑过来带走小孩。"既然是可怕的消息,说的人和听的人都应该坐着。"她大声地说。

他暗自赞叹,她是多么沉稳端庄!年轻时他在伦敦的一家钱庄做事,就在玛蒂尔达身上发现了高贵气质、皇家震慑力以及对金钱的热爱,这些都让他惊异不已。"托马斯,你这个男孩太贪婪,什么都想要。"有一次她郑重其事地对他说。他认为这是对他的赞赏。"你会不择手段。"她又补充了一句。这更让他感到高兴:不择手段需要智力与胆量。

等他们都坐定,玛蒂尔达敦促道:"那么说吧。"

"斯蒂芬已经逮捕了坎特伯雷大主教。除非大主教给尤斯塔斯加冕,否则不会被放出来。公爵夫人,泰奥博已经六十二岁了,经不起酷刑的折磨和长期囚禁。如果尤斯塔斯被加冕……"

她不需要再听下去了。"就彻底失去英格兰了。"她淡淡地说道。"王公贵族们就决不会同意发动对布卢瓦的第二次战争。他关在哪里?"

"白塔。"

玛蒂尔达自顾自笑了。"我祖父建的。"她郑重地说。她在想另外一件事。自打进入会客厅就一直板着的老女人脸色,此刻再一次显得青春洋溢。"他们为什么没有逮捕你?"她想起来,他在伦敦的绰号就是老滑头汤姆。他惯会溜须拍马,比出卖参孙的达利拉还要狡猾。为人情绪容易激动,说话喜欢夸大其词,野心勃勃,但却聪明伶俐,非常地聪明伶俐,一心想着往上爬。

他尴尬地笑了一声。"他们本来是想逮捕我的。但是我看见一堆烂衣服,而且还有充足时间把自己打扮成女人……"

老太太乐得笑出声来。"就你!你比我大儿子还高大!"

"我正是想跟你大儿子讲话。"

她朝一位侍女捻了一下手指。"把公爵找来。"她说。"告诉他,无论正在干什么,马上到公爵府来。和小杰弗瑞无关,事关英格兰。"

亨利骑马走上台阶准备进入会客厅的时候,他憋了一肚子的火。在公爵府大门口,一名来自普瓦捷的信使正躺在那里等他,给他带来一封埃莉诺的信和一笼子十只鸽子。亨利一把抓过信,命人找地方把鸽子养好,不能与家里的鸟混在一起。然后叫信使在门口继续等他。

他骑马进入会客厅后,主教助理马上站起身来迎接。亨利骑在马上问道:"什么事这么急?"

"公爵大人,我相信,除非我们立刻有所行动,否则,现在已被关押在伦敦塔里的大主教泰奥博,要么屈从于斯蒂芬给尤斯塔斯加冕,要么就死于斯蒂芬的酷刑,然后篡位者将想法任命一名玩偶,让他给尤斯塔斯加冕。无论哪种情况……"

亨利举起一只手,命令他不要再讲下去了。"没有哪个国王会蠢到杀害坎特伯雷大主教的。相信我——你叫什么名字?"

"托马斯,来自伦敦,大人。有人又叫我贝克特。"

"相信我,托马斯,或者贝克特。你的上司在白塔里不会受委屈。斯蒂芬不可能肆无忌惮——不管他邪恶到何种程度。"

来客心有不甘,但还是鞠了一躬,表示同意他的分析,然后提出新的话题:"公爵大人,国王正迫使王公贵族效忠于尤斯塔斯王子。"

亨利接口道:"这才是更为严重的问题。"他探过身一把抓住来客的肩膀。"你把我从我妻子的怀抱里拽了出来,不过我还是要感谢你。一个小时左右我再回来,我希望你能讲讲我们如何去救出关在白塔里的大主教。"他掉转马头骑出会客厅。主教助理盯着亨利的背影看,微微张开嘴,满脸都是钦佩。他从未见过谁骑马进入公爵府会客厅的。"王子真够范!"他对玛蒂尔达赞叹道。

亨利暗自纳闷,这个人有什么东西让自己心神不安呢?

回到伊莎贝拉家里,他又钻进拉结的被窝。他一走进房间,拉结的心跳就加快了。尽管亨利外表上显得神采飞扬、无拘无束,但直觉告诉拉结,他心神不安。"你一身的马味。"她开玩笑地说,想分散他的注意力,不再考虑公爵府发生的事情。他凝视着她水汪汪的眼睛,在她耳朵根说:"让你来骑骑马。"他把她抱起来坐在胸脯上,双手抚摸着她的臀部。来自伦敦的消息固然可怕,但是他却是因为埃莉诺的来信心烦意乱。她在信中写道:

推迟已不可能。我随时都有危险。我害怕离开避难所。

亨利在拉结的怀抱里身心放松下来后,心想,去你妈的,埃莉诺。我们已经同意等到五旬节。我不会轻易让步的。"我亲爱的,"他低声对拉结说。"你是我眼睛里的光。"

"你想告诉我什么事情让你心烦意乱吗?"

"你选一个国家名。"

"法兰西。"

"再选一个。"

"英格兰。"

"我们起来洗澡穿衣服,我来跟你讲讲英格兰的问题。"他说。

拉结穿衣服的时间比亨利长。亨利等候的时候,趁机写了一张便签给阿基坦的女公爵。

> 由伯纳德神父起草的协议保持不变。再隐忍一个月。这将有利于你的名声。

他连名字都懒得签。他和拉结骑马来到公爵府大门口,亨利掉转马头,把信交给埃莉诺的信使。这个人又从鲁昂的什么地方弄来一笼子的鸽子。亨利看着这些挤作一团、焦躁不安的鸽子,心中明白,埃莉诺是准备对他纠缠不休了。但是他没有时间思考结婚日期,因为卫兵奔过来喊道:"公爵大人,来了许多英格兰人,都在会客厅等您。吉洛姆大人正招呼他们。士兵们已经管住他们的马和随从。"

亨利对拉结说:"这些人当中没准有间谍。我的私生活,他们知道的越少越好。骑马到东门去。你知道会客厅的窗帘吗?想办法躲到窗帘后面去。里面有个叫托马斯什么的。我很想听听你对他的看法。"他等在大门口,一直看着她拐过公爵府的另外一侧。等到她看不见了,亨利一蹬马,那天第二次骑马拾阶进入会客厅。

第二十六章

亨利骑在马背上浏览了一下来访的英格兰客人,紧锁的眉头一下子舒展开,忍不住"哈哈"大笑起来。他认得其中的每一个人——二十多个人都是苏格兰国王的部下。这些人个个都是久经沙场,现在却饱受钱袋日渐窘迫的困扰。有些人因为海上一路颠簸满脸憔悴。

老太君已经命人宰杀了一只小牛,现在已经在外面烤了,大厅里,疲惫的男人们在起劲地享用着果汁、葡萄酒、面包、奶酪和梨子。仆人们在旁边忙着伺候。

亨利一眼看到了拉尔夫伯爵,高兴地叫喊了一声,跳下马爬了过去。"我亲爱的朋友,去年我们就准备你进攻了。"拉尔夫说。"当然我们也知道情况:你父亲突然病故,为了悼念你不得不推迟进攻。但是我们恳求你抓紧时间,不然就晚了。尤斯塔斯每天都在往他军营里拉拢贵族和骑士。那些不肯去的……"

亨利举起一只手说:"我的剑睡到五旬节。"

来宾一阵起哄。

"现在是上帝的休战期。"拉尔夫附和道。"但的确,亨利,就我们的大主教被抓起来囚禁而言?"

"拉尔夫,我的剑还在睡觉,但我没有说我也在沉睡。"他指了指主教助理。"你们认识这个人吗?"他问围过来的骑士们。

他们纷纷点头。亨利心里明白,这些骑士不喜欢这个人。但他表现出来的勇气却如他们一样。二十五双眼睛盯着这个手无寸铁的修道士,但他依然很淡定。所有的贵族都还没来得及梳洗或者换下他们赶路的行头，而比他们早到几个小时的主教助理，已经洗过澡，修了面，换上了一件淡紫色的袍服。趁着他们相互看来看去的时候，亨利拉着主教助理走到大厅另外一头的一张长桌旁，就在窗帘边。亨利希望这个时候拉结已经坐在窗帘后面了。玛蒂尔达已经在桌子上铺开了白塔的设计图纸。大约七十年前她祖父建造好它，后来就再没有翻修过。

"你是怎么逃出白塔的？"亨利问。

主教助理笑眯眯地撅起嘴唇。"我化装成洗衣妇女……"没等说完他自己就哈哈大笑起来。

大笑过后，亨利说："泰奥博也可以如法炮制。你，主教助理，要返回去，穿上泰奥博的袍服留在塔里。泰奥博将化装成洗衣女人——"

拉尔夫打断他的话："但是，亨利，一旦斯蒂芬，或者更糟糕，尤斯塔斯发现泰奥博跑了，他们可能会杀了这个人。"他觉得不好意思说，他们会折磨他，让他供出泰奥博的藏身地以及是谁帮助他逃跑的。

亨利陷入沉思。突然问道："他们会杀了你吗？"

"国王和王子都不会杀我，公爵大人。"大厅一下子陷入死一般的寂静。托马斯环顾四周，大家都用敌视、鄙夷的眼光看着他。亨利感觉得到，一股怒火在这个主教助理心口熊熊升起。亨利知道，这股怒火，既是因为这些人的地位都比他高，也是因为他自己想出人头地的强烈欲望。

亨利平静地说道："也许你可以解释一下，为什么他们，特别是王子，会对你宽厚仁慈？王子可没有这样的名声。"

托马斯迟疑了一下。"我才三十九岁了，与钱打交道也十几年了，但是……"

大家现在扫来扫去的眼神里充满了讥讽。尤斯塔斯奢华的宫殿对许多贵族来说一直是个谜。这些贵族发现，如果没有肮脏的进项，自己的家和马厩都难以为继。

亨利撇着嘴笑了笑。"这个人曾经给过我母亲一只猴子。"他说。"真的，我觉得那个畜生是你自己弄大的。"

对于亨利幽默的嘲弄，托马斯并不恼，还和大家一起大笑。

大家很快就达成一致意见，同意亨利的计划，让主教助理回到白塔去，就像他逃出来的那样再进去，让泰奥博化装成洗衣女人，可以乘船到弗兰德。亨利清楚，自从路易·卡佩与埃莉诺离婚之后，弗兰德伯爵就和路易貌合神离了。

那天晚上，大家一起共享了烤牛肉，在仆人们早已放好热水的大橡树木桶里洗了澡。来自英格兰的客人纷纷诉苦，说在英格兰许多人家里木材不够烧，已经一年多没洗过热水澡了。亨利把拉尔夫拉到一边。"我想让你见见我的妻子和孩子。"他说。

"你妻子！"

"不是教会意义上的妻子。"

亨利是第一次将拉结介绍给陌生人，心里忐忑不安，感觉就像被海水不断冲击的礁石。拉尔夫的祖先，可以追溯到罗马皇帝哈德良（76—138）手下的一名执政官。拉尔夫本人也没什么架子，愿意作为一名商人屈就拉结。但是亨利没有意识到一个事实，拉尔夫从未见过来自乌特莫地区的女人。在家的时候，拉结头上从不戴头罩。

"多么漂亮的头发！多么迷人的眼睛！多么洁白无瑕的牙齿！"拉尔夫用拉丁语低声对亨利赞道。"还有那乌金色皮肤……圣母玛利亚也不过如此。"

亨利也低声回答道："拉结能用拉丁语说说写写。还懂希腊语以及别的语言。"他很后悔，觉得即使跟拉尔夫说他的妻子是拜占庭公主，拉尔夫也不会有什么怀疑的。

拉结正把孩子抱坐在自己的腿上，面带微笑。"但我还不懂英语。"她用法语舒缓地说道。

拉尔夫感到无地自容，泪水溢满眼眶。"亲爱的夫人，如果我早认识你，我自己也会背着十字架前往乌特莫了。亨利，你太有福气了。祝福你，还有你的儿子。我们可以将他培养成优秀的骑士。等你跨过英吉利海峡，夫人，一定要给我个面子，来我家住上几天。我家还过得去……"

拉尔夫还拥有一座庄园宅邸，至少还有两座城堡，都有诺曼底公爵府这么大，每个城堡都养着一百匹马。

拉结嫣然一笑，心想，这是个像绵羊一样蠢的人。但是，心肠不坏。亨利告诉过他，在战场上拉尔夫勇不可挡。

她那天观察了很多人。窗帘上有个不起眼的小洞，让她可以看清楚客厅里的人们。她将眼睛凑到小洞口，盯着那个主教助理看了一会，心里感到一阵恶心。她心想，难道自己又怀孕了？很显然，除了亨利，客厅里的其他人都看不起这个英俊高大的男人。她继续偷窥着这个男人，感觉自己被一只看不见的手推来推去，四肢发软。她开始意识到，眼前有个来自另一个世界的精灵。它正笼罩着主教助理，也正支配着亨利。拉结清楚，这类精灵都心存鬼胎，不怀好意。

"你必须提防他。"那天深夜，亨利再一次见到拉结后，拉结对他说道。

"他想害我？"

"很可能。"

"但他和他的上司，坎特伯雷大主教十几年来一直支持我们的事业。一向忠心耿耿。"

"如果他的上司支持斯蒂芬，这个助理还会支持你吗？"她问道。"我父亲过去常说，谄媚酷似友谊，只有像所罗门这样的智者才能分辨的出来。那个男人让我感到迷惑。我感觉到他身上附有强大的精灵。说不上好，也说不上不好。我认为是他诱惑了王子……"

"尤斯塔斯？"

"还有你。"

"我？被诱惑？"

"他很细腻。你知道自己的人生目标，亨利。你生下来，最终目的是为了他人的幸福。但是那个人呢?"

黑暗中他紧挨着她躺下,眼睛望着天花板,一只手摩挲着她那丝一般顺滑的臀部。主教助理让他心烦意乱,但究竟为什么他却不是很清楚。"他是个变态的同性恋?"

"噢,是的。"她说。"他也不掩饰。即使在窗帘后面,我也能闻到他身上的香水味。"

亨利一下子呆住了。"香水!和一张字条上一样的香水……"他想起那个倍感羞辱的上午,在温切斯特向斯蒂芬乞讨金币。他一直以为,那张字条来自一个对他芳心相许的女子之手。现在他很好奇,那张字条,没准是闪烁其词地暗示对尤斯塔斯的嫉妒。"你觉得他会冒险给我递情书吗?"他问。

她幽幽地凝望着他,内心激情似火。他没意识到自己美若天神,她想。尤其是对一个变态的同性恋来说。

"是的,我觉得他会。"

白塔里的五个看守,被人发现都醉死在娼妓的怀里。大主教和主教助理双双逃逸,连夜坐船到了敦刻尔克。

"他们从哪弄到钱嫖娼酗酒的?"尤斯塔斯质问道。

他父亲既回答不了,也不敢看他儿子的脸。

"我会从他们身上挖出答案的。"

国王在胸前画了个十字。"儿子,"他平静地说。"我觉得,我们将泰奥博囚禁起来本身就是犯罪。我想上帝……"他开始流泪。"我们逮捕大主教当天,你母亲的病就加重了。"这位了不起的夫人,也叫玛蒂尔达,曾经也是个了不起的女人,性格刚强,足智多谋。"我十一岁那年,狮王亨利一世的女儿把我抓走了,是你母亲救了我。王室御医现在已经回天乏术，说她不可能活过五旬节了。"

拉尔夫和其他人一道返回英格兰后给亨利写了封信：王后死了。斯蒂芬悲痛欲绝。尤斯塔斯变本加厉。

这封信送到诺曼底海岸最近的一个地方——巴夫勒，但亨利却不在这附近。几天前，他在利斯尔召集手下最有权势的贵族秘密地开了一次会。在会上，他告诉他们，他有意与埃莉诺结婚，并且征求他们的意见。这些人听了，个个呆若木鸡。"你们同意吗？"亨利追问道。理查德·的·熊雷首先表示同意，其他人也一个个点头同意，并宣誓用武力保护他们的结合。在场的人心里都清楚，路易发觉自己由于天真，弄巧成拙，不经意间促使属下两强联姻，必将恼羞成怒，出兵扫荡诺曼底。一旦在诺曼底得手，他将挥师蹂躏阿基坦。

"王后——我指的是阿基坦女公爵——的属下会支持我们对付他们的路易国王吗？"理查德问道。

亨利一直盯着自己的脚底。这时，他开口道："至于说阿基坦的人，谁也说不准。他们肯定会保卫阿基坦，但是……"

这并不是大家想要的回答。然后，大家也很感激亨利坦诚相待，吐露实情。与此同时，亨利拒绝用鸽子给女公爵任何回复，尽管她不停地来信要求尽早完婚。

拉尔夫关于英格兰情况的信到达巴夫勒的时候，亨利、吉洛姆以及十几个贵族正策马赶往普瓦捷。

五旬节前的星期五，他们顺利穿过了普瓦捷城门，亨利手上托着一只游隼。这群令人刮目相看的陌生人，阵容豪华，引来大街小巷的人纷纷议论。他们人还没到公爵府，消息已经传到埃莉诺耳朵里。埃莉诺立即跑出来迎接他们。亨利发觉，埃莉诺似乎看到游隼比看到他本人还要激动。看着亨利的铁手套上绑着游隼腿上绑着绷带，埃莉诺心知肚明。游隼眨巴眨巴眼睛，盯着埃莉诺的脸看。

亨利心想，真是一对好姐妹。

五月十八日，复活节后的第七个星期日，即圣灵降临节，所有基督教教会里钟声争鸣，大家满怀喜悦地迎接基督口含火焰降临人世。祭坛铺上了紫红色的布，上面点满了蜡烛，墙壁上、窗户上点缀着红黄色鲜花。牧师们都穿上火红的袍服。人们陶醉于流光溢彩的灯火、音乐，"哈利路亚"的欢呼声此起彼伏。圣皮尔大教堂里，牧师们一边跳着神圣的舞蹈，一边向聚会的人群诵读圣经。圣经是用拉丁语诵读的，聚会的人群中没几个人听得懂，但是他们看得懂舞蹈，知道就在这一天，万能的上帝充满激情地利用神的大力砸碎了旧世界，将他三位一体的圣灵注入在耶路撒冷市场上布道的门徒心里，使他们蒙受他大爱的喜悦，让他们懂得世上各个国家的语言。这一天上午，尽管此时此刻有人装疯卖傻，说自己醉了，胡言乱语，但事实上一切都改变了。

等到聚会的人群散去，亨利带着他的人跟随埃莉诺以及她的人进入到灯火通明的大教堂。新娘身着紫罗兰色的长裙，使她显得更加天姿国色。不久前奥莉恩为她梳妆打扮的时候，埃莉诺就在盘算，要让亨利记住她，让他心里充满嫉妒。她选择穿这身衣服，也是为了纪念，纪念她最后一次在巴黎见到杰弗瑞。那一天，路易正式赐封亨利为公爵。

站在祭坛前，亨利和埃莉诺从圣餐杯里领受了圣餐酒。埃莉诺抬头看了看亨利，他的头发如那映照在金色圣餐杯上的火焰。她心中暗想，不知亨利是否遵守协议，直到圣诞节后才与她睡觉。

吉洛姆将结婚戒指递给他们。他们就这样匆匆结婚了。

"我可以吻你吗，妻子？"亨利问。

埃莉诺羞答答地垂着眼帘。"当然。"她心里暗下决心，亨利·金雀花，今晚我要把你弄上我的床。

她很喜欢那只游隼，执意在穿过街道时让一个鹰手带着它走在队伍前面。参加婚礼的人从公爵府出发，骑马来到坐落在城墙外的大教堂。婚礼结束后再骑马返回。但在返回的途中，他们被一大群市民围住了。大家都围过来看热闹，张大嘴巴看那迎风招展的旗幡：亨利的金色狮子镶嵌在红色背景中,安茹人的则是三只金色的豹子。埃莉诺的人民,向来趾高气昂,骄傲于自己的女公爵是法兰西王后。但自从婚姻废除后,他们就变得垂头丧气,茫然不知所往。他们曾经给公主送礼,但如今,公主和他们的礼物都被那个他们一直认为懦弱的国王抢走了。

"让她生个儿子!"有个男的用奥克语喊道。奥克语与加泰罗尼亚语接近,所以亨利能听得懂意思。他抽出剑,高举过头,笑嘻嘻地看着这些人。市民的情绪一下子高涨起来,他们奔走相告:"路易是只阉鸡。我们的女公爵如今为自己找了只如意雄鸡。"因为这是亨利第一次在普瓦捷公开露面,亨利建议,结婚早餐一结束,他们就骑马出来游玩一下普瓦捷。埃莉诺大吃一惊。她已经非常习惯于路易不愿出来见她的人民,所以从没想过亨利会如此不同。她自己也已经习惯于在自己的土地上耀武扬威。突然,一个念头钻进她心里,让她不寒而栗:亨利意欲赢得普瓦捷市民的爱戴,而且,毫无疑问还想赢得整个阿基坦人民的爱戴。

"你觉得有必要吗?"她问。

"绝对有必要。"亨利不容置疑地回答道。

从利斯尔骑马出发后,亨利就一路上与他的人花了几个小时讨论,如何才能争取到埃莉诺属下的支持。埃莉诺的这些属下,向来名声不佳,有奶便是娘。举行盛大游行是通常的做法,但要花时间组织,眼下时间紧迫,因为亨利想在六月份大海风平浪静的时候进攻英格兰。吉洛姆提议,他们可以骑上骏马,穿上华丽的服饰,到一家酒馆里去,在那里喝酒唱歌。"太好了,我的蠢兄弟!我将尽显魅力吸引大众。她的权贵们一周内就都会听说了。"他说。

向南继续驰骋的路上,他们不断地用奥克语练习歌唱"年轻的狮子"以及其他更加露骨的派系歌曲,比如有人篡夺英格兰王冠之类的歌曲。吉洛姆还即兴创作了一首爱情歌曲,歌颂漂亮女公爵与年轻勇敢公爵的美满婚姻。

婚礼当天的夜幕降临后,普瓦捷到处都在传唱"年轻的狮子",亨利醉了。

"上床吧。"亨利对他的妻子说。他们没在埃莉诺与杰弗瑞睡了十个晚上的魔塔,而是在公爵府她的卧室里。

"你醉了。"她忸怩道。

"没醉,只是有一点点……开心。来吧。"

她想溜走,亨利一把抓住它,将她的长裙从脖子上扯到腰间。"我不喜欢长裙。"他说,语气很冷静。"你穿着它无非是要折磨我,不对吗?让我想起我爸爸。你揉碎了他的心,揉碎了路易的心,我不知道还有多少人的心被你揉碎过。但你揉碎不了我的心。"

她一时无语。她那被扯到腰间的长裙此刻已经滑落到地面,让她一丝不挂,而他却依然拽住她的手腕。"还有一件事。"他说。"千万别咬我。我不想你的牙齿在我身上留下印痕。明白吗?"他微微一笑又添了一句。"但我可能在你身上留下我的牙痕。我现在就要你,不用洗澡。"

她已经三十一岁,而他却刚过十九。她从未与比她小的男人睡过觉。这种经历,起初令人激动狂热,转念一想却令人不寒而栗。

"我累了,亨利。我耗不住了。"她轻声说道。

"你当然能耗下去。"他说。"整天能狩猎的女人也经得起整夜折腾。把臀部撅起来。"

她记得她在路易身上用过的把戏——甚至有时也在她叔父雷蒙德和杰弗瑞那里用过:哀号加求饶,说你让我快乐得受不了啦。这一招她现在娴熟地用来对付亨利。

"怎么了?"他问。"我弄疼你了?"

"伤我的心了。"

"什么东西伤了你的心?"他拿定主意,如果她提到爸爸,就马上起身走人。

"因为你不爱我。"她说。

他又躺回她的温柔乡里。他觉得,她与拉结的战争已经开始。他用一只手的手指头弹着她的脸,另外一只手摩挲她的酮体,从脖子到臀部,再到大腿。"但我也可以爱你。"他答道,声音空空的。"我可以学着爱你……"这时,拉尔夫的信已经到了亨利的手里。亨利计划六月中旬从巴夫勒起航,因此他只有不到一个月的时间来争取埃莉诺属下的支持。可她的属下都是些桀骜不驯的家伙。他准备用他的强大和意志给他们留下深刻印象,然后再劝说他们与他一道对付英格兰。埃莉诺能感觉到,他心不在焉。没准在想别的女人呢,她心中隐隐作痛。

"你做我的导师吧,亲爱的妻子。"亨利翻了个身,双手托着下巴。他那充满期待的眼神完全像猎狗期望款待一样。他要的款待,就是同意他们马上一起走访她的领地。"教教我,妻子。"他轻声地说道,同时从她的肚脐眼一直舔到喉咙,然后放开支着下巴的双手,撑起身,又双腿叉开跨坐到埃莉诺身上。他把身下的人想象成拉结,温柔地开始了那天晚上的第八次开垦那片新土地。

"你已经把我耗干了。"他喘着粗气说道。"你怎么忍心这么残忍地对待你的学生?"

尽管埃莉诺也觉得自己很贱,但她还是哈哈大笑起来。

这时,天已经亮了。

那天吃饭的时候,理查德·德·熊雷轻声对埃莉诺说:"亲爱的,你看起来神清气爽,光彩照人。"

"她图谋害死我。"亨利说。包括女公爵在内,在场的人都"呵呵"地笑了。女公爵同意她丈夫的建议,即将召集她的政要以及教会牧师来面见他们的新公爵,面见后,他们将全部骑马前往波尔多,只有吉洛姆除外。吉洛姆早就在那天上午去了巴夫勒,亨利的军队就聚集在那里。

普瓦捷和阿基坦的新公爵给拉结写了封信:

亲爱的,

  我的心为你颤动。每当我想你的时候,都能感觉到对我的爱恋。你的思念温暖了我的心房。你是爱的化身,你的爱愈合了世上的每一道伤痕。替我好好地亲吻我们的小杰弗瑞。合上你的双眸,想象我正亲吻你的眼帘。

亨利

"我的丈夫给谁写信呢?"埃莉诺问那个拿信给信使的仆人。
"鲁昂的一个人,女公爵。"
她心想,我猜也猜得到。
无论身在何处,亨利每天都给拉结写信,给老太君写信,却是每周一封。因为,老太君现在的精力都扑在拉结和小杰弗瑞的身上了。他事先也没敢告诉母亲他准备跟埃莉诺结婚,她在信里也只字未提。自从杰弗瑞死后,她发现了一封埃莉诺写给他的情书。她第一反应是烧掉它,但理智战胜了情绪,玛蒂尔达把这个婊子的信藏在保险柜里。保险柜里除了藏有其他一些珍宝外,还有德国王冠上的珠宝。

四十八个小时后,亨利与埃莉诺结婚的消息传到了路易耳朵里。起先他还将信将疑,尔后便勃然大怒,吓得宫廷侍从都以为君主要发疯了。"这个刁妇蓄谋已久了。"他厉声叫道,随即召集贵族来宫殿秘密商议。"那个安茹混账偷走了我的妻子。"他对他们叫喊道。"他违背了君臣之道。"

有些贵族鼓动他们的国王撤销原本已经废止的婚姻,重修旧好。其他的贵族敦促他请求教皇开除埃莉诺和她新"丈夫"的教籍。
"我将命令他们来巴黎受审,指控他们犯了叛逆罪。"路易宣布。
亨利接到传唤,将它撕成两半。
目无法纪的婚姻,一触即发的进犯,这两件事都折磨着英格兰的国王斯蒂芬。尤斯塔斯宣布，禁止酒肆唱"年轻的狮子"，即使在家里也不行。他还告示大家，埃莉诺本来就是出了名的"婊子女公爵"和"十足的奸妇"，来法兰西就是去"安慰我兄弟"。一时间，莱茵河两岸一片欢歌笑语，伦巴第地区淫曲缭绕，即使在加泰罗尼亚，大家也常常在街上驻足议论纷纷。亨利·金雀花刚满十九岁，却已经被公认为是西欧权势显赫、炙手可热的人物。现在又准备征服英格兰——有人振振有词地说，他现在是利欲熏心，太飘飘然了。

尤斯塔斯王子煽动路易，要他赶在亨利预定进犯英格兰的两天前攻打诺曼底。

"我将和大家平分征服的疆域，先征服诺曼底，接下来挨个吃掉安茹、普瓦捷和阿基坦。"他本来还想讲讲"草帽"以及安茹人的发迹史，但为了给他新的盟友——青年杰弗瑞·金雀花留点面子，就忍住了。路易、他的盟友以及将军们一同制定的作战计划，都以亨利赶回来保护诺曼底为前提。

"做国王的怎么会这么蠢？"亨利问埃莉诺，她已经骑马随他去过卡昂了。"如果他再等一个星期，他就可以像摘熟透了的樱桃一样拿下我的诺尔曼城堡，从而迫使我放弃进攻英格兰。"

他的妻子胆战心惊。"我发现路易这回真的发怒了。……亨利，他会烧毁诺曼底，甚至我们现在住的城堡，也会被夷为平地。"

亨利显得若有所思，其实这正是他期盼已久的谈话。"我的夫人，如果路易占据诺曼底，我不过失去公爵头衔。我还会赢回来的。但他手下的王公贵族以及许多教会人士，将不依不饶地要取你的脑袋。脑袋掉了就再也赢不回来了。"

她也清楚得很。"你需要什么？"

"足够的钱来雇两万名雇佣兵。"她愣住了。"路易会惧怕自己的性命不保。而你，将与我分享胜利。"亨利从她的表情上看出来，她还是将信将疑。她和她的前任丈夫一样，都对战争一窍不通。他托起她的下巴，亲吻她。"我跟你透露个秘密。"他压低声音说道。"正常情况下，这个秘密我只让我的将领知道……"

她用孩子般好奇的目光看着他。亨利凑在她耳朵边说："我根本不会去解救诺曼底。我将围攻佛克森。一万五千名步兵就可以轻松拿下它。其余的部队我将发兵巴黎。"

"巴黎！"

他哈哈大笑。"做做样子。我不想要巴黎。我要路易吃屎，对不起，我要路易自己清醒过来。"此时此刻，亨利与埃莉诺的亲吻比结婚当晚还要香甜。亨利陶醉了，他知道，阿基坦金库已经向他敞开大门。

※

亨利骑马直奔佛克森，他的步兵也分头从佛兰德扑向南方，从勃艮第扑向西北。公爵和他的步兵跑得太狠了，马都跑死了。亨利命令道，重上战马前，每个人都必须画十字，感谢马做出的牺牲。而他自己已经泪流满面，因为他的一匹战马——"我儿时的朋友"——一声痛苦的嘶鸣后也倒在他身下。它倒下的一瞬间，亨利一跃跳开了，然后一刀刺中它的喉咙。

亨利摧毁了佛克森以及路易盟友罗伯特伯爵的德鲁克斯。

国王得了热病，部队进一步往南撤。

亨利又突然挥师向西，在那里通过软硬兼施，劝说西农、娄盾和米乐比的防守司令投靠他，齐心合力攻打图谋报复的青年杰弗瑞。

路易的热病加重，躲到青年杰弗瑞仅剩的一处最坚固的城堡里。亨利将它围得水泄不通。路易求和，青年杰弗瑞也听凭他哥哥处置。亨利饶恕了他，返还他所有的城堡。国王也身心劳顿地返回巴黎。但是大家都相信，路易会在来年春天第二次发动战争。

就在回巴黎的路上，路易就撕毁停战协议，烧毁了佛农镇。

尤斯塔斯赖在巴黎。他知道,亨利越是受保卫家园的拖累,进攻英格兰的日子就越长远。王子从英格兰带了一个女子来。到了晚上,他就让这个女子给路易唱歌,宽慰一脑门子官司的路易国王。这个女子胸脯扁平,还没到来红的年纪。"天使般的歌喉。你在哪儿找来的。"路易问。

尤斯塔斯叹息一声。"她那天在街角唱歌,乞讨面包。"

"我想留下她。"

王子沉默良久,最后开口道:"我觉得她会想家的。"他瞥了一眼女子,女子点点头。

"她不会说话?"路易问。

"几乎从没说过话。我发现很难让她说一个字。她就是只鸟,就会唱歌。"

尤斯塔斯从他父亲那里接到了令人高兴的消息。斯蒂芬在信中写道:

"干得不错,我的儿子!我不仅赢得了时间,而且从教会筹集到钱雇兵打觊觎王位者在沃林福德的堡垒。他们已经走投无路,泰晤士上游的一座桥是他们唯一的生命线。它已岌岌可危。"

沃林福德堡垒的司令,卜瑞恩·菲兹伯爵也给亨利写了一封令人泄气的信:

"大人,我十分难过地向你报告,除非你立即带人来增援,否则我只能在冬天结束前向斯蒂芬投降了。我们的口粮只够每天吃一顿。大家的肚子都饿扁了。"

亨利知道，整个领地每况愈下：耕地、庄稼、牲畜、鸡鸭一年来都荒废了。饥荒正在蔓延。

他在书房里来回踱步。他不能对正等候着的书记官讲述实情：与路易开战后，他已经没什么钱对付斯蒂芬进犯沃林福德堡垒了。雇佣兵要加钱才肯与英格兰打仗，他们也知道，英格兰现在也缺衣少食。另外，他也不能叫他的属下出力和英格兰作战，因为他们刚与路易打完仗，已经尽了君臣之道。他派人给菲兹伯爵送了一张条子：坚持住，勇士们。我尽快赶到。

他拿定主意，要让埃莉诺再给些钱。

八月，他回到她身边，双双一起巡游了她的属地，他原本答应在五月就巡游的。不过，他妻子现在对他很冷淡，时时让他感觉到她不想和他同床。亨利猜想，她不再害怕掉脑袋，也知道我几乎身无分文。

他们的巡游声势浩大，百姓们欢喜雀跃。但是从战术上讲，并不算太成功。在里魔日，一位目空一切的修道院院长让新公爵和他的公爵夫人在城外安营扎寨，也不给他们提供像样的食物。当亨利抱怨伙食糟糕的时候，这位修道院院长答复说，只有城里的人才有资格享用美食。亨利勃然大怒。他找来工程人员，当着院长的面把城墙拆掉了。他双拳紧握。"用你从信徒手里偷来的钱再把它建起来。"最后一块石头拆下来后，他咆哮道。自从这次发飙后，如果说南方的领地主不热情的话，至少表面上也恭恭敬敬了。他们对新公爵与路易作战中展现出来的勇猛以及权力欲佩服得五体投地。"但他们痛恨你觊觎英格兰的野心。"埃莉诺告诉他。"他们不想和你一起去征服一个寒冷、遥远的岛屿。他们鄙视这个岛屿。"

"那你呢，妻子？"他问道。"你还想当王后吗？"

"你知道我想的。"

"如果你想与我同富贵，你就必须与我共患难。"

埃莉诺别过头去，尽力掩饰内心的感情挣扎。她想说，摆脱掉那个女人，我就给你所有普瓦捷和阿基坦的钱财。但她默不作声。

"怎么样？"他追问道。

"你每天给她写信?"

"一封信能伤着什么?"他语气温和。

"整个六月份你一封信也没给我写过。"

"我一直在和法兰西国王作战。我太忙了。每天也就睡四个小时。"

"但你却有时间在鲁昂和她连续厮混三天。"她回答道。

他抬起一只眼睛的眉毛。"你监视我?"

"你以为我想知道?"

"在鲁昂,我有家,有母亲,三个兄弟,一个妹妹,一个儿子……"

"还有她!"

亨利正坐在书桌前准备给他母亲写信。看见埃莉诺发急,他心里暗自发笑:让猎鹰饿着。

"你想让我怎么处理她?"

"和她离婚!"埃莉诺答道。

他哈哈大笑。"夫人,你忘了我没和她结过婚。因此也谈不上离婚。"他心想,我一分钱也不问她要了。我不能拿拉结和这个有钱的婊子做交易。

"你明白我的意思。"

"我知道你说的是什么。你就直接说出来什么意思。"

"和她一刀两断。"埃莉诺尖声说道。然后我也和她一刀两断,她心里想。"我将她从奴隶中赎出来。这个忘恩负义的婊子,竟然用偷走我丈夫的方式来报答我。"

"你太可笑了。"亨利平静地答道。

埃莉诺自己也弄不明白怎么回事,可她只要醒着,就无时无刻地想念亨利——想念他那乱蓬蓬火焰般的脑袋,想念他坚毅的蓝眼睛,想念他的野性,想念他突如其来的大笑。他骑在马上的姿势——以及马对他显示出来的亲昵,他向空中抛掷猎鹰的样子,他喊叫让猎狗跟紧的模样,他身体中透露出来的旺盛活力,好像他身体中包藏着一个太阳,他的一切,甚至包括他发脾气时黑沉着的脸,都让她心旌摇荡,心猿意马,从骨子里渴望他的爱。他美若彩虹,却遥不可及。他的男子汉气概光芒四射。结婚那天晚上,如果没喝醉酒,他都不想和她睡觉。在他们巡游南方属地期间,她怀疑他有时和其他婊子睡觉,而且不止一次和某个年轻的伯爵夫人睡过觉。

"摆脱她。"她再次语气平静地说。亨利"呵呵"笑道:"你还不如先让我砍下我的胳膊呢。什么东西碍着你了,夫人?我们结婚,因为你需要保护,要开疆拓土,使我们更强大,并且延续香火。我的心和灵都属于拉结,这与其他东西没关系。"他默然凝视着她,然后接着说。"我们所到之处,你给每个教堂捐款,给每个寺院和圣地捐款,无非是为了赢得道义上的认同。我觉得那对你极有利。给你自己找个情人吧。"

结婚前,他也这样说过,允许她有自由。

"再一次被酒肆里的人嘲弄为奸妇?"她的话尖酸刻薄。

"找个不会引起怀疑的人。但不许勾引我身边的。这方面你行的。"

他们相互都好奇地盯着对方的眼睛。亨利心想,她会找那个行游诗人吗?

最后埃莉诺答道:"我会考虑你的建议。"

"很好。"他嘟囔道。他兴趣索然,不想再纠缠这个话题。他在心里开始盘算如何问他母亲要钱,又不至于招来他母亲的反驳,反过来叫他去向自己的老婆要钱。玛蒂尔达熟悉英格兰地形,懂军事战略战术。他决定告诉母亲作战计划。

> 诺曼底、安茹、缅因、普瓦捷和阿基坦公爵致意他敬爱的母亲,玛蒂尔达皇后,诺曼底、安茹和缅因公爵老太君:
>
> 亲爱的母亲,
>
> 斯蒂芬钳制了我们在沃林福德的一座城堡。他占据了泰晤士河上游的一座桥梁,切断了城堡与外界的供给线,因为这座

桥是城堡与外界之间的唯一出路。除非我们能救出他们，否则今冬他们将被饿死。我们其他的据点，在德威兹斯和布里斯托尔的，都离得太远，而且他们也已经告罄了。冬雨使得行进困难。我因此准备通过逼迫斯蒂芬攻打我来解救沃林福德。他的一个城堡，马姆斯伯里，地处要隘，在我们的城堡布里斯托尔、格洛斯特和德威兹斯的三角地带。所以，我准备攻打布里斯托尔，迫使斯蒂芬在泥泞中行进。他绝不会想到冬天的进攻，但是我计划圣诞朝会一结束就立即启航。我需要三千步兵，一百五十名骑士。我计算过，三十六艘船就可以运载所有将士。

玛蒂尔达回了信：

> 我典当了两顶王冠和一副项链。拉结帮了不少忙，我们典当的价钱非常好。

她在后面又补充说，她不愿和亨利一起过圣诞节，"原因是你有了新的家庭安排"，但她很乐意带着拉结和小杰弗瑞到卡昂城堡去。她说，她已经给拉结分派了新的任务，监督马厩的繁殖项目。

> ……因为这方面她的学习能力超群。她把所有的马分成五批生殖群，分派一匹母马和一匹公马带一群马，并用算盘计算他们的后代在速度、耐力和力量方面的变化。依据计算数据，她再给某匹母马配上某匹公马。这种方法的确巧妙。佳森的后代现在都长得很不错，尤其是和塞勒玛一起配的种，更是情况良好。

埃莉诺与此同时也给巴黎的伊拉兹马斯写信，要他立即赶往诺曼底，做她的私人医生,照料她。鲁昂的圣诞朝会盛况空前。"我的公爵夫人是最体贴入微的女主人,不是吗?"亨利问他的政要与教会高层人士。他急切地想在他们心目中确立她的地位。他们已经习惯于玛蒂尔达的飞扬跋扈和小气抠门,因此亨利相信,新公爵夫人的美貌端庄本身就会让他的下属产生自豪感。圣诞节前四周的基督降临节和圣诞十二天休假举办的宴会,埃莉诺将自己的魅力发挥得淋漓尽致,充分展示了她在组织盛大宴会方面的老练与经验,每一环节都显示出她的审美旨趣:餐桌布的颜色,侍女、仆人的穿着,菜肴的雕饰,上菜的秩序和摆放。每一次宴会的主菜都花样翻新。最令人瞠目结舌的那次,一个巨大的馅饼切开后里面飞出二十四只黑鸟。连亨利都惊叹了,当众热吻了她。"我劝说巴黎最好的厨师长来帮我。"她对他轻声说道。许多巴黎人,也因为埃莉诺的缘故,专程赶来鲁昂。行吟诗人一路从南方陪着他们。他的歌声不仅令公爵府着迷,也使整个鲁昂城都为他疯狂。

那天晚上,亨利告诉埃莉诺:"你是诺曼底的甜心。"她喜忧参半地望着他。"你是我的。"他又补充道,柔情使他的声音听起来软软的。"你和我将有一个月的缠绵悱恻。"那是因为拉结去外地了,埃莉诺心想。

"你为什么对我的态度变化这么大?"她问。

亨利显得大吃一惊。"那是因为我们有言在先。"他答道。"圣诞朝会期间,我完全属于你。"他咧嘴笑了笑,拍了拍她的腰。"如果你到了基督显现节还未怀上孩子,我的夫人……"

他不想等到天黑。午餐一结束,他就领她来到他的住处。她告诉亨利,比起塞纳河上的那个古怪的城堡,公爵府要舒适多了。但亨利记得,她在巴黎的卧室是何等的奢华!"你愿意怎么弄就怎么弄。"他豪气冲天地说。"只要你感觉自在就行。"通常,晚饭后他就会又把她弄上床,不过,有时不去床上,就在楼梯间里,或者在军械库里的盾牌上,或者在马厩阁楼上的草堆里。路易和她,只有一次不是在床上睡的,那还是在他们彼此同意离婚之后。"你真的性欲旺盛。"她说。这时,亨利正把她推倒在一堆过冬的干草上。马厩的阁楼很暖和,下面养着马,可以听见战马低沉的咕哝和嘶鸣。这些战马感觉到有人在做爱,不断地"呼哧呼哧"喘粗气,还用马脚蹬栅栏。"夫人,这个地方对我们很适合。"亨利说,心中暗暗得意,在草堆里干这种事,你再也不能假装自己还是法兰西王后。尽管在普瓦捷对我呻吟叹气,你也只是假装屈从于我。但是,躺在草堆上,我的手游走于你的大腿,你的眼睛闪耀出欲望的火焰。"那才是我的猎鹰。"他对她轻声呢喃。楼下传来马倌的走路声,还有驯马师以及其他人来来往往的声音,夹杂着战马的咆哮声,这些都会使你更加激动。他觉得,埃莉诺天生喜欢通奸带来的刺激,而拉结生来就是为了矜持的真爱。

圣诞节那天,埃莉诺低眉顺眼地大声说:"亨利,我要让你做父亲了。"

"这是我们早就商量好的。"他说着拍了拍她的背,好像她是个军队的士兵。

她返回住处,哭了。她感到她死去的祖母就在眼前。"他绝不会爱你。慢慢适应吧,我的小宝贝。"拉·丹哥露呲牙咧嘴地说。

圣诞朝会前,伊拉兹马斯在诺曼底再次见到了埃莉诺。当时,激情的欲火喷薄欲出,内心像被刀割一样。打动他的,并非她的美貌,而是她悲剧性的勇敢。在他眼里,她就像一只振翅扑火的飞蛾。

那天晚上,他走进她的卧房。"你告诉他你已怀上孩子了,他作何反应?"他问。

"他拍了拍我的背,仿佛我是他手下的一名步兵。"

就像一个身处沙漠、濒临死亡的人突然发现了一池清水,伊拉兹马斯大师温情脉脉地双掌捧起她的脸,径直亲吻她的嘴。

第二十七章

两天以后,大家在公爵府教堂里做完弥撒,吉洛姆陪着亨利和埃莉诺一起吃早饭。"我们要离开一段时间。"亨利告诉妻子。

"你不能离开我。"她向吉洛姆投去求助的目光。

"恐怕我们不得不走。"吉洛姆面无表情地回答道。

亨利又补充说:"时间安排得很好。我们的公爵夫人怀上孩子了。"

吉洛姆跳起来拥抱他的兄弟和弟妹。她抓住他的手。"让他留下,吉洛姆。"她说。"我生孩子不容易。这个时候他不应该离开我。"

吉洛姆回答说:"我倒是愿意,但是……"他不吭声了。几个月前,他和亨利就商定,作战计划不能让埃莉诺知道。她与尤斯塔斯的妻子,康斯坦丝的关系,过去一直被诺曼底利用。亨利觉得,现在情况也许会倒过来。

"与政治有关。"他含糊其辞地说。

"政治?"她回应道。"你是指军事吗?还没到基督显现节呢。你们怎么可以……"沉默了一会她继续说道。"我想你们是要去卡昂。"她已经发现,拉结和老太君在一起,都住在卡昂城堡里。

"或许吧。"亨利说。

他心里想,你不至于鲁莽地告诉康斯坦丝,我正前往海岸吧?从卡昂出发,骑马很快就能到达巴夫勒,而将士以及运输将士的船也能在显现节的八天内聚集到那里。"我母亲和家里的其他人都在那里。家里也有很多政治上的事情,比如说我母亲,……"亨利和吉洛姆得意地笑了笑:

老太君已经邀请伊莎贝拉前往卡昂一起过节。

"你母亲拒绝承认我为你的妻子。我写过信给她,但她理都懒得理我。你们有什么好笑的?"

埃莉诺看起来非常委屈,亨利也觉得有愧于她。他绕过饭桌,亲吻了一下她的嘴唇。"我母亲和吉洛姆的妈妈相互为敌已经二十多年了。突然间,两个寡妇在卡昂一起享受海风的吹拂。我们这些可怜的年轻男人只能看着,弄不明白女人神秘莫测的内心。"

埃莉诺心想,我知道那个鬼鬼祟祟的老刁妇想干什么:她正在构筑同盟来对付我。她也想和我的前任婆婆一样,限制我抚养孩子,不让我插手宴会的安排。

"你想去看她,不是吗?"她点破他的心思。

"你是说看拉结?我当然要去。眼下,你也不要自寻烦恼。你的新生活才刚开始,多想想快乐的事——为了他,也为了你自己。"他拍了拍她的脸。"你想回普瓦捷吗?是不是在那里你更自在?"

"可能吧。"她含含糊糊地答道。

"如果我知道你在哪里,我会给你写信的。"

"为什么我就不能给你写信?"

"我飘忽不定……对不对,吉洛姆?"

"的确如此。"吉洛姆附和道,眼睛盯着埃莉诺,揶揄地抬了抬眉毛。

他的挑逗,让她平静下来,亨利也觉得他挤眉弄眼很搞笑。

他们一起跨过吊桥时,亨利一本正经地说:"我确信,我妻子想把你弄上床。"

吉洛姆斜眼看了看亨利,脸上带着微笑。"你在和勇士比武的时候,我就已经摸过她的胸脯了。"

亨利一把拉住缰绳,缰绳拉得太急,坐骑往后退了几步。"你已经什么?"

吉洛姆哈哈大笑。自从杰弗瑞死后,他还从来没有这么开心过。

"猪！"亨利大声叫喊道。接下来的半个小时，亨利不停地骂吉洛姆。吉洛姆继续骑马跑在他身边，但脸上已经笑容全无。几个月来，吉洛姆一直想找机会告诉亨利，他对埃莉诺情感的淡漠，加深了她对拉结的嫉恨，使她更加难以捉摸。他相信，她已经有了一个情人。她眼中已经有了新的性伙伴，他就像藏在洞穴里的狼。

"孩子预计什么时候生？"他问。

"九月，我估计。"

拉结现在终于明白，乳白色的卡昂城堡最能体现诺尔曼人的审美观。她向来熟悉乌特莫当地建筑的绚烂颜色和女性风格，起初总觉得诺尔曼建筑过于单调沉闷。但是现在，她看出了它的庄重威严。卡昂城堡线条优雅，占地面积很大，地理位置极佳。狮王亨利一世建造的城堡很多。据说，他最引以自豪的，就是这座充满雄性美的卡昂城堡。

在卡昂，亨利将会把玛蒂尔达为战争募集的钱集中起来。他已经发现，分四次给雇佣兵发钱，最能激发雇佣兵的战斗力。他用四分之一的钱来支付交通费，其余的钱，他将按照与斯蒂芬和尤斯塔斯作战的进程分期发放。尤斯塔斯王子在法兰西闯祸后，已经在十一月份回到英格兰。据亨利的细作报告，尤斯塔斯为了绕开诺尔曼疆域，选择了一条穿过内陆的路，经由敦刻尔克乘船到了多佛，一路颠沛，疲惫不堪。亨利的军队拟在西部沿海登岸，但冬天的天气越来越糟糕，谁也说不准几天后的天气会如何。

新年的第一天，刮起了七八级大风。卡昂城堡里的人，爬上较高的几层楼面，从上面往外看波涛汹涌的大海。如果不是风急浪高，到城堡外面走走还是可以的，拉结就带着小杰弗瑞沿城堡墙根转悠过。她发现，那里有许多神奇的玩意儿给他看：许多小生物的外壳，比如螃蟹、鱼，都嵌在光溜溜的石头上。这些东西让小孩很开心,但也使拉结困惑,如果上帝没有这样完美无缺地将陆地与大海分开,世界该是怎样?这种时候,她总会痛苦地想念她父亲,因为他过去总能给她答案。"我们身在异乡为异客。"她轻声对她儿子说。

亨利一到卡昂,就感觉到拉结的悲伤。"是不是我和埃莉诺在一起的时间太长了?"他问道。

"有点吧。她和我过去几乎情同母女,至少也是情同姊妹。现在我感到,她对我怀恨在心。但我最烦恼的,还是因为想你。亨利,每天晚上我都要吻吻你的信才能睡着。"

他拿定主意,只要战事好转,他就要派人接她到身边。

"这种天气你不能贸然行动。"她说。

他哈哈大笑。"斯蒂芬和尤斯塔斯也是这么想的。亲爱的,你忘了?我的血管里流淌着大海。"

那天晚上,大风呼啸,亨利的军队开始登船。等到半夜,依然风高浪急。亨利对手下将士高喊:"苍天佑我!风向右吹,海浪有利于我们。"没等风向往南,战船就出航了。第一批战船黎明前就抵达了朴茨茅斯。拉尔夫和其他盟友已经等在那里,也点上了篝火,给登岸的将士照明。亨利的船接近岸边,他有生以来第一次明白了什么叫饥荒。海岸边,河岸上,稻草人一般衣衫褴褛的人在沙滩上、泥地里寻找,不放过任何一点可吃的东西,一找到可吃的,也不管生的、蠕动的,直接往嘴里塞。树上光秃秃的,没有树叶,连树皮也被剥光了。他惊讶地看到一堆东西在蠕动,起先还以为是迷路的猎狗,原来却是一个年轻女人在爬行。他们在奔赴马姆斯伯里的途中,一路上饿殍遍野,乌鸦正在吃尸体上的残留物。所到之处,空气中都有股烟味。

"饥荒不是上帝给的,而是国王和王子造成的。"拉尔夫痛苦地说。

亨利的脸都气黑了。"胆小是残忍之母。"他答道。

天气很糟糕,几乎过了两周,国王才知道,亨利已经攻入英格兰了。

斯蒂芬命令部队赶往艾冯河岸，一路上遇到洪水泛滥，直到二月底才赶到那里。但这时，亨利已经占领了马姆斯伯里城，而且把城堡围了个水泄不通。

一名哨兵向亨利报告："国王的人饥寒交迫、困顿乏力，几乎连武器都拿不动了。"

两军在艾冯河两岸对峙，无情的大雨淹没了双方的谩骂声。

河上已经架起一座浮桥。亨利派了一名骑士过去，送了一只肥肥的烤鸭给国王，但尤斯塔斯一把将它扔进河水里。安茹步兵素以心灵手巧闻名，他们用一根带钩的木棍又把鸭子从河里捞起来。他们自己一边津津有味地享用这只肥鸭，一边对着对岸的人做着令人恶心的手势。

"尤斯塔斯的手下情绪低落，都不想打仗了，几乎连装样子打仗都不肯了。"亨利一本正经地对吉洛姆说。但是雨水很大，双方都无所作为，因为在雨中能见度极差。到了傍晚，吉洛姆走进一间被亨利征用的民房，后面跟着一群全身湿透、衣冠不整的男人。他们不会说法语，而亨利的英语也还未达到可以用来商谈的程度。拉尔夫充当临时翻译。

"他们是艾冯河对岸王公们派来的特使。他们想讲和。"

"我们必须今晚就让斯蒂芬知道。"亨利说。"我的和谈条件是，他必须立即拆除马姆斯伯里城堡的防御工事，等到防御工事拆除后，驻防部队必须后撤，不得攻打我们。与此同时，他必须立即命令围困沃林福德的人马撤离。"

尤斯塔斯读了亨利的条件，肺都气炸了，当天晚上就冒着瓢泼大雨离去。次日凌晨，国王答应亨利的条件，附带条件是他只给沃林福德六个月的缓冲期，六个月后，他有权再次围困它。天大亮后，国王的人马开始拆除城堡的防御工事。亨利站在城里的房子顶上观望。国王给他东面部队的命令以及派鸽子送出去撤销围困沃林福德的条子，亨利各要了一份抄件。看着马姆斯伯里城堡防御工事的拆除，亨利口述了一封信给他母亲：

不仅沃林福德及时得到解围,而且今天上午我还接到莱斯特的罗伯特伯爵来信,他希望效忠于我,并献出了三十个城堡。等到夏天,我将控制英格兰中部地区。

母亲,我无时无刻不在想念拉结,请派人速送她到我身边。我认为,你将小杰弗瑞带在身边的确深谋远虑。拉结不会说英语,我请求你派一名翻译以及四名你信赖的心腹陪同她前来。或许伊莎贝拉愿意陪同。英格兰南部的情形一团糟,形势不容乐观。饥荒造成的苦难惨不忍睹,令人扼腕叹息。我已经为拉结一行安排了稍微安全点的线路。

从塔特伯里他又给老太君写道:

我已经迫使罗伯特·德·费赫斯归顺我,同时也已经劝说沃里克女伯爵献出她的城堡。我围困了贝德福德,但只围了一周时间。王公们都无心恋战,他们觉得可以通过谈判解决争端,但是斯蒂芬和尤斯塔斯却宁愿摧毁整个国家也不愿谈判。

她回信道:

直面斯蒂芬!只要你直视他的脸,你就将制服他。

亨利回复道:

国王不与我会面。相反,他正在集中所有兵力准备与我在沃林福德殊死决战。我才不会傻到去接受他的挑战,他手下那些更有思想的也不想两败俱伤。即使是那些仍然对他忠心耿耿的手下也普遍相信,我才是他合法的王位继承人。坎特伯雷大主教已经从避难地佛兰德返回。他和温切斯特主教将与我谈判。

他又给拉结写了封信：

我亲爱的，

　　不要害怕大海。保佑你一路平安来到我身边。跨过拉芒什海峡后，你将转乘走河道，经过漫长的河上旅途后，你将抵达一个名叫考文垂的地方。在那里，我的挚友拉尔夫（你以前见过的）有一处很不错的庄园，就在他的城堡边。届时我会策马来见你。等你到达之时，已经春暖花开。我渴望带你去一处草地，仰望天空，就像我们首次敞开心扉那样。你现在见着我，可能认不出我了：我就像一条野狗。头发太长，我已经梳成辫子。吉洛姆也一样。两个月来，我俩都没有洗过澡。一二月份这里雨水充足，我们只要走到户外就可以洗手洗脸。拉尔夫已经为我们安排好住处。据他吹嘘，给我们安排的住处，豪华程度超过我们在鲁昂的住处。请给我带些夏天的衣服来。这里懂天气的人说，经历了这样的寒冬之后，今年春天会很热。

　　吻你！吻我们的儿子！

亨利

他也给埃莉诺写过几封短信，告诉她战事进展，带去他"深情的思念"以及对怀孕状况的探询。她回信说，她的私人医生，伊拉兹马斯，"天气好的时候允许我骑马出去走走。如果下雨，我们就在家里下棋。"她还写道："他给我读《伊利亚特》里的故事，直接从希腊语翻译成法语。他译得从容自在，就像鸟儿用歌声表达它的欢乐。我现在爱上荷马的诗歌了。"

亨利将她的信递给吉洛姆看。"接下来将会爱上柏拉图了。"他狂笑道。"这男的,他们叫什么来着?拉姆拉人?希腊东部的人。她曾对爸爸抱怨说,她跟路易在一起,就像坐牢一样。路易总是强行要和她上床,但他又总是力不从心,令她不快,所以她就常常应付他,不愿和他上床。如何解释这种变幻莫测的性格?"

"不合逻辑。"吉洛姆低声细气地说道。他再一次想告诉亨利,埃莉诺嫉妒拉结,嫉妒得几近发狂。这个时候,他们已经到达巴夫勒。吉洛姆说话的时候,亨利眯着眼睛看窗户下面的街景,兴致勃勃地看街上那位卖鱼的妇女成功地把一篮子螃蟹卖给了他的厨子。他根本没在意吉洛姆的唠叨。

亨利也给苏格兰国王大卫写过信,请求高地人一起到沃林福德来帮助他。大卫回信道:

> 死亡如影子般等待相随着我,但我挣扎着活下去,欢庆你击败篡位人及其走狗。我会派道格拉斯及其人马帮助你。

亨利和吉洛姆与骑兵以及雇佣兵的首领一道商定了一套对付斯蒂芬的作战计划。一到七月份,斯蒂芬就准备围困沃林福德了。在斯蒂芬围困沃林福德前几周,高地人就会到达。他们很可能装扮成朝圣者或者牧师,骑着老马或者骡子,偷偷地溜进南方。用斧头作战的人不需要战马。

拉结和伊莎贝拉五月份抵达考文垂。

听说她们已经到了附近,亨利和吉洛姆骑马赶了两天的路到了考文垂。

"你没力气对付拉结了。"吉洛姆说。

"谢谢关心,兄弟。你多久没碰女人了?"

"从我离开诺曼底就没碰过。"

"我也是,"亨利说。"我可以骑这匹小马一个月了。"

"你该先去洗把脸。"

他们互相看了看对方，哈哈大笑起来。

城墙映入眼帘，吉洛姆问道："我们先在城里找个公共澡堂？拉尔夫的妻子、女儿，我们以前都没见过。就算不为了拉结和妈妈，我们也该对女主人礼貌些。"

"不洗。"亨利答道。"我一分钟也等不了啦。我警告过拉结，说你就像罗马城门口的强盗，令人讨厌。"

拉尔夫的城堡和庄园建在一大片草地上，门口挖了一口小池塘，房后一大片橡树林，庄园里主路两边是花圃，里面的树木正在抽芽，有的已经开花。河就在不远处。坐了几个星期的船，拉结和伊莎贝拉下船后本来都想活动活动手脚，准备步行回去，但拉尔夫却硬是要她们坐马车。

"亲爱的夫人们！"他欢叫道。"我妻子和女儿急着要见你们。我已经跟她们讲过不少有关你们的事情。"恭候她们的不仅有他的妻子和四个女儿，还有两排仆人，一排男仆，一排女仆，都按照资历、高矮秩序站立。最小的女孩还不到五岁。他们都瞪大眼睛看盖住拉结脑袋和肩膀的头巾。伊莎贝拉戴着有网眼的花色披肩。伯爵夫人，拉尔夫的第二个老婆，不像伯爵本人那么沉稳，倒是很活泼可爱，头上插满了羽毛和鲜花，让人忍俊不禁。四个女儿，好几个都是金发碧眼，头上也没戴头巾。拉结发现，这些蓝色大眼睛的英格兰人很奇怪，个个像盲人一般。拉尔夫领着伊莎贝拉进了门，伯爵夫人挽起拉结的胳膊。进了宽敞凉爽的卧室，拉结解开头巾。其他女人都惊呆了：拉结一头黑发，披散及腰。

"我跟你们说过的！"拉尔夫说。"你们见过这么绚丽的头发吗？"还有这般可怕的黑皮肤，大家在心里说。

女孩们都想摸摸拉结的胳臂。在她们看来，只有干体力活的人才有这种肤色，但摸起来却柔软光洁，富有弹性。"她们以为我们是努比亚人。"伊莎贝拉用加泰罗尼亚语轻轻地说道。

她们在卧室里休息，仆人们帮她们打开行李，整理衣物。不知道内战期间英格兰会有怎样的款待，拉结只带来了骑马用的服装和参加宴会的长裙，还有亨利的亚麻衬衫、坎肩和斗篷。拉尔夫给她们安排的卧室在庄园的底楼，窗户底下就有一园子的芳草，空气都甜丝丝的。卧房里有一张大床，几面镶嵌在框里的镜子，在一大块木板屏风上画着拉尔夫的家族纹章：一只黑天鹅和一只激情四射的黄凤凰。房里还摆放着一个橡木洗澡桶，桶很深，可同时让两个人使用。放洗澡桶的地方还有一扇小门通向一条走道，仆人可以把热水用手推车直接从厨房送进来。拉结在墙上找厕所的门，发现厕所门隐藏在一面挂毯后。厕所里有两个便座，这肯定会让亨利满意，因为他喜欢上午两个人一起上厕所。便座前放了一桶水，边上摆放着肥皂，但令拉结失望的是，没有一块干布。墙上挂着一束束的迷迭香和晒干了的薰衣草。这倒是拉结在法兰西和伊莎贝拉的家里都没有见识过的。在伊莎贝拉的房子里，厕所是独立建在离主楼有段距离的地方，有一排便座，可同时容纳四个人。亨利在冬天寒夜里会直接向窗户外的柠檬树撒尿，而且还把拉结抱到窗台上，让她也这样撒尿。她在心里暗自打定主意，要提醒亨利在这里不能那么干，因为尿会害死有些植物的。

"你会说法语吗？"她对那个精瘦的女孩说。这个女孩的皮肤白得像牛奶，正在一名老女人的监督下收拾她的衣物。听到拉结问话，她摇摇头。

"我会说一点点。"年纪大的那个女人说。

"请将我的鞋子靠那面墙摆放。"

这个女人跟小女孩说了几句话，小女孩又把拉结的鞋子、靴子从已经摆放好的地方移到窗户台下，正对着大床。拉结注意到，小女孩盯着她那双竖着鞋帮的靴子看。出发前，她和伊莎贝拉商议，是不是要带上武器？伊莎贝拉当时就说："我们要去的地方正在打仗。我想我们还是应该带上。"于是，伊莎贝拉就在袖子里藏了一把匕首。但拉结说："我怕这种东西，而且肯定会掉出来，或者不小心割了自己。"于是，她就在马靴里藏了把短剑。这把短剑，是他们从巴黎逃跑的时候亨利给她的。

小女孩把剑鞘从马靴里抽出来，明显在想是不是该把这东西单独放。"别碰它。"拉结对老女人说。老女似懂非懂地点点头，叫小女孩把东西放回原处。

吃饭的时候，亨利、吉洛姆以及护卫他们的四名骑士也都到了，使得饭厅里充满了欢声笑语。六个男人个个汗流浃背，风尘仆仆，却都兴高采烈。

亨利抱起拉结，就地转了个圈。吉洛姆也把母亲抱起来就地转了个身，吓得伊莎贝拉连连喊叫："臭烘烘的，你们这帮家伙！"

"但我们在路上停下来刷过牙。"亨利说。"所以我们可以吻吻你。"

拉尔夫以及他的妻子、女儿，都围站在客人身边。"我们现在立刻去城堡内的教堂。"拉尔夫宣布。

上室内教堂要爬好几层楼梯。男人们都情绪高涨，一步三台阶地往上蹿。亨利又抱起拉结，抱着她上楼，每走一步就狂吻一次拉结。室内教堂也有个牧师，此刻已经在门口迎候他们。在牧师一袭白袍的映衬下，将士们显得更加脏兮兮。但牧师并不在意，举止优雅地先领亨利进去，接下来才相继让拉尔夫、吉洛姆进去。这几个人进去后就在祭坛前恭恭敬敬地喊了一声"主啊"。亨利又扶拉结站好。"照我做。"他用加泰罗尼亚语说道。他们跪下后，牧师用微微颤抖的声音感谢上帝保佑他们"在这种乱世中"平安到达。大家纷纷在胸前画了十字，并口诵"阿门"。牧师在他们头上洒了圣水。"行了，我们现在可以站起来了。"亨利对拉结说。等大家都走后，他又把拉结拽回。"这是真的吗？还是……？"

"我已经怀孕五个月了。"

他的眼泪夺眶而出。他那满是污垢的双手捧起拉结的脸，不停地吻她。牧师站在门口，似乎猜到里面发生了什么。等到他们开门出来，他不停地在他们胸前画十字。

来到楼下，他们用碗里的热水洗了手，拉尔夫感谢上帝给予他们食物。男女各坐在餐桌的一侧，等到大部分食物都吃完，拉结松了口气，似乎食物里并没有猪肉。这时亨利开口问他是不是可以坐到他妻子身边去。伯爵夫人顿时抬起眉毛。拉尔夫用英语飞快地对她说了点什么。亨利听不懂，但估计是在解释他与埃莉诺的婚姻。这场婚姻，就像在法兰西是各色人等的谈资一样，也是英格兰贵族们议论的话题。

拉尔夫大声说："晚饭前，厨房会为诸位烧好洗澡水。"

"这真是天大的好消息。"拉结说。"我的亨利……"

"为了亨利！"拉尔夫叫喊道。"为了我们未来的国王！"

他们一起举杯庆贺。

"为了我妻子肚子里的孩子！"亨利提议。

大家一阵起哄，又举杯庆贺。然后亨利举起一只手，示意大家安静。

"我亲爱的伯爵，"亨利说道。"如果今天得不到理发、洗澡、搓脚和修指甲，我就用桌上这把剑杀了自己。我相信，我兄弟的想法也和我一样。"他又用加泰罗尼亚语对吉洛姆说。"你洗好澡后，这些年轻的夫人立即都想和你亲昵。你这头骚猪。"

伊莎贝拉喝止道："亨利！"然后又对伯爵夫人说："这些孩子经常互相开玩笑。"

拉尔夫显得很沮丧。"我本来已经为你们安排了歌手。"他说。"不过你说得对。首先要让自己舒服。晚饭的时候我们再享受音乐。"

理发师和另外一个精于修指甲的仆人，花了一个多小时才使亨利容光焕发。"头发只要剪到齐肩就行了。"他坚持说。"不能太短了。"这些金雀花男人对头发的自负让拉结觉得很好玩。她发现，头发体现了等级，但对于亨利、吉洛姆和杰弗瑞这些美男子来说，头发几乎关乎道德品行。拉结生长在男人很看重头发的世界里。拉结六岁她就失去了家里的亲人，但是最近几周，她时常想起这些亲人。她觉得是因为自己又怀了孩子，勾起了自己的亲情。

亨利坐在住处的一个圆凳上做护理，而拉结就隔着一个屏风在木桶里洗澡。他们用加泰罗尼亚语交流。"这样安排只是为了以防万一。"亨利说。"我们不了解这些仆人。但我的确知道,尤斯塔斯到处安插了间谍寻找我。拉尔夫心里很清楚,让我住在他家,无疑将他全家置于风口浪尖。"

"考文垂一派祥和景象。"她说。她的声音,传自洗澡桶,听上去很有梦幻感。

"你来的时候闻到烟味了吗?"

"我以为是炊烟,但后来我们看见整个村庄火焰冲天,到处都有人哭天抹泪。"

"一个王子,如果连自己的臣民都要杀,他怎能说自己是臣民的保护者?"他说得太激动,把装刮脸水的脸盆都弄翻了。"尤斯塔斯正在屠杀他自己的臣民。"

拉结哼哼唧唧地说:"我等不及你来木桶里和我一起洗了。"

"别洗了。"他说。"我身体下面也已经等不及了,就像有个小老鼠在跳跃一样。"

她在屏风那边穿好衣服,亭亭玉立地出现在亨利眼前,全身芳香,光彩照人,深红色的长裙外面罩了件蓝色亚麻外衣。他能看见她微微凸起的肚皮和丰满的胸脯。理发师和修甲师赶紧弄完手头的活。

拉结叫人再送来些热水。一个男仆为亨利洗了头,又用不同动物身上的鬃毛扎成的刷子擦洗了他全身:獾毛刷擦洗细皮嫩肉的地方,马鬃毛擦洗脚底,猪毛擦洗四肢。"美男子。"亨利从浴盆里走出来,拉结啧啧称道。"我的美男子。"说着递过去一块亚麻浴巾。整个热辣辣的下午,他们都睡在一起,一直睡到黄昏。天色渐暗,吉洛姆来敲门,拉结将床单拉到脖子下。

"晚饭已经准备好,都快一个小时了,我们都饿了。"吉洛姆叫道,身子猫在床角。他现在也已经焕然一新,又成了人们熟悉的金雀花公侯。不过他没像亨利那样把胡子剃光,而是在下巴上留了一撮胡子。

"那撮小胡子使你看起来像巴黎的嫖客。"亨利说。"跟他们说我睡着了。"

吉洛姆哼了一声。

"好吧。你就跟他们说,我们弄了整整一个下午,得洗洗私密的地方才能和他们一起吃晚饭。"

"太好了!而且是外交辞令。"吉洛姆说道。"实际上,兄弟,你身上有股鳗鱼味。"他看了看拉结。"而你,亲爱的妹妹,总是芳香扑鼻。"他抓起她的手,吻了吻。"我又要做伯父了。谢谢你。"他的眼睛熠熠放光。吉洛姆之前一直觉得家里幸福美满,完美无缺,但自从三年半前,拉结来到家里后,给家里的生活带来了一些大家从没体验过的东西。吉洛姆也不确定,她带来的究竟是什么,但绝对不仅仅是在亨利身上点燃了爱情的火花。如果有人追问吉洛姆,他会说,拉结柔中带刚,就像你从调好音色的笛子里发现的柔智。

"站起来,眼望窗外,我的妻子要穿衣服了。"亨利叫道。

吉洛姆慢慢走到房间另一头。"我替你们关上吗?"卧室很大,并排有六扇窗户。

"就关三扇吧。拉尔夫几个女儿已经爱上你了?"拉结调侃道。她觉得吉洛姆的小胡子使他显得更英俊了。也知道如果亨利蓄上胡子,同样英俊。

"我觉得都爱上了。"

"你太谦虚了,兄弟。"

"嗯,是的。"吉洛姆慢条斯理地说。"还有伯爵夫人。"他关上第二扇窗,猛地吸了口气。"我们用什么语言在说话?"他用加泰罗尼亚语问道。

"加泰罗尼亚语。"

"我感觉外面花圃里有人。"他的手伸向藏在外衣内的匕首。

亨利也一把抓起匕首,冲了过来。他们并肩窥看夜色渐浓的窗外,但没发现有什么人。

吃晚饭期间，亨利问拉尔夫，是否介意在他窗外安排一名卫兵。

"没问题。你看还有其他地方要警卫吗？"

"或许在住处的楼道口以及浴室，都要加警卫。"

"我亲爱的君主，你要多少有多少。"一群歌手已经在为他们献歌，但在他们表演期间，拉尔夫坐立不安。"小百灵鸟在哪？"他轻声问他妻子。

"她失声了。"她也轻声回答道，又转身对着吉洛姆。"请原谅，大人。我们有个相当不错的歌手，本来今晚想让她唱歌给你听。但是她下午排练的时候，用力过猛，失声了。"

吉洛姆说："我也声音走样。我明天与她对唱。"

天几乎热得让人睡不着，吃过晚饭，大家一起到外面空地上走走。男人们聚在一起，讨论战事。拉尔夫的儿子自封为司令，征讨叛乱分子。大家兴致都很高，纷纷配合他，向他报告战况。伯爵夫人挽着伊莎贝拉的胳膊散步。她的大女儿和拉结走在一起。

"你是公主吗？"大女儿问道。

"亨利说我是。"拉结柔声细气地答道。"但是……乌特莫的生活与这里截然不同。"

"怎么不同？"

"天气炎热，比这里热两倍，不过是干热，不那么让人疲倦。我们的房顶都是平的，晚上大家带着席子爬到屋顶，在星空下睡觉。我喜欢研究星星。而且我们还有不同的食物，比如说，无花果。"

"无花果？"

"也许你在圣经里读到过。"

"哦，对的。"女孩今年十二岁了，和她的父母一样，笃信基督教。一想到自己正在和一个曾经生活在耶稣基督国度里的人说话，她激动得有点发晕。整个一天都充满惊奇：先是来了这个奇异的黑女人；然后又来了那个父亲说要当国王的男人以及他的同父异母兄弟，她从未见过这么英俊潇洒的男人；现在她又手挽手地和这个来自圣地的公主一起散步。"我会永远记住今晚。"她说。"我很想让你听听那个歌手唱歌。"

"她从哪里来的？"

"我们认为是从威尔士。她少言寡语。问她问题，她就以歌作答。"

"风格就这样？"

"有些歌手，风格就这样。眼下许多人，因为战争背井离乡。尽管他们懂歌词，但如果是从威尔士或者边境来的，常常说不来英语。他们也不懂法语，尽管也能用法语唱歌。"

大家在草地上散步的时候，仆人们正在给他们收拾卧室：点上蜡烛，从井里取来水，摆放好一碟碟的水果干，并配上吃果干的调羹以及去年夏天的坚果。等到大家散步回来休息，都快十一点了。守候亨利房外的卫兵，手持长剑领着亨利、拉结进入卧室。进去后，卫兵用剑在床底下捅了捅，又在厕所里转悠了几分钟，确信不可能有人从下水道里爬出来才走出来。亨利跟着他进了厕所，饶有兴趣地看着他用剑捅每一个下水道口。他心里暗想，以这幢建筑为据点，夺取整座城堡并不费力。他在包围战方面经验不足，需要和雇佣兵商量定夺。

四个小时后，亨利醒过来撒尿。他想起拉结提醒过他，不要往窗外撒尿，而且窗外有卫兵。他寻摸着前往走，寻找厕所那道隐蔽的入口。因为睡眼蒙眬，他的脚趾头撞在小桌子上，他一下子骂出声来，把拉结也吵醒了。卧室里点着几支蜡烛，刚睁开眼，亮晃晃的。她一只脚从床边滑下来，想过去安慰一下亨利。他还蹲在那里，抱着被撞的脚趾头骂人。这时，从浴室那边窜过来一道黑影，拉结一跃而起，冲过去挡在亨利前面，双手张开保护着亨利。埃尔伯德一声不吭地将"丘比特箭"刺进她的肋骨。"亨利！"随着她一声大叫，埃尔伯德转身逃回浴室，跨过已经死了的卫兵身体时还不忘拿走他的衬衣。

亨利哭喊着拉结，拉结却已经不会说话了。最后的声音，是她呼喊他的名字，最后看见的，是那一抹逃离的黑影。

亨利将拉结抱在怀里。但是，拉结·金雀花死了。

亨利眼睁睁地看着鲜血从她赤裸的胸口涓涓流出，然后慢慢地渗出。他缓缓地从她胸口抽出匕首。她似乎一直睁着眼睛看他。

他把她抱上床。卧室里寂静无声，整座城堡依然还在沉睡中。连生火做早饭的仆人都还没起来。窗户外面，寂静无风，连树叶一动不动。池塘里的鸭子，卷曲着身子还在熟睡。青蛙都沉默无声。躲在草地上的蟋蟀，也都寂然无语。亨利把"丘比特箭"放在她身边的草席上，然后，自己也爬上床，身体趴在她的身体上，心贴着心。

半个小时后，遇害的卫兵被人发现了。吉洛姆、拉尔夫和骑士从各自的床上爬起来，径直奔到亨利的住处。亨利赤身裸体地趴在他妻子的尸体上。他一声不吭。他已说不出话。

六个人过来将亨利抬下床，扶他站直。吉洛姆用浸透鲜血的床单盖上尸体。

"兄弟，发生什么事了？"吉洛姆问。

亨利眼盯着他，好像第一次看见生人。他一声不响。慢慢地，他转过身，眼望着拉结。她的眼睛仍然睁着，仿佛遥望远方的世界。他走过去轻柔地为她合上眼帘，弯腰亲吻这双曾经让他陶醉的眼睛。当他站直身子，他张开大嘴，却哑口无声。他从头到脚满身是血。突然，他抬脚想走，脚踝却发抖了。颤抖越过双腿，穿过腰间，进入他的胸口。等到他喉咙颤抖时，从里面喷发出可怕的声响。这喊声，仿佛不是来自他的身躯，而是来自另外一个世界，来自脚下的泥土。睡在其他房间的人都被这一喊声惊醒了。拉尔夫刚想伸手过去扶他，吉洛姆把他的手挡开了。

"别碰他！"他声音低沉地说。"他会攻击你，他可能会攻击我们任何一个人。"

大家面面相觑，脸都吓白了。响声从房间滚过夜空，亨利轰然倒在地上。"他死了！"拉尔夫哭喊道。

大家把他重新抬上床，让他并肩和拉结躺在一起。

吉洛姆用手指摁住亨利的脖子。"他的心脏还在跳动。"他不敢把大家害怕发生的事说出口:他疯了?如果他苏醒过来,他还会那么强大吗?或者说,他会是个傻子吗?

这些可怕的事情后面,大家最提心吊胆的问题是:没有了亨利,谁还能拯救英格兰?

第二十八章

亨利还能呼吸，心跳微弱，而且极不规律。除此之外，其他的生命迹象都消失了。他不发烧，不说梦话，不吃不喝，但撒尿。伊莎贝拉和伯爵夫人已经命令骑士洗干净他身上的血污，每隔几个小时就帮他翻一次身。他的身体重得像死人。仆人为他按摩四肢和脖子，每天五次。同时也想尽办法让他喝点东西。但每次往他嘴里灌水，都流了出来。最后，只能把一块湿布塞在他牙齿间。

傍晚前，拉尔夫就命人将浮桥吊起来，给城堡大门小门都上好锁，并召集所有人到饭厅。"如果有人议论这件事，我将严惩不贷，不管是谁，包括我的夫人和孩子。这件事就发生在我们眼皮底下，十恶不赦，令人发指。其最终结果将决定我们国家的命运。国家如家庭，会消亡。我们的国家，如果落入尤斯塔斯之手，必将灭亡。诺曼底公爵是我们唯一的希望。他赋予我们勇气，让我们对未来的事业充满信心。勇气需要希望来滋养。我们必须把他救活。"

"所有人都来了吗？"吉洛姆问道。

专门负责打扫房间的女仆答道："大人，负责那个黑皮肤夫人衣物的安哈拉不在。"

有名歌手也说道："我们的一名歌手也不在。"

在歌手们的住处找到了安哈拉。她身穿歌手特有的黄绿相间衣服，嘴被堵上了，手也被捆住。歌手已经消失。

"你告诉她夫人在马靴里放了把特别的小刀？"吉洛姆问完，女孩点点头。她说不来法语,英语也几乎不会,拉尔夫充当临时翻译。

"她让你偷的?"伯爵问。

安哈拉紧张地摇摇头。"我们交换了衣服。乘着老爷太太们吃晚饭的时候,她自己拿的。"

拉尔夫气坏了,准备狠狠地揍她一顿。但是吉洛姆感觉她吞吞吐吐,因为恐惧没敢说出有些真相。"问问她,为什么不说实话。"他说。女孩满脸恐慌地盯着她主人那张英俊的大脸。拉尔夫的鼻子破了,愤怒的眼睛布满血丝。她又瞥了一眼吉洛姆。大家静等着,吉洛姆向她点点头,鼓励她开口。"告诉她,只要她说出整个事情的真相,我们不会惩罚她。"

两个大男人走进卧室的时候就闻到了一股恶臭,但都没太在意。"她是个男的。"安哈拉脱口而出。"他对我做了邪恶的事情。他伤害了我。"她哭了起来。

歌手们住的比较远。"收拾房间的女仆会看住她。"拉尔夫说。"所有的歌手都会被关押起来,直到他们说出那个歌手以什么方式、什么时候、在哪里混入他们的行列以及为什么到这里来演出。"

他和亨利回到庄园前面的住处,亨利依旧不省人事,躺在拉结身边。吉洛姆说:"拉尔夫,我必须跟你说实话,她是个犹太人。天黑前必须把她埋掉。作为她眼下唯一的亲属,我决定,不要为她举行基督教葬礼。"

伯爵悲伤地摇了摇头。"那怎么办?把她扔到野外,就像她是野狗一般?"

"我们会把她运回鲁昂,让犹太人来为她举行葬礼。这里的墓穴可以空着。我知道一些《圣经旧约》中的经文。现在只能这样了。"

伊莎贝拉和伯爵夫人为拉结清洗身上的血。她死了,只能打开子宫取出胎儿。亨利在拉结的尸体上趴了一个小时,他那么重,胎儿早就送命,去了另外一个世界。两个女人为拉结清洗时,看见一部分羊水膜已经从阴道露出来。俩人面面相觑。伊莎贝拉说:"我来处理吧。"她一点一点拉出羊水膜,用小刀剪断,让里面的水流干,再把羊水膜撕开,从里面掏出一个发育良好的男胎儿。

她们把胎儿洗干净,用红布包好。趁着拉结的四肢还能动,她们又给拉结穿上那件蓝色亚麻外衣和深红色的长裙,将死胎儿放在她臂弯中。拉结的表情,原本极其恐怖,现在已经变得柔和,显得很安详。尽管亨利已经为她合上眼帘,但她依然微微睁着双眼,仿佛窥视着这个让她无限留恋的世界。伊莎贝拉用一块蓝色头巾扎起拉结的头发,在下巴上打了个结,使她的嘴能闭上,在她脸上留了几缕卷发。除了脸色暗淡无光,她仍旧是那个来自异国他乡的年轻美女,那个改变了他们生活的拉结。伯爵在拉结的眼帘上各放了一枚金币。

看见拉结臂弯中的胎儿,拉尔夫和骑士们都潸然落泪。

伯爵命人在一颗梨树边挖了一个坑。梨树上盛开着洁白的梨花。参加葬礼的,只有吉洛姆、伊莎贝拉、四名骑士以及伯爵夫妇。四名花匠将棺材放入墓穴。征得主人点头同意后,他们又从梨树上砍下两大枝梨树枝,将上面洁白的花瓣洒在棺材上。然后他们开始铲土掩埋。

吉洛姆用拉丁文念诵道:

> 曾经一度
> 我历经困苦与磨难
> 始换得今朝舒畅安慰。

接下来继续念诵:

> 你的国多么可爱,
> 上帝啊,我的主!
> 我的心渴望上帝您的国:
> 我的肉体与心灵
> 因与您同在而充满喜悦。

他们相逢在您的国

何等幸福。

他们将永远称颂您的名。

最后一铲泥土洒向拉结的时候，吉洛姆念诵道：我的希望与你同在。然后，大家默默地回到城堡。

亨利依然昏迷不醒。

拉尔夫召集其他七人来到亨利身边。尽管亨利还未清醒，或许他的耳朵能听见他们的话。"我们知道凶手是尤斯塔斯派来的畜生。"拉尔夫首先开口说道。"我已经命人搜查整座城堡。他跑了。"

吉洛姆使了个眼色，不让亨利听见。"但那畜生未能完成预定的计划。他受命是杀害亨利。他意图杀害亨利，却将拉结害了。但只有我们几个人知道真相。"大家又陷入沉默。"我估计，他会跟尤斯塔斯说亨利已经死了，只有这样说，他才能得到许诺的回报。"

拉尔夫和骑士们都点头同意吉洛姆的分析。"如果尤斯塔斯觉得自己是唯一的王位继承人，他会变本加厉。那些曾经支持过我们的人……"他的心思飞到在伦敦附近打仗的几个儿子和下属身上。

吉洛姆问道："要多久尤斯塔斯才会知道这个消息？"

"用信鸽？今天下午。"

"但他可能想要当面汇报。那个男孩需要五天才能骑马跑完路程，尽管我和亨利两天就能跑完。原因很简单，他没我们这样的耐力和马术。"

他突然感到精疲力竭。他已经一整天没吃东西。此刻已经到了晚饭的时间。他说了声抱歉，就和衣躺在亨利身边。"我想就待在这里，万一亨利醒了呢。"说完，头一挨到枕头就睡着了。睡到半夜，他突然坐了起来，眼睛盯着道格拉斯的脸。"把他大儿子接来。"这个高地人说完就消失了。吉洛姆继续入睡。黎明时分他醒了过来，他已经忘记了梦境，但心中只有一个念头：立刻返回诺曼底，去接亨利与拉结的儿子，小杰弗瑞。他草草陪拉尔夫吃了点早饭，就离开了考文垂。

那天傍晚，一名卫兵从城堡大门口飞奔来见拉尔夫。卫兵的手里拿着一支箭，箭头上挂着一张羊皮纸。

拉尔夫用膝盖折断箭杆，取下羊皮纸。上面空无一字，也看不出来自何人，有何目的。

他命人在城堡顶的墙上架起梯子，然后往外看。在城堡对面徘徊着三个男人，牵着马，马正啃吃春草。尽管天气炎热，但三人都头戴斗篷兜帽。

"露出你们的脸！"一名卫兵用英语喊道。

对面的三个陌生人商议了一下，然后其中一人也叫道："先露出你们的脸！"

"我们有几个弓箭手？"拉尔夫问卫兵队长。

"一个也没有，大人。都派到前线去了。"

拉尔夫又往梯子上爬了三级，露出他的头和胸脯。陌生人一阵欢叫。过了一会，其中一人拉下兜帽。

"道格拉斯！"拉尔夫尖叫道。"快放下浮桥。"他对下面的手下喊道。

道格拉斯骑马跨过浮桥，其他两个同伴掉转马头飞驰而去。浮桥再次吱吱嘎嘎地吊起，城堡大门也随即关闭。道格拉斯连同兜帽一起将斗篷甩掉，大步走向庄园。他指了指亨利躺着的房间，房间的百叶窗本来卸下来了，为的是放进些新鲜空气。道格拉斯叫人把百叶窗重新装上。他朝拉尔夫点点头，示意他要和亨利单独待在一起。

午夜时分，亨利起身，目标明确地走向窗户，又将百叶窗卸下，爬了出去，穿过黑夜径直朝梨树下拉结的坟墓走去。道格拉斯不紧不慢地跟在亨利身后，看着亨利搬开压在坟墓上的石板，用手挖开泥土，直到棺材露出。但没等亨利撬开棺材，道格拉斯扔过去一根绳子，箍住他的脖子，随即将他捆住，叫来几个卫兵帮着将亨利抬回城堡。

第二天夜晚，又发生同样的事情。道格拉斯如法炮制。

又过了两天,道格拉斯叫人送来一些乳清、食品、啤酒和滚烫的洗澡水,但不准别人进去。

拉结被害的第四天傍晚,几天来饱受失眠困扰的拉尔夫独自来到室内教堂。这一天他来得比往常早,进去后大吃一惊,发现亨利正站在祭坛前。

亨利身穿一件白色的亚麻长袍,像个牧师,脑门上箍了一道金丝带,打着赤脚。道格拉斯站在角落,观察着他。拉尔夫蹑手蹑脚地退回到门口,听到亨利用拉丁文念诵道:"众生是草,所有人的荣耀是草上开的花。草枯了,花败了。"

一个小时候后,大家正在餐厅吃早饭,看见亨利走了进来,大家都大吃一惊。只见亨利身穿深蓝色外套,后面紧跟着道格拉斯。伯爵夫人和她的女儿们一下子欢叫着跳起身来。亨利往后退了几步,好像害怕他们攻击。

道格拉斯抬起一只手,用结结巴巴的英语说道:"亨利活了,但还不认识人。请保持安静。别问问题。"

亨利左右看了看,笑了。眼睛还是像过去一样明亮,甚至更加锐利,身上焕发出来的活力还是那么触手可及。不过他变了,只是谁也说不清楚,究竟哪些方面变了,或许只有等到他说话才清楚。

然而,他不能,或者说,他不愿意开口。

他盯视着大家的眼睛,脸上带着微笑,自顾自地吃了起来。他的饭量又把大家惊呆了,只有道格拉斯还是很淡定,不停地把装着食物的盘子推给他:煮鸡蛋,绿叶菜,鱼,烤鸡,羊排,面包,蛋糕。还有一杯乳清,一杯啤酒。道格拉斯点点头。"大地,"他说。"来自大地的力量。"大家饶有兴致地看着,都不说话。过了一会,公爵夫人悄声对丈夫说:"亨利不太像活人。"道格拉斯用他特有的功能观察到,亨利的胸口有裂开的伤口,胸口里活生生的心脏依然完好无损,但爱心却只有拇指大小。"形同死人。"道格拉斯含糊不清地对伯爵夫人说。

亨利从餐桌上站起身，脸上仍然带着和蔼的笑容，却还是一言不发。

吃中午饭的时候，情形如出一辙。拉尔夫，伯爵夫人和伊莎贝拉提心吊胆，心如刀绞。

快吃完的时候，亨利微笑着伸展了一下肩膀，紧握起拳头，又展开手掌，转身对拉尔夫说："我们到外面草地上走走。"

伊莎贝拉和伯爵夫人感到一阵放松，热泪夺眶而出。

伯爵夫人找了个懂盖尔语的来做翻译，叫他在外面等候。等亨利和拉尔夫告退后，道格拉斯点头示意翻译进来。

"这个高地人问伊莎贝拉夫人，她的儿子是否去诺曼底接公爵的孩子了。"翻译说。

伊莎贝拉点点头，道格拉斯嘟哝了一声，笑了。

三个小时候后，亨利和拉尔夫重返城堡里面。伯爵的脸，本来已经被夏日骄阳晒得棕黄色，现在变得蜡黄。他告诉妻子："他直接走到拉结的坟墓，想把它挖开。我对他说，'亨利，好孩子，你不能这么做。'他却回答说，'但我要和她说话。我要揽她入怀。'然后我又说，'她死了已经一个星期了。'他满脸狐疑地看着我说，'她不可能死。她正怀着我们四个月的胎儿。'我说，'胎儿也死了。是男胎。'我跟你说，亲爱的，他看我的眼神，可以杀死恶龙，我当时差点昏过去……不过我还是劝说他离开墓穴，去看看马厩。你知道，他非常爱马。而他真的从墓穴走开，好像把什么都忘得一干二净。"

在马厩，亨利在一匹母马耳朵后挠了挠，马则用头温和地蹭他。

"那匹马对她喜欢的人一直都这样。"拉尔夫声音轻柔，满含鼓励，但亨利却毫无反应，好像一株盆景。

"马儿总有喜欢和讨厌的……"他回答道，但他的注意力已经逐渐涣散。他又说道："我在世上的生活是一条空荡荡的道路，让人走过。它不知往哪里去。也不知道将我引向何方。"

那天晚上，拉尔夫将道格拉斯叫到一边。他的盖尔语还不错，可以直接与人交流。

"我们还有什么希望?"他问。

"只有他和他死去妻子生养的孩子。"道格拉斯盯着拉尔夫的脸。他从这张脸上读到伯爵不好意思开口问的问题:亨利还适合当国王吗?"如果孩子能让亨利想起自己是谁,他的心灵就能愈合。"他握紧拳头。"一个坚强的国王。"他说。"他将不再是个男孩子,而是一个名副其实的国王。"

拉尔夫在胸前画了个十字。"那么如果他不能恢复记忆呢?"

"那他就会是个危险的人。太危险了,不能活着。心已经死了,里面充满仇恨。"他用手指在喉咙处比画了一下。"我会下手的。"他说。他又用拳头捶了捶自己胸口。"我亲自下手。"

一听到拉结已经离开诺曼底,埃莉诺坐着一辆五匹马拉的车子赶往卡昂城堡。她预先派了一个信使到卡昂通知老太君,说公爵夫人及客人随即就到,希望城堡不被占用。玛蒂尔达急忙派人去告诉亨利,同时带着小杰弗瑞、皇帝送给他的珠宝以及埃莉诺写给杰弗瑞的情书匆匆离去。来到巴夫勒,住进一座小庄园。这座小庄园,十分舒适。亨利与那个阿基坦婊子结婚,玛蒂尔达就预先置办了这座庄园。她在卡昂留了密探,就像她在鲁昂也安插了间谍一样,以便随时向她报告埃莉诺与哪些人接触。渐渐地,有个与拉姆拉有关的名字不断地传到她耳朵里,接着是那个婊子宠爱的行游诗人的名字。玛蒂尔达不把什么拉姆拉之类的放在心里。她知道,婊子还是王后的时候,这个拉姆拉地区来的人就是皇家御医。不过大家都说,他的皮肤是古铜色的,丑陋无比。

玛蒂尔达也知道,她的媳妇怀着孩子。她每天都要祷告几次,极力想祛除掉萦绕心头的恶魔。这个恶魔不停地在她耳旁嘀咕,说埃莉诺会死于难产。作为鳏夫，亨利可以合法地拥有阿基坦和普瓦捷，也就可以毫无障碍地将小杰弗瑞立为合法的后嗣。

在她心情好的时候，她就自我想象，一旦亨利当上国王，拉结就会同意皈依基督教，顺理成章地被拥立为英格兰王后。

吉洛姆也旋即抵达巴夫勒，不过，这个时候，拉结已经遇害五天了。

玛蒂尔达一看见他的脸，就知道情况不妙。"他死了？"她声音低低地问。等到吉洛姆把情况讲完，她从房间里跑了出去，嘴里不停地喊道："拉结！我的拉结！"吉洛姆听着她的哭喊声，自己也感到撕心裂肺的痛。

他留了点时间让她自己平静下来，然后才示意仆人将她叫回来。他还有话要跟她说。

她的丈夫，他的父亲，刚死一个月。那段时间，她一下子苍老了许多，腰上也长出不少赘肉，也不再在乎自己的穿着，不再将秀发披散在动人的肩头，而是不修边幅地用乌龟壳制成的梳子盘在头顶。她几乎不再穿金戴银，因为大部分时间都要哄她孙子。她发现，婴儿们往往喜欢扯耳朵上的耳环，也喜欢拽脖子上的项链，不管是珍珠项链还是宝石项链。吉洛姆不禁感慨，多么奇怪！这么一个冷酷无情的母亲，面对她的孙子，竟然会变得像圣母玛利亚一样宽容、慈祥！想当初，每当亨利走到她身边，想求得一点母爱，都会遭到她的当头棒喝！

"时间紧迫。我必须马上骑马赶往卡昂，去通知公爵夫人。我今晚晚些时候再来，届时我希望这个孩子和一个保姆都已经做好出发的准备，我要带他们去英格兰。"他已经做好心理准备，要和玛蒂尔达争夺孩子。但是，他讲话的时候，她的眼神里重新绽放出诺尔曼人独断专行的神态。

"我会安排三个保姆：一个负责白天，一个负责晚上，另外一个做备用。"老太君不容置疑地吩咐道。

"明天凌晨两点钟会有大浪。我们要赶上它。"他没时间吃饭了，而是直接骑马赶往卡昂，争取午前赶到。天气已经非常炎热，他不得不在途中两次驻足让马饮水。到了卡昂城堡后，他拨开卫兵，一步三台阶直奔公爵夫人的住处。门关着，侍女奥莉恩坐在门口做针线活，看到他走近，腾地一下站起身来。

"夫人正在休息。"她说，粉红的脸蛋变得蜡黄。

"我有急事要跟她说。"

"吉洛姆大人……我不便打扰她。"奥莉恩说道。"她怀着孩子，而且……"

吉洛姆一把捏住她的上臂，虽然不至于伤着她，但也足以让她明白他的态度。"奥莉恩，叫门。"他吩咐道。

侍女胆战心惊地敲了敲门。"夫人，吉洛姆大人有急事相告。"她叫道。

"叫他等着。你进来，奥莉恩。"

侍女轻轻推开一个门缝，侧身挤了进去。吉洛姆在走道里来回踱步。十来分钟后，侍女出来对他说："大人，您现在可以进去了。"她说，声音都发抖了。

埃莉诺侧身靠在床上，自己扇着扇子。棕红色头发披散在枕头上，身上只穿了一件淡色的亚麻长裙，匆忙之下，内衣裤也忘了穿。透过长裙，吉洛姆能够看见两条大腿根部的三角形黑毛。医生跷着二郎腿坐在房间的角落里。见吉洛姆进来，他赶忙站起身。吉洛姆知道亨利允许埃莉诺找个情人，但他没想到会当场抓奸。他尽量平静地说："请离开我们。"

"有什么话是伊拉兹马斯不能听的吗？"埃莉诺语气威严地问道，眼神扫视着她的情人。

吉洛姆大步朝那个男人走了过去。"你可以留在这里。"他说，一只手紧握着剑柄。"但是，如果我今天跟公爵夫人讲的话有一个字泄露出这间房间，我都会杀了你，无论你跑到天涯海角。"

这个男人赶紧鞠躬消失。吉洛姆心中暗道：他就是她的老鼠，而她自己则是猫。她玩的就是猫抓老鼠的游戏。抓了放，放了抓。吉洛姆知道，他这位弟媳妇喜欢和男人搏斗。这很正常。她就生在这样一个勇于冒险的阶级;这是她的个性。这个来自拉姆拉的人,终有一天会失去吸引力,到了那一天,她会撕碎他的脑袋,吃了它。

"你们金雀花人都强横霸道。"埃莉诺看着门关上后嘟囔道。

"爸爸不强横霸道。"

"他当然也一样。"她反驳道。"唯一敢和他作对是那个怪物,埃狄安纳·德·塞勒。埃狄安纳死后,亲爱的杰弗瑞把路易欺压得半死。"

"我可以坐下吗?"吉洛姆问,眼睛盯着她的脸。过了一会,她意识到自己的阴毛一览无遗,就淡定地将扇子盖在上面。

吉洛姆开始讲述。他相继告诉她谋杀事件以及她丈夫的精神失常。渐渐地,埃莉诺的脸上没有了血色,像被大浪摧垮了一样,绝望地痛哭起来。"我的齐娜!"她哭喊道。"我心爱的姑娘!"她在床上哭得前仰后合,哭声招来了奥莉恩胆怯的敲门声。

"待在门口!"吉洛姆大喊道。

"我的亨利因为悲伤过度精神失常了?"她夹着哭声问道。"对我来说,这无疑是雪上加霜,祸不单行。我的亨利!我英俊无比的亨利!"

她哭得上气不接下气,吉洛姆叫奥莉恩取来些凉水。他看见那个拉姆拉人还躲在走道的另一头,就对他喊道:"公爵夫人悲伤过度,你有什么安神药?"

吉洛姆斜着眼睛看他,让他感觉到问题的严重性:她丈夫死了?"在我的房间里。"他跑下楼去。

医生回来前,吉洛姆告诉埃莉诺,他准备带拉结的孩子去英格兰,这是他们治愈亨利心灵的唯一希望。他挨着她坐在床上,双手抱着她,让她扑在自己怀里哭泣。虽然她还哭得很伤心,但已经没有开始那么痛苦了。

那个拉姆拉人站在门口望着他们,不由自主地感到心惊肉跳,就像一只饥肠辘辘的小鹿。吉洛姆心生愧疚,责备自己不该吓唬他这样一个手无寸铁的男人。这个男人，或许一辈子也没摸过剑，一个小时前还沉浸在欢愉之中，此刻却像条肮脏的野狗一样被他敬仰的女人一脚踢开。

吉洛姆向他招招手。"过来坐吧，大师。"

他小心谨慎地凑了过来，提心吊胆地坐在床头。吉洛姆示意他坐近点。

他从自己肩膀上拉下埃莉诺的一只胳膊，交到医生的手里。这个拉姆拉人替埃莉诺诊脉时，神情举止一下子变了，他抬头看吉洛姆的脸时，吉洛姆在他眼睛里看到了拉结过去时常表现出来的智慧。这是他自叹弗如的智慧。他和拉结都来自古老的民族，他们湿润的黑眼睛，温馨忧郁，捉摸不定。吉洛姆脑海里突然浮现出掩埋拉结时的最后一铲土，赶紧装着咳嗽不让自己哭出声来。他将埃莉诺的另一只手也从脖子上放下，站起身来。

"请照顾好我的弟媳妇。"吉洛姆说。"我得走了。"

一直没说话的埃莉诺，本来似乎还神志不清的，此刻却一下子活了过来。"不！我要跟你一起走。"她喊道。"我会保护亨利的孩子，就像保护自己的孩子一样。我会把他当成自己的孩子，将他抚养成人。"

吉洛姆皱了皱眉，心想，玛蒂尔达绝不会让孩子和埃莉诺一道走的。"旅途险恶。对不对，大师？公爵夫人不适合海上航行……"

"她肯定也不能骑马。"

她怒气冲冲地看着自己的情人。"我身体强壮得像马一样。我也从不晕海。而且我的丈夫需要我照顾。"医生还拽着她的手腕，她一把将他的手甩掉。"奥莉恩！"她喊叫道。

随着气温升高，万里无云的天空也像染色一样，从金黄色逐渐变成了黑色。这个时候，吉洛姆乘坐一辆五匹马拉的马车，在两个女人的陪同下出发了。一个是奥莉恩，另外一个是身穿黄褐色服装的修女。"怀孩子的修女！"埃莉诺自嘲完，自己哈哈大笑起来。"吉洛姆，你觉得我这个修女是和某位主教有一腿后怀孕的吗？"

这个时候,她的侍女手忙脚乱地整理着她缝在修女服里面的东西,然后将它固定在公爵夫人隆起的肚皮上。"夫人,你只是看起来胖了。"侍女一本正经地说道。

午夜时分,吉洛姆让她们两位在码头下了马车,自己又掉头走了。急速上涨的潮水很急,"哗啦哗啦"地拍打着码头外堤,吞没突墩。停泊在码头上准备出航的渔船随着潮水剧烈地上下起伏。码头上,星星点点地闪着橘黄色的火光,弥漫着海水、鱼腥、油污以及火把浓烟交织在一起的酸臭味。修女在码头上摸索着走到吉洛姆事先雇好的大船边,船员们见到她,忙不迭地鞠躬行礼,在胸前画十字,有些还用方言问候。他们也同样诚惶诚恐地迎接奥莉恩。

不到一小时,吉洛姆回来了,同时带来了三个保姆和包在襁褓里的孩子。埃莉诺一句话不说就从保姆手里接过孩子。孩子还熟睡着。夜色很美,拂晓前突然刮起强烈的南风,把船刮到浅海,惊醒了孩子,也吓坏了保姆和奥莉恩,弄得吉洛姆也感到心神不定。不过,他还是定下心来,向船员打探了点消息。这些船员,有人一直在东海岸来往,甚至在泰晤士河一带出没。他们说,沃林福德已经被封锁,叛乱的人只得绕道内陆奔扑伦敦。但是伦敦东部的乡村,情况更糟糕:整个村庄被毁,路上、田野里到处能遇见流浪的孤儿,大家只能靠吃树根维生。休·彼葛突然临阵倒戈,倒向叛乱军。国王已经开始向他报复,夺取了他的伊皮斯威奇城堡。伦敦东部现在很危险。"那么诺曼底公爵呢?"吉洛姆问道。

"公爵正率领着叛乱军。他来去无踪,飘忽不定。有人刚看见他,转眼又不见了。此时此刻,他正起航前往佛兰德去搬救兵。"

吉洛姆又问:"你怎么知道的?"这名船员眼望着吉洛姆的身后。低声说道:"有名高地人喝醉了,说漏了嘴,说我们的公爵乘船去了敦刻尔克。其他高地人火了,把他拖出酒馆揍得不省人事。反正大家是这么说的。"

吉洛姆和埃莉诺用拉丁语商量了一下,最后决定,埃莉诺还是继续装扮成修女,直到抵达考文垂。

※

埃尔伯德十天后才回到主人身边,因为仓皇之下,他骑马跑到了诺丁汉。到了诺丁汉才发现,那里已经被亨利的军队洗劫了。卡姆河边的一个小镇上,正赶上集市,他继续穿着女人的衣服卖唱。有几个男的看上了他。为了不暴露自己男孩的声音,埃尔伯德只用唱歌来回答别人的问话。"恍惚间,我发现自己正给王子唱歌。"他尖着嗓门唱道。其中有个男的就说:"太好了,小姑娘,你有戏唱了。尤斯塔斯王子就在离这不到三十英里的地方安营扎寨。"

到了尤斯塔斯帐篷门口,埃尔伯德直接走向手持长戟的卫兵,高声嚷道:"我不是女的。我是王子的人。请替我通报。"他的声音引来尤斯塔斯走出帐篷观望,仔细目测他的身高,打量他的双手,眯着眼睛研究他的肤色,然后对走进帐篷的卫兵说:"让他倒着写下他的名字。再用拉丁语写几句话给我。"在卫兵递过来的石板上,埃尔伯德倒着写下自己的名字,又用拉丁语写道:十几天前我杀了公爵。尤斯塔斯欢叫一声,立即命人把他带进帐篷,双手紧紧搂住他的尤物。"你的壮举解释了我听到的谣言,有人说那个安茹人已经起程前往佛兰德搬救兵。"又改用拉丁文继续说道。"埃尔伯德,你使我为王了。"说完,又吻了吻埃尔伯德的额头,突然向后退了一步。"你身上太臭了。"他说。"马上洗澡。叫理发的把你头发剪掉。该恢复你原貌了。"

埃尔伯德苍白的眼睛看着尤斯塔斯。"我的主人,"他咬着嘴唇说。"你答应过的奖励……"

王子"呵呵"大笑。现在,他满脑子想的都是他的对手死了,尽管叛乱未平,但通向王位的道路已经一马平川。觊觎王位的安茹人死了,只要将这个死讯公告天下,叛军马上不攻自破。他洋洋得意的舒了口气。

"我的埃尔伯德,不论你记住的是什么,尽管告诉我,该给你什么奖励?"

男孩马上撒了个谎:"足够的金币,可以买一座房子,五十头羊和一块可以养活羊的土地。"

尤斯塔斯笑得合不拢嘴。"不是你撒谎,就是我疯了。孩子,究竟是什么?"

埃尔伯德盯着王子的脸,眼睛里闪烁着调皮的眼神。"我还没胡闹够吗?"他在帐篷里蹦跳了一圈,将身上的裙子一件件甩掉。"你什么也没有许诺过我。但是,大人,你的确说过你会大大地奖赏我。"他跪在地上,脸上依然笑容灿烂。

"你的确让我很开心,埃尔伯德。你是我见过最坏的孩子。"

"但愿如此,王子大人。我自己也觉得自己很坏。我母亲过去也这样说我。她是个可怕的婊子。"

尤斯塔斯又舒心地松了口气。整个冬天人心惶惶,春天又战事不断,现在总算熬到了夏天。这么长的时间里,让人欣慰的消息不过是父亲夺取了伊皮斯威奇城堡,军队控制了诺里奇和伦敦部分地区。有好消息总是让人开心的。而最让人开心的,莫过于这个淘气鬼又重返他的身边。私底下,他觉得自己和埃尔伯德同病相怜:出身微贱,都是私生子,鬼心眼多,能够克服重重阻碍。正是这个埃尔伯德向他建议,让自己去劝说路易进攻诺曼底。而路易也的确进攻了诺曼底,这才使得安茹人进犯英格兰的时间推迟到气候恶劣的时候。尤斯塔斯向法兰西国王提出要求,希望将自己立为王储的时候,为了讨好路易,他叫埃尔伯德给路易献歌。路易一口答应的时候,尤斯塔斯几乎都不知道说什么好了。

"你去洗澡。"他说。埃尔伯德走后,尤斯塔斯在脑海里翻来覆去想怎么奖励他。尽管年纪轻轻,但这个小家伙的数学知识很适合当个财政大臣。当然,他要先征得教会的同意。不过眼下尤斯塔斯不愿再纠缠于考虑这些问题,他觉得那个觊觎王位者的死讯证据还不够充分。

一个英俊小生重新回到帐篷。只见他身穿乳黄色亚麻服装,头发散落下来，披至耳垂。

"我要你详细地讲讲，你如何弄死他的？"尤斯塔斯说道。"我父亲需要了解详情。"他心里明白，他的叔父，坎特伯雷大主教也不会只相信道听途说。

多年前埃尔伯德就已经明白一个道理，要想让谎言令人信服，除了编造事实之外，其他内容要尽量详细。他花了近一个小时向尤斯塔斯叙述了事情经过，尤斯塔斯亲自做记录。听完之后，尤斯塔斯低吼道："该死的拉尔夫伯爵，我要荡平考文垂。不仅灭了他的城堡和庄园，整个考文垂镇和寺院都不能放过。我就知道，拉尔夫一直支持本笃会。"

埃尔伯德讲述得绘声绘色，具体详尽，甚至把他如何弄到那把带毒匕首的经过也讲得滴水不漏，还特别提到，多亏了外乡女人的来访，才有了这把带毒的匕首。

"那些外乡女人是什么人？"尤斯塔斯追问道。

"都是南部地区来的，肤色黑黑的。"

有些细节，埃尔伯德不愿讲述，很想轻描淡写地带过。有安茹的亲戚来访，他也是从拉尔夫的其他仆人口里听到的，更没有想到会有一个外乡人跑到公爵的床上去。他自己也拿不准，是不是错把那个法兰西王后杀了？他现在已经无所谓是不是错杀了。但错杀的可能性导致他更加急切地想早点结束这次谈话，赶紧逃命。然而他的主人却抓住这些女人不放。她们是谁？为什么到那里去？她们是伦巴族人吗？有没有伦巴族贵族支持这场叛乱？

埃尔伯德摇摇头，无法解释。"我的主人，我不要房子，不要土地，也不要羊了。随便给我点小奖励就行。"他最后哀求道。"为了更好地为您效劳，我想去剑桥的一所学院进修。"他在自己胸前画了个十字。"我已经保家卫国了。"

尤斯塔斯平常那自命不凡的撇嘴消失了。"你太让我感动了。"他说。"我心里已经想好了如何奖赏你，不过现在还不能兑现，要我登上王位后才能给你。这里只是我表示感激的一点心意。"他递给年轻人一袋金币,足够买一座石头房子,五十只羊,一大片可以放牧的土地,也足够买马,雇用家奴。

埃尔伯德那天第二次跪倒在地。"殿下,我现在可以离开了吗?"

尤斯塔斯捋了捋他的头发。"当然可以。好好学习,欢迎到时学成归来。"

在寻找主人的一路上,这个孩子已经耳闻目睹了英格兰现状。他心里清楚的很,只有傻子才会相信尤斯塔斯能够击退叛乱。他也无意到剑桥的一所学院里进修。当务之急,他需要找到一个安全的藏身之地,以防万一王子发现他撒谎后要他性命。离开尤斯塔斯的军营,他决定到几十里开外的埃德蒙德寺院做个苦修士。埃尔伯德的父亲,作恶多端后,历经许多弥补过错的尝试,最终选择那里完成悔过自新。

吉洛姆一行从巴夫勒出发,在南安普顿乘坐一辆十二匹马拉的马车,赶了不到两天的路就抵达考文垂。吉洛姆先派了名信使给伊莎贝拉送信:

亲爱的妈妈,
  公爵夫人坚持来看她的丈夫。我无法阻拦。若有得罪之处,我深表歉意。她对小杰弗瑞关爱备至。
  爱你的儿子
                                    吉洛姆

她母亲看完信,从鼻腔里轻轻地哼了一声,随手把信递给了伯爵夫人。伯爵夫人看完,眼睛瞪得溜圆。

"前法兰西王后要来这里?"

伊莎贝拉点了点头。

"拉尔夫说,她是个西哥特人。貌美如花,真的吗?"

"反正我丈夫觉得是真的。"伊莎贝拉答道。

伯爵夫人顿时瞠目结舌,闭上眼睛定了定神。"很抱歉。我以前听说……了一些事情。"

伊莎贝拉耸了耸肩。"无所谓。不管什么事情,只有等到终结才会水落石出。不过,我真的不想见她。"

伯爵夫人挑选了英语和法语都不错的侍女陪伊莎贝拉走河道回诺曼底。她们走了不到一个小时,吉洛姆一行就到了。伯爵夫人满脸疑问地看着吉洛姆从马车上搀下一个个女人。"这个胖修女是谁?"她用英语问道。

这个胖修女突然转过头来,她那暗褐色头巾下射出一道亮光,一道仿佛从母狼眼里放射出来的光芒。

"我是埃莉诺,阿基坦的主人。"她说。"那么你是谁?"

多么完美无瑕的牙齿啊!这就是公爵夫人所能感觉到的一切。她拉起客人那双养尊处优、带有皇家气息的纤纤玉手,心里泛起一种想吻吻它的冲动。

埃莉诺先向大家介绍了随身带来的侍女,然后接着说,她希望先洗个澡,穿戴齐整后再去见她丈夫。"他现在哪里?"

"在马厩,夫人。"拉尔夫的妻子不敢告诉她,过去的五天里,亨利喜欢和一匹母马睡在一起,用马肩胛做枕头。

"太好了。亲爱的公爵夫人,看着他,等我和小杰弗瑞去做点准备。"埃莉诺说完,又对着女主人嫣然一笑,然后就跟随着搬行李的仆人们走了。

吃过午饭,她重新出现在众人眼里,头发松松垮垮地披散在肩头,身穿一件热情奔放的深黄色长裙,外套一件紫色的无袖罩衫,脖子围了条蓝宝石项链。伯爵夫人估计她已经有六个月的身孕。她手上牵着一个漂亮的小男孩。小男孩头上长着黑黑的浓密卷毛。"爸爸。"埃莉诺教他。"说'爸爸。'"小孩顺从地重复了一遍。突然，他挣脱开埃莉诺的手，飞快地跑向一个衣冠不整、全身肮脏的男人。那个男人正慢慢地从门外走进来。

"爸爸！"小孩叫道。"爸爸！"

亨利停下脚步，一下子惊呆了。"杰弗瑞？"他低声说道。"我的孩子？我的杰弗瑞？"

孩子跑过去，抬着小胳膊小手让他父亲抱入怀中。亨利一把将孩子拎过去，气喘得就像刚刚死里逃生的动物。亨利将头埋在孩子的脖子上。"要骑马。"小杰弗瑞嚷道。亨利把他放下地，自己随即四肢着地趴下去，埃莉诺将小杰弗瑞抱到他父亲背上。亨利也没有注意到埃莉诺的到来。亨利就地在过道石板上爬来爬去，杰弗瑞两只小手紧紧地抓住亨利的头发。几分钟后，亨利肚皮贴在地上，伸展四肢让孩子下来，然后自己翻过身又把孩子抱过来，让他跨坐在胸前颠他。两个人都笑得泪花飞溅。突然，孩子脑袋一歪靠在他父亲的胸口，睡着了。亨利继续躺在石板地上，无比幸福地望着天花板。

埃莉诺这时才意识到，自己一直大气都不敢出。"我不知道怎么办。"她低声对伯爵夫人说。"吉洛姆告诉我他精神失常了，但我束手无策……"

她试探着向他走过去，就像动物走出树林，战战兢兢地靠近陌生的东西，而且很可能是危险的东西。走近后，她靠着他身边跪了下来。他转过头，先看了她一眼，又眨巴眨巴眼睛。"埃莉诺？"他问道。"我美丽的公爵夫人？"她将冰凉的小手搁在他额头。他把她的手挪到自己长满水泡的嘴唇，然后抱着孩子坐了下来，眼睛平视着埃莉诺。他的变化让她惊呆了。他还是灿烂如那彩虹，但这道彩虹，却挂在不同的天空，一个乌云密布的天空。他的眼神，充满悲伤，她只在老年人的眼睛里看见过这种眼神，在拉姆拉人的眼里，更经常地是在路易的眼里。有那么一两次,在杰弗瑞的眼里也看见过这种眼神。

"你遭遇了巨大的不幸。"她柔声说道。

他点点头,将孩子递给保姆。"拉结救了我的命。她替我挡住了匕首。她肚子里还有个胎儿。我带你去看她的坟墓。"他拉起她的手,慢慢地走向花开正艳的梨树。在春日骄阳下,一树梨花仿佛一堆白雪,散发出幽幽的白光。片片梨花落在拉结的坟墓。"梨树也在哭泣。"亨利悲声说道。

埃莉诺紧紧拽住亨利的手。她一身雍容华贵,而他却衣衫褴褛。他们一起跪倒在地。埃莉诺也不禁悲从心来,开始哭出声音。"我爱她,亨利。我爱她胜过爱我自己的亲姐妹。"

亨利唉声叹气,但已经欲哭无泪。他的悲伤,像那绵延的山峰,他已经登上山顶,现在正在下山。"拉结的死,改变了你我之间的一切。"他温柔地说道。"现在,我已经别无所爱,只有你了。当然还有小杰弗瑞,还有……"他停顿了一会,眼睛盯住她的肚子。"埃莉诺,哦,我很幸运。我们都很幸运。"他将手指插进她的头发。"我已经忘了。"

"什么?"

"我已经忘了生活,忘了爱。忘了你是这个世界上最美的女人。"

家里其他人都聚集在不远处一个不起眼的地方。直到现在,大家才知道拉结是怎么死的。埃莉诺瞥了一眼聚在一起的人群。"道格拉斯!"她尖叫出声。道格拉斯应声走向前来。

"道格拉斯来了?"亨利问道,眼望四周,脸色惊讶。"你这头高地猪!"他叫道。"我一直病着。你怎么到现在才来看我?"

"我们来喝一口吧,庆祝您的康复。"道格拉斯说。

亨利接过道格拉斯递过来的酒壶,猛地喝了一大口,皱着眉头用手扼住喉咙。"什么东西这么难喝。"站在身边的人都盯着他看,他咧了咧嘴,笑了。

拉尔夫走向前,将亨利揽入怀中。高贵俊美的脸上泪水四溢。"亲爱的孩子!"他说。"亲爱的孩子,你吓死我们了。"

"我去了另外一个世界,去了其他世界。"亨利说道。"但是现在……"他眼放光芒。"我要和我的妻子待上一个小时,如果她同意的话。然后,我亲爱的朋友拉尔夫,还有亲爱的道格拉斯,还有我那没用的兄弟——吉洛姆你在哪里呀,哦,你总算露面了。好了,或许等到明天再说吧。不过,我觉得我们有仗要打,没有吗?"他完全是一副尽在掌握之中的表情。"沃林福德被围的事情怎么样了?"

"情势危急,我们必须马上去解围。"拉尔夫答道。

"我们肯定要去解围。"亨利说。"我们拂晓就赶往沃林福德。"

还没到拂晓,他就说道:"五天了,我一直和那匹怀孕的母马睡在一起。她很和蔼,一直和我说话。但是,奶奶个腿,她的确不是一个好枕头。"他头枕在埃莉诺的大腿上,侧身看着她凸起的肚子。"你休息一两天,立刻动身回勒芒去。我要赢得这场战争。但是,如果尤斯塔斯知道你在这里,他会想方设法抓住你,用你来要挟我。甚至会杀了你。你同意走吗?"

"完全同意。"

他用鼻子在她肚皮上蹭来蹭去。"你爱上我了,不是吗,表姐?"

"不,我并不想爱上你。"

"我也不想爱上你。但是你现在已经融入我的心房。你知道我的心是铁做的吗?你已经融化了我的心,又将它愈合了。"他咧着嘴笑。

外面传来公鸡的啼鸣声。"亨利,你二十分钟后就要骑马投入战场,可你一夜未眠。"

"可我却更加来劲。最后吻一下,……然后我就去宰了那个王八蛋王子。"

第二十九章

"尸体在哪?"温切斯特主教询问道。

"他们已经将它藏起来了。"尤斯塔斯答道。

主教原来一直用扇子给脸上扇风,现在他把扇子放到膝盖上,抬起眉毛,转身看着他的上司,坎特伯雷大主教泰奥博。

泰奥博继续沉默着。在场的人,包括温切斯特主教和国王,对王子的脾气都很了解。只不过泰奥博更讨厌王子罢了。这天上午,在牛津城堡召开了紧急会议,会场上的气氛已经很激烈了,大主教不想火上浇油。他心里已经拿定主意,抵制斯蒂芬和他儿子希望加冕尤斯塔斯为英格兰年轻国王的要求。他继续不紧不慢地盘着手中的念珠。温切斯特主教又开口了。"皇家公爵的尸体是不会被藏起来的,殿下。依据母教礼仪,他们要用大理石棺材掩埋,埋在寺院或者大教堂里。"

尤斯塔斯怒视着他。"我再说一遍,他死了。"

"我们需要证据。"主教答道。

"我们现在大敌当前。叛军自然不会承认伪君子已死,因为,一旦承认他死了,就意味着他们的目标垮了。"

"殿下,我能指出你意见中存在的一个逻辑错误吗?如果伪君子死了,叛军为何还继续进攻呢?"

"你难道还不明白?他们还不知道实情。他们还蒙在鼓里。"面对这个古板的死脑筋牧师,尤斯塔斯倍感失望,他几乎尖叫起来。

坎特伯雷大主教眨巴眨巴眼睛。"我还以为他们应该最先知道呢。"

他嘟嘟囔囔地说道。"尤其是你说公爵死于发烧,而且还死在考文垂拉尔夫伯爵的庄园里。"

"他临死前肯定有医生在场。或许你可以找个人来问问。"温切斯特主教扫了一眼国王。"你觉得呢,陛下?"

国王阴沉着脸点点头。自从他妻子十八个月前死去,他就一直萎靡不振。一月份开始的叛乱,重新点燃了他心头的王者斗志。其实他也感到忐忑不安。东部战事正酣,他儿子却骑马赶回来告诉他,考文垂的一名间谍报告说安茹人死了,因此大主教不能再抵制加冕他为英格兰国王的要求。斯蒂芬本来希望尤斯塔斯待在沃林福德附近,重振士气夺回布莱特威尔、南摩尔屯和谢尔塞。沃林福德一时难以攻破,但也可以将它死死围困住。叛乱军头目,赫里福德的罗杰伯爵,恰巧被逮住了。他已经同意带着他的人马离去,因为他知道,"否则我们都要被饿死。"

固守沃林福德的将士也士气涣散,饿得连埋死人的力气都没有了。他们趁着海水涨潮的时候将尸体从城墙上扔进泰晤士河,让尸体漂进大海。

他儿子还报告了另外一条消息,安茹人正在佛兰德招兵买马,准备攻打伦敦,国王很担心这条消息是真的。"他太捉摸不定了。"他皱着眉头说。

温切斯特主教微微笑了笑。"是啊,一个人认准了要夺取王位,他的生死就难以预料了。"

"我本人是不会去猜测他人生死的。"坎特伯雷大主教评论道。

尤斯塔斯转身走了。

温切斯特又悠然自得地拿起扇子扇汗。

彼此难堪地沉默良久后,坎特伯雷大主教开口说道:"国王陛下,我可以告诉您:那个安茹人没死。他也不像有人说的那样在佛兰德。他活着,而且很健康,正准备攻打南摩尔屯呢。事实上,我觉得昨天就已经开始进攻了。"

斯蒂芬叫了起来："你怎么知道这一切的？"

"我的助理用信鸽给我发来情报。"

"他应该在坎特伯雷大教堂啊！"

"实际上，他在伦敦看见诺曼底公爵率领一群骑士和步兵朝南摩尔屯去了。"

"我不相信你。"斯蒂芬说。

大主教耸耸肩。"信不信由你。"他在胸前画了个十字。房间里再次陷入沉默，只有夏天的苍蝇还在"嗡嗡"地忙碌着。

"你的助理怎么会碰巧遇见叛军的？"国王问。他讨厌那个助理。这个助理还是个小孩的时候，就是玛蒂尔达的追随者。

"他碰巧去白塔。从白塔顶上可以看见军队以及公爵那红黄相间的旗幡。"

斯蒂芬眼睛里冒火。"我想他是在寻访那个释放了你和他的那个人，好付给他金币？"

大主教送给国王一个天使般的微笑。"但愿如此。"

"监管者由谁监管？"温切斯特主教补充道，摇了摇头。"总是个问题。"

"我们还是先去吃早饭吧。"斯蒂芬大声说道。

他们刚吃完早餐，王子就像夏天的闪电一般闪进餐厅。"他活着。"他冲着他们三人喊道。"他已经摧毁了南摩尔屯。布莱顿和谢尔塞今天也将失守。"

"克劳马什·吉夫德呢？"

"完蛋了！"

"那么，太阳落山前他就能解救沃林福德了。他控制了泰晤士流域。"

"父亲，英格兰不只是只有泰晤士流域。还有大片的地方呢。"

对着两位主教随意地点了个头，父子俩急匆匆地离开了牛津城堡。

"为了赢得战争，他们会不惜毁掉整个国家。"温切斯特主教感慨道。

"你觉得他们会毁掉属于母教的土地吗?"

"亲爱的,你忤逆了他们的意愿时,他们都把你关押起来了。"主教答道。"你何必还自寻烦恼地关心这些?"

坎特伯雷大主教点点头。"跟已经走投无路的人谈未来,愚蠢透顶。"

"尤其是跟我们王子这样的人谈。"温切斯特停顿了一下,心里很矛盾,不知道该不该向泰奥博透露圣埃德蒙德寺院传来的消息。这个消息涉及一个年轻的赎罪人。这个赎罪人祈求饶恕他所犯下的十恶不赦罪行。这个年轻人捐了一大袋金币,每个金币上都印着尤斯塔斯的头像。这就太奇怪了,所以寺院主持把这件事报告给主教大人。当问到他的罪行是否包括偷窃时,这个年轻人指天发誓说,这些金币都是王子给他的,是"劳务所得"。这里所谓的劳务明显包括了暗杀。

考虑再三,温切斯特主教决定不把这件事透露出去。他已经嘱咐过寺院主持,千万别碰那些金币,要把它原封不动地保存好。等到叛乱尘埃落定,它可以用来让王子明白,母教已经早就意识到他为什么要付这笔钱。主教相信,这个赎罪人要想完成赎罪,必然会将事情原委讲出来的。

他也吩咐过主持,要让这个赎罪人每天先做不少于六小时的常规性祷告,每天八个小时做适合他做的任何事情,再加上每天白天黑夜正常的祷告。"因为很显然,这个人的心灵已经病入膏肓,他不能和其他年轻的僧侣接触,每天只能允许有几分钟的时间与你交流。神父,好好留意他的忏悔。"

一走进埃德蒙德寺院,埃尔伯德就意识到自己作出了一个可怕的决定。他感到自责像浪潮一样不停地撞击着他。那天夜晚,他回到地窖去睡觉,他称之为"黑美人"的女人正站在他的床头,充满情欲的大眼睛打量着他。眼睛亮闪闪的,他害怕这双明亮的眼睛会让他的住处一览无遗,僧侣们会突然闯进来看他成熟的裸体,看那插在肋骨中间的匕首。

第二天夜晚,她又出现在他床前,他起身走进主持为圣母玛利亚专门设立的小教堂。"黑美人"从祭坛的墙上笑眯眯地看着他。他一边祈祷,一边跪倒在地。她探过身来吻了吻他的额头。"我饶恕你。"她说,声音温柔,带有外乡口音。埃尔伯德开始感觉自己的身体颤抖起来,而且抖得越来越凶,直到每一根骨头、每一颗牙齿、每一根头发,甚至脸上的每一处皮肤都痉挛起来,就像被卷入大风中的一块破布,不由自主。他的眼泪夺眶而出,脸上的肌肉也开始痛苦地抽搐,怎么也控制不住。他揣测,这就是所谓的痛哭流涕——泪流不止,颤抖不已。

数小时后,教友们发现他俯卧在圣母玛利亚祭坛前。

第二天,他向主持忏悔,说他曾谋杀过许多人,最近还谋杀了一位孕妇。主持听着他忏悔,似乎对他讲的话并不在意,只是在看他怎么编造故事。年轻人请求将自己的名字改为詹姆士。他说他想捐金币给寺院。主持接受了这袋金币,轻描淡写地说:"你现在是詹姆士了。继续祈祷。"

詹姆士在厨房做事,每天给僧侣做两顿小餐:一顿用于天亮前——牛奶和乳清;另外一顿下午三点钟。下午的餐点通常是浓汤、面包和淡啤酒。节日的时候还有河鱼或鸡肉,接下来的复活节他们已经准备用烤羊来庆祝基督复活。在厨房与僧侣们瞎聊中,埃尔伯德总觉得僧侣对烤羊的期待比基督复活的期待更强烈。不过他想这也很自然,基督复活毕竟是过去的事情,而烤羊才是实实在在的。水果是全年都有得吃。教友们都得到指示,吃的时候要牢记亚当和他妻子生活在伊甸园时上帝所赐的食物。

詹姆士允许到果园里采摘水果以及寺院自己种的各种浆果。每天的汤里,他都会放点蘑菇。在圣埃德蒙德寺院的森林里,即使在夏天有时也能采摘到蘑菇。有一次他又去林子里采摘蘑菇,远远地看见在一棵橡树脚下有一堆白乎乎的东西。他原以为是一堆白蛋,走近一看,他认出那是什么了。他习惯性地咨询"黑美人"。"我该怎么做?"他问。"把它们采摘了。"她答道。他用树叶一片片地把它们包好,与水果隔开放进果篮。到了厨房,他先洗了手再去拿水果。把这些蘑菇存放到厕所旁的一个袋子里后,他又洗了一遍手。那天晚上,他在室内教堂里问她,为什么要他把那些蘑菇采摘了?她拒绝回答。他跪在那里,感觉到她灰色的眼睛在他内心发光。有时候,他甚至拉开自己胸口的衣服,看看他那粉红色的小奶头上是否印着她的眼睛。

自从他进入寺院,就对外面漠不关心了,过去的一切,仿佛都成了对远方的淡淡记忆。没有人谈起叛乱、王位倾轧。僧侣们之间很少交谈,几乎也没人与他说话。他所能听到的,只有鸟鸣、羊咩、召集大家祷告的钟响以及素歌的诵念声。一个炎热的上午,他正在果园里采摘果子,突然闻到了烟味,接着就听到马蹄声声,杀声阵阵。他转身跑进门。

"注意!注意!"他叫喊道。"有人来攻打我们了。"

僧侣纷纷跑过来。"这个男孩着魔了。"大家都说。

"快跑啊!"他尖叫道。"快逃命去!"

大家想抓住他,但他很灵活,跑得也很快。"黑美人"急促地低语道:"拿上蘑菇快跑!"

他跑到森林,爬到树上。站在树枝上,他看见王子和骑士们策马朝寺院飞奔而来,后面奔跑着一群手举火把、高声尖叫的步兵。王子骑马直接冲进寺院大门,骑士们也都闯了进来,马蹄踩在石板地上,发出震耳欲聋的声响。他意识到,他们会抢夺祭坛上的器皿和屋子里的珍宝。不一会工夫,王子一伙又骑马出了寺院,他听到尤斯塔斯高声大叫,"把他们都关在里面!"然后他就看见火把从窗户里扔进寺院,还有士兵乱哄哄地爬上屋顶点火。熊熊火海中,依稀传出寺院里僧侣们大呼小叫的声音。詹姆士突然记起被关在洞穴里的麻风病人,恐惧像一团血块,直冲他的喉咙,堵得他快喘不过气来,如果不是"黑美人"稳住他,他差点从树上摔下来。

那天晚上，他偷偷地徒步尾随尤斯塔斯的余部来到他们的宿营地。已经被烧成焦黑废墟的寺院，离这个宿营地并不远。星光灿烂的夜空中，弥漫着浓烈刺鼻的焦烟味。他特别留意王子的帐篷搭在哪里，食物在哪里准备，谁伺候王子就餐。八月十六日午夜前，尤斯塔斯王子虚汗淋淋地醒过来，双手紧捂肚子。医生迅速赶到，但是很快就摇着头离开了王子的帐篷。

"上帝在我身上复仇了。"尤斯塔斯痛苦地呻吟道，全身臭不可闻。

几个小时后，天还未亮，他死了。

尤斯塔斯的死讯传到国王耳朵里，国王脚一软跪倒了，额头磕在地上。亨利、拉尔夫、吉洛姆、高地人以及那些坚守沃林福德的将士，用各种方式来庆祝。他们唱歌，喝酒，聚餐，怎么开心就怎么来。亨利在支持者当中走来走去，与他们干杯。许多人都高喊："我们赢了！""战争结束了！"坎特伯雷大主教助理也参加了欢庆，他好不容易从激动的、汗涔涔的人群中穿过，来到亨利身边。

"公爵大人，"他小心翼翼地提醒道。"我们千万不能忘记，斯蒂芬还有个儿子，年轻的威廉。"

亨利点点头，表示感谢。他一跃跳上饭桌，在上面大步地走来走去，手里挥舞着长剑，人群渐渐安静下来。"同胞们，勇士们，英雄们！"他朗声说道。"大家用无畏的勇气承受住了艰难困苦。在我们取得最后的胜利之前，你们每一个人都必须好好地活着。活下去！要活着看到斯蒂芬接纳我为这片土地的继承人。我们将在这片废墟上建立一个兴旺昌盛、欢乐祥和的国家！"

次日，亨利接到温切斯特主教的来信：

英格兰国王陛下斯蒂芬通告诺曼底公爵，他要为他死去的儿子哀悼一个月。他命令他的军队和支持者在哀悼期间遵守停战约定。国王陛下要求公爵也尊重这一停战约定。

亨利问拉尔夫该怎么办。"我们别无选择。另外,我听说威廉王子已经被召到他父亲身边。斯蒂芬现在还没有被彻底击垮。"

亨利没说话。他在想,路易也不是家里的老大,也不是生来就准备继承王位的;亨利一世狮王也不是。他们都是因为长兄早逝后得到了王冠。

他写了封回信:

致英格兰国王斯蒂芬,
  诺曼底的亨利吊唁暴死的尤斯塔斯王子。你的儿子,无论在英格兰还是诺曼底,都为了他的事业英勇善战。他对于任何人来说都是可怕的对手。愿他安息!
亨利

"我要回勒芒去看看我的夫人。"他对拉尔夫说。"九月份她就该生了。"

九月的第一个星期,他和吉洛姆抵达巴夫勒,随行运回了拉结的灵柩。在途中,亨利每夜都睡在拉结的灵柩上,吉洛姆听见亨利用加泰罗尼亚语与拉结说话。

回到巴夫勒,民众蜂拥而出,载歌载舞地欢迎他们。"上帝保佑你,公爵大人。"他们高喊着。"公爵夫人为你生了个儿子。"

"已经生了?"他惊讶地尖叫起来。

埃莉诺坐在勒芒的花园里与孔雀一起玩耍。这些孔雀是她从普瓦捷带过来的。它们在她面前趾高气昂地走来走去,脖子一伸一缩地吃埃莉诺扔给它们的面包屑。埃莉诺打开扇子扇风的时候,它们也张开尾巴,绚烂的羽毛在阳光下熠熠发光。孔雀只为公爵夫人开屏。除了公爵夫人，谁也别想叫它们张开尾巴。见到陌生人，它们就威风凛凛地昂首走开，嘴里发出很不开心的叫喊声。可一见到它们的女主人，它们立马低眉顺眼地从喉咙管里发出欢快的"咯咯"声，乌黑发亮的眼睛盯着她和她手里的面包屑。突然，公爵夫人一声惨叫，奥莉恩从凳子上一跃而起。

"我的羊水破了！"埃莉诺上气不接下气地喊道。

奥莉恩赶紧跑到马厩，叫人去传接生婆。等她回到埃莉诺身边，公爵夫人已经镇定下来。"小孩早产了。"埃莉诺说。"而且是干生的。噢，太痛了。"

"勒芒的接生婆，技术是很有名气的，夫人。"奥莉恩扶她进房间，尽量不让那些好奇的眼睛看见埃莉诺衣裙后面渗透出来的羊水污渍。"她们会用水盆来助产。"

"快跑，姑娘！赶紧准备好。"埃莉诺吩咐道。

亨利把小杰弗瑞绑在自己的背上，骑马从巴夫勒赶往勒芒。亨利策马飞奔的时候，小杰弗瑞激动得不断地尖叫。"抓紧！抓住爸爸！"亨利大声喊叫。

奥莉恩脸蛋红扑扑的，带着些羞怯。还没等亨利走进埃莉诺的卧室，奥莉恩就把新生婴儿递到他父亲的手里。小家伙粉嫩的小手紧紧攥着，细腻光滑，让人忍不住想摸一摸。尽管生下来已经一周了，但还是一团红肉球，像刚生下来时一样。亨利用鼻子吸了吸气，笑了。"香气袭人。"他说。但是奥莉恩从他脸上看得出来，他有点失望。婴儿很小，而且也没有睁开眼睛欢迎父亲的光临。

"谁喂养他？"他问。

"一个奶妈。"

亨利嘟囔了一声,很是不满。他更喜欢拉结做事的方式:自己亲自喂了小杰弗瑞四周后才把他交给奶妈。"夫人已经裹好身体了?"侍女点点头。"那么也没奶给我了。"亨利用加泰罗尼亚语对吉洛姆说道。"我一直盼着再尝尝。当然啰,我的公爵夫人……"

他兄弟有所思地点了点头。拉结是个天真无邪的姑娘,生小杰弗瑞的时候才十九岁;埃莉诺却是个地地道道的妇女,曾贵为王后,生过两个女儿。所以,这两个女人没有可比性。

他们走进埃莉诺的卧室,吉洛姆一眼就看出来,她几乎一点也不开心,尽管亨利跪在她床前,感谢她为他生了继承人,而且还温柔地吻了她。英格兰王子的突然暴死,其含义对于亨利来说是不言而喻的。此时此刻,他们三人本来应该享受孩子出生所带来的喜悦,但事实上却没多少时间浪费在这个方面了。他们谈论更多的,还是目前的战况与将来。他们谈话的时候,埃莉诺把小杰弗瑞拉到床上,让他玩弄她的头发,吮吃她的指头。他现在长得越来越英俊,也越来越像拉结。

"你喜欢你的小弟弟吗?"她问。

小杰弗瑞凑近襁褓看了看,只看到一团黑乎乎的卷头发。"不喜欢。"他说。"把他送回去吧。"

大人们都笑了。小杰弗瑞显然是生气了,爬下床,跑出去找他奶妈了。

"我们给他取个名字吧。"亨利说。

"他应该有个英语名字。"埃莉诺眼望着吉洛姆。

亨利叫起来。"威廉!吉洛姆的英语名字就叫它。"婴儿被吵醒了,痛苦地号啕大哭,但眼睛依然紧紧地闭着。

"你同名的侄子体质太弱。"亨利和吉洛姆走出卧室后,亨利抱怨道。他们默默无语地慢慢走了一程,亨利又开口说道。"我知道他早产了,但你不觉得他像只小猫?"

"你是说他尖尖的小耳朵还是毛茸茸的头发?"

"他的眼睛。睡着的时候就像猫的眼睛。"

"我们还没见它们睁开呢。"吉洛姆不以为然。"我记得你生下来的时候,爸爸也叫我过去看,你那时满头桔黄的头发,丑得像只小狐狸。我当时叫爸爸把你送回佛克森去。"

到了小教堂,他们并排跪下,感谢上帝赐给亨利儿子,祈祷孩子的母亲早日康复。又过了两天,亨利仍然没办法看到新生儿子的眼睛睁开,他和吉洛姆就起程去鲁昂了。

亨利向拉比和他妻子讲述拉结遇害的情形时,夫妻俩哭得撕心裂肺,把衣服都扯碎了。所有鲁昂城里的犹太人,大约有六千人,都关闭了他们的商铺,赶去参加拉结的葬礼。一匹黑马拉着拉结的灵柩,亨利、吉洛姆、伊莎贝拉以及她的女儿们,都跟在黑马的后面。灵柩穿过街道的时候,亨利想把他的旗幡披到拉结的灵柩上,但拉比说这样是不允许的。但在拉结的灵柩放进墓穴要盖土时,拉比允许亨利将旗幡盖在棺木顶。亨利遏制不住自己的悲伤,恸哭了几分钟,然后长长地吸了一口气,目光凝望着秋日阴郁灰暗的天空。天空中渐渐地细雨飘飘。

返回的途中,他对吉洛姆说道。"每时每刻,无论清醒还是在睡梦里,她都和我在一起。只是白天我看不见她,触摸不到她。但在梦里,我能清楚地看见她,将她揽在怀里。"他陷入沉默。吉洛姆看着他的神情。亨利一点不像是个只有二十岁的青年,这并不是说他看起来比二十岁老,而是显得更成熟稳重。"她警告我,新生儿有问题。"亨利又补充道。

吉洛姆皱了皱眉头。"什么样的问题?"

"她只是说'有问题'。——但是兄弟,你自己也能看的出来,不是吗?他太小了。"

在英格兰,为斯蒂芬和尤斯塔斯战斗的王公们等候着,一直等到正式哀悼期结束。然后，他们一起前来觐见国王，敦促他选定威廉继任国王。

"其他人投靠叛军的时候，我们忠心耿耿地追随您，效劳于您。那个安茹人将会剥夺我们所有的土地与城堡。"他们说。

有的人甚至带着妻子、女儿前来哀求。女人们纷纷挥舞着纤纤玉手。"国王陛下，去求求你的法兰西兄弟吧。"她们哭喊道。"他会告诉你，那个安茹人是多么的残忍凶暴、冷酷无情。"

但是亨利已经抢先一步写信给尤斯塔斯的连襟，向路易表达了两层意思，其一是对王子暴死的吊唁，其二，如果他亨利有幸成为英格兰的国王，希望路易和他可以成为朋友。信中还写道：

> 我们有共同的爱，陛下。卑贱者或许会将此视作我们彼此
> 友好的障碍，我却将能爱上这个女人视为荣耀。这个女人曾经
> 是您的所爱，也是公主的母亲，现在是我儿子的母亲。

"这个诺曼底人的性格，在他情妇死后似乎有所改变了。"路易一本正经地对大总管说。"我很有兴趣和他交朋友。"

这么多年来，路易从未像现在这样神清气爽。因为，他现在正和卡斯蒂利亚的康斯坦斯打得火热。这个康斯坦斯，是路易的表妹，年仅十二岁。她也美丽端庄，但不像原先那个来自南方的新娘，这个姑娘各个方面都把路易看作神：他的身体、他的智慧、他的心灵、他的歌喉，甚至对他的指甲都满怀敬意。路易已经和康斯坦斯的父亲商量过了，要册封她为王后。他也同意了康斯坦斯父亲的建议，等到她十四岁后再圆房完婚。现在先做贵妃。在这期间，她对路易的敬仰无疑宽慰了路易受伤的心灵。他让她坐在他膝盖上，抚摸她的秀发，有时还吻她脖子上那花瓣一样的肌肤。与此同时，那个拉姆拉人（现在已经是巴黎医学界的头头）至少每隔两天就给路易提供一名"挤奶女"，"有利于刺激精子的繁殖，

陛下。充沛的皇家精子，同时配上年轻的新娘，必然可以保证法兰西后继有人。"

从路易与亨利和埃莉诺的短暂战争中，大总管，年轻的埃蒂安纳，也获取了不少教训。其中一个方面就是让他认识到了英格兰王子的凶暴残忍、心狠手辣。他现在明白了，尤斯塔斯自己攻打诺曼底的时候敦促路易也加入，说是要和路易并肩作战，其真实目的并不是像他自己信誓旦旦说的那样，要帮法兰西，而是为了使自己的国土免受诺曼底公爵的进犯。

"陛下，我可否说，一个威廉国王将会比一个亨利国王具有更大的可塑性？"

路易陷入思考。他在想，目前的问题是亨利已经撬开了埃莉诺的金库。以前，埃莉诺作为属下，本应拿出十分之一的财产送给他路易，可她就是不给，如今，亨利却可以随意取用她的金银。

路易也意识到，也有对亨利不妙的问题。那个安茹人必须面对如何控制那些对斯蒂芬忠心耿耿的贵族以及阿基坦那些桀骜不驯的家伙。这两者都会把亨利看作是暴君。如果这些人不归顺，他就不可能当好国王。除非亨利本人是个政治天才。

"叛乱者已经尝过布卢瓦的血了。他们会将威廉当作盘中餐的。"路易答道。

"你的观点呢，陛下？"

"英格兰的未来目前还不明朗。法兰西最明智的做法是保持中立，等到一切都明朗后再见机行事。"

大量的信使奔波于英吉利海峡两岸。所以，到了十月份，亨利和吉洛姆就一起搬到巴夫勒，将鲁昂、勒芒以及中间的大片疆域都留给埃莉诺打理。到了十月底,亨利已经同意与斯蒂芬在英格兰会面。

十一月六日,在三十名诺尔曼骑士的护卫下,亨利和吉洛姆骑马来到温切斯特那座古老的宫殿。

兄弟俩来到宫殿院子里。他们胯下骑着披挂整齐的高头大马,身穿猩红色外套,披着毛皮斗篷,脚蹬金色马靴,手上戴着镶有宝石的手套。他们前一次来到这里,还是六年三个月零三个星期之前。他们刚跳下马,几个侍从就跑向前来,在他们的丝绒帽子上插了一束鲜花。除了在会客厅相见,他们也在国王的私人府邸会面。在场的只有斯蒂芬、威廉王子、亨利、吉洛姆、坎特伯雷大主教和温切斯特主教,还有两名书记官。坎特伯雷大主教的助理托马斯只能等候在外面走道里。亨利刚走到斯蒂芬跟前,马上跪下磕头,嘴里还低声地叫一声"国王大人"。

狡猾如初,黄鼠狼给鸡拜年。斯蒂芬心想。

"我把王位传给威廉王子了。"斯蒂芬慢悠悠地说道。

亨利站起身,看了看坐在斯蒂芬身边那个略显单薄的年轻人。"殿下,我希望我们成为好朋友。"

王子迟疑了一下。他已经听过不少有关这个安茹人的事迹,所以很想逃离这次会面。他不知所措的答道:"我也希望如此。"亨利知道,威廉对舞枪弄棒、打斗征战之类的事情不感兴趣,他只在意学习。许多从乌特莫地区翻译过来的经典书籍涌入法兰西和英格兰的学术机构,他精力充沛地投身于这些书籍,既像畅游在茫茫大海之中,又似浪漫的约会,让他满怀喜悦,心悸摇荡。他跟朋友说过,每当自己打开一册亚里士多德的书籍,就像心弦被拨动了一样。

亨利转身看了看吉洛姆,吉洛姆赶紧将送给王子的礼物递给他。"我相信你已经拥有这本书的许多版本,但是我希望你能笑纳这一本。"亨利说道。他递给威廉一册柏拉图的《斐多篇》,正面一页希腊文,反面一页是拉丁文,装帧素朴婉约,和书的内容正好匹配。

王子的脸一下子灿烂起来。"双语的!"他高兴地叫喊道。"再没有什么比这更让人心动的啦。"

"或许还有异教徒。"温切斯特主教对大主教嘟囔道。

坎特伯雷大主教埋头看着自己的脚。他心里清楚究竟是谁给了亨利建议,告诉他如何可以让王子不战自降。就像亨利能够轻而易举取悦于马一样,他的助理很容易就能获取年轻人的信赖。在一次偶然的谈话中,汤姆发现了王子钟情古籍的软肋。"不过是一本荒诞的书,一个被送上绞架的人的谈话录。"大主教声音压得很低地说。

国王没有读过《斐多篇》。他先看看亨利,又看了看羊皮纸。"这适合我儿子读吗?"他问道。

"巴黎经院中很流行的。"温切斯特答道。"我确信,陛下,牛津学院里的人也读它。"

"蛊惑人心。"斯蒂芬明显有些不满。他又把注意力转到亨利身上。"我的王公贵族们,还有教会的许多人,都不会接纳你。"他说。"他们认为,你的外公是个暴君,同时觉得你也不会好到那里去。所以,他们将战斗下去。"

亨利早就有所准备。"的确如此,陛下。"他平静地回答道。"挑起战争很容易,但要结束它,却是困难重重。"他说话的时候,眼睛盯着威廉。国王没有让亨利和吉洛姆坐下,亨利觉得这样倒反而有利于自己。他可以挺直腰板,两腿稍微分开,膝盖放松。这是学习剑术的时候首先要练习的姿势。王子也看着他,眼睛里充满钦佩。他连战马都骑不来,也从来没学过剑术,舞枪弄棒一套根本没接触过。我作为斗士的名声,胜过千军万马,亨利心里暗自得意。

斯蒂芬意识到自己弄巧成拙了,但一切都已经晚了。儿子拉了拉他的袖子。"父亲,我们可以单独谈谈吗?"

亨利、吉洛姆和几个教会人士退到房间的另外一头。"他正说什么?"亨利低声问吉洛姆。"你能从他的表情上看出来吗?"

"他在乞求国王。"吉洛姆用加泰罗尼亚语答道。

亨利的蓝眼睛熠熠放光。温切斯特主教对着他浅浅一笑,坎特伯雷大主教口里振振有词地念经,眼睛盯着自己的鞋子。

在房间的那一头,斯蒂芬突然站了起来,点头示意亨利过去,亨利走过去时,斯蒂芬张开双臂。亨利发现,斯蒂芬的脸像头发一样灰暗,好像一瞬间老了十岁。亨利也张开双臂,和斯蒂芬紧紧拥抱,他感觉到他表舅的身体微微发抖。"我儿子拒绝继承王位。"斯蒂芬有气无力地说道。

国王扑倒在亨利怀里,王子、主教们和书记官都腾地一下站起身来。亨利弯下腰,抱起斯蒂芬双腿,让他坐回座位。

威廉的眼泪夺眶而出。"父亲,请原谅我。"

几杯酒下肚,斯蒂芬才缓过劲来。"儿子,你让整个国家免遭痛苦。你的决定英明无比。"他说。威廉的脸羞得通红。

斯蒂芬微微朝一匹凳子做了个手势,亨利认为是让他和吉洛姆坐下。"陛下,"亨利问。"你有什么条件要提?"

国王没说话。他心里暗自感叹,这都是命!我必须接纳这个恶棍做我的继承人。"首先,停止封锁我们的港口。"

亨利请求与吉洛姆单独谈谈。他们走到房间角落,亨利恼火地问吉洛姆:"他在说什么胡话?我没下过封锁英格兰港口的命令啊。"

"我下的命令。"吉洛姆说。"拉结遇害后,两个星期你神志不清。拉尔夫和我商量后,决定制造假象,好像你还在继续率领攻势。我以你的名义发布命令,凡是英格兰的船,不管是前往法兰西、佛兰德、安德鲁森,还是去威尔士,一律要求我们的船将其扣下。布列塔尼和阿基坦的人都参与其中。亨利,我们扣下了三十艘很大的商船,有不少的武器和粮食。"

"我们都留下。"他们返身准备继续谈判,亨利又突然问道:"船员怎么样了?"

吉洛姆侧身看着他。"很不幸,……"

"死了多少?"

"只是大部分船长死了。"吉洛姆说。"其他人都被弄到诺曼底去了。"

"你们在海上扣押的英格兰船只和货物,我要求你尽快归还。"斯蒂芬大声说。

亨利叹了口气。"国王陛下,非常遗憾,那些货物都已经被当作战利品分掉了。"

"弥天大谎!"温切斯特主教悄声对坎特伯雷大主教说。

"我看哪,论起撒谎的本事,这个人在金雀花人中也是首屈一指的。"泰奥博答道。

谈判一直持续到下午,中午吃饭的时候也没有休息。在宫殿的其他地方,双方的骑士和贵族在休息室里闲逛,都愁眉不展。有人在玩15子游戏,有些喝得酩酊大醉,大部分人都在想心事,盘算战争结束后该干点什么。

"他们肯定在争抢城堡。"人们交头接耳。

人们猜测得没错。亨利要求末日审判书重新制定。一个个县,一个个城镇,都重新标注,明确主人的头衔。"我外公不是因为心血来潮才制定这个文件的。"亨利振振有词。

"当然不是。"斯蒂芬附和道。"他制定这个末日审判书,其目的是为了明确国王对英格兰的绝对拥有权。"普天之下莫非王土。每一寸土地,每一棵树木,每一片森林,每一条河流与小溪,都归国王所有。森林里的鹿、狼、熊和野猪,都是国王的。河里的鱼虾也是国王的。天空中的飞鸟也是国王的,特别要包括天鹅。一切的一切,都是国王的。

亨利说。"二十多年来,你从他的先知先觉中获益良多啊。"

斯蒂芬瘫坐在椅子上。"这些你拒不承认的城堡……"

"一共有五千座城堡。"亨利叫喊道。"你任意让人在王土上盖城堡,好像它们与王室无关,不会构成什么威胁。我想说的是,它们与王室有关,对王室威胁很大。我不要这些新的城堡。每一座新的城堡都必须拆除。"

斯蒂芬闭上眼睛。威廉又递给他一杯葡萄酒。最后国王开口说道。"我无法阻止他们。"

你根本就没阻止过。你这个懦夫！亨利在心底暗自骂道。

"大部分都是我的支持者建的。"斯蒂芬又补充了一句。

"那就是他们的不幸了。"亨利答道。"但是我的条件，无论是对于你的支持者还是我的支持者，都是一视同仁的。所有非法建造的城堡都必须拆除。"

斯蒂芬摇了摇头。"这不可能。我已经许诺过那些男爵、伯爵……"

"还有那些鸡鸣狗盗之辈。"亨利气哼哼地说道。许多城堡都很小，木头堆起来的垃圾。几支火炬、几把铲子就能将它们清除掉。

"——因此在我和你的协议中，我要保护他们的城堡。"

"我们走吧。"吉洛姆用加泰罗尼亚语说道。"给他留点面子。"

兄弟俩站起身，鞠了一躬。"陛下，"亨利说道。"我答应了你，我们将撤除对英格兰港口的封锁。既然你不能同意让国王的规定再次成为英格兰的法律。恐怕我们就不能再谈下去了。我收回我关于撤除封锁的承诺。我们继续打下去。"

他们朝两个教会人士鞠了鞠躬，转身离开房间。

助理还站在门口等候。"怎么了，公爵大人？战争还没……"

亨利敷衍地点点头。他和吉洛姆大步走到会客厅，等候在那里的骑士纷纷叫嚷着站起身来。到了院子里，亨利命令道："全部上马。"上午护卫他们来到此地的诺尔曼骑士们手忙脚乱地骑上马跟在他们后面。

"就我们俩出去。你们所有人，原地待命。"亨利命令道。他自己和吉洛姆纵马驰进十一月的黑夜。

"去小酒馆？"吉洛姆问。

看见贵族进来，酒馆里一阵躁动。店主人系着脏兮兮的长围裙，一路小跑来到门口，一迭声地叫道："大人，请进，快请进，……"

"在座的每一位，"亨利大声嚷道。"啤酒畅饮，我请客。"

十五分钟后，两个撒克逊骑士来到酒馆门口，往里一瞧，发现里面人山人海。许多人屁颠屁颠地跑进酒馆，与其说是来看"安茹人"，不如说是来喝免费啤酒。撒克逊人肩扛肘顶挤到视野中心，只见亨利坐着，吉洛姆抱着把严重跑调的琴正在那里自弹自唱。

在两个高大粗壮的撒克逊人后面，还跟着一个左顾右盼的男人。他好像大梦初醒，突然被人抛到了月亮上面。这个男人就是威廉王子。"伟大的英格兰王子！威廉！我亲爱的朋友！"亨利高声大叫道。酒馆里一下子陷入死一般的沉默。过了一会，人们开始交头接耳。"战争结束了！"然后开始尖叫起来，"战争结束了！"男男女女相拥而泣。

亨利跳上一张桌子，拍了拍手："英格兰的子民们！和平终于取得了胜利。"他高声喊道。"英格兰终于迎来和平！"

他的话刚一出口，大家蜂拥出了酒馆，有的来到拴马的地方骑上自己的马，其他人赶往大教堂。不一会，大教堂的钟声响起。钟声疯狂而欢快，充满了希望、赞美和喜悦，连其他地方的人也能听到这持久的钟声，骑马的人奔驰过一个个村庄，将和平的喜讯传播开来。很快，方圆几百里的钟声都响起，齐声奏响和平的钟声。钟声彻夜长鸣，铺天盖地，震耳欲聋。举国上下每个角落都在高喊："战争结束！和平来临！感谢上帝！"

亨利一伙又在酒馆里待了半个小时，然后一起走到大街上。在路上，亨利跟威廉王子讲述了他们年少轻狂时在温切斯特的冒险经历。他们身后跟着一群充满好奇心的男女。"我们再找找那个粮仓。"亨利说。

"我倒是想先找到那些姑娘。"吉洛姆答道。他瞥了一眼王子，只见王子一个劲儿地翻白眼。"想不想在粮仓里弄个温切斯特姑娘，殿下？"他问道。

王子环顾四周。"这么多人！"

"我们的卫兵不会让他们靠近的。"

王子傻笑道:"我从来没有……我是说,我不是个处男。但我从未……"

"有时候她们的确身上有味。"他朝一名诺尔曼卫兵命令道,"弄三桶热水来,还要一些干布和一罐蜂蜜。"然后转过头用拉丁语对威廉说,"喂她一勺蜂蜜,她的嘴就甜丝丝的,呼吸也更迷人。"他和吉洛姆在人群里搜索了一遍,想找出那些脸蛋俊俏的。

"那边两个怎么样?"吉洛姆建议道。

"还有那边黑皮肤的。"威廉补充道。撒克逊骑士将威廉看中的少妇领过来,威廉兴奋极了,感觉有点醉了。

亨利优雅地鞠了一躬,他现在英语已经说得很流利了。"女士们,你们的美貌令我们头晕目眩,情难自已。你们当中有没有人愿意……"少妇们的眼睛在衣着华丽的外乡人和她们的王子之间扫来扫去。

"如果她们结婚了怎么办?"威廉用拉丁语悄声问道。

"她们的老公视其为品种优良的公马与普通母马配种。能与贵族共享一女,他们求之不得。"

吉洛姆饱含鼓励地望着眼前这个羸弱的青年。

"我要他!"黑皮肤少女眼望吉洛姆喊道。

"美丽的女士,"吉洛姆说。"王子殿下比我更能带给你荣耀。你这么可爱,肯定也很懂事。"他抓起威廉的手腕递到她手里。

"你真的是威廉,国王的儿子?"她悄声问道。威廉点点头。亨利和吉洛姆看得出来,威廉太腼腆,可能会早泄。他们各自拽住一个女人,朝粮仓走去。

"你们当中有处女吗?"亨利问。她们都摇摇头。"你们怀孕了吗?"她又摇摇头。"你们都愿意和我们玩玩吗?"她们的眼睛里都闪耀着兴奋光芒。

"你们来月经了吗?"他想了一会又问道。

"我有点来红。"吉洛姆身边的女人遗憾地说。

"我一点也不在乎。"吉洛姆答道,顺势吻了吻她的额头。

"我以前从未干过这种事。"威廉说。"父亲会杀了我。"

大家脱衣服的时候,亨利拍了拍威廉的背。"恰恰相反,他会无比开心。你正在印证和平。"

有个事情亨利和吉洛姆心里都彼此清楚,但出于礼貌他们都不说出来。尤斯塔斯丧尽天良焚毁了埃德蒙德寺院,不仅罪恶滔天,而且在英格兰老百姓看来,也是布卢瓦家族的巨大灾难。人言可畏,诅咒声四起。妇女对着尤斯塔斯的旗幡吐口水,男人公开在他的坟墓上撒尿。

✥

次日早上天刚亮,威廉回到宫殿,见他父亲的脸阴沉得像淋湿了的猫。

"你另外一只鞋子呢?"国王问道。

"请原谅,父亲,……"威廉想解释。

"不!我不会原谅你。"国王咆哮道。"你一夜未归,与贱女人在粮仓鬼混,和那几个安茹混账纵欲放荡。你疯了吗?"

"他们很开心。"威廉答道。

"谁开心?"

"市民。他们彻夜都在粮仓那里,相互打赌。"

斯蒂芬用手指压住眉毛,让手掌遮住自己的嘴。他在手掌后忍不住窃笑——我还有什么更好的办法,让举国知道战争已经结束,应该普天同庆?"你让布卢瓦家族颜面扫地。你自己的名声也被玷污了。"他说。

他儿子显得很惊讶。"但是我是赢家。铁匠背着我在大街上走,大家都兴高采烈。"

"但愿上帝可怜你!未来将是残酷的,是你死我活的争斗。先去洗个澡吧。然后来祷告。"

如果不是父亲阴沉着脸,威廉早就要告诉他人们的欢呼声,"我们的王子!威廉,我们爱你!"但他父亲其实已经知道这一切,而且心里暗自得意。

温切斯特粮仓的佳话编成歌谣,歌谣开头唱道:"威廉王,亨利公爵,吉洛姆大人,噢耶!"歌谣很快就在英格兰酒肆传唱开了。

圣诞夜子时,斯蒂芬国王宣布:"我将传位给我的儿子和继承人,英格兰王子,诺曼底公爵,亨利。"随后他拥抱了养子。亨利也拥抱了威廉。顿时,欢呼声四起,其中也夹杂着诅咒声。

亨利及时给埃莉诺写了封信:

亲爱的妻子,

每天斯蒂芬和我都为了违规城堡的事吵个不休。他叫来许多王公贵族威逼我,但我毫不动摇。等到这些王公们走后,我对斯蒂芬说,"要么就做国王,要么就什么都不是。"我知道不是说着玩的。有些日子我俩情同父子,但有些日子我俩又像打斗的公牛,他指控我许多罪名,包括害死了他的儿子。他要威廉进入教会任职,但威廉却一心向学。我支持威廉走自己的路。斯蒂芬歇斯底里地对我吼叫,还搬来了温切斯特主教做后盾。温切斯特主教为人精明圆滑,深藏不露,是个危险人物。他曾在罗马求学,心思缜密。他听了斯蒂芬和我的意见后说,"我侄子不适合在教会任职,但很适合搞学术研究。与其让他心情苦闷地做牧师,不如让他做个学者。"斯蒂芬很生气,把手里的酒杯都摔了。

我将按时赶回去过我二十一岁的生日。吻你和我们的孩子!

爱你的,

亨利

为了不让埃莉诺担心，他没跟她透露他新兄弟威廉提供的情报。

在伯蒙德塞的时候，有天晚上晚饭后，亨利的房门上响起微弱的敲门声。威廉站在门口，为了避人耳目，脚上鞋也没穿。他溜进亨利房间，卫兵将门关好后，威廉又四处看了看，确信房间里只有他们俩，他才开口。

"亨利，"他压低声音急促地说道。"有人要暗杀你。"

"在哪里？什么时候？"

"他们将邀请你骑马去沃林福德，查看泰晤士河峡谷流域被你拆毁的城堡。途中会为你安排一个庆祝胜利的游行。通往沃林福德有一条必须经过的小桥。等你登上小桥，陪伴你的人会让你走在前面。桥已经连夜锯断了，你和你的坐骑都会掉下桥，被滚滚河流吞噬。"

"就这一个阴谋？"

"还有其他的。"

"投毒？"

"我觉得不会，他们想让暗杀看起来像个意外事件，在光天化日、众目睽睽之下发生。"

亨利陷入沉默，但心里不停地打鼓。这是陷阱吗？威廉是不是不想放弃王位了？王子的呼吸很急促。亨利邀他坐到他床边，将手搭在威廉赢弱的肩膀上，眼睛死死地盯住他的脸。他放缓自己的呼吸，直到他发现威廉的呼吸也渐渐与他同步。"兄弟，"亨利说。"你知道的都说完了吗？"

王子的呼吸立刻又急促起来，但不吭声。亨利轻轻地晃了他一下，心中暗自嘀咕：你可能没意识到，我徒手就能要了你的命，而且还不留痕迹。

威廉长吸了口气，断断续续地说："亨利，他们要我带你到桥上。他们要我出面请你走在我前头。你死后，他们将拥立我为国王。"

亨利从喉咙底下狠狠地呼出一口气，躺回到床上。他拉起威廉的手，让他也躺下。他们俩并肩躺着,眼睛看着天花板上摇曳的烛光。"我们父亲参与这件事了吗?"

"我不敢问。"

"你做了国王也是个傀儡,在英格兰受王公贵族摆布,过不了多久,就得听命于法兰西。"

"我觉得这实在太无耻卑鄙了。"

亨利侧过身,吻了吻威廉的嘴唇。"我相信你,"他说。"有多少人卷入此事?"

"六个,五个是贵族,还有一个来自教会。"

"我猜到他们是谁了。那么,他们准备什么时候开始实施?"

"如果天气好的话,就在一月份的最后一个星期天。到时候我们先去寺院做礼拜,再骑马去沃林福德。国王也一同前往。"

亨利心想,斯蒂芬还是卷入了。"亲爱的兄弟,你是冒着生命危险来提醒我的,我们就此打住,别再提起。但你不用害怕。老天还不至于舍得让我淹死在泰晤士河里。"

"苏格拉底相信死后有灵,投胎再生。"威廉突然说道,而且说得斩钉截铁。

"我不相信什么死后有灵。"亨利说。"我知道,这也许是真的。至于投胎,苏格兰说得没错,不是吗?"

到了一月份的最后一个星期天,寺院上空笼罩着冬日的灰暗,杀气腾腾。没有雪,没有风,也没有雨。灰暗的天空下,寺院的窗户中映出蜡烛摇曳的黄光。领受圣餐的时候,亨利站在国王后面,列于其他贵族的前面。等到领受完圣餐回到自己的位置,嘴唇还粘着酒水,一名侍从挪步穿过人群来到亨利跟前,交给亨利一张便条:抓紧时间。潮水正适合起航。亨利吃了一惊,环顾四周,然后匆忙朝国王鞠了鞠躬,又对着祭坛弯了弯腰,转身大步走出寺院,来到院子里叫人牵马过来。

弥撒还没做完,他已经登上吉洛姆早已在伦敦码头备好的小船。"把他们都骗了。"亨利喊了一声,大家都笑逐颜开。

"把那个侍从找来!"斯蒂芬命令道。但是那个孩子,就像王位继承人一样,已经杳无踪迹。

吉洛姆在基督显现节前回到诺曼底,与埃莉诺以及家人度过最后一个圣诞聚会。他发现,公爵夫人又神采飞扬了,每天骑马走访她未曾到过的公爵领地,接受领地主的殷勤招待。他坚持做她的护卫,有时还一起在外面待上一两天。骑马前往领地的途中,他会告诉她即将要见面的人的背景,建议她讲点什么来取悦对方。她发现,诺尔曼人与法兰西人或者阿基坦人都不同。比法兰西人要更加头脑简单,也更加直来直去,但比阿基坦人更细腻些。

"我发现他们都值得信赖。"与他们见面几个星期后,埃莉诺感慨道。

"如果诺尔曼人信赖你,就安然无恙了。"吉洛姆答道。

"如果他不信赖我呢?"

"如果你激起他海盗的性子,他会怒不可遏,比阿基坦人还无所顾忌地杀人。但他会等待时机,而且事先也不会警告你。"

回家的路上,她都一声不吭,直到鲁昂城堡映入眼帘,她才开口问道:"你愿意和我一起吃晚饭吗?"

等到酒足饭饱,吉洛姆静候埃莉诺开口问他在她脑子翻腾了一天的问题。然而,她却一个劲地与他谈一些不痛不痒的话题,偶尔用棍子拨弄拨弄炉子里的火,弄弄她没戴头罩的头发,把耷拉到她细长的脖子上的头发拨开,盘到头顶上。这时,门口传来敲门声。

"夫人,您儿子要去睡觉了,您要再看看吗?"

看着襁褓中的孩子,埃莉诺的眼神柔情似水。她吻了吻孩子的额头。

"抱给他伯父看看。"她告诉奶妈。

"你觉得怎么样?"她对坐在饭桌对面的吉洛姆问道,奶妈把孩子抱到吉洛姆身边。

吉洛姆这几个月一直没见着这个小威廉。孩子已经五个月大了,长得不算大,但也不是太小,躺在奶妈的臂弯里"咿咿呀呀"的嬉闹。烛光下,婴儿的眼睛睁得很大,伸着小手想抓吉洛姆的头发。吉洛姆看着婴儿那张笑嘻嘻的小脸蛋,心中突然感到一阵厌恶,赶忙抓起酒杯喝了一大口,掩饰自己的心情。他知道,埃莉诺一直在盯着他。

"他很漂亮,像他的母亲。"吉洛姆说。

她浅浅地笑了笑。"你觉得他像我?"

吉洛姆郑重地把酒杯重新放回桌子上,就像放置一位战死疆场的士兵头颅,虽然已经没有了生命但依旧神圣。他回望埃莉诺那张动人的脸庞。"不像,"他答道,语气很平淡。"你那些阿基坦来的仆人说,他很像你父亲,老公爵。我宁愿相信他们。"

接下来,他们继续吃完晚餐,没再说话。但吉洛姆心里明白,大家都站在悬崖的边缘。

第三十章

为了亨利的二十一岁生日，整个三月，埃莉诺在领地的各大城堡、小镇组织了各种庆祝活动。她给妹妹佩特罗尼拉写信，"我没想到自己会像爱儿子那般爱一个孩子。我离开他那么长时间，履行一个妻子的责任，内心是痛苦的。"在由百余名骑士组成的卫队护卫下，公爵同夫人一行在领地内从北至南巡游了一番。但亨利坚持不从鲁昂出发，而是从吉索尔的榆树林开始，在视察佛克森的守军后再转向南方。

第一次见到公爵夫人，骑士们都很高兴。她策马与大家同行，她的猎鹰就停在主人的防护手套上。"哪个能比我快？"她喊道。有几个前来应战，但一小时后均败下阵来。她送给所有参赛者六只鸽子，这是猎鹰为她捕获的。

"真乃女中豪杰，值得我们为她而战！"她和亨利骑马离开后，众人纷纷庆贺。在那些大一点的镇上，如果天气晴好又足够暖和，广场上就会举办生日宴会，如果下雨则在大教堂里举行。

在里摩日，修道院院长站在门口迎接他们，小心翼翼地指着新城墙。

亨利在他背上拍了一下。"现在，我们要看看你到底会不会做饭。"

里摩日准备的盛宴完全按照接待罗马皇帝的标准：一条河鱼足有一个人那么大，鱼肚子里塞满珍馐后又架在炭火上烤；一盘盘的飞禽，大的、小的以及蛙类；最让亨利气愤的是，竟然还有两只天鹅，但表面上他依旧保持微笑，什么都没说。

"人是不能吃天鹅的。"当天晚上他对埃莉诺说。

"为什么不能?"她感到诧异。

"大不敬,就像射杀一只老鹰。"

她立即派人去普瓦捷送信,要他们取消烤天鹅。

他们绕道去了海岸线,又再一次返回了内陆。在波尔多,亨利仔细观察了当地的男男女女,在他们的骨架结构和面色中,看到了他美丽妻子的些许影子。所以,他断定那一定是真的:她的大部分血统来自于西哥特人。在返程路上经过卡昂城堡,他为她准备了一个惊喜:安排她与威廉王子见面。威廉先是坐船去的巴夫勒,一路晕船,因此在他姑妈玛蒂尔达的城堡休息了数日,然后换乘马车去了卡昂。如同每个看到城堡的人一样,他也为眼前的景象所惊叹。他的新弟媳在院子里策马奔驰,她的头巾在空中飞舞,最后她从马背上一跃而下。他早就听说过她的美貌,但是真正触动他的,是她的活力四射,那种触动由心底蔓延至舌头,惊得他目瞪口呆,结结巴巴地说道:"上…上…上帝啊,戴安娜女神绝没有…有…有这般美艳绝伦!"

"你这个新的兄弟是个学者。"亨利告诉她。他伸出双臂拥抱威廉。"他阅读希腊哲学方面的书籍。辩论起来像苏格拉底那样条理清楚。亚里士多德只不过……"

威廉红着脸说道,"不,不,亨利。我跟亚里士多德没法比。"

亨利转向埃莉诺。"你觉得他怎么样?"

"确实令人钦佩。"

"我妻子喜欢学者。"亨利微笑着补充道。

我是不是过于敏感了?这话怎么听起来有点嘲讽的意思?埃莉诺问自己。她的心跳加快。我必须表现出我丈夫是在夸我的样子。她亲切地向亨利点点头,但他的表情很严肃,心思明显已经转到其他事上了。

"我们到处捐助教堂、祭坛以及大修道院。兄弟,你不觉得我们应该对非教会的学术成就投入些什么吗?"

"当然应该。"威廉王子答道。

"我也认为应该。上帝一高兴，召你父亲去天堂，那时如果我有幸成为国王，我一定要设立一个英国研究院，学习希腊人，研究数学和几何学的最新著作，还有希波克拉底和盖仑的著作。当然还有教会法。"

"你让我感觉今天不是你的生日，而是我的。"威廉转过身，对一个仆人招了招手。

一头黑白相间的巨大公牛小跑着进了院子。

"我喜欢！"亨利喊道，"我们确实需要上等的公牛。"

公牛低下头看着他，鼻子呼哧呼哧地喘着粗气，并开始用蹄子刨着地上的大卵石。埃莉诺一只手紧紧地按在心口上。"这太荒唐了！"她说道，"牛能从仆人那里瞬间逃跑。"

亨利低下头，看着牛。他用手指在空中划了一个圆圈；然后又是一个更大一些的圆圈；然后是第三个。那头牲畜紧紧地盯着那些圆圈看。不久，亨利就能在它的两只牛角间搔痒。

"得啦，兄弟。"他对王子说道，"这头牛已经让我妻子花容失色了。"

※

几天后，亨利邀请埃莉诺与他一起去距离卡昂不远的一处牧场，那里鲜花盛开。一大早，他们就带着鹰一同出发，与十来个客人一起玩了个痛快。"就我们两个，在这里烤点鸽子吃吧。"他说道。

从英格兰回来后，他难得与她上床。有时候，她碰巧听到他与拉结的讲话。她知道，他每天左搂右抱各式女人，其中一些就是他以前的情妇。有一个名叫席琳的，是个雇佣兵的女儿，会使短剑；有时候，埃莉诺看到亨利和席琳在鲁昂城堡后面，手持带挡板的武器相互对击。

这天，他的柔声细语使她想入非非，希望晚饭后他会想要与她共享二人世界。他们躺在草地上，他摸索着找她的手。"人民都觉得你能带来胜利和喜悦，"他说道，"我的兄弟威廉也如此认为。他从未见过这么高贵的女人。在英格兰，无人能与你相比。"但是他的语调与他的溢美之词截然不同。

她感到一阵焦虑：如果这是他的真正目的，那么比起到处都是探子的室内，难怪他会选择室外，来与她谈论小威廉。

他粗鲁地拉她入怀。"你很久没上我的床了，"他咕哝道，"我的英格兰亲朋好友，还有那个小婴儿使你与我疏远了。"

一阵恐惧向她袭来。他会继续说下去吗？"他还不够结实，"她态度冷淡地答道，"他来得有点早，不过他会强壮起来的。我已经全身心地致力于此。"

亨利的身子往后退缩了一些，与她保持一定的距离。"是的，他来早了。不像你跟路易的孩子。"他的声音同她的一样冷淡。

"但那些都是女孩啊，"她声音平和地答道，"小公爵们往往更加桀骜不驯。你也无法告诉他们，何时该来到这个世界。"

他啧啧称道："我每天都能从你这里学到点东西。"他突然站了起来。"有点凉了，表姐。我们回去吧。"

在返回城堡的路上，埃莉诺骑着马，与丈夫并排前行，二人均沉默不语。她想：我就像一艘小船，飘荡在无人知晓的海域，孤立无援。大海深处隐藏的暗礁，随时可将我倾覆。

回到宫殿，亨利与他兄弟一起讨论英格兰问题，埃莉诺向二人告假失陪，兄弟二人则一直聊到深夜。

又过了三个月，正值盛夏，亨利再一次邀请她一起去户外做爱。她想：我必须消除他的疑虑。只有这样，我才能保护儿子。

"表姐，你的爱抚甜过蜜糖。"亨利咕哝道，"为什么以前你没有如此温柔地爱我？"

"你从未给过我机会。"

"现在我要。"

后来，她找了个理由返回南方。在那里，她那些高贵的女伴、仆人、采邑总管、司库、臣属常伴左右，宴请不断，主教和修道院院长经常来访，她的世界仿佛已经远离那些男伴，远离他们的俗务。她的世界充满了爱。她写信给她妹妹，"我觉得我不再需要丈夫，现在我有我的小可爱。当然，我还是需要亨利的，早晚有一天我得回归正常生活，但这几个星期——如果幸运的话，也可能是几个月——我像生活在天堂里。"她本打算再加上两句，"我丈夫绝不是一个循规蹈矩的人。他的性格使我担心他会讨厌我儿子。"但她最后还是决定省去这段自白。她知道，即使是在阿基坦，亨利早已经布下了各种眼线。

自从那个夏天的下午与他一起在诺曼底滚过草地后，她又一次怀孕了。每天，她的精神都在焦虑和兴奋间游荡。"我又怀上你的孩子了。"她给亨利写信。"马上到我这里来！"他回信写道。在阿基坦骑士的护送下，她带着小威廉、侍女、仆人、猎鹰、猎狗一路朝北向鲁昂进发，于十月底抵达公爵府。

她丈夫跑到门楼拥抱她。但是，直到她步入会客大厅，老太君才出来迎接她。玛蒂尔达那珠光宝气的手上牵着亨利私生子肥嘟嘟的小手。她缓缓地站起来，迎接儿媳，就如同他们在德国皇帝的宫廷里那般正式。

埃莉诺想，那一套你会我也会。"亲爱的！"她叫道，并对小杰弗瑞张开双臂。他抬眼瞧了一下祖母，祖母放开他，让他跑向继母的怀抱。

奶妈站在埃莉诺身后，晃着她的小可爱。玛蒂尔达走上前，盯着这个小婴儿看，她精明的大眼睛闪烁出狐疑的目光。"太可爱了，"她小声说道，"但是头发太黑了。"

"与小杰弗瑞的一样。"埃莉诺不动声色地答道。

老太君叹了口气。"小杰弗瑞的母亲美艳至极，虽然她皮肤很黑。你知道，她是乌特曼人。"

自这次见面之后,玛蒂尔达忙得没空与儿媳一起吃早餐或晚餐。"老母猪,"埃莉诺悄悄地对小威廉说。他妈妈一靠近他,他就高兴地挤眼睛。"她是嫉妒你。她想要那个私生子成为亨利的继承人。但那是不可能的,小甜心。你才是继承人!妈妈会打败她的。"

❧

五天后,也就是亨利过继给国王斯蒂芬、成为他的儿子及合法继承人后不到一年的时候,斯蒂芬去世了。丧钟为国王而鸣,哭泣声响彻整个英格兰:"国王死了!国王万岁!"

在鲁昂的宫殿里,行将即位的君主把自己和他母亲一起关在小房间里,讨论继承王位的规程。自埃莉诺抵达后,那天晚上,玛蒂尔达第一次与儿子和儿媳共进晚餐。她让亨利的私生子坐在她腿上,让其他的孩子和孙子孙女们各自就座。伊莎贝拉坐在距离埃莉诺最远的地方。

"你的孩子呢?"玛蒂尔达问道。

"他睡了。"

"我本想再看看他——让伊莎贝拉看看。是这样的吧,亨利?"

亨利那漂亮的脖子往前探了一下。"确实。我也不常见他。他总是在睡觉,要么在吃东西要么在洗澡。"

你以各种理由躲着他,埃莉诺心里想道。"请允许我能称您为——国王陛下,我们一到英格兰,您就能经常见到他了。"

"很好。"

她丈夫与他母亲交换眼神时,她心想,目光冷酷。

❧

十二月初,在五百名骑士的护送下,亨利一家从巴夫勒由海路出发去威斯敏斯特大教堂参加十二天后举行的加冕典礼。玛蒂尔达坐在大教堂的前排位置，把那个私生子抱在自己腿上。她为他制作了一顶木制的皇冠，涂上了金色的漆，上面嵌着几何形状的彩色宝石。

大教堂里坐着一大群观礼的人，加冕的讲坛周围围着许多神职人员，亨利和埃莉诺并排坐着，等待典礼开始。诺曼底公爵伸手抓过他妻子的手。"按照协议规定，我信守承诺，对吧？"他问道。

她看着他眼睛里闪烁的光芒，微微一笑。"虽然前路漫漫，但是你必将会成为欧洲最伟大的国王，亨利。"

"谢谢你，表姐。"他紧握着她的手。"你会给我生很多儿子。有你子宫里养育出来的男孩，金雀花王朝会压倒卡佩王朝的。"

二人同时看着她怀孕七个月的肚子。"我敢肯定，这一胎还是个王子。"她信心满满地说。

台下，玛蒂尔达扫视了一眼为皇室成员预留的那排座位。吉洛姆旁边，一个阿基坦的奶妈抱着埃莉诺的黑发小婴儿来回晃着。玛蒂尔达收回目光，眼望台上的儿子和儿媳，二人手牵手，好像情侣一般。他已经决定要消除这个婊子的猜忌，她想。大家都明白，在他统治初期，他不能承受任何丑闻的打击。但我一定要确保那个傻子不会成为王储。

这个即将成为国王的人对着他的妻子微笑着。"充满希望的新一天为英格兰而降临。"他说道，"我要让我的臣民都爱你。"

埃莉诺垂下眼帘，试图掩盖眼神中流露出来的那种难以抑制的内心喜悦。"诚心所愿，亲爱的丈夫。"她答道。

作者按语

孩提时代的我，会因为青铜锣（一种中国铜锣）噹噹地发出庄严的回声兴奋不已，这声音预示着吉·阿瑟·冉克出品的电影即将登场。铜锣的声音洪亮，不断回荡在漆黑的影院中。不仅如此，这声响似乎还能穿透大门，冲向天空，抑或还能飞去九霄云外。自那时起，我就爱上了掷地有声的回音，如钟鸣般的声响，无论从字面理解还是更深层次的喻意皆是如此。《年轻的狮子》讲述的是 800 多年前发生的故事，于我而言它是铿锵有力的锣声，回荡了几个世纪的声响。小说的背景是十字军东征；我们生活的时代背景则是伊斯兰圣战。小说中我所关切的问题是妇女的无奈与无助；在西方世界以外，甚至在西方世界的诸多地区，女性的卑微都是心灵上的不治之症。在 12 世纪，基督教教会的地位及其行为是具有争议性的；今天亦是如此。甚至在 2013 年以前，如果有一个年龄较小的同胞弟弟，女性是没有权利继承英格兰王位的。也就是说，直到 2013 年，这一问题才得以解决。穿梭于遥远历史与当下现状的是男女之间错综复杂的关系问题。今天，我们生活在相信浪漫爱情的年代。而这样的浪漫爱情，十二世纪法兰西诗人早就诉诸笔端了。

也就是十年前，我听到了比吉·阿瑟·冉克的锣声更为刚劲有力的隆隆声：西方世界的霸王满腔怒火地宣布，"这是一场圣战！"我意识到一出重要的戏剧性事件即将拉开帷幕，虽然还不能确定结果，也无法预知前因后果，但我依然因此而战栗。可以说，第二和第三次圣战分别成为亨利·金雀花政治生涯的起点和终点。

我要感谢很多人，他们帮我设想出错综复杂的情节，帮我对小说做了许多调查研究工作。首先是玛格丽特·吉，我的对外事务代理人，在书稿还未定名时她就坚信它的潜在市场，那还是在希拉里·曼特尔第二次获得布克奖之前。当时，一提到历史题材的小说，代理商和出版商都觉得没有市场，不愿意尝试资助出版。一位资深出版商断言我的书不会畅销，因为这"不是一本关于女人石榴裙的书"。另一位出版商甚至拒绝看上一眼，因为历史小说"太难"。玛格丽特因此一次次地被拒绝。"不要低估了我的决心。"她说。但最终我和她都一致认为书中的结构有点问题。她推荐纳丁·大卫杜夫来担任我的原稿修改专家。经过对一些场景的巧妙调整以及两处的细微删减，纳丁在没有改变任何用词的情况下，重新组织了小说的结构。之后，哈珀柯林斯出版社的简妮·瑞克曼丝作为第一位阅读它的出版人，当即表示愿意出版。在简妮的关照下，《年轻的狮子》进入了最后一步的编辑工作，而小说的编辑玛丽·瑞尼是一个非常注意细节的人，在适应她的工作方式之前，我时常会被搞得气急败坏。简妮跳槽去新的出版公司后，将工作移交给凯瑟琳·米尔恩。她工作非常投入，又颇具敏锐度，最终指导小说完成了最后的润色。

除了上述五位女性，我还要感谢约翰·罗尼，他具有鉴赏力，为人耐心、善良，并且博学多才，朋友们因此都很珍惜与他的友谊。正是这样一位先生，成了初稿的第一位读者。还有图书馆的许多工作人员，因为人数众多而无法一一列出他们的名字，是他们帮助我完成了研究工作。悉尼的一位图书管理员在西澳大利亚州找到了埃莉诺的父亲，阿基坦公爵写的行吟诗歌法文和英文全集。

在法国调研时，我发现法国历史学家与他们英语世界的同行对亨利的评价竟然如此不一致。这一点深深地吸引了我。关于亨利，他们持有个人视角的模糊认识，而这是在英语书中没有的。我对在法国帮助过我的两位女性心怀感激，她们是历史学家黛博拉·安东尼和奥迪尔·卡纷-卡西，一起陪我四处寻访，帮我找到了许多英语书中没有的资料。在我们开车经过诺曼底、缅因以及阿基坦的乡下时,我们远离城市,尽量寻找最原始的旅馆歇宿,观察几个世纪前土地的原貌,其间她们始终为我提供翻译。

在12世纪,土地和马匹是财富的基础。我需要学习有关马匹的知识。我的朋友约翰和克里斯·麦萨拉夫妇邀请我去他们位于新南威尔士亨特谷的艾罗菲尔德纯种种马场。在那里,我在黎明前极为寒冷的黑夜中等待观察小马驹的降生过程,当然也在较为人性化的时间里观察了母马的受孕过程。艾罗菲尔德的工作人员为我提供了关于马匹神秘之处的一些有价值的信息,尤其是他们那种不为人知且明显无声的交流方式。我的另一个朋友,法国女士朱莉·贝珠对马有一种特殊的亲和力,并能借此帮助人类解决问题。她为我提供了很多关于马的知识,并为我翻译了许多有关法国历史和地理的文章。

最后,我要感谢我的丈夫鲍勃·霍克对我的热切鼓励。在平时上课日的晚上,我不愿意出门以免社交活动打断我次日的写作计划,他毫不犹豫地支持我。无论在澳大利亚国内还是国外,他都独自一人参加了许多本该我们二人一同出席的社交活动。他的支持和无与伦比的爱是上帝对我的恩赐。

译后记

《年轻的狮子》付排在即，出版社希望我写一篇译后记，我毫不犹豫就答应了，因为在翻译过程中时常感慨良多。可是等到夜深人静打开电脑真的要付诸行动时，百感交集，一时却又不知从何写起，就容我从头梳理吧。

2014年初夏，学校即将放学，我也正踌躇暑假的活动，上海文艺出版社副总编辑姜逸青先生来电，说他手头有一本澳大利亚的文学作品需要翻译，一时未找到合适的译者，问我是否愿意承担下来。坦率地说，此前我已经翻译过十来部作品，翻译中的辛酸苦辣自然是品尝过的，虽然现在担任着译本翻译研究类杂志的编辑工作，但毕竟担任行政职务后多年不曾用功，译笔生疏，恐怕有失所望，故此有意推脱。但姜逸青先生执意要约我面谈，并且说我肯定会喜欢这本书的。姜逸青先生是我多年的老朋友，彼此虽然同在一个城市，却也多年未见，借此一叙倒也不错，我也就答应见面后聊聊再说，但心中对翻译一事却还是有所排斥的。

见面的地点就定在上海文艺出版社大楼边的一家咖啡屋。等我驱车赶到那里，姜先生已在咖啡屋等候多时。未等我坐下，他就递过来一本装帧漂亮的书。书很厚，翻开来一看，465页，拿在手里却很轻。封面上赫然印着书名《The Young Lion》，作者是 Blanche d'Alpuget。虽然我研究生期间读的是英国文学，但对于这个作者以及作品我却一点印象也没有，更觉得自己不能贸然接受翻译任务。这个时候，姜先生开始介绍起来了。我一边听他介绍，一边随意地翻看该书。

据姜先生介绍，该书作者布朗什·德·阿尔布吉来头不小，不仅是澳大利亚当代著名的小说家和散文家，荣获过众多文学奖项，而且还是澳大利亚前总理霍克的夫人。她所有的小说都被翻译成其他语言。但却从未有作品被翻译成汉语，这次是首次尝试在中国翻译出版她的小说。

听到她的作品从未在中国翻译出版，我一下子来了兴趣。与此同时我又被该书封面上的一行小字吸引住了："To seize England's throne, he had to marry the most dangerous woman in Europe……"毫无疑问，这是一部历史小说！必须承认，随着年龄的增长，我对于历史题材的读物兴趣是与日俱增了。我旋即打开书，开始认真地读"Prologue（序幕）"："Two and half years after leaving for Jerusalem, in the winter of 1149 the humiliated remnants of the army of the second crusade traipsed home to the Ile de France.……"舒缓自然且又带有沉重历史感的笔触，令我怦然心动，未等姜兄多费唇舌，我便答应了该书的翻译任务。

回到家，便迫不及待地一口气读完了"序幕"。透过"序幕"，十二世纪法兰西国王路易以及王后埃莉诺，诺曼底公爵杰弗瑞，王后的贴身侍女齐娜，还有法兰西的主教，大管家，这些人物一一若隐若现地展现出来。我直觉，这本小说的人物关系错综复杂，里面充斥着历史、宗教、权力倾轧以及情爱纠葛，翻译起来肯定不易。

但既然已经应允，自当义无反顾。我并不年轻，但也喜欢挑战。

我决定一边继续阅读小说，一边通过各种渠道了解相关资讯。渐渐地，原本的作者背景以及小说背景浮出水面。

布朗什·德·阿尔布吉（Blanche d'Alpuget）出生于1944年1月3日，是约瑟夫·柯根文（Josephine Curgenven）和路易斯·艾伯特·阿尔布吉（Louis Albert Poincare d'Alpuget）（1915—2006）的独生女。父亲是一名运动员和特稿记者，同时也是悉尼《太阳报》的新闻编辑。德·阿尔布吉22岁时，她和她的第一任丈夫托尼·普拉特（Tony Pratt）搬到印度尼西亚，并于1965年正式结婚后育有一子。在印度尼西亚，布朗什·德·阿尔布吉供职于澳大利亚驻印度尼西亚大使馆，后来她在雅加达中央博物馆作一名志愿工作者，领导过一个专门对中国出口的东方陶瓷收藏品进行再次分类的团队。在印度尼西亚待了四年后，她前往马来西亚住了一年。在这两个国家中，她游历广泛，甚至还去了一些偏远地区。

1973 年，她回到澳大利亚，并积极参与女权运动。1974 年，由于受到其在东南亚经历的影响，她开始写作。出版了《理查德·卡比爵士的传记》（1977）、《黑暗中的猴子》（1980）、《乌龟海滩》（1981）、传记《罗伯特·J·霍克》（1982）、《耶路撒冷的冬天》（1986）、《白眼》（1993）等。这些作品为她赢得了众多小说和纪实文学奖项，包括在 1987 年首届英联邦文学奖（大洋洲地区）。

1970 年，她在雅加达第一次遇见了鲍勃·霍克。1976 年，为了写理查德·卡比爵士的传记，她再次采访鲍勃·霍克。这次采访开启了他们之间长期却断断续续的爱恋。1995 年，她与澳大利亚历史上任职最长的工党总理鲍勃·霍克结为夫妻。

婚后，布朗什·德·阿尔布吉一度放弃了她的写作事业，沉浸于与她的新任丈夫环游世界的幸福生活之中。2008 年起，她重新开始写作，出版了散文集《渴望》（2008）、《霍克总理》（2010）等。2013 年出版了她的最新作品——《年轻的狮子》（The Young Lion）。小说一经出版就轰动了欧洲文坛，好评如潮。著名文学评论家杰拉尔丁·杜戈（Geraldine Doogue）评价道："这是一部故事情节复杂的小说，里面充满了性欲、情爱与政治。"斯蒂芬妮·道利克（Stephenie Dowrick）写道："布朗什·德·阿尔布吉对自己小说中的人物情有独钟，充满激情。她的叙述清新活泼，震撼有力，资料详实，大胆奔放地为读者展现了年轻的狮子……"旋即欧洲多个国家将其译入本国语言。

小说是一部英国历史中金雀花王朝建立的序幕曲。它以英国亨利二世重新夺回王位为故事背景，以亨利二世的父亲杰弗瑞与法兰西王后埃莉诺之间的情爱纠葛为线索,讲述了法兰西、诺曼底和英格兰之间的宫廷权力倾轧。其中盘根错节的关系——似火情欲、禁忌乱伦、危机四伏——构成故事的核心,栩栩如生地描述了追逐名利、报仇雪恨、明争暗斗的王室纷争。小说情节跌宕起伏,其中的人物关系复杂,既有忠贞不渝的爱情,也有为了自我利益而牺牲他人的情爱纠葛;既有真实历史的忠实再现,也不乏超现实、超自然的科幻描述。正如有评论所言:"关于英国历史中最强大的金雀花王朝,此前已经有过大量引人注目的描述,但以小说的形式来展现,这部作品却是首次尝试。"

在梳理作者以及小说背景的过程中,我读完了整部小说。按照出版合同,我必须在2015年2月底交出译稿。可是,命运总是喜欢作弄人。时间来到了2014年8月底,正当我踌躇满志准备着手开始翻译的时候,一件意象不到的事情发生了:右脸面瘫。人在健康的时候,是不会想到一旦生病后心情是如何地绝望与困顿。我想到过放弃翻译,甚至想到过从此不再努力。但是最终,我还是选择了坚持。于是我便带着厚厚的一本英文书出现在针灸室,一边做针灸,一边阅读,一边接受病友们纳闷好奇的目光。好在面瘫在九月中旬就渐渐康复。但这个时候离交稿只有五个来月了。五个月要翻译完一本465页的小说,此前我是不敢想象的。事实上,2015年3月,在历经多次修改后,我交出了译稿。虽然比规定的时间晚了一个月,但我终于完成了一次终生难忘的挑战。我在交稿的邮件中写道:"翻译是常改常新。若不交稿,永无宁日。"

交稿后才有时间细细地回味翻译中点滴,其中感谢之情油然而起。

首先我要感谢上海文艺出版社副总编姜逸青先生。感谢他对我的信任,将这样一部具有影响力的小说交由我来翻译,并且在翻译过程中给予我的不断鞭策与鼓励。

其次我要感谢本书的作者布朗什·德·阿尔布吉女士。在翻译过程中我就书中疑难问题不断求教于她,而相隔万里的她,总是迅速地为我解答,甚至还尽她所能主动提供相关资料,为我顺利完成翻译提供了弥足珍贵的帮助，至今我的邮箱中还保留着她传来的珍贵解答。在此我要表达我对她深深的敬意！

上海大学学报的周成璐教授、上海政法学院的吴苌弘以及上海海关学院的安全勇先生，他（她）作为译稿的最早读者，不仅认真地通读了全部译稿，而且在对照原文后就译文提出了许多宝贵意见，为保证本书的翻译质量做出了无私的奉献。吴苌弘女士甚至还帮助翻译了作者的后记。对于他（她）们所付出的辛劳，我将永远铭记！

当然，我要感谢本书的责任编辑李珊珊女士。自从译稿交出后，她就不厌其烦地与我联系，就书中的许多细节问题提出疑问并提供解决方案，认真仔细地进行了编辑，反复与有关人员一起就封面设计等事宜进行磋商，付出了辛勤的劳动。

同时我也要感谢我的研究生，他们是魏小兰、吕黄艳、谢莎、高冲冲、李为抒、姜颖殊。他们为本书的翻译付出了许多努力，不仅查阅、提供了大量参考资料，甚至还直接参与了若干章节的初译。相信他（她）们的努力会在他（她）们的学习中得到回报。

接下来我想就翻译谈点体会。本书的翻译，遵循着我一贯坚持的翻译原则。我认为，翻译是不能脱离原作自行其是的。原文本先于译作而存在，原文永远是译作的基础。翻译，即使是文学翻译，也不能随便发挥，而必须尽可能忠实地再现原文的形式与内容。尽管书中有许多地名在今天的世界版图上已经不复存在，比如 Qutremer, Rumala，但是我还是未做过多的解释，凡是已经有现成译文，我尽量遵循惯习，如果没有，我就尽量音译，保留原文隐含的特定所指。在当下这个全球化、信息化、技术化的电子时代，我们没有理由认为读者不能通过各种渠道理解译文中的疑难。因此，作为翻译，创造性的叛逆以及为了满足译文读者的阅读方便而进行的归化处理，都是我所不提倡的。译作只能是原作在译语世界中的仿制品和替代品。读者若想最真切地理解原文作者的思想，最好的办法无疑是去阅读原著。毫无疑问，译作不能完全地等同于原作。

且不说一种语言的词语和句法难以在另外一种语言获得完全相同的替换物,就单凭译作出自鲜活的译者而言,译作毕竟凝聚了译者的阅读体验和文字书写,承载了译者的情感与个性,包含着译者难以言传的无奈和努力。对于书中作者故意使用的法语、拉丁语、希腊语,我一律都直接用汉语翻译出来,其目的是尽量使读者的阅读能够流畅,这或许牺牲掉了作者的一番苦心,未能彰显她用英语无法精确表达的含义,但我相信汉语已经尽可能地表达出其中的意义了。

无论如何,我都将忠实地再现原文的风格作为第一要务。然而,一个不可否认的事实就是:词语是有欺骗性的,大部分时候我只能按照自己对原文的理解来翻译,而我的理解必然是基于我的前视野,基于我的知识背景和文学旨趣,基于我对翻译本质的理解。其中免不了误读、误解,甚至表达不实。万望亲爱的读者不吝赐教,以便为将来的重译或者再版修订提供参考!

傅敬民
2015 年 9 月 29 日记于上海锦秋花园

图书在版编目（CIP）数据

年轻的狮子/(澳)阿尔布吉著;傅敬民译.-上海：上海文艺出版社.2015.10
ISBN 978-7-5321-5858-4
Ⅰ.①年… Ⅱ.①阿…②傅… Ⅲ.①长篇小说-澳大利亚-现代
Ⅳ.①I611.45
中国版本图书馆 CIP 数据核字（2015）第 203628 号

The Young Lion by Blanche d'Alpuget
Copyright © 2013 by Blanche d'Alpuget
This edition arranged with Blanche d'Alpuget
Simplified Chinese edition copyright:
©2015 Shanghai Literature and Art Publishing House
All rights reserved.

著作版权合同登记图字：09-2015-662 号

出 品 人：陈　征
策　　划：吴　申
责任编辑：李珊珊
封面设计：王志伟

年轻的狮子
[澳]布朗什•德•阿尔布吉 著
傅敬民 译
上海世纪出版集团
上海文艺出版社 出版
200020 上海绍兴路 74 号
上海世纪出版股份有限公司发行中心发行
200001 上海福建中路 193 号 www.ewen.co
上海鸿兆印务有限公司印刷
开本 890×1240　1/32　印张 13.625　插页 2　字数 265,000
2015 年 10 月第 1 版　2015 年 10 月第 1 次印刷
ISBN 978-7-5321-5858-4/I • 4679　　定价：45.00 元

告读者　如发现本书有质量问题请与印刷厂质量科联系
T：021-59241597